HUÉRFANOS DE SOMBRA

MAEVA apuesta para frenar la crisis climática y desea contribuir al esfuerzo colectivo y permanente de proteger y preservar el medio ambiente y nuestros bosques con el compromiso de producir nuestros libros con materiales sostenibles.

María Suré

Autora de Lágrimas de polvo rojo

HUÉRFANOS DE SOMBRA

MAEVA | NOIR

ISBN: 978-84-19638-05-2
Depósito legal: M-7058-2023

Diseño de cubierta: Opalworks BCN
Fotografía de la autora: © Marce García
Preimpresión: Gráficas 4, S.A.
Impreso por CPI Black Print (Barcelona)
Impreso en España / Printed in Spain

A mi padre, un navarro risueño, noble y amante de los suyos.
Estoy segura de que estarías orgulloso de mí
si pudieras verme desde ahí arriba.

A mi hermano Jesús, al que seguí llamando Juju
años después de aprender a decir su nombre.

Los escenarios de la novela

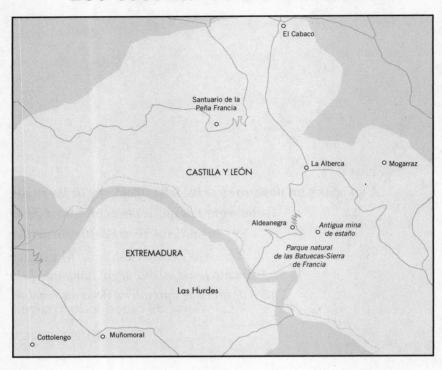

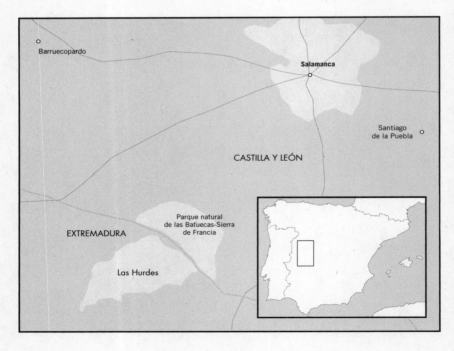

«Los seres humanos no nacen para siempre el día
en que sus madres los alumbran, sino que la vida
los obliga a parirse a sí mismos una y otra vez.»

GABRIEL GARCÍA MÁRQUEZ

«Quien sabe de dolor, todo lo sabe.»

DANTE ALIGHIERI

Dramatis personae

Investigadores:

Cristina Albino, sargento de la Guardia Civil. Decidida, activa, está en forma y se cuida.

Anselmo Picarzo, agente de la Guardia Civil. Compañero de Cristina. Es la antítesis de la sargento. Ha estado de baja por depresión y se acaba de reincorporar al Cuerpo.

Familia Arreola-Kelley:

Marcos Arreola Kelley, niño de ocho años desaparecido en los alrededores de su casa en Aldeanegra, Salamanca. Su abuelo lo llama cariñosamente Lobo.

Laura Kelley, madre de Marcos. Una mujer fuerte que decidió tener a su hijo pese a su juventud y el abandono del padre del niño, Curro.

Toribio Arreola, abuelo de Marcos y padre de Curro. Ocho años atrás, acogió en su casa a Laura y a su nieto.

Curro Arreola, hijo de Toribio y padre de Marcos. Es un delincuente que ha pasado muchos años en la cárcel.

Elisabeth Selles, madre de Laura y esposa del fallecido Norman Kelley. Ambiciosa, fría y calculadora.

Norman Kelley, padre de Laura. Ha pasado los últimos años enfermo de alzhéimer; tiempo atrás fue un empresario de éxito.

Familia Hoffmann-Morrison:

Hannah Hoffman, de origen checo, en la actualidad anciana vecina de la familia de Marcos. Fue una niña judía refugiada en Inglaterra que se instaló en España con su hija, Renata, en la década de los cincuenta. Afronta con coraje los embates de la vida.

Renata Morrison, hija de Hannah y amiga de Laura. Brusca en sus ademanes, pero de corazón noble.

Familia Galarza:

Gonzalo Hernández, hijo ilegítimo de Aurelio y amigo de la familia de Marcos. Cuida de las colmenas de Toribio y es muy cariñoso con el niño.

Aurelio Galarza, enfermo terminal, quiere arreglar las cosas con Gonzalo; sin embargo, sus hijos y herederos tratarán de impedirlo.

Luis Galarza, primogénito de Aurelio, avispado, pero también soberbio y violento.

Simón Galarza, hijo y hermano de los anteriores, de carácter pusilánime. Oculta un carácter oscuro.

Otros personajes:

Regino García, asesinado en el bosque. Cazador furtivo. Un hombre solitario.

Yona Leser, amiga íntima de Hannah en Inglaterra. Se traslada a vivir a Bilbao debido a las complicaciones sociales que comienzan a darse en Inglaterra.

Cornelia y Herbert Downer, granjeros ingleses con los que Hannah convive durante varios años.

Quentin Morrison, naviero de Falmouth, padre adoptivo de Renata.

Alejandro Ortiz de Zúñiga, notario de Salamanca. Amante de Elisabeth , la madre de Laura.

Prólogo

LA GACETA
REGIONAL DE SALAMANCA

Sucesos 12.08.2018 | 11.10 horas
¡URGENTE! MENOR DESAPARECIDO

Marcos tiene ocho años y desapareció entre las ocho y las nueve de la pasada noche

DESDE PRIMERA HORA de la mañana, numerosos voluntarios participan junto a la Guardia Civil en la búsqueda del menor **Marcos Arreola Kelley**, de ocho años de edad, cuyo rastro se perdió ayer por la tarde en la salmantina localidad de Aldeanegra, cerca de La Alberca. El niño salió de casa de un vecino sobre las 20.15 horas en dirección a su domicilio y a partir de ese momento se le perdió la pista. La voz de alarma la dieron sus familiares hacia las nueve y media de la noche, cuando se percataron de su desaparición. En las inmediaciones de su casa descubrieron muerto al perro que solía acompañar al niño y el cadáver de un vecino de la localidad, Regino García Sánchez, de sesenta y ocho años de edad y cuyo cuerpo presentaba evidentes signos de violencia.

En el momento de su desaparición, el pequeño llevaba unos pantalones vaqueros cortos y una camiseta amarilla. Se ha descartado la desaparición voluntaria del menor y se baraja la hipótesis de un posible secuestro. Al operativo se ha sumado hoy un helicóptero que peinará la zona en busca de algún rastro del niño, ya que se trata de un área boscosa con barrancos y parajes de difícil acceso que hacen muy complicada la búsqueda.

1

Un cadáver en el bosque

Madrugada de la desaparición
Aldeanegra, 12 de agosto de 2018

CRISTINA ALBINO, LA sargento de la Guardia Civil que había recibido el aviso de madrugada, acudió al lugar del crimen acompañada del agente Anselmo Picarzo. Tras ser alertados por los familiares del niño desaparecido, un operativo se había adelantado y había precintado la zona donde se encontraron los cadáveres del vecino del pueblo y del perro. Aunque sabía que lamentarse no serviría de nada, Cristina había maldecido en silencio su mala suerte durante todo el trayecto en coche hasta Aldeanegra. La simple compañía de Anselmo la irritaba.

Su compañero habitual había sufrido un accidente escalando y llevaba un par de semanas en el hospital con varios huesos rotos y un traumatismo craneal que por poco se lo lleva al otro barrio. Como sustituto le habían asignado a Picarzo. Para la edad que tenía —solo cuatro años más que ella—, le parecía un hombre totalmente chapado a la antigua, tanto en apariencia como en maneras. Llevaba el pelo demasiado largo por detrás, siempre ensortijado a causa del sudor. Las patillas de la época de Curro Jiménez, el bandolero, unidas a su tez morena, le daban un aspecto agitanado. Y la barriga… de eso mejor no hablar. Cristina imaginaba que Picarzo se negaba a asumir su cada vez más prominente figura y utilizaba camisas de dos tallas menos de la que le correspondería para intentar sostener lo insostenible. Ella, que cuidaba su físico en exceso —con muy buenos resultados, por cierto—, no era capaz de entender cómo alguien podía dejarse de aquella manera. Sabía que había estado de baja años atrás por depresión, pero hacía ya tiempo que los informes psicológicos lo habían declarado apto para volver a ejercer.

Por lo que habían podido averiguar, la madre y el abuelo del niño, junto a Gonzalo, su vecino, alertados por la ausencia del pequeño, se habían adentrado en el bosque para tratar de dar con él. Habían sido ellos los que descubrieron el funesto hallazgo. El lugar fue examinado concienzudamente con la ayuda de perros, pero no hallaron rastro alguno del niño. Solo se encontró un pequeño cocodrilo de madera que el pequeño llevaba en el momento de su desaparición.

Vecinos y familiares continuaron la búsqueda por el bosque junto a varios guardias civiles mientras los agentes del servicio de Criminalística tomaban muestras y fotografiaban la zona. El cuerpo de Regino, la víctima mortal, tenía la boca llena de tierra y restos vegetales. Una grotesca mueca se le dibujaba en el rostro, en el que resaltaban los ojos, que parecían a punto de salirse de las órbitas, y las mejillas hinchadas por el contenido de la boca. También descubrieron varias fibras de ropa con rastros de sangre entre los dientes del perro, lo que les hizo pensar que el animal podía haber mordido a su agresor antes de que este lo degollara. Muy cerca de los cuerpos se encontró una linterna frontal y una pequeña trampa casera fabricada con alambres, en cuyo interior se acurrucaba un asustado ratón.

Cristina y el agente Picarzo supervisaban los trabajos de los investigadores y esperaban pacientemente a que el forense terminara de inspeccionar el cuerpo. Habían colocado varios focos portátiles de luz en la zona, lo que les permitía adelantar el trabajo sin tener que esperar a que amaneciera. El forense, un hombre de mediana edad de pelo canoso y ojos claros, terminó por fin con su cometido y, tras observar durante unos instantes más el escenario del crimen, se dirigió hacia el lugar donde se encontraban la sargento Albino y su compañero.

—Por la gran cantidad de sustrato y restos vegetales que tiene el cadáver en la boca y las hemorragias petequiales que presenta en la esclerótica —comenzó a decir mientras se señalaba un ojo—, me atrevería a aventurar que la causa de la muerte ha sido la asfixia. Calculo que falleció hará unas cinco horas, más o menos. La presión de la tierra sobre la boca le desencajó la mandíbula; es posible que esté fracturada. Tiene alguna laceración en el rostro, cuello y cabeza, y, por lo removida que está la tierra, es evidente que hubo una pelea. Además, tiene restos de sangre y piel bajo las uñas, de las que se han tomado varias muestras.

—Tuvo que ser una muerte horrible —comentó Picarzo mirando de reojo la manta térmica que cubría el cuerpo, a la espera de que llegara el juez para poder levantar el cadáver—. Además de extraña. Se me ocurren varias formas más fáciles y comunes de matar. No sé, una piedra, un palo, estrangulándolo con las manos...

—Además, no se ha encontrado ningún arma blanca en los alrededores y, sin embargo, al perro lo han degollado —añadió Albino, asintiendo para darle la razón a su compañero—. ¿Por qué el asesino no utilizó también el mismo método con la víctima? Le hubiera resultado mucho más fácil.

—Es un tanto extraño, sí. Nunca había tenido un caso similar —comentó el forense.

—Solo por descartar —comenzó a decir Picarzo al tiempo que se rascaba la prominente barriga, algo incómodo por lo que iba a decir—. ¿Podríamos asegurar que eso no lo ha podido hacer un niño de ocho años?

Cristina Albino miró a su compañero con el gesto torcido y una mueca de desagrado.

—¡Qué dices, Picarzo!

—Dudo mucho que un crío de ocho años haya podido ejercer la fuerza necesaria como para hacerle eso a un adulto que, por la expresión de la cara, a todas luces estaba consciente —opinó el forense, negando con la cabeza—. Aunque ya sabéis que en esta profesión te puedes encontrar cualquier cosa. A estas alturas, ya nada me sorprendería.

—Estás desvariando, Picarzo —acusó Albino—. Aquí había alguien más. Estoy segura de que el perro no mordió al niño; según sus familiares, iban siempre juntos a todos los sitios y había una conexión especial entre los dos. La víctima tampoco presenta ningún mordisco, pero se han encontrado fibras de ropa ensangrentadas entre los dientes del perro. Tuvo que intervenir alguien más. Quienquiera que fuese mató al animal y al anciano, y por algún motivo se llevó al niño. Puede incluso que hasta el chaval fuera su objetivo desde el principio.

—Y el viejo y el perro se cruzaron en su camino… —completó Picarzo, que había comprendido el razonamiento de su compañera.

—Al parecer, la víctima es un vecino del pueblo que vivía solo y al que no se le conoce familia. El abuelo del niño nos ha contado que era un tipo muy raro que vivía en una casona aislada, cerca de la linde del bosque. Apenas se relacionaba con nadie y había tenido más de un lío con otros vecinos, a los que había amenazado con una escopeta por traspasar la valla que rodea sus tierras —explicó Albino.

—Cuando uno es tan celoso de su intimidad, lo más probable es que quiera ocultar algo —apostilló el forense.

—La jaula casera que hemos encontrado suele utilizarse para atrapar aves nocturnas. Apostaría a que el viejo se dedicaba a la caza ilegal de alguna de estas aves y por eso no quería que ningún curioso rondara por sus tierras —remató Picarzo, pensativo—. Quizá solo estaba en el lugar equivocado y presenció algo que no debía…

—Puede que tengas razón, Picarzo —concedió Albino—. Tendremos que echar un vistazo a la casa a ver si de verdad escondía algo o no era más que un misántropo harto de la gente. Habrá que hablar con las personas a las que amenazó en su día con la escopeta, no sea que alguna de ellas le tuviera una especial inquina tras esos enfrentamientos.

2

Animales nocturnos

Aldeanegra, unas horas antes

EL SOL ESTABA a punto de ocultarse en el horizonte cuando Regino se adentró en el bosque. Solo había caminado unos metros entre los árboles, no obstante, se detuvo para encender la pequeña linterna que llevaba colocada sobre la cabeza. La espesura evitaría que nadie pudiera ver la luz a distancia y prefería caminar sobre seguro. Su vista ya no era la de antes, de cerca ya casi no veía las letras, pero tampoco le hacía falta. No había leído en su vida y tampoco pensaba comenzar a hacerlo con casi setenta años a sus espaldas. Esas eran cosas para los de la capital, que al parecer se aburrían y tenían que buscar entretenimiento. Él nunca estaba quieto, siempre tenía algo que hacer en el campo.

Se subió la cremallera de la vieja chaqueta de lana gris, que tenía más años que Matusalén, para cubrirse el cuello al tiempo que contenía un escalofrío. Aunque durante el día el calor podía llegar a ser asfixiante en aquella época del año, al caer la noche empezaba a refrescar tanto que era necesario abrigarse. Más aún cuando uno ya no tenía apenas carnes y era todo pellejo y huesos. La copita de Chinchón que se había bebido antes de salir solo había conseguido atemperarle un poco el cuerpo. Recogió la trampa que había dejado en el suelo y echó a andar con cuidado; no quería tropezar con alguna raíz o pisar donde no debía y torcerse un tobillo porque, con toda seguridad, allí nadie podría socorrerlo hasta muchas horas después. El ratón se agitó nervioso dentro de la trampa, como si intuyera el cruel destino que lo esperaba.

El bosque lo arropó enseguida, envolviéndolo en su halo protector y arrullándolo con los sonidos de las hojas agitadas por la brisa y los ruidos de los animales nocturnos, que ya intuían la proximidad de la noche y habían comenzado a trajinar de un lado a otro. Regino observaba con detenimiento cada árbol y cada arbusto en busca de señales que le indicaran que caminaba en la dirección correcta. Resultaría demasiado sencillo perderse en aquella espesura sin apenas visibilidad. Tenía localizado un nido de lechuza en el hueco de un árbol donde había encontrado unas cuantas egagrópilas frescas y quería probar suerte.

Pensaba en el dinero que iba a conseguir si la noche se le daba bien cuando escuchó unos ladridos no muy lejos de donde se encontraba. Se detuvo, extrañado, y pronto distinguió los gritos desesperados de un niño.

—¡*Rudy*! ¡Ven aquí!

Los gruñidos de advertencia y los ladridos enfurecidos se intensificaron. ¿Qué demonios hacía un crío con un perro a aquellas horas en el bosque? Quizá fuera el nieto de Toribio, su casa no quedaba demasiado lejos.

Pensó que lo más probable era que el chucho se hubiera cruzado en el camino de algún tejón, eran animales tan territoriales que podían volverse muy agresivos. Apagó la luz de la linterna y decidió acercarse con sigilo hasta el lugar de donde provenía el alboroto, intrigado por lo que estuviera ocurriendo. El perro cada vez estaba más alterado y le había parecido escuchar el grito ahogado de dolor de una persona. Mientras tanto, el niño seguía llamando a su mascota a voces. Entonces, el animal emitió un chillido agudo y a continuación se hizo el silencio. Aguzó el oído, pero Regino solo podía escuchar la respiración sofocada de alguien que se arrastraba por el suelo. Estaba muy cerca de donde él se encontraba. Apartó una rama con cautela y distinguió entre las sombras a una persona que se ponía en pie con dificultad. El perro yacía en el suelo, inmóvil. Entonces el niño apareció y se puso a gritar como si estuviera poseído. Se enfrentó al hombre con saña, dándole patadas y golpeándolo con algo que llevaba en la mano. El individuo se defendía como podía, tratando de detener la avalancha de golpes que se le venía encima. Hasta que, con un movimiento rápido, descargó un puñetazo que alcanzó la cabeza del niño y este cayó desplomado al suelo. El silencio volvió a envolver el bosque.

Regino, que lo había presenciado todo, no pudo evitar salir de su escondite, confundido. La ola de miedo cerval que de repente había inundado su organismo lo instaba a quedarse quieto y olvidar lo que acababa de presenciar, pero él nunca había sido demasiado prudente.

—¡Qué está ocurriendo aquí! —gritó, con voz temblorosa.

La persona que había agredido al niño se dio la vuelta con rapidez y se puso en guardia. Apenas podía verle el rostro en la creciente oscuridad que empezaba a envolverlos, pero Regino pudo distinguir a un hombre corpulento que lo amenazaba con un cuchillo. Antes de pensar lo que estaba haciendo, la adrenalina lo empujó a acercarse lo suficiente como para darle un manotazo y hacer que el arma que sostenía se le cayera y se perdiera entre la vegetación.

El tipo se quedó paralizado unos instantes, sorprendido y sin saber muy bien qué hacer, hasta que al fin se lanzó sobre Regino con un grito de rabia. La fuerza del impacto hizo que los dos cayeran al suelo. Cuando Regino dio con sus huesos en la tierra y sintió el peso del otro sobre el cuerpo, supo que había cometido un terrible error. No era rival para un oponente a todas vistas mucho más corpulento y joven que él. Pero no pensaba ponerle las cosas tan fáciles.

Se revolvió como una lombriz hasta que pudo sacar los brazos de debajo del pesado cuerpo de su atacante y le asestó un golpe seco en la nuez. Aunque no consiguió el efecto deseado, puesto que el ángulo y la fuerza del golpe no fueron los adecuados, logró dejarlo fuera de combate durante unos segundos en los que trató de zafarse de debajo de su cuerpo sin demasiado éxito. El hombre no tardó en recuperar las fuerzas y lo agarró del cuello para tratar de ahogarlo con un gruñido animal. Apretaba con tanta fuerza que Regino supo que, si no conseguía hacer algo, sería su fin. Echó los brazos hacia atrás y metió como pudo sus huesudos dedos debajo de los de su agresor.

Cuando la falta de aire comenzaba a nublarle la razón, hizo un último acopio de energía y tiró hacia atrás, arrastrando los dedos del otro con todas sus fuerzas. Escuchó un crujido, seguido de un alarido de dolor. La presión sobre su cuello cedió y el aire le volvió a llenar los pulmones cuando ya pensaba que le iban a explotar. Entre toses, trató de revolverse arañando el rostro del joven, que en esos momentos estaba sentado a horcajadas sobre él, limitando sus movimientos. El tipo, con un grito lleno de rabia, le inmovilizó un brazo sujetándolo contra el suelo con la mano herida, mientras con el otro trataba de zafarse del ataque histérico y desesperado de Regino, que estaba dispuesto a morir matando y le clavaba las uñas y los huesudos dedos allá donde podía, buscándole el rostro y los ojos con desesperación.

El tipo, aturdido por la inusitada energía con la que se defendía el anciano, palpó el suelo en busca de alguna piedra o un palo que le sirviera de arma para acabar con la pelea de una vez por todas. Sus manos toquetearon el musgo y la tierra húmeda sin encontrar lo que buscaba mientras la mano que el anciano tenía libre le golpeaba el rostro y lo arañaba con la furia de un gato salvaje. Entonces, desesperado, cogió un puñado de tierra húmeda y hojarasca y lo presionó contra la boca de Regino con todas sus fuerzas.

Regino sintió con horror cómo la garganta se le llenaba de tierra. Antes de que pudiera reaccionar, el hombre volvió a la carga con otro puñado y otro más, hasta que al fin Regino, agotado por el esfuerzo y la falta de oxígeno, dejó de moverse.

3

Una decisión equivocada

Ocho años antes
Aldeanegra, 6 de abril de 2010

LA PUNZADA DE dolor la atravesó por dentro. Sentía como si algo estuviera desgarrándose en su interior. No estaba preparada. Aún no. Faltaban un par de semanas para la fecha prevista de parto y aún no se había podido hacer a la idea. Había evitado pensar en ese momento durante todo el embarazo, en el instante en que viera la cara de su bebé y tuviera que desprenderse de él para siempre. Ni siquiera sabía si era un niño o una niña. Tenía que ser así. Las contracciones le dieron un respiro, y mirando a su alrededor se sintió más sola que nunca. Toribio había ido a avisar a Demetria, la partera.

«No tardarán en llegar», se repetía una y otra vez para intentar no pensar demasiado. La posibilidad de parir sola la aterraba. En aquella habitación oscura, con humedades en las paredes y un par de muebles deslucidos por toda decoración, en una vieja casa perdida en medio de ninguna parte, Laura se sintió fuera de lugar. Aquello no podía estar ocurriéndole a ella. ¿Cómo había podido llegar a esa situación? Lágrimas de pánico y angustia brotaron de sus ojos, empapando la almohada. Intentó recordar cómo había empezado todo. Cómo su rebeldía y el rechazo hacia la frialdad y la intransigencia de su madre la habían empujado a hacer lo que hizo. Recordó el día en que conoció a Curro…

Iba caminando hacia el instituto, agobiada porque acababa de discutir con su madre. Estaba en el último curso y todos sus compañeros se preparaban para elegir una carrera universitaria. Ella quería ser veterinaria. Desde pequeña sentía debilidad por los animales, pero nunca le habían permitido tener mascotas, ni siquiera un pequeño hámster o un pájaro. Su madre opinaba que esa carrera no era una buena elección para ella. Había intentado convencerla de lo desagradable que podía ser un trabajo de ese tipo: visitar granjas y explotaciones ganaderas o moverse siempre entre excrementos de animales. El resultado había sido una fuerte discusión, como venía siendo habitual en los últimos meses.

Comenzó a llover. Se detuvo un instante para mirar al cielo y unas frías gotas le impactaron en el rostro. Se ajustó el gorro de lana, del que escapaban unas finas hebras de color castaño, y aceleró el paso. Fue entonces cuando él salió de la nada y se colocó a su lado, sujetando en alto su cazadora de cuero para protegerla de la lluvia.

—No puedo dejar que una cara tan bonita se moje de esa manera —le había dicho con una mirada tan pícara como encantadora.

Laura había sentido el rubor de la timidez en las mejillas, pero se dejó acompañar. Era el mismo chico moreno con el pelo recogido en una coleta que había visto un par de veces en la parada de autobús, y al que ya le había echado el ojo. No sabría decir qué era lo que le atrajo de él. Quizá fue la forma de mirarla a través del humo del cigarrillo que sostenía entre los labios. O puede que fuera el aspecto de chico rebelde que le daban los aros que llevaba en las orejas y el tatuaje del cuello que se adivinaba bajo la ropa. Era el tipo de hombre que su madre hubiese odiado a muerte. Demasiado alejado de su estilo elegante y sus refinadas maneras, que tanto sacaban de quicio a Laura. Sonrió al imaginar cómo reaccionaría si se lo presentara. Con toda seguridad fruncíría los labios con la expresión que solía utilizar cuando algo le desagradaba. Él la acompañó hasta la puerta del instituto, y a

Laura no le sorprendió demasiado que todos los días a partir de entonces sus caminos se volvieran a encontrar de manera aparentemente casual.

Se había quedado prendada enseguida de su modo de vida desenfadado e independiente. No tenía que rendir cuentas a nadie y hacía lo que quería. Curro iba a por todas, y no le fue difícil conquistarla con un poco de atención y cariño, a los que ella se aferró como un náufrago sediento al que le ofrecen un poco de agua.

Perdió la virginidad con él en los sucios baños de una discoteca, un lugar nada romántico y del todo opuesto a lo que siempre había imaginado, pero no le importó. Curro se había convertido en su refugio particular, en su brújula, en el padre que tanto echaba de menos, en su amante. Cuando cumplió los dieciocho, solo unos meses después de aquel día en que la lluvia unió sus destinos, Laura cogió sus cosas y discutió con su madre por última vez para irse a vivir con él. Ya era tarde para ella cuando descubrió la faceta oscura de Curro.

Una contracción la hizo volver a la realidad. Sujetándose con fuerza a los barrotes de hierro de la cama, la soportó como pudo, gritando en los momentos más intensos y tiritando de manera descontrolada cuando el dolor remitió lo bastante como para permitirle seguir respirando. Se estaban retrasando, no iban a llegar a tiempo...

Aquel maldito lugar estaba a kilómetros de cualquier vestigio de civilización, en el parque natural de Las Batuecas, en plena Sierra de Francia. Toribio vivía en una de las pocas viviendas de la zona que aún permanecían habitadas, construidas para los trabajadores de una vieja mina de estaño que con el tiempo fue reconvertida en una laguna artificial. La zona estaba cercada por unos altos farfallones pizarrosos, y las casas se repartían desperdigadas en medio de un bosque en el que crecían castaños y arces rodeados de helechos, además de una considerable población de frondosos robles negros. Laura se había preguntado en varias ocasiones si la presencia de esos magníficos árboles de madera oscura era el verdadero motivo por el que alguien había bautizado aquel lugar como Aldeanegra. Sorprendentemente, al salir del pequeño pueblo, si es que podía llamarse así, el paisaje iba cambiando poco a poco, volviéndose menos denso y húmedo. Era como si la vegetación hubiera crecido allí durante siglos, tratando de ocultar algún secreto ancestral con su exuberancia. Cuando pisó aquel lugar por primera vez y miró a su alrededor, tuvo la sensación de que el tiempo se detenía.

Dentro de la casa no había teléfono ni tampoco cobertura. También descartó gritar pidiendo ayuda, puesto que sería en vano, dado que era necesario caminar varios minutos para llegar a la casa habitada más cercana. En su estado, intentar levantarse de la cama tampoco era una opción.

—Por favor, por favor, venid ya —rezó con los ojos cerrados, desesperada.

¿Y si algo salía mal? El bebé podría morir si había complicaciones, incluso ella estaba en peligro. Demetria, la partera, le había asegurado que todo iría bien. Cada vez que Laura se quejaba o ponía en duda sus teorías sobre el parto natural, Demetria se burlaba refiriéndose a ella como «la delicada señorita de ciudad». Cada minuto que pasaba se arrepentía más de la decisión que había tomado.

El día que se encontró en la calle, sin un lugar a donde ir, decidió jugar su última baza presentándose allí, en casa de Toribio, el padre de Curro. Solo se habían visto en una ocasión y el encuentro resultó un poco incómodo. Fue el día que había acompañado a Curro a la casa de su padre para recoger unos trastos que le hacían falta. El viejo los había recibido con un hosco semblante que a ella le pareció un tanto fingido, y apenas les dirigió la palabra. Por su parte, Curro reaccionó de la misma manera, dedicando a su progenitor una mirada de indiferencia que a Laura no le pasó desapercibida. Cinco minutos más tarde, estaban de regreso en Salamanca. Ella contempló el ceño fruncido y la cara de enfado de Curro. Acariciándole el pelo para tranquilizarlo, quiso saber qué había ocurrido entre padre e hijo para que su relación fuera tan tensa. La única explicación que recibió fue que su padre era un viejo borracho que no se había preocupado nunca de él. Después, con un gesto abrupto, zanjó la conversación y nunca volvieron a hablar de ese tema.

Aquel día, Laura sospechó que la seriedad y el rostro severo de Toribio no eran más que una máscara para esconder el dolor. Porque las máscaras no cubren los ojos, y ella creyó haber visto una chispa de tristeza reflejada en ellos. Pensó que el hombre parecía estar librando una batalla interior por dar el primer paso y acercarse a su hijo, pero era como si una barrera invisible se lo impidiera.

El ruido ahogado del motor de un coche la sacó de sus pensamientos, y la siguiente contracción le pareció menos horrible al oír la voz de Toribio desde la puerta.

—Ahí está, ¡date prisa! —le indicó a Demetria que, arrastrando una vieja maleta, entró en el cuarto y echó un vistazo entre las piernas de Laura.

—Ya queda poco —anunció arremangándose—. Necesitaré una palangana y toallas limpias —apremió, haciéndole un gesto con la mano a Toribio—. Y pon a calentar un poco de agua.

El viejo miró con rostro preocupado a Laura y salió en busca de lo que le habían ordenado. Estaba nervioso. Dio un par de vueltas sobre sí mismo en el pasillo antes de poder centrarse y pensar con claridad en lo que tenía que hacer. Cuando Laura gritó de dolor, se llevó la mano a la frente como si eso le permitiera organizar sus ideas y se apresuró en dirección a la cocina.

Demetria era partera casi desde que tenía uso de razón. Había ayudado a su madre a dar a luz con tan solo nueve años y a los doce ya se había convertido en la ayudante de la partera local, con la que asistía a cada alumbramiento que tuviera lugar en el pueblo y sus alrededores. Su nombre y su fama no tardaron en llegar hasta el lugar más recóndito de la comarca de Las Hurdes. Por aquel entonces, muchos aldeanos contrataban sus servicios a cambio de algunas monedas o productos del campo, y eran capaces de recorrer largas distancias en burro o en carro con sus mujeres a punto de dar a luz con tal de que Demetria las asistiera cuando llegara el momento.

Cuando cumplió los veinticinco comenzó a trabajar para el doctor Uribe, un joven ginecólogo recién licenciado al que su adinerada familia había procurado una clínica en Cáceres. Demetria pasó casi cuarenta años trabajando allí. Los mejores de su vida. Nunca se casó ni tuvo hijos. Con cada vida que ayudaba a venir al mundo, su cuerpo se secaba un poco más. Hasta que fue demasiado tarde. Su único amor fue Clemente Uribe, un amor secreto que sufrió y disfrutó en silencio durante años. La complicidad entre ambos llegó a ser tal que Uribe confió en ella plenamente cuando le propuso ganarse algún dinerillo extra. Una pareja acomodada había acudido a él por su imposibilidad de tener hijos y le habían ofrecido una buena suma de dinero si los ayudaba a conseguir uno. Corrían los años sesenta y a oídos del doctor Uribe habían llegado rumores que aseguraban que otros compañeros de profesión llevaban a cabo ese tipo de malas prácticas. Además de su consulta privada, cuyos honorarios no estaban al alcance de cualquier bolsillo, Uribe también prestaba sus servicios en la Casa de la Madre, ubicada en el palacio de Godoy. Era la primera maternidad que hubo en la ciudad, a la que iban a dar a luz las mujeres de los pueblos cercanos que no disponían de recursos económicos.

Con la ayuda incondicional de Demetria, no le fue difícil engañar a una pobre pareja de campesinos diciéndoles que su hijo había muerto al nacer. Todo salió tan bien que pronto volvieron a tener otros clientes dispuestos a pagar por un niño robado. Durante la década de los sesenta y parte de los setenta, por sus manos pasaron entre veinte y treinta niños; todos ellos fueron arrancados de los brazos de sus padres biológicos para ser entregados a otras familias más pudientes.

Ya durante los últimos años que Demetria trabajó para Uribe, se vieron obligados a dejarlo, puesto que cada vez era más difícil continuar con los engaños. Hacía varios años que Demetria se había jubilado y el doctor Uribe no tardaría en hacerlo. Ella había regresado a Aldeanegra y no se habían vuelto a ver. Los años y la espera de un amor imposible la habían marchitado, agriándola por dentro y arrugándola por fuera. Su amor por Clemente y sus sentimientos se habían ido evaporando, convirtiéndola en una vieja prematura de carácter difícil y mirada oscura.

Toribio había acudido a ella para que atendiera a Laura cuando esta sufrió una fuerte indigestión, poco después de establecerse en su casa. Cuando Demetria se dio cuenta de que la chica estaba embarazada de algo más de tres meses y supo de su difícil situación, vio una nueva oportunidad de volver a contactar con Clemente y, de paso, sacarse un dinerillo extra que no le iría nada mal para compensar la triste pensión que le había quedado. La joven aún no había visitado a ningún médico y Demetria se aseguró de que continuara así, prometiendo ir a examinarla ella misma cada semana si fuera necesario.

—Estás demasiado nerviosa. Relájate. El miedo puede hacer que dejes de liberar oxitocina y esto se alargará demasiado —advirtió Demetria, echándole una mirada irritada a Laura—. Dame las manos y empieza a concentrarte en la respiración. Despacio… Mírame y hazlo como yo.

Demetria inspiraba por la nariz y exhalaba lentamente por la boca para que Laura la imitara.

—Muy bien, sigue así. En la próxima contracción tienes que empujar fuerte.

Laura asintió mientras trataba de concentrarse y apretaba con fuerza las manos huesudas de Demetria. Cuando el dolor regresó, la respiración controlada se esfumó. Empujó y gritó con todas sus fuerzas, llorando de desesperación al mismo tiempo. Sabía, por lo que le habían contado, que un parto era difícil, pero nunca hubiera imaginado tanto dolor. Toribio entraba en la habitación en ese momento y se quedó en la puerta sin atreverse a traspasar el umbral.

—No estaría de más que ayudaras un poco —se burló la partera, divertida por la cara de susto del hombre—. Pasa y sujétale las manos. El bebé ya está aquí.

Toribio se colocó al lado de Laura y le cogió las manos, que le temblaban tanto como a él. Por un momento había viajado al pasado, al día en que nació su hijo. El parto había sido difícil y en varias ocasiones temió por la vida de Palmira y del niño. Demetria asistió a su mujer en aquel mismo cuarto durante unas horas eternas que lo marcaron para siempre. Por mucho que Palmira insistió, él no quiso volver a pasar por aquel trance y arriesgarse a perderla. No tuvieron más hijos.

Laura sintió un dolor tan intenso que pensó que iba a morir y empujó con fuerza, clavando las uñas en las muñecas de Toribio. Con un movimiento experto, Demetria extrajo primero la cabeza del bebé y a continuación el resto del cuerpo.

—Es un niño… —alcanzó a decir, justo antes de que un potente llanto la interrumpiera.

Laura, exhausta, se inclinó para mirar a su hijo mientras la partera acababa de pinzar el cordón umbilical. Era una criatura diminuta, recubierta de vello negro, que lloraba a pleno pulmón.

—¿Puedes dejármelo un poco? Por favor, quiero calmarlo —dijo, aún con voz temblorosa, alargando los brazos hacia el niño.

Demetria la miró recelosa. Cuanto menos contacto tuviesen madre e hijo, más fácil sería todo. Dudó unos segundos, pero ante el llanto desesperado del niño, optó por ceder. Laura cogió al bebé y se lo puso sobre el pecho, maravillada por el milagro que acababa de traer al mundo.

—Parece un lobezno —opinó Toribio, emocionado, olvidando por un instante lo que iba a ocurrir a continuación.

El niño, aún con los ojos cerrados, percibió el calor de su madre y se calmó al instante, dejando de llorar. Los familiares latidos del corazón de Laura fueron un bálsamo para la ansiedad y el desamparo que había sentido al verse apartado de la seguridad del útero. ¡Tan pequeño y era capaz de percibir el vínculo invisible que los unía! Y ella iba a romperlo para siempre. Había tomado una decisión y ya se había comprometido con Demetria. Sería lo mejor para todos, incluso para él. La anciana iba a entregarlo a una familia donde crecería sin las carencias que tendría si se quedaba con ella. Acarició su cabecita, apenas rozándola con las yemas de los dedos, y aspiró su intenso olor a vida. No pudo evitar echarse a llorar. ¿Por qué le resultaba tan difícil? ¿Acaso no había tenido tiempo suficiente para hacerse a la idea?

Demetria empezó a impacientarse y se acercó para coger al bebé. Laura, instintivamente, lo abrazó con más fuerza para protegerlo.

—Debes darme al niño ya. No es conveniente que te encariñes. En cuanto expulses la placenta, me lo llevaré.

—Solo un poco más, por favor —rogó Laura con ojos llorosos.

De repente la asaltaban todas las dudas y todos los miedos que había ido posponiendo durante el embarazo. ¿Qué demonios estaba haciendo? ¿Cómo podía haber pensado que deshacerse del niño sería lo mejor? Desesperada, Laura miró a Toribio en busca de ayuda. Por su rostro inexpresivo, que observaba al niño sin verlo, el viejo parecía haberse perdido en algún lugar muy lejos de allí. Él la había acogido en su casa con la condición de que se marchara al dar a luz. Era probable que se hubiera arrepentido más de una vez de haberla dejado traspasar el umbral de su puerta aquel día de lluvia en que se presentó en su casa suplicándole ayuda, complicando así su sencilla y sobria existencia.

Con el tiempo, Laura había descubierto que era un hombre huraño, de mirada triste, cargada de dolor. Pasaba por la vida sin fuerzas, sin ilusión, sin una dirección que marcara el rumbo de sus pasos. Cuando tenía un mal día y su mirada se oscurecía más de lo habitual, solía encerrarse en su cuarto al volver del campo para beber hasta perder el sentido. Al día siguiente, su carácter se hacía aún más insufrible. Laura intentaba no cruzarse en su camino; se volvía invisible y sufría la soledad con más intensidad que nunca. Entonces, deseaba con todas sus fuerzas que llegara el momento de dar a luz y poder marcharse de allí. La amargura del viejo podía olerse a distancia. Cada uno de sus poros destilaba una mezcla de olor a alcohol y tristeza que a ella acababa por pegársele a la piel, haciendo que todo a su alrededor se volviese gris e insoportable.

Una noche en la que una gran tormenta amenazaba con llevarse la casa por delante, mientras cenaban cada uno rumiando su propio silencio, un árbol no resistió el envite del viento y cayó, arrancando de cuajo una de las contraventanas de madera y el tendido eléctrico. Se quedaron a oscuras. Tras salir al exterior y comprobar que la estructura de la casa no había sufrido daños importantes, Toribio volvió a su sitio con una calma que impresionó a Laura. Ella estaba muy asustada. Pensó que solo la suerte y un par de metros los habían salvado de una muerte segura. Se sintió desamparada y comenzó a temblar. Bajo la tenue iluminación de unas velas, él percibió el miedo en su mirada y, ante la sorpresa de la chica, comenzó a contarle una historia. Hablaba sin prisa, saboreando cada palabra, cada recuerdo.

Le habló de cuando era pequeño y las mujeres iban a lavar en las piedras del río. Eran lavanderas que trabajaban para el cottolengo, una casa de acogida para niños huérfanos y enfermos situada en Nuñomoral, un pueblo de la provincia de Cáceres. A él le encantaba acompañarlas, porque lo pasaba en grande con el resto de niños de su edad. Jugaban a la orilla del río, salpicándose y bañándose en verano, y patinando sobre los remansos de agua congelados cuando el frío del invierno cubría todo el campo con una pátina blanca de escarcha y hielo. Los muchachos más mayores y más altos tenían asignada la tarea de atar entre los árboles las cuerdas que después servirían para tender la ropa, tarea que era observada con devoción por sus ojos infantiles.

Cuando creció lo suficiente y alcanzó el privilegio de poder llevarla a cabo, se sintió tan emocionado y orgulloso de sí mismo que ese simple gesto se había quedado grabado en su cerebro para siempre. Durante un instante, los ojos de Toribio se perdieron en el infinito con mirada soñadora y Laura pensó que, por primera vez, aquel hombre ceñudo y circunspecto estaba bajando la guardia y mostrándole su interior. Pero ese gesto solo duró el tiempo que él tardó en ser consciente de ello. Fue como si algo hubiese presionado una tecla de alerta en su cerebro que lo hizo reaccionar y cerrarse en banda, volviendo a recorrer en segundos todo el camino de vuelta a una cobardía disfrazada de indiferencia. Desde aquella noche, aunque él seguía empeñado en construir un muro invisible entre ambos, la relación de Laura con el viejo mejoró.

En ese momento, él era la única persona que podía ayudarla, pero parecía estar sobrepasado por la situación. Por otro lado, ella no sabía a dónde ir. Sin el niño, quizá aún tuviera una oportunidad de continuar con la vida que tenía antes de conocer a Curro. Albergó esa esperanza durante todo el embarazo, pero no había contado con que le fuera a resultar tan difícil llegado el momento. Su cabeza era un hervidero de dudas y pensamientos a medio procesar, y no era capaz de razonar con claridad.

—Ha llegado la hora —dijo Demetria, extendiendo los brazos para coger al bebé, que dormitaba tranquilo entre los brazos de su joven madre.

4

Lobo

—Bibo, mamá dice que sin abejas el mundo se acabaría, y yo digo que eso no puede ser.

—Es cierto, Lobo. Las abejas se encargan de polinizar las plantas.

—¿Poli… qué?

—Polinizar. Las abejas llevan el polen de unas flores a otras enganchado en sus patitas. Así es como nacen nuevos frutos. Sin abejas, casi todas las plantas desaparecerían y eso afectaría a nuestra alimentación.

—Pero aún nos quedarían los animales. ¡Así mamá no tendría que obligarme a comer verduras!

—No es tan sencillo. También desaparecería la mayor parte del forraje que comen los animales de los que nos alimentamos. Después de un tiempo, no quedarían muchos.

—¡Vaya! Pues sí que sería un problema…

TORIBIO VOLVÍA DEL campo tras una calurosa tarde de trabajo. Estaba agotado y caminaba lentamente, apoyándose en un gran palo que hacía las veces de bastón y que solía llevar consigo como buen compañero de caminatas. A sus cincuenta y ocho años, ya no era tan ágil como antes. Lo notaba en los dolores de las articulaciones y en que cada vez tenía que detenerse más a menudo para recuperar el aliento. Siempre había sido un hombre de costumbres sencillas al que le gustaba la vida del campo, por dura que fuera.

Odiaba tener que ir a la ciudad e intentaba evitarlo siempre que podía. Estar en contacto con la naturaleza lo hacía sentirse bien, y estaba convencido de que respirar cada día el aire puro del monte alargaba la vida. Pero hubo un tiempo en que todo eso dejó de tener importancia para él porque se cansó de vivir. Los sueños lo atormentaban cada noche y la soledad lo angustiaba al llegar el día. Casi se había rendido y, del mismo modo que había hecho muchos años antes, llegó a planear concienzudamente su final. El insomnio le había proporcionado muchas horas en la oscuridad para meditar cómo hacerlo. Se obsesionó de tal manera que no podía pensar en otra cosa; tenía que ser algo rápido y fácil, no una chapuza como la primera vez. Una buena soga sería suficiente para acabar colgado en uno de los árboles del monte. Como uno de esos perros que de vez en cuando se encuentra uno en el campo. Perros viejos o enfermos que dejan de ser útiles cuando los años les impiden seguir cosechando éxitos de caza para sus amos, o ya no son lo bastante rápidos para dirigir un rebaño. Sus desalmados dueños, por los que ellos darían la vida sin dudarlo, los ahorcaban y dejaban sus pequeños cuerpos colgados a la vista de todos.

Toribio visualizaba una y mil veces su propia silueta balanceándose a merced del viento, con el rostro crispado en una mueca horrible, la lengua colgando y una mancha de orín en los pantalones. ¿Quién lloraría su muerte? ¿Habría un solo ser humano que de verdad lamentara su marcha? Entonces, inevitablemente, pensaba en Curro. ¿Derramaría alguna lágrima por él o seguiría con su vida como si nada, con una molestia menos en la que pensar?

Hacía años que la relación con su hijo se había enquistado y Toribio sabía de sobra que era culpa suya. No había sabido ser un buen padre y eso había marcado de alguna manera el destino de su hijo. Su conciencia no le había perdonado lo que ocurrió aquel maldito día, mil años atrás, cuando la insensatez de la juventud aún corría por sus venas. Los remordimientos se habían encargado de ir envenenando su carácter, pero había aprendido a vivir con ellos colocando una sucia venda en los ojos de la memoria. Aquello calmó su pesar, pero le impidió ver durante años todo lo bueno que le rodeaba, lo único valioso que poseía: el amor de su mujer y su hijo. Ninguno de los dos estaba ya a su lado y, con los años, su pasado se había convertido en una carga tan pesada que ya no tenía fuerzas para soportarla en soledad.

Por eso decidió poner fin a su sufrimiento. Lo había intentado en varias ocasiones, incluso había llegado a colocar, en la rama más alta que encontró, la cuerda que pondría fin a todo. Era un buen lugar, muy cerca de la colmena. Por algún motivo lo reconfortaba pensar que terminaría sus días junto a sus abejas. Pero, llegado el momento, no se atrevió. Era un maldito cobarde incapaz de enfrentarse a la muerte cara a cara. Aunque no era el miedo a morir lo que se lo impedía. Le torturaba pensar que, con ese acto, decepcionaría a su hijo una vez más.

Pero entonces, un día de invierno en que la lluvia hacía horas que arreciaba, Toribio se encontraba avivando el fuego de la chimenea cuando alguien llamó a su puerta. Afuera hacía un día de perros, como el humor con el que se había levantado tras una larga noche en la que la humedad le había aguijoneado los huesos. Se incorporó, molesto por la inesperada visita, y se quedó perplejo al reconocer a la chica que había acompañado a Curro unos meses antes. Al verla allí, plantada ante su puerta, empapada y tiritando de frío, se le ablandó el corazón y la dejó pasar. Escuchó sus súplicas a regañadientes. No quería problemas, y lo que menos le apetecía era tener que ocuparse de una mocosa adolescente que, además, estaba embarazada de su hijo, al que acababan de condenar a once años de prisión. Tampoco podía permitirse muchos lujos, ya que su cuenta bancaria tenía más agujeros que el viejo tejado de su casa, repleto de goteras. Pero aquel día no tuvo agallas para dejarla en la calle y esa decisión fue su salvación. Pensó que quizá la vida o el karma o lo que fuera que se encargara de demostrar a cada hombre cuál es su lugar, le estaba agradeciendo ese sencillo acto de bondad, ofreciéndole una segunda oportunidad.

—¡Bibo! ¡Mira!

El grito interrumpió las reflexiones de Toribio. Sin darse cuenta, una sonrisa había ido marcando su tez curtida. Observó a Lobo y a su perro saltar delante de él, ambos completamente excitados.

—¿Qué ocurre?

—¡Mira lo que ha encontrado *Rudy*! —El niño le mostraba una especie de bicho grande entre las manos que Toribio no alcanzaba a identificar—. ¡Es un ciervo volador! ¡Verás cuando se lo enseñe a Lalo!

—¡Es enorme! —exclamó Toribio, dándole unas palmadas en el lomo al perro para que se tranquilizara.

El pastor alemán se sentó de mala gana sin dejar de mover el rabo, observando el juguete que había encontrado y que, según la reacción de su amo, debía de ser muy valioso. Con la cabeza inclinada, tenía una de las orejas de punta y la otra se plegaba hacia adelante, otorgándole una expresión divertida. *Rudy* no era un perro de pura raza. Demasiados signos lo delataban, como el rabo curvado hacia arriba, las orejas poco erguidas o la escasa curvatura de la espalda. Sus dueños probablemente lo habían rechazado por ese motivo y lo habían abandonado en el monte cuando tenía unos pocos días. Toribio lo encontró y se lo regaló al niño. Desde entonces ambos se habían convertido en compañeros inseparables de aventuras.

—Qué pena que esté muerto... ¿Me dejas ir a casa de Lalo para enseñárselo?

—Ya está atardeciendo, Lobo. Sabes que a tu madre no le gusta que llegues tarde.

—Por favor, abuelo…, no tardaré nada. Ya casi estamos llegando… —El niño lo miró suplicante, con esos enormes ojos del color de la miel que tenían el poder de ablandar corazones. Había utilizado la palabra abuelo, cosa que no solía hacer a menos que la situación lo requiriese, y Toribio sonrió pensando que su nieto se había convertido en un granujilla más listo que el hambre. Le recordaba tanto a Curro… A veces, incluso le parecía haber retrocedido en el tiempo y estar contemplando el rostro sucio y vivaracho de su hijo, siempre sonriendo y haciendo de las suyas. Pero Lobo despuntaba por su increíble madurez. Era muy precoz para tener solo ocho años.

—Anda, ve. Pero no te entretengas y llega a casa antes de que anochezca o tendré que vérmelas con tu madre.

—¡Bien! ¡Gracias, Bibo! —gritó Lobo antes de salir corriendo colina abajo, seguido de cerca por su perro.

—¡Y ten cuidado! —Toribio alzó la voz para que el niño pudiera oírlo y Lobo levantó el pulgar como respuesta, sin dejar de correr.

Toribio sonrió observando a su nieto alejarse. Después, negó con la cabeza y echó a andar de nuevo, apoyándose en su palo. Aunque siempre había sido un niño pequeño y delgaducho, él sabía que era más fuerte de lo que aparentaba. Más de una vez se lo había demostrado. Aunque su verdadero nombre era Marcos, Toribio siempre lo llamaba Lobo. Aún se acordaba del día que llegó al mundo y lo vio por primera vez. Era una pequeña criatura que nació cubierta de pelo negro, como un lobezno. Recordó cómo aquel día echó de su casa a Demetria. Aquella vieja bruja había querido llevarse al niño a la fuerza cuando su madre cambió de idea y decidió quedarse con él. Toribio nunca había reaccionado con más decisión. Una extraña fuerza se apoderó de él para mostrar su intención de defender al bebé con uñas y dientes si fuera necesario.

Por suerte, la vieja pareció advertirlo en su mirada y él no tuvo que utilizar la fuerza para hacerla entrar en razón. Demetria salió de su casa maldiciéndolos a todos y echando espumarajos de rabia por la boca, arrastrando sus bártulos como una fiera herida y derrotada que se retira a reponer fuerzas para preparar el siguiente ataque. Prometió vengarse por aquella humillación, pero no volvieron a verla. Era probable que meditara con más calma y llegara a la conclusión de que tenía todas las de perder en aquel asunto.

A partir de ese día, la suerte de Toribio dio un giro de ciento ochenta grados. El niño fue creciendo y, poco a poco, se le fue metiendo muy adentro, ablandando y moldeando su corazón hasta que este perdió su rigidez y pudo llenarse de amor. Los dos pasaban mucho tiempo juntos. Cuando no había colegio, solían salir al campo y él disfrutaba contándole historias antiguas o enseñanzas sobre las abejas o los cultivos. El niño escuchaba con atención y lo interrumpía mil veces para hacerle preguntas. Cuando no estaba con su abuelo, Lobo solía ir a casa de Gonzalo, un joven que ayudaba de vez en cuando a Toribio con las abejas, y que vivía de la doma de caballos y del campo. El abuelo no podía evitar una punzada de sanos celos ante la relación que el niño tenía con Lalo, como él lo llamaba. El niño había empezado a llamarlo así cuando aún no sabía pronunciar bien su nombre. De la misma manera, su abuelo recibió el apodo de Bibo. Después, cuando ya todos se habían acostumbrado a esos nombres, ninguno encontró un buen motivo para cambiarlos. Gonzalo era un buen hombre que no había tenido demasiada suerte en la vida, pero Toribio sabía que, al igual que él, quería a Lobo con locura. Y eso le bastaba.

Tras unos minutos de descenso, pronto alcanzó a ver el camino de tierra, bordeado por la hilera de robles negros que marcaban la entrada a Aldeanegra. Los árboles estaban dispuestos en zigzag a ambos lados del camino. Los primeros eran más pequeños, apenas unos arbolillos, pero, a medida que el sendero se iba adentrando en la espesura del bosque, los rebollos, como se referían allí a aquellos árboles, se iban haciendo cada vez más grandes y frondosos. Los últimos alcanzaban fácilmente los veinte metros de altura. Sus largos brazos, que se abrían de forma desmesurada, eran visibles a través de las hojas, y su forma alargada y retorcida les daba una apariencia humana. Parecía que quisieran saludar al caminante ofreciéndole su nervudo abrazo.

Toribio divisó su casa. Desde que Laura y Lobo vivían con él, tanto su aspecto exterior como el interior habían mejorado sustancialmente. Era una vieja vivienda de piedra y madera cuyas paredes estaban cubiertas por las enredaderas. Sus ventanas lucían colmadas de flores de colores durante la mayor parte del año. Él se había encargado de arreglar el tejado y Laura, de la decoración. Poco a poco, aquellas viejas paredes habían recuperado la esencia de los días en los que Palmira, su mujer, se encargaba de alegrarla. Toribio miró con nostalgia el lugar donde había pasado la mayor parte de su vida. Entre aquellas cuatro paredes había vivido momentos tan felices como difíciles. Tras la muerte de su mujer, aquella casa se convirtió durante mucho tiempo en un recuerdo amargo del pasado, una cárcel de soledad. Pero nunca había dejado de ser su hogar. En los últimos años, junto a Laura y su hijo, creía haber encontrado por fin un bálsamo para sus heridas. Sabía que nunca cicatrizarían, pero al menos ya le permitían respirar sin dificultad.

—¿Y Marcos? —preguntó Laura con el ceño fruncido, extrañada al no ver al niño. Normalmente se adelantaba y se lanzaba a sus brazos antes siquiera de que Toribio hubiese entrado por la puerta.

—Ha ido un momento a casa de Gonzalo, pero me ha prometido que vendrá enseguida —explicó Toribio, tratando de quitarle importancia. Laura era una mujer tranquila y no solía enfadarse, pero en lo referente al niño le parecía que se comportaba de manera demasiado protectora.

—Sabes que no me gusta, Toribio. Es demasiado pequeño para andar solo por ahí... —Laura no compartía la opinión de Toribio con respecto a la vida en el campo. Veía peligros por todas partes y a él le parecía una exagerada.

—No le ocurrirá nada, Laura. Aún falta un buen rato para que se haga de noche... Además, lleva al perro y esto no es como la ciudad.

—No empieces de nuevo —protestó ella—. Por aquí también pasan extraños haciendo senderismo de vez en cuando, o el niño puede caerse y hacerse daño. ¡De qué le serviría entonces el perro!

—Está bien. Si en diez minutos no ha llegado, iré a por él —dijo Toribio negando con la cabeza—. No deberías protegerlo tanto.

Laura soltó un bufido de impotencia y volvió a la cocina. No tenía ganas de empezar con la misma discusión de siempre. Toribio era un buen hombre, pero sabía que nunca conseguiría hacerle entrar en razón sobre los peligros que podía correr un niño tan pequeño por ahí solo. Para aliviar la ansiedad, intentó convencerse de que no pasaría nada. Después de todo, la casa de Gonzalo estaba bastante cerca, pero era un fastidio estar tan incomunicados. Guardaba el móvil en un cajón durante días porque allí no servía de nada. Para poder llamar y conseguir algo de cobertura, tenía que alejarse de la casa y subir a un montículo en el que las rocas despejaban de vegetación unos pocos metros. Gonzalo estaba en las mismas. En su casa tampoco podía recibir llamadas. Vivir en Aldeanegra era, en muchos aspectos, como regresar a la Edad Media, aunque también tenía sus ventajas. Le gustaba la tranquilidad de la vida en el campo y sabía que Marcos era feliz allí. Sobre todo en vacaciones, cuando apenas se dejaba ver el pelo y se pasaba todo el día por ahí con el abuelo o con Gonzalo.

Ella pasaba mucho tiempo en casa de Renata, elaborando productos artesanales que después llevaban a Salamanca o a La Alberca —un pueblo cercano muy turístico— para venderlos a los pequeños comerciantes o en el mercadillo.

Renata era una inglesa que vivía en Aldeanegra con Hannah, su madre, una anciana de ochenta y seis años. Ambas habían tenido una vida dura. Hannah nació en Praga. Su padre era un adinerado prestamista judío que murió en sus brazos cuando era niña. Con solo siete años, Hannah tuvo que abandonar su ciudad natal para salvar la vida. La anciana tenía dos grandes cicatrices en sus pómulos que, por su simetría y trazado, Laura sospechaba que no habían sido fruto de ningún accidente. Era una mujer entrañable a la que Laura había cogido mucho cariño.

Renata no se parecía demasiado a su madre. A sus sesenta y nueve años lucía una poblada cabellera canosa que en algún momento había sido del color de la zanahoria. Su cara pecosa estaba llena de surcos y profundas arrugas que le hacían parecer más vieja de lo que en realidad era. No era mujer de muchos amigos. Cuando Laura la conoció no se llevó muy buena impresión de ella. Pero el tiempo le había demostrado que era una de esas personas que brilla hacia dentro y que, una vez te permiten mirar en su interior, te quedas a su lado para siempre. Cada semana, Laura cogía la vieja furgoneta de Toribio para acercarse a Salamanca. Allí aprovechaba para entregar los productos que habían preparado, hacer algunas compras y visitar a su padre en la residencia. Habían pasado casi diez años desde que a Norman Kelley le diagnosticaron alzhéimer cuando aún era relativamente joven.

En sus viajes a la ciudad, aprovechaba para acercarse a la editorial de Julio Blanco, un gran amigo de su padre que le hacía encargos de traducciones de novelas al inglés, su lengua paterna y materna. Cuando Julio supo de la difícil situación de Laura, le ofreció el trabajo sin dudarlo. Cada quince días ella le entregaba los textos traducidos y recogía un nuevo encargo.

De vez en cuando, Laura echaba de menos la vida ajetreada de la ciudad. Sobre todo, en los largos y fríos inviernos en los que no había mucho que hacer, a excepción de permanecer en casa al abrigo de la chimenea. Pero si miraba hacia atrás y hacía balance, comprendía que aquel era su sitio. Porque el lugar no es lo importante, sino la gente de la que uno se rodea y a la que ama, estén donde estén. Porque Renata, Hannah, Gonzalo y Toribio se habían convertido, junto a su hijo, en su pequeña familia. Una familia en la que se sentía muy querida.

El niño no tardó en llegar y fue directo a los brazos de su madre, colmándola de besos antes de que ella pudiera protestar.

—¡Mami! ¡Te quiero mucho!

—No seas liante, que sabes que estoy enfadada…

—¡Pero si no he tardado nada! Es que tenía que enseñarle a Lalo lo que he encontrado. ¡Mira! —Marcos sacó el escarabajo gigante de una cajita y se lo enseñó a su madre, orgulloso.

—¡Puaj, qué asco! ¡Quita ese bicho tan grande de mi vista! —gritó Laura, haciendo aspavientos con las manos.

—¡Pero mamá! —Marcos reía a carcajadas por la expresión de su madre—. Es un *Lucanus cervus* —explicó, pronunciando las palabras con énfasis—. Lo hemos buscado en la enciclopedia de Lalo y ya me he aprendido el nombre. Además, es un macho, porque la hembra no tiene una mandíbula tan grande. Voy a guardarlo en el cuarto con mis otros descubrimientos. Este es especial, porque hemos leído que es el escarabajo más grande de Europa.

Marcos tenía toda una colección de bichos, fósiles, piedras y hojas en la habitación que compartía con su madre desde que nació. Se notaba claramente la influencia de Gonzalo en los gustos del niño y su amor por la naturaleza. Sin buscarlo, había encajado a la perfección en la mente del niño como la figura paterna que tanto necesitaba.

—Pues no tardes, la cena está lista —anunció Laura, revolviendo con cariño el pelo color azabache de su hijo.

Marcos devoraba la cena con ganas, escamoteando pequeños trozos de comida que dejaba caer con disimulo bajo la mesa para su fiel compañero, que también había aprendido a disimular y a esperar su recompensa pacientemente. Cuando el bocado se demoraba más de la cuenta, el perro ponía la pata sobre el pie del niño para que soltara una nueva presa.

Laura miraba a Toribio de reojo con una media sonrisa y hacía la vista gorda.

—Bibo, cuéntame la leyenda que me prometiste —dijo Marcos con la boca llena, pero tapándose con la mano para que su madre no lo regañase.

—¿Ahora, Lobo? Estoy cansado.

—Venga, abuelo…. Una cortita, por favor.

Ahí estaba, la palabra clave y la mirada suplicante que nunca fallaban. Laura reprimió una sonrisa.

—Está bien… ¿Quieres una de miedo?

—¡Síííí!

—Pero luego no te quejes si tienes pesadillas.

El niño negó con la cabeza y miró a su madre con sus ojos dulces como la miel.

—Las pesadillas las tendré yo cuando no me deje dormir, porque acabará metido en mi cama —protestó su madre.

Toribio comenzó su relato. Hablaba despacio, mesándose la barba canosa y expresándose con una cadencia misteriosa.

—Cuando yo era joven, en la zona en la que vivía, todo el mundo hablaba del *lobisome*…

—¿El hombre lobo? —interrumpió Marcos con los ojos como platos.

—Eso es. Son personas de aspecto normal. Nadie sospecha de ellas hasta que, en los días de luna llena, se transforman y matan a todo ser vivo que se les ponga por delante, ya sea persona o animal.

—Pero ¿por qué se transforman? —quiso saber Marcos.

—Dicen que les ocurre a los varones que nacen en séptimo lugar y no tienen ninguna hermana. La única manera de evitar la maldición es que al niño lo bautice su hermano mayor con el nombre de Antonio. Existe un romance que cantaban cuando era niño…

> Se casó bien casada en otro pueblo Leonor.
> Siete hijos trajo al mundo, los siete que le dio Dios.
> No hubo hembra por el medio, cada uno fue varón.
> Y al séptimo, que era el último, le cayó una maldición:
> en un lobo de por vida el pobre se convirtió.
> De mañana en la lobera y de noche de rondón…

—¿Llegaste a ver alguno?

—Yo no, pero cuentan que un día, uno de los vecinos del pueblo, cansado de que los lobos masacraran los rebaños, se echó al monte con una escopeta. Logró dar caza al lobo y, como trofeo, le cortó una pata y la llevó al pueblo en su zurrón. Cuando llegó y fue a enseñársela a todos, descubrió que la garra se había transformado en una mano. Rápidamente, varios hombres corrieron hasta el lugar en el que se encontraba el lobo muerto. Lo que el cazador descubrió allí fue horrible…

Toribio hizo una pausa premeditada para continuar cenando.

—¿Qué fue? ¡Ahora no puedes parar, Bibo! —se quejó Marcos, impaciente.

Después de hacerse un poco el remolón, el abuelo continuó.

—Pues, en lugar del lobo, encontraron el cadáver desnudo de su hermano pequeño, al que le faltaba una mano. —La voz de Toribio se había transformado en un susurro y Marcos se acercó un poco más a su madre. Ella lo abrazó. Sabía que, aunque nunca lo reconocería, empezaba a tener miedo.

—Resulta —continuó Toribio—, que en su familia no creían demasiado en esas leyendas y el niño, que era el séptimo varón de la familia, no había sido bautizado por su hermano mayor.

Hubo un silencio en la mesa. Marcos miraba a su abuelo, embelesado.

—Todo eso no son más que leyendas, hijo —aclaró Laura—. No son ciertas.

—Ya lo sé, mamá. No soy tonto.

—Claro que no, pero a lo mejor te da un poco de miedo… —insinuó Laura.

—No. Nada. Ya soy mayor para eso.

—Lo sé. —Laura apretó contra su pecho al niño y lo besó en la frente. Le gustaba hacerse el valiente delante de ella; desde muy pequeño había adoptado un papel protector con respecto a su madre. Era su pequeño hombrecito.

—Pero… ¿puedo dormir hoy contigo para que no tengas miedo? Por favor, mamá.

El abuelo soltó una carcajada que contuvo al instante con la mirada reprobadora de Laura.

—Por supuesto, cariño. La verdad es que era yo la que te lo iba a pedir.

5

Cicatrices

Alemania, agosto de 1939

EL TREN SE puso en marcha con una sacudida que provocó que Janusz alzara la cabeza y comenzara a toser violentamente. Cuando se calmó, volvió a acurrucarse en su regazo. La niña le tocó la frente y se dio cuenta de que estaba ardiendo. No sabía qué hacer salvo acariciar su cabecita y susurrar, más para sí misma que para él, que todo iba a salir bien. Afuera, en el andén, multitud de padres y madres desesperados se despedían de sus hijos entre escenas de dolor y algún que otro desmayo. Los demás niños del convoy se amontonaban junto a las ventanillas para decir adiós a sus familiares, donde los más pequeños lloraban y gritaban, y los mayores sonreían emocionados por la gran aventura que tenían por delante, y que iba a salvarles la vida. Pero ellos no se movieron de su asiento. No había nadie al otro lado al que decir adiós. Ella intentó concentrarse en algo para no echarse a llorar. Sentía fuego en las mejillas y le dolían terriblemente. Cada vez que hablaba o hacía un gesto brusco, se le abrían las heridas y le volvían a sangrar. Se había colocado unos apósitos, que sujetó como pudo con un trozo de tela enrollada alrededor de la cabeza, desde la barbilla. Si lloraba, se le mojaría todo y tendría que quitárselo. Además, tenía que ser fuerte, como le había prometido a su padre.

Los niños comenzaron a tranquilizarse y a ocupar sus asientos cuando la estación se perdió de vista. El alboroto inicial poco a poco se fue transformando en un silencio extraño para tratarse de un tren repleto de chiquillos. Janusz tosió y comenzó a temblar.

Ella se apretó un poco más junto a él, tratando de arroparlo con sus brazos. Estaba agotada. Había pasado la noche en vela y pronto se quedó adormilada con el traqueteo del viaje.

—Ya tengo los documentos preparados. Mañana por la mañana Janusz y tú podréis subir al tren por fin.

—Papá, yo quiero quedarme contigo. No quiero irme sin ti.

—Cielo, ya lo hemos hablado. Yo no puedo ir y las cosas se están poniendo cada vez más feas por aquí. Sabes que hay muchos disturbios y ataques contra los judíos. Ayer incendiaron otra sinagoga. Parece que nadie quiere hacer nada. Hasta los bomberos se cruzaron de brazos mientras veían cómo el edificio se iba consumiendo. Solo actuaron cuando hubo riesgo de que el fuego se propagara a la vivienda colindante. Están saqueando nuestros negocios, las escuelas y hospitales, incluso nuestros cementerios. Este lugar ya no es seguro.

—Por eso mismo no quiero irme y que tú te quedes aquí...

—Es algo temporal, hasta que todo vuelva a la normalidad. Mira, lo pone aquí. —Shimon señaló con el dedo uno de los documentos. Junto a la foto de la niña y su edad, siete años, había unas letras en color rojo: «DOCUMENTO DE TRÁNSITO»—. Después volveremos a encontrarnos.

—Pero ¿cómo? ¿Cómo vas a encontrarme en Inglaterra?

—Pues muy fácil. Solo tendré que preguntar a qué familia de acogida te han asignado.

Ella hizo una mueca de desconfianza. No quería dudar de las palabras de su padre, pero tenía demasiado miedo.

—Además, sabes que Janusz está muy malito. ¿Cómo voy a cuidar de él?

—En cuanto llegues a Inglaterra se ocuparán de él, no te preocupes.

La pequeña, que llevaba un rato intentando contener las lágrimas para no defraudar a su padre, no pudo más y se echó a sus brazos, llorando desconsolada.

—¡Papá! ¡Tengo mucho miedo!

Shimon se arrodilló para abrazarla, cerrando los ojos con fuerza y haciendo verdaderos esfuerzos por no echarse a llorar él también.

No podía permitir que su hija adivinara sus pensamientos y supiera que no estaba seguro de que las cosas fueran a ocurrir como le acababa de contar; que había muchas probabilidades de no volver a verla nunca, pero que prefería eso a que hubiese una sola posibilidad de que se quedase allí y muriera. Aunque no le había negado a su hija la realidad, sí que la había maquillado. Las cosas estaban realmente mal y ambos corrían peligro de muerte. Sacarla de aquel lugar había sido su obsesión durante meses, y eso era lo que iba a hacer.

—Tienes que ser fuerte. —Shimon se apartó, sujetándola por los hombros para que ella pudiera mirarlo a la cara—. No quiero que te rindas nunca. ¡Prométemelo!

Ella asintió al tiempo que unos fuertes golpes en la puerta dieron por finalizada su conversación.

—Espera aquí —ordenó su padre, yendo a ver qué ocurría.

Menos de un minuto después, unos soldados con uniforme alemán irrumpieron en la sala. Uno de ellos arrastró a su padre, sujetándolo del cuello y amenazándolo con un enorme cuchillo. Otros dos comenzaron a registrarlo todo ante la mirada horrorizada de la niña.

—Sé que tienes escondidos unos diamantes, ¡¿dónde están?!

—No sé de qué me habla. Se equivoca de persona.

—No me obligues a tener que matarte delante de tu hija...

La pequeña se había quedado petrificada. Observaba con ojos desorbitados al hombre que amenazaba a su padre. Era un soldado joven y fuerte, con dos grandes cicatrices irregulares, una a cada lado de la cara. La niña no podía apartar la mirada de aquel horrible rostro lleno de odio.

—¿Y tú qué miras, judía? ¿Te gusta mi cara? —Con un movimiento hábil, el hombre blandió su cuchillo delante de la niña, haciéndole un corte limpio en cada mejilla.

Ella chilló de sorpresa y dolor y se llevó las manos a la cara, que empezaba a sangrar profusamente.

—¡Nooo! —Shimon se revolvió, liberándose de su agresor y propinándole un fuerte golpe en la nariz. Pero antes de que pudiera socorrer a su hija, el joven lo sujetó por el pelo y le asestó varias puñaladas en el costado.

Se despertó sobresaltada, mirando a su alrededor, desubicada. Janusz, que dormía apoyado en su regazo, cayó del asiento y se puso a llorar y a toser. Ella lo abrazó y lo acunó hasta que logró que se calmara. Solo había sido un sueño, pero le había parecido tan real... Aún no sabía que aquello era solo el comienzo de una terrible pesadilla que la atormentaría durante años.

No recordaba muy bien lo que ocurrió después de que aquel hombre apuñalara a su padre. Eva, su vecina, escuchó los gritos y acudió a ver qué sucedía. Los hombres se la llevaron a la fuerza y a ella la dejaron allí tirada, junto al cuerpo agonizante de su padre. Sus últimas palabras se le quedarían grabadas para siempre: «Sé fuerte y no dudes en hacer lo que tengas que hacer para sobrevivir». A continuación, le entregó una fotografía manchada de sangre.

Sacó el retrato del bolsillo de su chaqueta y lo contempló. Ella aparecía sentada en el regazo de su padre y sonreía. Recordaba perfectamente el día que se hicieron la fotografía, un par de años antes. Había estrenado un vestido nuevo y unos zapatos de charol, y estaba radiante con sus dos largas trenzas negras, rematadas con un gran lazo. Él tenía una mirada seria y su sonrisa era más comedida, pero parecía feliz. Acarició el rostro en blanco y negro de su padre e intentó limpiar la mancha de sangre que había quedado en una de las esquinas, pero era imposible. El papel había absorbido el líquido rojo y había quedado marcado para siempre.

Le dio la vuelta a la imagen y leyó la dedicatoria: «Nunca me olvides». Un nudo le apretó la garganta y tuvo que apartar la mirada y respirar hondo para no derrumbarse. Nunca lo olvidaría, de eso estaba segura. Tampoco podría arrancar de su memoria cómo había pasado toda la noche junto a su cadáver sin saber qué hacer. Por la mañana, estaba decidida a cumplir la promesa que le había hecho a su padre. Se curó las heridas, recogió sus cosas y se despidió de él para siempre. Antes de bajar por las escaleras se acordó de Janusz, su vecino. La puerta de su casa estaba entreabierta y no estaba segura de si aquellos hombres se habrían llevado al niño junto a su madre. La respuesta le llegó en forma de tos desde el interior de la casa. Encontró al niño en pijama, con los ojos hinchados de tanto llorar y medio adormilado. Le puso los labios sobre la frente: estaba ardiendo. Lo vistió y salió de allí con él en brazos. Tuvo que preguntar a varias personas el camino hasta la estación y tardó mucho en llegar. El niño pesaba demasiado para ella, y no paraba de toser y lloriquear. Hubo momentos en los que temió no llegar a tiempo de subir al tren, pero no se rindió y finalmente lo consiguieron.

—¡Te ha tocado el número siguiente al mío! —comentó la chica que había sentada frente a ellos y que hacía rato que los observaba.

Ella miró los grandes carteles que les habían colgado del cuello, y que llevaban escrito el número que los identificaba. Tenía el 281, y Janusz, el 302. Asintió con la cabeza, pero no respondió.

—¿Qué te ha pasado? ¿Estás herida?

La niña alzó los hombros y se limitó a mirar el paisaje, que pasaba a toda prisa a través de la ventanilla.

La chica, que debía de tener unos doce o trece años, se incorporó y se sentó a su lado. Sacó una cantimplora de metal y se quitó el pañuelo que llevaba atado al cuello para mojarlo.

—Anda, déjame que te ayude con el niño. —Colocó el pañuelo húmedo sobre la frente de Janusz, que gimoteó al sentir el frío—. Hay que bajarle la fiebre. ¿Es tu hermano?

Ella negó con la cabeza.

—Me llamo Yona, ¿y tú?

—Hannah.

6

Secretos

ACCEDER A LA casa de Regino no resultó tan fácil como pensaban. Tres *rottweillers* custodiaban el lugar, dispuestos a dar la vida si fuera preciso para impedir que alguien traspasara sus dominios. Fue necesario acudir al SEPRONA* para que se hicieran cargo de ellos y los pusieran a disposición judicial, lo que retrasó bastante el registro. La casa de Regino era sobria y pequeña, sin apenas muebles o decoración, aunque estaba bastante limpia. No encontraron fotografías ni libros, ni tampoco cuadros. Una vieja tele de tubo en el salón y una radio que debía de tener más de veinte años fueron los dos aparatos más modernos que hallaron en la vivienda. Nada parecía estar fuera de lugar. Pero la sorpresa llegó cuando los guardias civiles registraron una nave cercana a la que se accedía desde la parte trasera de la casa, atravesando un corral por el que campaban a sus anchas varias gallinas y una cabra. En el edificio encontraron unas estructuras de madera y metal con respiraderos que escondían un búho real, dos lechuzas y un halcón, así como una gran jaula llena de ratones.

—Pues parece que al final el viejo sí tenía algo que esconder —comentó Picarzo—. No me extraña que amenazara con pegarle un tiro a todo el que se acercara. Tenía secretos.

---

* Servicio de Protección de la Naturaleza.

—Con esto cobra peso la teoría de que el asesino lo sorprendió cuando el hombre se disponía a capturar algún ejemplar de ave nocturna —opinó Albino.

—Debió de presenciar lo que no debía —aventuró el guardia civil que, con aire distraído, se pasó la mano por el cuello sudoroso y a continuación se la secó en el pantalón.

Cristina lo miró con desagrado y se mordió la lengua para no decirle que le parecía algo asqueroso.

—Le he pedido a Ventura que indague sobre los familiares más cercanos de Regino García y parece ser que, como nos ha asegurado el alcalde hace unas horas, no tiene a nadie. Era hijo único y en el registro no figuran ni tíos ni sobrinos —dijo para intentar centrarse en lo que les concernía—. Nosotros ya hemos acabado aquí, dejemos a los del SEPRONA que se hagan cargo de todos estos animales. Quiero hablar con la familia del chico cuanto antes.

Antes de que los dos guardias civiles subieran al vehículo, vieron llegar un coche del que se bajó el alcalde de Aldeanegra. El hombre iba vestido con un mono azul de trabajo y unas botas altas de goma.

—Disculpen las pintas —dijo un poco azorado—. Vengo de echar de comer al ganado. He ido a buscar al Chato, que es el hombre al que Regino amenazó con su escopeta hace años. Por si les puede contar algo y acelerar la búsqueda.

El alcalde abrió la puerta del acompañante y ayudó a bajar del vehículo a un señor bastante mayor con boina negra, que se apoyaba en un cayado.

—Buenos días —saludaron al unísono los guardias.

—Nos dé Dios —respondió el anciano—. No es que tenga mucho que contar, pero el señor alcalde se ha empeñado en que les explique lo que pasó con el Regino.

—No se preocupe —lo animó Albino—, cualquier cosa que nos diga puede ser de ayuda.

—De aquello ya hace unos cuantos años. Un día pasé cerca de la casa del Regino, que no es que me alegre de que esté criando malvas, pero que no era buena persona, también se lo digo. El caso es que andaba yo a setas *pallí* cuando salió y me dijo que me largara cagando leches o me echaba a los perros. Y mire usted, yo, que a cabezón no me gana nadie desde que mi madre me parió, basta que me digan arre *pa* que yo eche el freno, no sé si me entienden.

Albino miró de reojo a su compañero, que escuchaba al anciano con cara de póker y tuvo que fruncir los labios para contener una sonrisa. El hombre hacía ademanes exagerados con las manos al hablar y sacudía el cayado con brío. Cuanto más contaba, más enfadado parecía.

—Imagino que no quiso irse cuando se lo pidió —aventuró.

—Me planté y le dije que por mis cojones no me movía de allí. Pero se metió en casa y salió con la escopeta. Como veía que no tenía intención de marcharme, me apuntó y disparó. No sé si falló adrede o no, pero juro que sentí pasar los perdigones por encima de la cabeza. Total, que tuve que salir arreando, porque si me llego a quedar, me mata.

—Poco después hubo un altercado parecido con otro vecino del pueblo —comentó el alcalde—. Por desgracia murió el año pasado y no puede contarlo, pero fue más o menos igual.

—¿No lo denunció? —quiso saber Albino.

—¿*Pa* qué? —El Chato se encogió de hombros—. Mejor dejar las cosas como estaban y no liarla más, que ya había visto yo que muy bien de la cabeza no debía de estar ese hombre.

—¿Eso es todo? ¿No volvió a tener ningún problema con él? —preguntó Picarzo.

El anciano negó con la cabeza, bastante más calmado, y una vez más se encogió de hombros.

—Pocas veces más lo volví a ver. Casi nunca se dejaba caer por el pueblo, ni para ir al ultramarinos. Debía de ir a comprar al pueblo de al lado. Ya les he dicho que no había mucho que contar.

—Muchas gracias por su testimonio —dijo Albino—. Ahora tendrán que disculparnos, tenemos trabajo.

—Vayan con Dios —se despidió el anciano, que levantó la cabeza a modo de despedida.

—Cualquier cosa que necesiten ya saben dónde encontrarme, a la hora que sea —añadió el alcalde, solícito.

—Descuide —respondió Albino al tiempo que entraba en el coche.

—¡Menuda pieza debía de ser el tal Regino! Ese no se andaba con chiquitas —comentó Picarzo una vez solos.

—De poco le ha servido. Solo tenía que dar con alguien peor que él.

7

Una mala noticia

Diez días antes de la desaparición
Aldeanegra, 1 de agosto de 2018

—Las abejas nunca dejan de trabajar. Cada una tiene una función desde que sale de su celda por primera vez.

—¿Las recién nacidas también? ¿Aunque sean pequeñitas?

—Es que desde el primer día las obreras ya tienen el tamaño de las adultas, Lobo.

—¿Y cuál es su trabajo?

—Las que tienen pocos días de vida se dedican a limpiar las celdas de la colmena y después se transforman en nodrizas…

—¡Las que alimentan a las larvas!

—Exacto. Veo que vas aprendiendo. Cuando tienen unos quince días ya producen cera, y con veinte días se convierten en guardianas de la colmena.

—¿Y ya pueden luchar? ¡Si aún no tendrán fuerza!

—Claro que pueden, son más fuertes de lo que crees. Con cuarenta días ya salen a recoger néctar, polen y agua.

—Y ¿cuánto tiempo viven, Bibo?

—Pues la reina varios años, pero las obreras, dos o tres meses.

—Así que se pasan tres meses trabajando y luego se mueren.

—Sí, más o menos.

—Pues eso es muy injusto, no me gustaría ser una abeja obrera. A lo mejor un zángano sí.

—Me parece que eso te gustaría menos aún, hijo.

Laura continuó andando por el estrecho sendero, abrazándose en un vano intento por desterrar el frío que le recorría las entrañas. Aunque era verano, aquella parte del bosque, siempre húmeda, solía ser bastante fresca. Pero el frío que sentía aquel día no tenía nada que ver con la climatología. Un empleado de la residencia le había comunicado a primera hora de la mañana lo que llevaba días temiendo escuchar: su padre acababa de morir. También le informaron que su madre, la misma que hacía años que no visitaba a su marido, se estaba ocupando de todo. Ya había dispuesto para el día siguiente la hora y lugar del funeral. Laura se sintió dolida por la espontánea participación de su madre. Era como si tuviera prisa por pasar página y leer por encima el último capítulo de un libro que no había disfrutado: el de la historia de su familia. Se le pasó por la cabeza ir a pedirle explicaciones, pero la certeza de la muerte de su padre, aunque no la había sorprendido, la había dejado desarmada. No se sentía con fuerzas. Tardó bastante en darse cuenta de que, aunque llevaba un rato caminando sin rumbo fijo, sus pasos la conducían hacia la casa de Gonzalo. Estaba atravesando el bosque mediante un atajo que resultaba más rápido a pie que el camino adaptado para las furgonetas. El discreto sonido del agua, acompañando el trinar de los pájaros, le indicó que había llegado al arroyo que discurría entre los árboles.

Saltó el riachuelo apoyándose en unas piedras cubiertas de musgo y continuó caminando entre helechos. La humedad de las hojas traspasaba el tejido de los pantalones, haciendo que estos se le adhirieran a las piernas. Pronto la espesura comenzó a disminuir y Laura pudo distinguir, entre los alisos, el tejado de pizarra de la casa de Gonzalo. Era una pequeña construcción de dos plantas con un altillo, al estilo de las muchas que podían encontrarse por la zona. Su amigo le había contado que, antiguamente, la planta baja solía estar ocupada por el ganado, mientras que en la primera era donde se llevaba a cabo el día a día. El calor que despedían los animales hacía que la planta habitada estuviese más caldeada, y el nivel superior se utilizaba para colgar y almacenar los productos típicos de la matanza del cerdo. A través del techo de madera, se filtraba el humo generado por el hogar de la cocina, que contribuía a la curación de la carne.

En la casa de Gonzalo ya no había animales. Él había adaptado el piso inferior para construir un pequeño taller de madera en el que solía pasar las horas con Marcos, entre libros y ejemplares de bichos, plantas e insectos perfectamente catalogados y guardados en cajas de plástico. Las paredes estaban adornadas con antiguos aperos de labranza y de las vigas del techo colgaban cestos, mazorcas de maíz y pimientos secos que debían de llevar allí más años que la propia casa. No podía decirse que el lugar brillara por el orden y la limpieza, pero tenía algo que lo hacía acogedor.

Laura supuso que Gonzalo debía de estar en la zona trasera y se dirigió hacia allí, agradeciendo la caricia del sol en su rostro tras abandonar las sombras del bosque. En el prado, un par de caballos levantaron la cabeza para observar a la recién llegada. Su curiosidad duró unos escasos segundos, después de los cuales continuaron pastando apaciblemente. Su amigo estaba en el redil, tratando de hacerse con un potro que parecía demasiado asustado y nervioso como para dejar que el domador se le acercara. Daba saltos y hacía quiebros sin cesar, ignorando los intentos de Gonzalo por tranquilizarlo.

—No sé cómo logras hacer que te obedezcan —comentó Laura, apoyándose en la valla de madera del recinto circular—. Me parece imposible, la verdad.

Gonzalo se volvió, sorprendido por verla allí a esas horas.

—¡Hola, Laura! ¿Ocurre algo? —preguntó, perdiendo el interés por lo que estaba haciendo y acercándose a ella con su peculiar forma de andar.

Gonzalo estaba cojo desde que, a la edad de Marcos, un cepo le destrozó el tobillo. Pasó horas en el bosque, aterrorizado, hasta que lo encontraron y lo pudieron liberar. Tras varias operaciones, perdió movilidad y nunca volvió a caminar bien. Desde que era niño había soñado con ser guardia forestal, pero aquella limitación se lo impidió. Aunque nunca fue un impedimento para su vida ni para su trabajo con los caballos, ya que podía correr y saltar con bastante habilidad, Laura sabía que él seguía teniendo una espina clavada con respecto a aquel accidente.

—Anda, invítame a un café de esos de puchero que te salen tan bien. —Laura hizo un gesto con la cabeza y echó a andar en dirección a la casa sin hacer más comentarios. Gonzalo lo dejó todo y la siguió con el ceño fruncido.

Un agradable olor a café recién hecho llegó a través de la ventana de la cocina. Laura esperaba sentada fuera, junto a una pequeña mesa de forja redonda. Prefería esperar a su amigo allí para ver si el sol la hacía entrar en calor y le levantaba un poco el ánimo. Ella lo recibió con una sonrisa triste cuando él apareció con dos tazas humeantes sobre una bandeja.

—Bueno, ¿vas a decirme ya qué te ocurre? Me tienes preocupado —dijo, sentándose a su lado.

Ella se lo quedó mirando, apretando los labios con fuerza y negando con la cabeza.

—Es mi padre. Ha muerto esta noche.

Él le cogió la mano y se la apretó con fuerza.

—Lo siento, de verdad. Lo siento mucho, Laura.

—Gracias, Gonzalo. Me siento mal. Es como si, de alguna manera, le hubiese fallado. Estos últimos años ha estado tan solo en esa residencia…

—No. Eso sí que no, Laura. No te martirices con eso, porque no es culpa tuya.

—Lo sé, pero no puedo evitarlo. Además, mi madre aparece de repente y se pone a organizarlo todo después de años sin dignarse a ir a verlo. No sé si lo hace porque se siente culpable o porque tiene prisa por ser libre de una vez y volver con su vida.

—Supongo que será lo primero.

—Tú no la conoces. Ella es muy… No sé cómo decirlo. Muy suya.

—Nunca me has hablado de tu madre. Quizá te venga bien hacerlo para desahogarte un poco.

Laura endulzó su café y cogió la taza con ambas manos para darle un pequeño sorbo. Era una mezcla de café y achicoria con un sabor especial que no tenía nada que envidiar al elaborado con cafetera, y que enseguida la reconfortó. Mirando a Gonzalo, asintió con la cabeza y comenzó a hablar.

—Se casó muy joven con mi padre. Él era casi quince años mayor, pero tenía una cuenta bancaria que supongo que a ella le compensaba lo suficiente como para pasar por alto ese pequeño detalle. Se conocieron en un pase de modelos para el que mi madre desfilaba y él se quedó prendado de su belleza al instante. Lo recuerdo mirándola con admiración y diciéndole que cada día estaba más guapa, que con los años la veía más atractiva. Y era cierto, siempre fue muy guapa. Supongo que la genética tenía mucho que ver, pero también ayudaba en gran medida su rutina diaria de gimnasio. Ahora me doy cuenta de que ella nunca estaba en casa. Siempre tenía algo importante que hacer.

—Vaya. Por suerte, no te pareces nada a ella —comentó Gonzalo, que empezaba a entender el abismo que separaba a Laura de su madre.

—O sea, que yo no soy tan guapa… —Laura se hizo la ofendida fingiendo una mueca de disgusto. Le encantaba bromear con Gonzalo, que se lo tomaba siempre todo muy en serio. Hasta en ocasiones así lograba arrancarle una sonrisa. Supuso que aquella había sido la razón por la que su subconsciente la había llevado hasta allí.

—¡No, no, no! —exclamó él, azorado—. No quería decir eso...

—Lo sé —se apresuró a aclarar Laura al ver la expresión de su amigo—. Solo te estaba tomando el pelo.

—Nunca aprenderé, ¿verdad? —dijo él aliviado, con una media sonrisa en los labios. Le costaba entender el humor de su amiga. Lo desconcertaba, pero también le gustaba.

—Perdona, es que necesito evadirme un poco y no lo puedo evitar. Me lo pones muy fácil. —Los grandes ojos verdes de Gonzalo la contemplaron con gesto risueño. Ella acarició su rostro y la poblada barba que lucía últimamente —. Al menos te he hecho sonreír, que ya es bastante.

Gonzalo no respondió. Se limitó a observarla con esa intensa mirada suya que a Laura le llegaba tan adentro, sintiéndolo tan cerca, pero al mismo tiempo tan lejos. Recordó el día en que se conocieron, cuando ella estaba embarazada y pensaba marcharse de allí en cuanto diera a luz. Apenas se hablaron, pero sus miradas se cruzaron y ella pensó que aquellos ojos tenían algo especial.

Laura le dio otro sorbo a su café y continuó hablándole a Gonzalo de su madre.

—Sí, es verdad que mi madre era y sigue siendo muy guapa. Tiene una figura impresionante para su edad, mejor que la mía, aunque me cueste admitirlo, pero la recuerdo siempre comiendo como un pájaro para no engordar. Un par de años después de la boda, se quedó embarazada de mí y tuvo que dejar de desfilar. Creo que ese es el motivo por el que me odia: mi llegada acabó con su carrera. Mi padre me contaba que ella tuvo una horrible depresión postparto que hizo que me rechazara. No quería cambiarme ni darme un baño, y mucho menos amamantarme. Ni siquiera me cogía en brazos. Fue mi padre el que ocupó su lugar y eso hizo que nunca hubiese complicidad entre ella y yo. La veía como a una extraña y, a medida que yo iba creciendo, nuestra

61

relación empeoraba. Me refugié en el cariño de mi padre, que siempre acababa apagando los fuegos que entre las dos avivábamos cada dos por tres.

—Tuviste suerte de tener un padre así.

—Sí. Él me quería con locura. Cuando miro hacia atrás, él es la única persona con la que comparto mis mejores recuerdos. Aunque era un hombre ocupado, muy involucrado en sus negocios, lograba organizarse para pasar conmigo el mayor tiempo posible. Sabía que me faltaba el amor de una madre y hacía todo lo que estaba en su mano para compensarlo. Recuerdo que solía decirme que nunca debía dejar de soñar. Entonces no lo entendía muy bien, pero después supe que la felicidad se acaba cuando empiezas a olvidar tus sueños.

—Y después fue él quien olvidó…

Laura cerró los ojos y, esbozando una sonrisa melancólica, continuó hablando.

—Al principio eran detalles sin importancia que achacaba a despistes propios del cansancio por un trabajo que lo entusiasmaba, pero que también lo agotaba. Un día, subió a su coche al salir de la oficina y no supo recorrer el camino de vuelta a casa. Lo encontraron, desorientado, en una gasolinera a varios kilómetros de Salamanca. A partir de aquel fatídico día, su salud mental cayó en picado. Le diagnosticaron alzhéimer y en menos de un año ya no nos reconocía ni a mi madre ni a mí. Las dos mujeres de su vida nos habíamos convertido, de repente, en unas extrañas.

—Y ¿qué ocurrió con su empresa? —quiso saber Gonzalo—. ¿Se encargó de ella tu madre?

—No, ella no quiso saber nada. Era una empresa de equipos y suministros médicos que había fundado con un compañero de la universidad. Tenía el cincuenta por ciento de las acciones que, finalmente, acabó vendiendo a su socio cuando supo que lo que le ocurría era irreversible.

—Él no llegó a conocer a Marcos, ¿verdad?

—No. Y me da mucha pena que no supiera que tenía un nieto. Le hacía mucha ilusión, porque me lo había comentado en más de una ocasión. —Laura apuró su café de un trago—. ¿Me sirves otro? No sé cómo te sale tan bueno. Te confieso que he intentado hacerlo en casa y me ha salido un brebaje asqueroso.

—Si te dijera el secreto no vendrías a tomártelo aquí. Así que, por el momento, seguiré guardándolo celosamente.

Laura sonrió, mirándolo con ternura mientras él volvía a llenar las dos tazas.

—Ahora en serio —continuó diciendo Gonzalo—. Supongo que sabes que parte de todo el capital que consiguió tu padre es tuyo, ¿no?

—No quiero nada, Gonzalo. No lo necesito.

—¿Por qué sabía que ibas a tomar esa decisión? —se preguntó Gonzalo, chasqueando la lengua.

—¿Porque me conoces? —Laura alzó las cejas a la espera de una respuesta mejor, que sabía que no llegaría.

—Laura, sí que lo necesitas. ¿O es que acaso vives rodeada de lujos? —Gonzalo levantó las palmas de las manos señalando el lugar en el que se encontraban—. Por el amor de Dios, piensa en Marcos. ¿Es esta la vida que quieres para él?

—Pensé que te gustaba el campo —agregó Laura, frunciendo el ceño—. Nunca imaginé que echaras de menos una vida rodeada de lujos…

—¡Y me gusta! ¡Me encanta lo que hago! Pero creo que es egoísta por tu parte negarle al niño un futuro, no sé si mejor, pero al menos distinto.

—Marcos es feliz aquí, me lo repite sin cesar. Creo que es algo que debería decidir yo. Y tú, si de verdad me aprecias, deberías apoyar mi decisión. —Laura se levantó dispuesta a marcharse—. Gracias por el café, me ha venido muy bien hablar un rato.

—Laura, no te enfades, por favor. —Gonzalo le cogió las manos y las apretó con firmeza—. Lo siento mucho. No… No he debido decirte eso. ¡No sé en qué demonios estaba pensando!

—No pasa nada, tranquilo. Es hora de volver, mañana me espera un día duro.

—Déjame que te acompañe para que no estés sola en el entierro…

—Mejor que no, Gonzalo. Mi madre aún no conoce a Marcos y él pregunta mucho por ella. Voy a intentar aprovechar la ocasión para presentárselo.

—Puede que no sea el mejor momento…

—Puede que no haya otro.

Laura se despidió y echó a andar en dirección a su casa, perdiéndose enseguida entre la espesura. Gonzalo se quedó un rato mirándola con cara de preocupación.

—¡Es que soy tonto de remate! —masculló, apretando los puños.

8

Willesden Lane

Gran Bretaña, 1939-1940

TRAS UN LARGO y penoso viaje en tren, los niños fueron trasla-
dados en barco desde Holanda a Gran Bretaña. Cuando Hannah
bajó del carguero y puso un pie en el puerto de Harwich, se permitió reflexionar sobre su futuro por primera vez. Quizá hubiera alguna esperanza para ellos, después de todo. Durante la
noche el mar había estado muy agitado y numerosos niños se
habían mareado por la falta de costumbre. Los marineros, unos
hombres rudos que hablaban un idioma desconocido para ellos,
se vieron sobrepasados con la situación. No paraban de gritar y
dar órdenes con gestos bruscos para intentar controlarlos a todos. Finalmente, para evitar que salieran a cubierta y corrieran
el riesgo de caer por la borda, los encerraron en el interior del
barco, donde todo olía a vómito y a aire viciado.

Fue un alivio poder salir al exterior y llenar los pulmones con
el aire fresco de la costa. Yona, que viajaba sola, no se separó de
Hannah y Janusz en todo el viaje. Entre las dos intentaron cuidar
lo mejor posible al niño, pero estaba tan débil que ambas temían lo peor. Apenas había comido desde hacía días, ni siquiera
aceptaba ya los mendrugos de pan ablandado con agua que le
preparaban a modo de papilla.

Después de otro corto viaje en tren, llegaron a la estación de
la calle Liverpool, en el East End de Londres. Yona llevaba al
niño en brazos y Hannah iba tras ella, acarreando las maletas
como buenamente podía. Estaba mareada y tenía el rostro tan

inflamado que los ojos empezaban a cerrársele. Se fueron colando entre la multitud hasta llegar a un puesto improvisado, donde varias mujeres repasaban la lista de niños y los iban identificando por las tarjetas que llevaban colgadas al cuello, para poder entregárselos a sus tutores. Yona trató de hacerse entender para que alguien las ayudara con Janusz, que yacía inconsciente sobre su hombro. Enseguida los atendieron. Una mujer cogió al niño y dio la voz de alarma mientras otra echaba un vistazo a la cara de Hannah. Las heridas comenzaban a infectársele bajo los apósitos y tenían un aspecto horrible.

Dado el estado del pequeño, un hombre cargó con él e instó a Hannah por señas a que lo acompañara. Yona fue tras ellos, suplicando que los dejase ir juntos. Por suerte, tras dudar unos instantes, el hombre accedió. Los trasladaron en una ambulancia hasta el hospital St. Thomas, donde unas enfermeras se ocuparon de ellos. Se llevaron a Janusz, y Yona se quedó con Hannah mientras le curaban las heridas de la cara. Las dos niñas iban cogidas de la mano y no consentían que nadie las separara. El idioma era un problema, pero aquel día, el lenguaje universal del amor habría logrado superar cualquier obstáculo.

Janusz permaneció en el hospital, y a ellas las enviaron a un hogar para jóvenes refugiados en Willesden Lane, al norte de Londres. Al llegar las recibió la directora del orfanato, la señora Cohen. Era una mujer de origen judío-alemán que, por suerte, hablaba su idioma. Al principio, les pareció una mujer muy seria de rostro adusto y cara de pocos amigos, pero cuando empezó a explicarles las normas del albergue y les fue indicando dónde podían encontrar cada cosa que necesitaran, su gesto se fue suavizando. Hannah pensó que, en realidad, debía de ser una buena mujer, pero necesitaba hacerse respetar ante los más de treinta niños huérfanos que mantenía en su hogar.

La directora llevó a las niñas hasta el segundo piso para mostrarles su habitación, en la que podrían dejar los pocos objetos personales que llevaban consigo. Después las apremió para que la acompañaran al comedor, donde el resto de niños del orfanato estaban reunidos alrededor de la radio. Hacía un par de días que Alemania había invadido Polonia, y corría la voz de que Francia e Inglaterra iban a declararle la guerra como respuesta a esa agresión. Llegaron a tiempo para escuchar las palabras del primer ministro Neville Chamberlain, que confirmaban el rumor:

Me dirijo a ustedes desde la sala del Consejo de Ministros, en el 10 de Downing Street. Esta mañana, el embajador británico en Berlín le entregó al Gobierno alemán una nota final, manifestando que, a menos que para las 11.00, hora local, recibiéramos la confirmación de que estaban preparando el retiro inmediato de sus tropas de Polonia, se declararía el estado de guerra entre nosotros. Debo decirles ahora que no hemos recibido tal confirmación y, en consecuencia, este país está en guerra con Alemania. Ustedes pueden imaginar lo duro que resulta este golpe para mí, ahora que mi largo empeño por lograr la paz ha fracasado…

Era el día 3 de septiembre de 1939 y la Segunda Guerra Mundial había comenzado. Solo unos minutos después de escuchar el discurso por la radio, las sirenas antiaéreas comenzaron a sonar. Todos los niños tuvieron que salir corriendo para guarecerse en los refugios, aunque resultó ser una falsa alarma. El pánico sería el fiel compañero de todos los habitantes de las ciudades inglesas durante mucho tiempo.

AL DÍA SIGUIENTE de su llegada a Willesden Lane, la señora Cohen mandó llamar a Hannah y a Yona para hablar con ellas. Ambas acudieron a su despacho, un cuarto diminuto y sin ventanas colmado de papeles y carpetas.

—Sentaos, por favor —indicó la directora, señalando dos sillas que había frente a su mesa.

Las dos niñas se miraron y obedecieron en silencio.

—¿Cómo están tus heridas? Recuerda que tienes que curarlas todos los días para que no se te vuelvan a infectar —comentó dirigiéndose a Hannah.

—Mucho mejor, gracias —respondió ella con un atisbo de sonrisa. Su cara empezaba a desinflamarse y, gracias a las curas y a los medicamentos que le habían administrado en el hospital, la infección parecía estar remitiendo. Pero eso no era lo que más la preocupaba—. ¿Se sabe algo de Janusz? ¿Está mejor?

El gesto apenado de la señora Cohen y la tardanza en dar una respuesta confirmaron sus temores.

—El niño estaba muy débil cuando llegó al hospital. No ha podido superarlo —explicó con un gesto de preocupación—. Lo siento mucho…

Yona se llevó la mano a la boca para ahogar una exclamación y se echó a llorar, pero Hannah no se inmutó. Se quedó mirando a la señora Cohen con los ojos perdidos en algún lugar más allá de su rostro. Era culpa suya. No había sabido cuidarlo durante el viaje y por eso el niño había muerto. Se preguntó si siendo tan pequeño sabría encontrarse con su padre para que sus almas volvieran a estar juntas en el Mundo Venidero*. Los dos eran almas puras y pensar en ello la reconfortó. Su padre le había explicado que las personas que no son buenas han de limpiar su alma en el Gueinom**, como si fuera ropa sucia que tuviera que ser lavada a conciencia para poder volver a usarla. Le enseñó que las malas acciones dejan manchas en el alma que deben

---

* El Mundo Venidero es la creencia, según la cultura judía, en un mundo espiritual, más allá del mundo físico que nos rodea, que puede alcanzarse después de la muerte.

** Proceso de purificación por el que ha de pasar el alma tras la muerte, según la cultura judía.

limpiarse para poder acceder a su lugar de descanso. Entonces recordó al soldado alemán de la cara marcada y pensó que su alma debería permanecer mucho tiempo a remojo para poder limpiar todo el odio y la maldad que vio en sus ojos la noche que asesinó a su padre.

—¿Te encuentras bien, niña? —preguntó la señora Cohen, incorporándose, preocupada por la extraña reacción de Hannah.

Hannah parpadeó y, al volver a la realidad, asintió con la cabeza. No era cierto que se encontrara bien. Acababa de darse cuenta, de sopetón, de la violencia y la maldad que regía el mundo fuera del entorno privilegiado en el que había vivido hasta entonces. Su cascarón se había resquebrajado de repente, y ahora se encontraba sola e indefensa ante todo ese horror. Quería acurrucarse y llorar durante horas hasta caer desfallecida, pero una férrea disposición a ser fuerte y cumplir la promesa que le hizo a su padre se lo impedían. Yona le cogió la mano y se la apretó. Entonces Hannah supo que no estaba sola.

—Lo superarás, Hannah. Estamos en guerra, lo que significa que, por desgracia, ya nada volverá a ser como antes. Todos vamos a sufrir pérdidas dolorosas, incluso algunos lo pagaremos con nuestra propia vida. Pero ahora es cuando más fuertes debemos ser para poder soportarlo. ¿Lo entendéis? —La directora paseó su mirada de una niña a la otra, y después continuó hablando—. Bien. Necesito que colaboréis en las tareas de nuestro hogar. Los fondos que recibimos son escasos y toda ayuda es poca. Yona, tú eres lo bastante mayor como para trabajar y ganarte un jornal con el que sufragar los gastos de tu manutención. Conozco a unos vecinos que necesitan una criada y están dispuestos a ofrecerte un trabajo. Esta tarde vendrán a hacerte una entrevista. Por favor, haz todo lo posible para gustarles.

—Pero yo…, yo nunca he trabajado en una casa. No sé hacer muchas cosas… —objetó Yona, angustiada.

—Pues tendrás que aprender. La señora Bengoechea es consciente y será comprensiva. Ella te enseñará los quehaceres de la casa y también a cuidar de Víctor, su pequeño de dos años.

—¿Y el idioma? ¡No sé una palabra de inglés!

—Claudia Bengoechea es española, aunque lleva muchos años viviendo aquí. Su marido es inglés y no creo que ninguno de los dos hable alemán. De todas formas, habrá que solucionar ese problema. A partir de hoy mismo empezaréis con las clases.

Las dos niñas, cabizbajas y en silencio, abandonaron el despacho de la señora Cohen, que se quedó observándolas hasta que se cerró la puerta tras ellas.

Una vez a solas, se apoyó en la mesa, llevándose las manos a la cara y respirando profundamente. Ella también debía ser fuerte o, al menos, parecerlo. Debía dar ejemplo y conseguir que sus niños se sobrepusieran a los dramas que les había tocado vivir. Pero lo peor era que aquel horror no había hecho más que empezar, y ella no podría garantizarles su protección. Tendrían que aprender a sobrevivir por sí mismos cuanto antes.

Una vez fuera, Yona y Hannah caminaron de la mano por un largo pasillo repleto de puertas. De una de ellas salió un grupo de niñas de unos once o doce años y se las quedaron mirando de manera desafiante. Sobre todo una de ellas, la más alta, que al reírse mostraba sus dos incisivos superiores partidos. Se quedó en medio del pasillo impidiéndoles el paso, debía de ser la cabecilla del grupo. Hannah le apretó la mano con fuerza a Yona, pero no se apartó.

—Vaya, vaya… Así que vosotras sois las nuevas. ¿Qué te ha pasado en la cara? —preguntó, colocándose frente a Hannah de brazos cruzados.

—Nada. Me corté —respondió ella, sin apartar la mirada.

—Pues deberías tener más cuidado cuando manejes cuchillos —sugirió, mostrando sus dientes mellados con una sonrisa maliciosa.

Las demás rieron a carcajadas la broma hasta que ella alzó la mano y todas callaron al instante.

—Me llamo Lucy —añadió, volviendo a las recién llegadas.

—Yo soy Yona y ella es Hannah. Si no te importa, tenemos un poco de prisa…

—Por supuesto —dijo Lucy, retirándose para dejarlas pasar, gesto que imitaron cada una de las niñas que la acompañaban—. Ya nos veremos por aquí.

Hannah y Yona continuaron su camino sin mirar atrás y cuando doblaron la esquina se miraron aliviadas.

—Creo que deberíamos tener cuidado con esa. No me gusta nada —opinó Yona con el ceño fruncido. Hannah asintió y continuaron caminando.

Los días se fueron sucediendo y las dos niñas no tardaron en adaptarse a la vida en el albergue. Poco a poco, gracias a las clases diarias, el idioma dejó de ser un inconveniente. Yona comenzó a trabajar en la casa de la señora Bengoechea, de la que siempre contaba maravillas a su amiga. La trataban como si fuera una más de la familia y ella se sentía muy agradecida. No se cansaba de repetirle a Hannah que la vida te puede quitar muchas cosas, pero que, de alguna manera, acaba compensando todo ese dolor. Ella creía haber encontrado su sitio y animaba a Hannah diciéndole que pronto le tocaría a ella.

La mayor parte del sueldo que Yona ganaba lo cedía al orfanato para su manutención; el resto lo ahorraba con la esperanza de poder utilizarlo algún día para reencontrarse con su familia. En las circunstancias en las que se encontraban, era prácticamente imposible conocer el paradero de sus seres queridos. Las noticias que escuchaban a diario por la radio eran cada vez más desalentadoras, pero ella no perdía la esperanza.

La situación en Europa era grave. El Gobierno británico se preparaba para afrontar un conflicto inminente y había comenzado a evacuar a los niños hacia las zonas rurales mediante la que llamaron Operación Pied Piper. La mayoría de los profesores de escuelas del país fueron movilizados para participar en la evacuación. El principal objetivo era salvar a la población civil de los posibles bombardeos en áreas urbanas, pero se rumoreaba que, de esa manera, el Gobierno también se quitaba de encima el problema de las «bocas inútiles»; es decir, todos aquellos que consumían alimentos, pero no aportaban nada a la guerra. De paso, al liberar a las madres de criar a sus hijos, conseguían más mano de obra para fabricar municiones. Ese era el motivo por el que no todo el mundo estaba de acuerdo. En septiembre de 1939, cuando Hannah y Yona llegaron a Londres, más de un millón y medio de personas habían sido trasladadas a zonas rurales en solo cuatro días. De ellos, la mitad eran niños no acompañados. Las calles estaban plagadas de carteles propagandísticos en los que se instaba a las madres a enviar a sus hijos fuera de Londres para garantizar su seguridad.

Hannah se encargaba de hacer recados y ayudar en todo lo que podía en el albergue, pero quería sentirse útil trabajando como Yona. Incluso llegó a hablar con la señora Cohen para que le consiguiera un empleo, pero la directora seguía opinando que, con ocho años recién cumplidos, aún era demasiado pequeña para desempeñar un trabajo. Mientras tanto, la vida en el orfanato transcurría con relativa normalidad. Yona pasaba fuera la mayor parte del día y Hannah la echaba mucho de menos, porque era la única con la que se sentía cómoda.

Desde el principio notó el rechazo de las demás niñas. Era algo muy sutil, en forma de cuchicheos o risitas contenidas. Sabía de sobra que detrás de aquel comportamiento estaba Lucy, que solía observarla en silencio mientras Hannah tomaba su almuerzo o cuando se sentaba a leer un libro en el patio. Al principio le sostenía la mirada, pero acabó entendiendo que lo mejor era ignorarla y fingir que no se daba cuenta. El problema fue que Lucy no podía conformarse con tan poco y empezó a increparla cada vez más. Un día era una pierna estirada para hacerla tropezar en el momento oportuno, cuando Hannah pasaba sosteniendo la bandeja del desayuno; otro día se encontraba arrancadas y desperdigadas por el patio las hojas del libro que estaba leyendo...

Hannah ardía de ira por dentro, pero mantenía la calma en todo momento porque no quería meterse en líos y, sobre todo, porque no estaba dispuesta a concederle a Lucy lo que esta ansiaba: un enfrentamiento directo. Incluso logró controlarse el día que se despertó por la mañana y se encontró con una de sus largas y bonitas trenzas cortada sobre la almohada, o cuando le tuvieron que cortar el pelo muy corto para igualar el desastre que le habían hecho y todas se rieron a carcajadas al verla aparecer.

Pero su actitud no hacía más que alimentar la hostilidad de Lucy hacia ella. Llegó un momento en que el acoso comenzó a ser mucho más evidente. Las niñas inventaban todo tipo de chistes sobre sus cicatrices y, cuando se sentían a salvo de las miradas de los cuidadores, la insultaban o le escupían a la cara. Hannah no entendía el motivo que había desencadenado todo aquello y se sentía realmente mal. No se merecía un trato tan humillante, y cada noche se abrazaba a la almohada y acariciaba en la oscuridad la fotografía que su padre le había dado antes de morir, y que guardaba celosamente bajo el colchón. Le preocupaba mucho perderla; tenía miedo de que llegara un momento en que las facciones del rostro de su padre se fueran desdibujando en su memoria y no pudiera volver a recordarlas.

Lo que comenzaba con un nudo en la garganta se iba extendiendo hasta provocarle una presión en el pecho que no la dejaba respirar. Lo echaba tanto de menos que la sensación de abandono y de ir a la deriva se volvía insoportable, hasta que rompía a llorar en silencio, escondiendo el rostro entre las sábanas. Después, cuando se calmaba, se deslizaba hasta la cama de Yona, que solía dormir a pierna suelta tras otra de sus agotadoras jornadas de trabajo, y se acurrucaba a su lado. Yona se apartaba para dejarle espacio, y ella la abrazaba y le daba un beso. Hannah se sentía querida y así lograba conciliar el sueño. Pero al día siguiente todo volvía a empezar, como en una pesadilla recurrente. Siempre que hablaba del tema con Yona, su amiga le recomendaba que no les hiciera ningún caso, que ya se cansarían, pero no era ella la que tenía que soportar a diario todo aquel desprecio. Llegó a pensar en hablar con la señora Cohen para explicarle su situación, pero lo descartó enseguida. No era ninguna chivata.

Así fueron pasando los días, hasta el momento en que todo explotó. El invierno estaba siendo muy duro y aquella mañana Hannah no lograba entrar en calor, por lo que decidió ir a su dormitorio en busca de alguna prenda de abrigo un poco más gruesa. Al llegar se lo encontró todo revuelto y tuvo un mal presentimiento. Corrió hacia el colchón y soltó un grito al darse cuenta de que la foto de su padre, el único recuerdo que tenía de él, había desaparecido. Hannah apretó los puños y salió decidida en busca de Lucy. No tenía ninguna duda de que ella estaba detrás de lo ocurrido. La encontró sentada en el patio, apoyada en uno de los árboles, con las manos en los bolsillos y jugueteando con una hebra de hierba entre los dientes. Estaba sola. Las demás niñas se habían refugiado del frío en el interior del edificio y Hannah supuso que la estaba esperando. Salió y fue hacia ella con paso firme. Notaba que la sangre le hervía por dentro y podía sentir el palpitar de su corazón en las sienes.

Lucy la miró, socarrona, pero su mirada fue transformándose a medida que ella se iba acercando, pasando por el estupor y derivando en algo parecido al miedo. No se esperaba una respuesta así y no se dio cuenta de que la había subestimado hasta que Hannah le saltó encima y, con una fuerza inusual para una niña de su edad, la tiró al suelo y comenzó a golpearla de manera febril. Hannah estaba fuera de sí. Cada puñetazo que descargaba ya no iba dirigido solo a la niña que yacía inmovilizada entre sus piernas, era a la vida misma a la que golpeaba, al hombre que aquella noche mató a su padre y la dejó marcada para siempre, al odio del ser humano que escapaba a su entendimiento y a la suerte que le había tocado vivir.

Solo se dio cuenta de lo que estaba haciendo cuando dos de los niños más mayores, que la habían visto salir, acudieron corriendo para detenerla. Les costó apartarla y tuvieron que soportar varias patadas y arañazos antes de conseguir reducirla. Hannah estaba fuera de sí, completamente enajenada. Cuando por fin se calmó un poco, vio que Lucy yacía en el suelo con la cara ensangrentada. Solo entonces dejó de forcejear y rompió a llorar desconsoladamente al descubrir lo que acababa de hacer. Mientras una cuidadora atendía a Lucy, los demás, que habían ido formando un corro a su alrededor, miraban a su agresora anonadados. No podían creer que una niña tan pequeña y delgaducha que apenas hablaba con nadie y huía de cualquier conflicto hubiera atacado de esa manera a otra mucho más belicosa que casi la doblaba en estatura y peso.

—¡¿Se puede saber qué demonios te ha pasado?! —vociferó la señora Cohen, una vez en su despacho.

—No lo sé —sollozó Hannah—. No sé qué me ha pasado. De verdad.

—Mira, sé que Lucy es una niña conflictiva y que la ha tomado contigo en varias ocasiones…

Hannah pensó que habían sido demasiadas, pero se limitó a escuchar la reprimenda mirando al suelo. Lo que había hecho no tenía excusa.

—Pero no puedo consentir que nadie… ¡Mírame a la cara! —Hannah obedeció al instante—. Que nadie agreda a uno de mis niños por muy mal que se haya comportado. —La señaló con el índice a modo de advertencia—. ¡No consiento ni consentiré el más mínimo atisbo de violencia en este lugar! ¿Lo has entendido?

La niña asintió con la cabeza, incapaz de pronunciar una sola palabra y con el rostro empapado por las lágrimas.

—Tienes suerte de que la situación esté como está y no me vea capaz de dejarte en la calle, porque en cualquier otro momento tu comportamiento hubiera supuesto la expulsión inmediata.

Hannah se llevó las manos a la cara y comenzó a sollozar.

—Lo siento mucho, de verdad. No debí reaccionar así —dijo entre hipidos.

La señora Cohen suspiró y trató de calmarse masajeándose la frente.

—¿Qué es lo que ha ocurrido, Hannah? Lo que has hecho no es propio de ti.

—Me quitó la foto de mi padre. Es el único recuerdo que tengo de él…

—Aun así, podrías haber intentado pedírsela por las buenas.

—Lo sé. Aunque también estoy convencida de que no me la hubiese devuelto. Ahora, seguro que la he perdido para siempre. —Hannah se echó a llorar de nuevo desconsoladamente—. ¡No es justo!

—La violencia siempre conlleva más violencia, Hannah. Solo empeora las cosas.

—Lo sé. —Hannah alzó la cabeza y se limpió la nariz con la manga del abrigo.

La directora cerró los ojos y, al cabo de unos instantes, asintió en silencio. Bajo la frágil apariencia de Hannah se escondía un carácter fuerte e indómito que la haría llegar muy lejos o que, por el contrario, podría ser la causa de su perdición. De cualquier manera, tenía que reconocer que su reacción le provocaba cierta admiración, aunque jamás lo admitiría en público.

—Quizá algún día vuelvas a encontrarte con tu padre y con tu familia cuando pase la guerra —añadió para suavizar un poco el asunto, dejándose llevar por sus sentimientos.

Hannah la miró y sonrió con tristeza, con los ojos llenos de lágrimas y asintiendo con la cabeza.

—Algún día... —susurró.

—De todas formas, quiero que entiendas que, como responsable de este centro, debo dar ejemplo ante situaciones tan graves como esta. Vas a pasar dos semanas aislada en el cuarto de castigo, y reza por que lo de Lucy no sea nada importante, porque, en ese caso, tendré que considerar la posibilidad de que abandones este hogar. Ahora sal de aquí —concluyó, señalando la puerta con un gesto de la cabeza.

La niña se limpió las lágrimas y salió en silencio, con la cabeza gacha y arrastrando el alma entre los pies.

Pasó aislada las dos semanas de castigo que la directora le impuso. Por suerte, no le retiraron los libros con los que se entretenía leyendo, y que la ayudaban a que las horas se le hicieran más cortas. Invertía parte del tiempo mirando por la ventana e imaginando las vidas de los transeúntes que veía caminar por la calle. Cualquier cosa con tal de no deprimirse en aquel lugar pequeño y oscuro, lleno de humedades. Lo peor fue no saber nada de Yona durante todo ese tiempo y figurarse lo que su amiga pensaría de ella. Añoraba su compañía y sus abrazos.

Aunque tuviese solo unos pocos años más que ella, para Hannah, Yona se había convertido en un referente. A veces hasta fantaseaba con la idea de que fueran hermanas. Pensar que la había defraudado con su comportamiento la atormentaba. Al finalizar el castigo y salir de aquel cuarto, ella la estaba esperando para abrazarla y decirle que la había echado mucho de menos. No le recriminó nada, ni siquiera quiso saber por qué lo había hecho. Cuando días después Hannah intentó explicárselo, ella le colocó el dedo sobre los labios y le dijo: «Calla..., no hace falta que digas nada. Te entiendo». Un gesto que selló para siempre la amistad entre las dos amigas. En cuanto a las demás, cambiaron por completo su actitud con respecto a Hannah. A partir de entonces la miraban con respeto. Incluso procuraban ser amables con ella y se acercaban para conversar. Solo Lucy, que aún tenía algún rasguño en el rostro, se mantenía alejada. En más de una ocasión a Hannah se le pasó por la cabeza acercarse y pedirle perdón, pero siempre acababa cambiando de idea. No quería tentar a la suerte.

Un día de primavera en que el sol se dejó ver después de semanas de nubes y lluvia, el patio estaba al completo. Casi todos los niños estaban fuera, disfrutando de la tregua del mal tiempo. Hannah se dirigió a su rincón favorito para leer un rato, alejada de la algarabía de los más pequeños. Se sentó sobre un gran bloque de cemento que habían colocado a modo de banco y abrió su libro. El corazón le dio un vuelco al descubrir la foto de su padre entre las páginas. La cogió y la apretó contra su pecho con ambas manos. Con lágrimas en los ojos, buscó entre los niños que jugaban hasta encontrar a Lucy. La chica, que llevaba un rato observándola, le hizo un gesto de asentimiento con la cabeza, se dio media vuelta y se marchó. Hannah intuyó que aquella era su manera de zanjar el asunto que tenían pendiente. Cerró los ojos y sonrió.

En junio de 1940, después de la caída de Francia, Inglaterra se preparaba para una invasión inminente. Se volvió a organizar otra operación de evacuación de niños hacia las zonas rurales y, una vez más, la señora Cohen decidió esperar. Sus niños se mantendrían junto a ella en Londres el mayor tiempo posible. Maduró mucho aquella decisión, porque estaba convencida de que el daño psicológico que podrían llegar a sufrir los niños evacuados si caían en malas manos o se les dispersaba podía llegar a ser peor que el causado por un posible bombardeo. Aunque los demás cuidadores y ella misma los acompañaran, una vez reubicados deberían separarse, cosa que quería evitar a toda costa.

Rezaba cada noche para que su decisión fuera la correcta. En aquella ocasión, el número de personas movilizadas superó las cien mil. Niños —tanto ingleses como refugiados—, mujeres embarazadas, incapacitados, maestros y cuidadores de todas las clases sociales participaron en una evacuación que duró cinco días. A los que se quedaron en las ciudades les entregaron unas cartillas de racionamiento para los alimentos de primera necesidad, y cada uno recibió una máscara de gas. Los más pequeños la llamaban «la máscara de Mickey Mouse», ya que era de color azul y rojo y, una vez puesta, les recordaba al personaje de dibujos animados.

El temor a un ataque de la Luftwaffe* se palpaba en cada hogar inglés, y muchas familias comenzaron a emigrar a países más seguros.

—Hannah, tengo que decirte algo.

—¿Qué ocurre? —El gesto de Yona no presagiaba nada bueno, y la niña dejó al instante lo que estaba haciendo para sentarse junto a ella.

—La señora Bengoechea me ha ofrecido irme con ellos a España. Abandonan Londres y vuelven a la casa de su familia en Bilbao. Dicen que vivir allí será más seguro —Yona sujetaba las manos de Hannah y la miraba compungida.

—Te vas…

—Les he rogado que te dejen venir con nosotros, pero no pueden hacerse cargo de ti. Dicen que allí acaban de salir de una guerra civil y que la situación es muy complicada. Ni siquiera

_____

* Fuerza aérea alemana.

saben si será algo definitivo. Pero la señora dice que no quiere pasar ni un día más aquí, que prefiere pasar hambre a…

—Debes irte —interrumpió Hannah con resolución.

Yona se quedó sorprendida por la contundente respuesta de su amiga. Desde que le comunicaron las intenciones de salir del país, no había podido dejar de pensar en ella. No quería abandonarla, pero tampoco renunciar a su futuro. La fortuna le había sonreído al trabajar para una familia que la trataba casi como a una hija más, y pensaba que no debía dar la espalda a su suerte, porque quizá no volviera a cruzarse con ella. Hannah era una niña muy inteligente con un espíritu de superación increíble. Saldría adelante sin problemas, pero le dolía dejarla allí.

—No te preocupes por mí. Aquí estoy bien.

—Pero…

—Tienes que aprovechar esta oportunidad. Yo no me lo pensaría —dijo, guiñándole un ojo con cierta dificultad y esbozando una media sonrisa.

Yona miró a su amiga con lágrimas en los ojos. Nunca había conocido a alguien como ella. No encontraba las palabras para expresar lo que sentía, así que la atrajo hacia sí y la abrazó con fuerza.

—Escríbeme en cuanto llegues. Me quedaré más tranquila si sé que estás bien —añadió Hannah.

—Lo haré —asintió Yona, sorbiéndose la nariz. Hannah le limpió las lágrimas con la mano.

—Te voy a echar mucho de menos.

—Yo también —masculló Yona, rompiendo a llorar de nuevo y apretándola entre sus brazos.

En 1940, el objetivo de Adolf Hitler era neutralizar la RAF* para iniciar a continuación la invasión de Gran Bretaña, pero sus pla-

---

* Real Fuerza Aérea británica.

nes no estaban yendo como esperaba. Tras haber conseguido tener al continente europeo bajo su control, era la única potencia que se le resistía. No se habían llevado a cabo ataques aéreos sobre la población civil hasta el momento, a la espera de que Churchill se rindiera. Sus objetivos habían sido buques e instalaciones industriales y militares, pero los británicos tenían a su favor un buen sistema de detección por radar y una flota aérea muy superior a la del ejército alemán —aunque no en número, sí en tecnología—. En agosto, la táctica alemana cambió y comenzaron a bombardear aeródromos y redes de carreteras. Durante un intento de destruir las terminales petrolíferas del Támesis, bombardearon parte del East End de Londres por error, a pesar de que Hitler había prohibido expresamente los ataques a la población civil. Como respuesta, la RAF atacó Berlín justo cuando se celebraba en esa ciudad una importante reunión entre el ministro de Asuntos Exteriores del Reich y su homólogo soviético.

Los alemanes tenían la intención de demostrar en ella su inminente victoria sobre los británicos y conseguir así nuevas alianzas con el Gobierno soviético, pero el ataque sobre Berlín les restó credibilidad y no se llegó a ningún acuerdo. Fue entonces cuando Hitler, herido en su orgullo, ordenó una fuerte ofensiva sobre las ciudades británicas para aterrorizar a la población civil.

El día 7 de septiembre de 1940 comenzaron los bombardeos sobre Londres. A partir de ese momento, la ciudad fue atacada diariamente, día y noche, por la Luftwaffe.

En el orfanato, algunos niños se hicieron con binoculares y silbatos con los que subían al tejado para vigilar y dar la voz de alarma en caso de avistar aviones enemigos. El terror estaba presente en las caras de todos ellos, y la señora Cohen sentía que había tomado la decisión equivocada al quedarse. Cada día, los niños se refugiaban en los túneles del metro, donde trataban de seguir con sus clases diarias durante los bombardeos. Pero era muy difícil concentrarse, porque los túneles estaban repletos. Las vías servían de camas improvisadas para algunos, mientras las explosiones se oían sin descanso, ahogando el sonido de las ambulancias y los bomberos. El suelo temblaba y les caía encima el polvo del techo. Afuera, la muerte y la destrucción campaban por todas partes.

A Hannah se le había quedado grabado en la mente el silbido de las bombas al caer y soñaba continuamente con ese aterrador sonido. Por la noche cubrían todas las ventanas con planchas de contrachapado para evitar que la luz delatara la posición de las viviendas y los pilotos alemanes pudieran localizarlas. Las ciudades se habían vuelto muy peligrosas, y se volvió a organizar una tercera evacuación en la que participaron la mayoría de los niños del hogar de Willesden Lane.

Hannah fue una de las niñas a las que desalojaron. Una vez más, al igual que otros muchos refugiados y niños ingleses, subió a un tren con destino a distintas granjas de todo el país. Ni siquiera sabían a donde iban, ni si los hermanos o amigos seguirían juntos. Lo único que recibieron fue un sello postal para que enviaran una carta a sus familiares una vez establecidos en su nueva dirección. Hannah lo guardó con esmero junto a la fotografía de su padre. Había recibido una carta de Yona desde Bilbao, y así al menos tendría una forma de mantener el contacto con ella. La señora Cohen permaneció en Londres. Se despidió de sus niños con el corazón en un puño y la esperanza de que aquella barbarie acabase pronto para poder recuperarlos.

El 13 de noviembre de 1940 una bomba destruyó parte del orfanato y los niños que aún permanecían en él tuvieron que alojarse en casas de vecinos.

Para entonces, Hannah ya estaba lejos de allí.

9

Un adiós

—Creo que ya lo entiendo, Bibo...

—¿Qué es lo que entiendes, hijo?

—Para que salga una reina, las demás abejas le dan de comer algo que la hace muy fuerte, como si fueran vitaminas.

—Les dan jalea real. Las demás se alimentan con néctar, miel y polen, pero las que van a ser reinas reciben el mejor bocado.

—¡¡Puaj!! Pues eso es lo que me daba mamá cuando estaba malo de la garganta y está asqueroso.

—Es que es un alimento con muchas propiedades, incluso para los humanos.

—Y si una persona se alimenta solo de jalea real, ¿qué pasa? ¿Sería una reina humana?

—Ja, ja. No precisamente.

—¿Cómo lo sabes? ¿Alguien lo ha probado?

—No creo que sea una buena idea probar algo así, Lobo. La temperatura y el tamaño de la celda también influyen en la transformación de la reina.

—¡Ajá! A lo mejor por eso las reinas viven en palacios.

—¡Qué ocurrencias tienes, Lobo!

LAURA CONDUCÍA LA furgoneta del abuelo de camino al entierro de su padre, en Salamanca. Estaba nerviosa porque Marcos iba a conocer por primera vez a su abuela materna y no las tenía todas consigo de cuál sería el resultado de aquel encuentro. Al mismo tiempo estaba muy triste. Hacía años que había asumido que su padre ya no estaba, que lo que quedaba de él era como una copia malograda del original que ya nunca regresaría. Por ese motivo había pensado que, cuando llegara el momento de despedirse definitivamente de él, no le costaría tanto.

Pero aquel día el sentimiento de pérdida era más intenso que nunca. Se había levantado con un nudo doloroso en la garganta del que aún no había podido deshacerse. Miró a Marcos. El niño iba sentado a su lado y también llevaba un rato callado, mirando por la ventana. Parecía mayor cuando estaba tan serio y eso la hizo sonreír. Fruncía el ceño y se acariciaba el lóbulo de la oreja cuando estaba pensativo, exactamente igual que hacía su abuelo materno. Cuando Laura le vio hacerlo por primera vez, le dio un vuelco el corazón. No podía creer que algo así se pudiera heredar y pensó que había sido una casualidad. Pero pronto descubrió que el niño lo repetía cada vez que algo lo preocupaba y supo que una parte de su padre seguía viva dentro de él. Mientras lo tuviese a él, su padre no moriría del todo. Parpadeó para sacudirse una lágrima que amenazaba con derramarse y puso una emisora con música para intentar animarse un poco.

—¿En qué piensas? —le preguntó, acariciándole el pelo.

—En papá —respondió él, resuelto.

Laura tragó saliva. Era la respuesta que menos se esperaba en ese momento. El niño pocas veces había preguntado por su padre, cosa que ella había agradecido. Marcos parecía intuir que era algo que no les agradaba ni a su abuelo ni a su madre y no solía sacar el tema, pero, de alguna manera, sabía que no le habían contado todo sobre él.

—Siempre me dices que está lejos, pero yo creo que no me cuentas la verdad porque no me quieres ver triste —continuó, volviéndose a mirar a su madre, que tenía los ojos muy abiertos, fijos en algún punto de la carretera.

—Es… Es complicado, hijo.

—Está muerto, ¿verdad? —preguntó Marcos, muy tranquilo—. Puedes decírmelo, mamá. Ya soy mayor para saberlo.

—No, Marcos. No está muerto, cariño.

—Entonces, ¿por qué no quieres contarme la verdad?

Laura lo miró durante un instante y volvió a centrarse en la carretera. El niño estaba esperando una respuesta y pensó que quizá había llegado el momento de decirle la verdad. Por un instante su mente retrocedió en el tiempo, a los últimos días que había pasado con el padre de Marcos. Poco después de irse a vivir con él, descubrió que Curro tenía un par de amigos con los que daba pequeños golpes de vez en cuando. Eran personas desesperadas, sin trabajo y sin estudios, que buscaban una salida fácil a su precaria situación. Cometían robos y atracos de poca monta y trapicheaban con drogas. Al principio, ella no quería ver la realidad y trataba de mantenerse al margen todo lo posible, pero cada vez le era más difícil no verse involucrada. Se planteó dejarlo todo en varias ocasiones, pero la perspectiva de tener que volver con su madre era aún peor que la situación en la que se encontraba. Además, estaba enamorada. Él era su primer amor. Un amor adolescente y pasional que se encargaba de edulcorar su día a día camuflando el sabor de los tragos amargos, cada vez más frecuentes. Hasta que la realidad la golpeó en el rostro sin previo aviso cuando se enteró de que estaba embarazada.

Tardó varios días en darle la noticia a Curro. Preparó su discurso a conciencia, convenciéndose a sí misma de que él acabaría por aceptarlo. Quería decirle que, aunque no era el mejor momento, juntos saldrían adelante y formarían una familia, que podría ser una experiencia maravillosa para ambos y que solo necesitarían el amor para lograrlo. Quiso creer que el mundo no se acababa por algo así, sino que para ellos se abría todo un universo de posibilidades, cada una de ellas orbitando alrededor de su hijo. Por eso, ante la tajante respuesta de Curro, Laura sintió como si un agujero negro se hubiese abierto entre ellos, engullendo todas esas ilusiones y llevándose por delante aquel fugaz destello de felicidad.

Curro la obligó a elegir entre él y el bebé. En realidad, daba igual cuál fuera la respuesta de Laura. Con aquella inesperada noticia, él había sentido de cerca el vértigo de estar al borde de un precipicio al que nunca más volvería a acercarse. Fue en ese momento cuando algo se rompió entre los dos.

Esa misma tarde todo salió mal en el atraco a una joyería que llevaban semanas planeando. Curro fue condenado a once años de prisión por robo con violencia y el agravante de sus antecedentes. Fue a visitarlo a la cárcel una sola vez. Estaba muy enfadado con ella porque la culpaba de haberle hecho tener la cabeza en otro lugar cuando debía mantener la mente fría, y por eso los habían atrapado. Le dijo cosas horribles, entre otras que no quería al bebé. Le contó algo sobre un sueño que tenía desde hacía tiempo: quería dar un buen golpe y conseguir mucho dinero para después huir a algún país caribeño y pasar allí el resto de sus días. Le dijo que no pararía hasta conseguirlo y que un niño, por supuesto, no entraba en sus planes. Laura salió de allí con la firme convicción de no volver a ver a Curro. De hecho, aquel fue el último contacto que tuvo con él. A partir de ese día, todo su mundo se vino abajo.

—¿Qué pasa, mamá? Te estás poniendo triste…

—Es que… Antes de que nacieras, tu padre hizo algo que no estuvo bien. Necesitaba dinero y trató de robarlo. Desde entonces está…

—¿En la cárcel?

—Sí.

—¡Hala! ¡Pues yo creía que se había muerto y no me lo queríais decir!

—No, Marcos. Es que no es fácil.

—Y ¿no podemos ir a visitarlo algún día? Yo quiero conocerlo.

—No creo que un niño pueda hacer una visita a alguien a la cárcel.

—Pero tú sí que puedes, ¿no? ¿Por qué no vas nunca?

Laura respiró hondo. Le estaba costando horrores continuar con la conversación, pero pensaba que Marcos necesitaba respuestas y aquel era el momento adecuado para dárselas.

—Ha pasado mucho tiempo, cariño. A veces, las personas dejan de quererse y cada uno sigue su camino.

—Pero, entonces... Si ya no os queréis, ¿papá tampoco me quiere a mí?

Laura hizo de tripas corazón y trató de mantener la entereza para darle al niño una respuesta satisfactoria.

—¡Pues claro que te quiere! ¿Cómo no iba a querer alguien a una cosita tan bonita como tú? —añadió, revolviéndole el pelo y sonriendo, aunque en su fuero interno rezaba por que la conversación acabase en ese punto.

—¡Mamá! ¡No me trates como a un niño pequeño! —renegó Marcos, apartando la cabeza.

Hubo un momento de silencio entre los dos y Laura respiró aliviada, pero el niño no tardó en volver a la carga.

—¿Crees que algún día podré conocerlo, mamá?

—Puede ser. Quizá algún día...

—Me parezco mucho a él cuando era pequeño, porque una vez vi una foto que tiene el abuelo y creía que era yo...

—¿De verdad? —preguntó Laura, sorprendida.

—Sí. Bibo la lleva siempre encima, metida en su cartera. La encontré sin querer, cuando estaba mirando si se había guardado un dibujo mío de *Rudy* que le había hecho.

—¿Y qué te dijo? ¿Se enfadó?

—No. Me explicó que el de la foto no era yo, sino mi padre, y también su hijo. Además, me dijo que como a él no había sabido quererlo, que por eso a mí me quería el doble.

Laura sonrió negando con la cabeza. Toribio era un buen hombre que quería mucho a su nieto y, aunque no había sabido demostrárselo, también a su hijo, a pesar de las peleas y los años que llevaban sin tener contacto. Pensó que, tanto el niño como ella, habían tenido mucha suerte de encontrarse con alguien como él. El abuelo se había ido haciendo un hueco en sus corazones, en los que ya ocupaba un lugar privilegiado.

—¡Mira! ¡Ya se ve la catedral! —exclamó, señalándole al niño el lugar en el que se erigían sus majestuosas torres entre los edificios de la ciudad—. Dicen que es la que tiene el campanario más alto de todas las catedrales de España.

—Es muy bonita —afirmó Marcos—. ¿A que no sabes una cosa que me ha contado Lalo sobre ella?

—Ni idea. Cuéntamela.

—Dice que en una de sus puertas hay un astronauta esculpido en la piedra…

—¿En serio? —disimuló Laura, que conocía de sobra aquella historia.

—Pues sí. Creo que alguien quiso copiar al señor que colocó la rana sobre la calavera esa que debe de estar en otro edificio…

—En la fachada de la universidad. No es fácil encontrarla, todo el mundo que va a visitar la ciudad lo intenta. Dicen que trae suerte si consigues verla.

—Podríamos ir a verla un día con Lalo y el abuelo…

—Otro día, con más calma, organizaremos una excursión, ¿vale?

—¡Sí! Me gusta mucho que vayamos los cuatro por ahí para descubrir cosas.

Laura apretó la mano del niño con fuerza. Lo quería tanto… Cada vez que recordaba que había estado a punto de deshacerse de él, se le encogía el corazón. Nunca se perdonaría el haberlo pensado siquiera. Por suerte, entró en razón antes de cometer aquella locura.

ACCEDIERON AL TANATORIO que Elisabeth había elegido para celebrar el sepelio. Laura preguntó en la recepción, donde le indicaron la sala en la que se encontraban los restos de su padre. El niño iba de la mano de su madre y, cuando ella comenzó a temblar, él la sujetó con fuerza. Al llegar, había bastante gente charlando en pequeños grupos. Laura no conocía a nadie, pero enseguida vio a Elisabeth. Llevaba un estilizado vestido negro con unos *stilettos* del mismo color. Su rubia melena, recogida en un elegante moño, realzaba aún más su esbelta figura. Laura pensó que no había cambiado mucho después de tantos años, incluso estaba más guapa de lo que la recordaba. Su madre hablaba distraídamente con un hombre enfundado en un traje demasiado apretado para su cintura, y que parecía muy interesado en la conversación. Cuando Elisabeth los vio, interrumpió la charla y fue a su encuentro. Laura tragó saliva; el corazón parecía que iba a salírsele del pecho, pero se obligó a sonreír. Su madre se acercó y la abrazó con fuerza, pillándola desprevenida. Las lágrimas de Laura comenzaron a brotar sin poder remediarlo mientras correspondía al abrazo de su madre.

—Así que has venido —susurró al oído de su hija—. Y te has atrevido a traerlo…

Laura se quedó rígida. Aquel gesto no era más que una pantomima que su madre interpretaba para todos los presentes, los cuales habían interrumpido sus conversaciones y las miraban con curiosidad. Elisabeth observó a Marcos con una sonrisa tan encantadora que el niño se apretó contra su madre, intimidado.

—Por fin te conozco. Lástima que haya tenido que ser en una situación así. ¿Cómo te llamas? —preguntó, agachándose para colocarse a la altura del niño.

—Marcos —susurró el niño un poco asustado.

—¿Cómo? No te he oído.

—Marcos —repitió, levantando el tono un poco más de lo esperado y haciendo que su nombre retumbara en el silencio de la sala.

—Bonito nombre —dijo sonriendo, pero frunciendo los labios con el gesto que solía hacer cuando algo la desagradaba, y que a Laura no le pasó desapercibido—. Espero que tu educación esté a la altura.

Laura apartó a su hijo instintivamente, reprochándose a sí misma el haber sido tan ingenua al creer que aquel encuentro hubiera podido salir bien. Hubo un silencio incómodo del que los rescató un empleado del tanatorio.

—Señora Kelley —dijo el hombre, llamándola por su apellido de casada—. Con su permiso, vamos a comenzar con la ceremonia.

—Por supuesto, adelante —respondió ella y, volviéndose a todos los presentes, les indicó que la siguieran. Laura se dio cuenta de que Elisabeth era la verdadera protagonista de aquel evento. Siempre le gustó ser el centro de todas las miradas, aunque fuera en el entierro de su marido.

Fueron los últimos en pasar a la capilla. En ese momento Laura echó en falta la compañía de Toribio o de Gonzalo, arrepintiéndose al momento de haber insistido en ir sola. Marcos no le soltó la mano en ningún momento y se abrazó a su cintura cuando ella dio un respingo al ver aparecer el féretro de su padre sobre una peana automatizada. Él estaba allí dentro y no iba a poder volver a verlo, tocarlo o despedirse con un beso. Pensó que, seguramente, él hubiera preferido que fuera así, que la imagen de él que permaneciera en su memoria fuera otra. La del Norman antes de la enfermedad que la quería con locura; la del padre paciente que la ayudaba a hacer los deberes por las tardes o le preguntaba las tablas de multiplicar mientras ella iba devorando su bocadillo, sentada a la mesa de la cocina y balanceando los pies al ritmo cantarín de sus respuestas; la imagen del rostro de su padre haciendo muecas exageradas al llegar a un pasaje emocionante del cuento que le leía cada noche cuando aún era pequeña; la del gesto de complicidad que le dedicaba a su hija cuando, en medio de una conversación familiar, solo ellos sabían en realidad de lo que estaban hablando, porque entre ambos no había secretos…

Cuando la misa terminó, solo algunos de los presentes se quedaron a la inhumación. Laura oyó que presentaban al acompañante de Elisabeth, el hombre al que había visto hablar con ella en el tanatorio, como Alejandro Ortiz de Zúñiga, notario de Salamanca. A Laura no le costó adivinar que entre aquel hombre y su madre había algo. Las miradas furtivas de admiración de él y la sonrisa nerviosa y contenida de ella se lo confirmaron. Le pareció feo de la cabeza a los pies. Llevaba el pelo bien arreglado, pero demasiado largo para alguien que hacía tiempo que había traspasado la barrera de los cincuenta. Parecía ser de esos que no aceptan que la edad se cebe con su melena y que intentan disimular la coronilla despoblada con peinados tan poco naturales que no hacen más que destacar los defectos que pretenden ocultar. No era un hombre obeso, pero tenía una prominente barriga que asomaba entre los pliegues de la chaqueta, constreñida por un cinturón que amenazaba con reventar.

Un empleado del cementerio activó una palanca que elevó el ataúd hasta la altura del nicho en el que Norman iba a ser enterrado. Marcos no había pronunciado una sola palabra desde hacía rato. Era la primera vez que asistía a un entierro y parecía estar procesando cada detalle, aunque, en realidad, todo aquello lo aburría mucho. No estaba triste porque el abuelo Norman se hubiera muerto. Para él era un extraño, al igual que su abuela y todas las demás personas que había allí. Además, la abuela no le gustaba. Al principio quería conocerla, pero después lo había mirado de una manera tan rara… Las lágrimas de su madre eran las únicas que le dolían. Cada vez que alzaba la mirada y la veía llorar, él no podía evitar llorar con ella. Definitivamente, quería irse y alejarla de aquello.

Poco después, el enterrador selló el nicho con una plancha de yeso y se despidió recogiendo sus bártulos con el cigarro entre los labios. Solo quedaron ellos cuatro. Elisabeth y su acompañante, cogidos de la mano, se dirigieron hacia Laura y el niño. Ella pensó que quizá entonces su madre haría las presentaciones pertinentes, pero una vez más se equivocó.

—Bueno —comenzó a decir con un gesto de cansancio—, pues esto se ha acabado.

Laura asintió, mirando a su madre de hito en hito, a la espera de encontrar un gesto que le permitiera adivinar sus intenciones.

—Pues nada —continuó diciendo Elisabeth—, nosotros nos tenemos que ir. Necesito dormir un poco o me va a dar un vahído. Me alegro de haberte conocido por fin —le dijo a Marcos, haciendo un gesto para revolverle el pelo que no llegó a consumar porque el niño se retiró a tiempo.

Elisabeth miró a su acompañante con un gesto confidente.

—Ya nos veremos dentro de quince días, en la lectura del testamento —añadió, dedicándole un gesto de despedida a su hija con la cabeza y echando a andar hacia la salida.

—¿Eso es lo único que te importa después de tantos años? ¿Ni un «cómo estás» o un «qué es de tu vida»? —quiso saber Laura.

—¿Qué esperabas? —preguntó Elisabeth, volviéndose a mirarla—. Fuiste tú la que decidiste salir de mi vida y ahora te presentas aquí con el niño como si no hubiera ocurrido nada…

—Te equivocas. Tú me obligaste a elegir, mamá.

—¡Venga ya! Nunca hiciste caso de mis consejos. ¡Te vino muy bien marcharte de casa!

—Tengo la sospecha de que a ti te vino mejor…

—Sigues igual de desvergonzada, en eso no has cambiado. Y parece que ese mocoso ha salido a ti.

—Por suerte —replicó Laura, con una enorme sonrisa de orgullo.

Elisabeth frunció los labios, y sin decir nada más se dio la vuelta y continuó andando del brazo del hombre que había asistido impávido al duelo dialéctico entre madre e hija.

—¿Podemos no volver a verla nunca más? —dijo Marcos en cuanto la pareja se alejó un poco—. Es mala como una bruja —puntualizó con un susurro.

—Nunca más, cariño. Anda, dame un beso y vamos a lanzarle otro de despedida al abuelo. ¿Te apetece un McDonald's?

—¡Síííí! —gritó el niño, saltando en brazos de su madre y besándola repetidas veces por toda la cara.

Pasaron la tarde paseando por la ciudad y comiendo chucherías. Fueron a la catedral y a la universidad, y Marcos enseguida encontró el astronauta. También le hizo mucha gracia descubrir, entre las distintas figuras esculpidas, una especie de dragón sonriente que sostenía un helado de bolas. Cuando pasaron por la Casa de las Conchas, un antiguo palacio gótico situado en la calle Compañía, se empeñó en contar todas las conchas de la fachada. Lo intentó varias veces, pero siempre perdía la cuenta cuando estaba a punto de llegar a las trescientas. Lo pasaron muy bien, pero ambos acabaron bastante cansados.

Laura había estado dándole vueltas a su conversación del día anterior con Gonzalo y había llegado a la conclusión de que, seguramente, él tenía razón. No iba a renunciar a todo. Su madre no lo merecía y Marcos tampoco. El niño siempre le decía al abuelo Toribio que cuando él fuese mayor y ganara mucho dinero, iba a construir un colmenar mucho más grande y moderno. Decía que quería hacerlo de forma que las colmenas se pudieran transportar en camiones para llevarlas a lugares más cálidos en invierno, porque así las abejas sufrirían menos y producirían mucho más. Laura no sabía de dónde había sacado su hijo aquellas ideas, aunque era bastante probable que Gonzalo tuviera mucho que ver en ello. Tan pequeño y ya tenía las cosas muy claras, como un diminuto hombre de negocios. En ese momento decidió que iba a luchar por lo que le pertenecía a su hijo por ley, y pensó que su padre, sin duda, aplaudiría esa decisión.

Marcos se despertó al llegar a casa. Cuando entraron por la puerta, un agradable olor a comida recién hecha los recibió. El niño corrió al encuentro de su abuelo, que preparaba chorizos caseros y tocino entreverado a la lumbre.

—¡Bibo! ¡Qué rico! ¡Tengo mucha hambre! ¿Has puesto patatitas como a mí me gustan? —preguntó al abuelo, rodeándole el cuello con los brazos y restregando su cara en la barba a modo de saludo.

—¿Tú qué crees? —preguntó Toribio.

A Marcos le encantaban las patatas asadas como las hacía el abuelo. Solía rociarlas con un poco de sal y aceite hurdano, un aceite sin refinar con mucho sabor y, según él, muy sano. El niño echó un vistazo al fuego y enseguida vio los trozos de papel de plata que asomaban entre las cenizas.

—¡Lo sabía! —exclamó, dando palmas—. ¡Eres el mejor abuelo del mundo!

—Anda, no me seas zalamero y ve a lavarte las manos mientras tu madre y yo preparamos la cena.

El niño obedeció y se marchó dando saltos.

—Parece contento… —comentó, alzando las cejas con mirada inquisitiva—. ¿Qué tal ha ido?

Laura resopló y se acercó a ayudarlo, cogiendo las pinzas para sacar las patatas y colocarlas en el cuenco que tenía preparado.

—No podía haber ido peor. Me equivoqué al pensar que al ver al niño mi madre iba a…, no sé, a ablandarse un poco. Pero sigue tan desagradable como siempre.

—Pues a Lobo no parece que le haya afectado. Yo lo veo bien.

Toribio rodeó los hombros de Laura, dándole un buen apretón.

—¿Sabes qué? Que no la necesitas. Ni Lobo tampoco. Tu familia está aquí, alrededor de este modesto hogar. Me gusta la gente a la que le basta con una humilde comida preparada a la lumbre para ser feliz. Tú eres de esas personas, lo supe desde el día que te conocí. Y el niño también.

—Gracias, Toribio —murmuró Laura, apretando la mano del abuelo—. Aquí me siento en casa.

10

La búsqueda

Día 1
Aldeanegra, 12 de agosto de 2018

«La desesperanza está fundada en lo que sabemos, que es nada.
Y la esperanza sobre lo que ignoramos, que es todo.»
MAURICE MAETERLINCK

LA NOTICIA DE la muerte de Regino y la desaparición de Lobo habían corrido como la pólvora, por lo que el lugar se llenó enseguida de curiosos y personas que querían colaborar en la búsqueda. También había periodistas de varios medios de comunicación que trataban de entrevistar a la familia del niño, cuyos principales miembros habían pasado la noche rastreando el bosque, acompañados por varios guardias civiles. Con los primeros rayos del alba llegaron los refuerzos, pero hasta el momento todo había sido en vano. No habían encontrado ni un solo rastro del pequeño.

—¿Podemos entrar en la casa para hablar más tranquilas? —le preguntó la sargento Albino a Laura—. Mientras tanto, mi compañero, el agente Anselmo Picarzo, se encargará de los grupos de búsqueda para empezar a preparar otra batida por la zona.

—Por supuesto. Vamos dentro —accedió Laura, volviéndose hacia la casa.

—Que vengan también las dos personas que estaban con usted cuando descubrieron el cuerpo del perro.

Cristina Albino siguió a la madre del niño desaparecido. Se percató de que Laura caminaba encogida, como si el dolor no le permitiera erguirse. En casos como ese, todo el personal se involucraba hasta la médula.

Minutos después, estaban todos sentados a la mesa del comedor. La sargento Albino era especialista en casos en los que había menores implicados y tenía fama de no temblarle la mano en los interrogatorios de los sospechosos. Llevaba casi veinte años en el Cuerpo y su hoja de servicios era intachable. Observó a todos los que se habían sentado a la mesa. Sabía que, en un porcentaje muy alto de casos de desapariciones de menores, el culpable solía pertenecer al círculo más cercano al niño. Por eso, aunque las tres personas que tenía delante parecían destrozadas, no se dejó influir por las apariencias.

—Vamos a intentar agilizar esto lo máximo posible, así que trataré de ser breve. El tiempo es crucial en estos casos. Según lo que tengo apuntado —Albino revisó su libreta unos instantes—, el niño vestía unos pantalones vaqueros cortos de color azul y una camiseta amarilla. Llevaba zapatillas deportivas de color blanco. ¿Es correcto?

—Correcto —agregó Toribio, aunque todos asintieron al mismo tiempo.

—Necesito una fotografía del niño. Lo más reciente posible.

Laura se levantó y buscó en su cartera. Enseguida volvió con una fotografía de carnet de Marcos que entregó a la sargento.

—Es de la biblioteca del colegio. Debe de ser de hace unos seis o siete meses. No tengo ninguna más reciente.

—Está bien. Servirá. ¿Han notado algún comportamiento extraño en el niño últimamente? ¿Algo que les llamara la atención?

—No. Estaba como siempre —observó Toribio. Laura y Gonzalo opinaron lo mismo.

—Ya lo hablamos anoche, pero me gustaría insistir en que mediten si el hombre que ha aparecido muerto podía tener algo contra ustedes o contra el niño.

—Le repito que no —respondió Toribio algo contrariado—. Hace años que yo no tenía contacto con él y Laura ni siquiera lo conocía. Dudo mucho que mi nieto lo hubiera visto alguna vez. En el pueblo muchos decían que no estaba bien de la cabeza y además bebía bastante. Era un hombre extraño, una de esas personas de las que es mejor mantenerse alejado.

—Yo tampoco tenía relación con él —añadió Gonzalo.

Albino observaba atentamente a los tres. El abuelo estaba nervioso y trataba de responder enseguida a las preguntas. A la madre se la veía alicaída; su estado de ánimo rozaba la depresión. El otro, un amigo de la familia, sostenía la mano de la madre y su postura indicaba que quería protegerla en todo momento. También se le veía afectado, aunque no tan desalentado como ella. Se dijo que, si tuviera que elegir a un sospechoso de entre todos ellos, lo elegiría a él. El que menos vínculo de sangre tenía con el niño y que a la vez mantenía una relación cercana con la madre. Tomó nota mentalmente de acordarse de investigarlo después.

—¿Son ustedes pareja? —preguntó dirigiéndose a Laura y Gonzalo.

—No, no —respondió él, hablando por primera vez—. Tenemos una relación muy cercana, aunque no somos pareja.

La madre pareció sentirse incómoda con la pregunta y retiró la mano que le sostenía el chico. Albino apuntó ese detalle en su libreta.

—¿Tienen algún sospechoso? ¿Alguien que pueda querer hacerle daño al niño o a ustedes?

La expresión de Toribio se endureció y su mirada se encontró con la de Laura, pero ambos callaron.

La sargento Albino suspiró. Sin indicios, sin sospechosos. Les esperaba un día muy largo.

11

La granja

Gran Bretaña, 1940-1942

EL TRAYECTO HASTA la granja fue muy largo, más de lo que Hannah esperaba. El tren en el que viajaba era un convoy de carga que no tenía asientos. Los niños se hacinaban como animales, sentados en el suelo. Tampoco había retrete, y los más pequeños hacía tiempo que se habían hecho sus necesidades encima, por lo que el olor, una mezcla de tufo a ganado y excrementos humanos, empezaba a ser nauseabundo. El frío del invierno se colaba por las rendijas de los vagones, y los niños trataban de mitigarlo acurrucándose unos con otros. La mayoría ya había dado buena cuenta de los pocos alimentos que llevaban encima, y el hambre y el cansancio hacían mella en ellos.

En una de las paradas que aprovechaban para subir más niños al tren, unas mujeres les repartieron mantas y bolsas con pan que recibieron con vítores y gritos de alegría. Pero pronto el tren volvió a ponerse en marcha y el miedo se asentó de nuevo en las caras de los pequeños. No sabían hacia dónde se dirigían ni cuándo podrían volver con sus familias.

Por fin, el tren se detuvo en una estación y las puertas se abrieron para que todos bajaran. Habían salido de madrugada y ya era prácticamente de noche. Los condujeron hasta un rincón del edificio de la terminal en el que Hannah vio un gran cartel que rezaba: «RECEPCIÓN Y DISTRIBUCIÓN». Un cordel separaba a los niños de una multitud inquieta que gritaba y les hacía gestos para llamar su atención. Al ir caminando hacia el lugar donde estaban colocando a todos los pequeños contra la pared, una mujer de ojos saltones y dentadura podrida sujetó con rudeza el rostro de Hannah y la examinó durante unos segundos antes de que esta, asustada, reaccionara y saliera corriendo tras los demás. Enseguida empezaron los gritos y las disputas. «¡Yo quiero a ese! ¡Yo lo he visto antes! ¡Me llevo a aquella!» Unos buscaban a los más fuertes para obtener ayuda en las labores del campo, y otros a los que vestían mejor y parecían tener una educación más avanzada para las tareas domésticas.

Los más pequeños lloraban y pataleaban cuando eran entregados a las parejas que los habían elegido. Los maestros que los acompañaban contemplaban la escena horrorizados, pero sin mover un dedo, sobrepasados por la situación. Eran conscientes de lo mal que se estaba gestionando aquella precipitada evacuación y de que aquello marcaría para siempre a muchos pequeños, pero no sabían cómo actuar y continuaron adelante mirando hacia otro lado. Hannah tragó saliva al percatarse de que había sido elegida por la mujer de ojos saltones. Se tranquilizó un poco al descubrir que no era la única, dado que otros dos niños y una niña más completaban el grupo seleccionado. Por una parte, se alegraba de salir de allí y alejarse de aquella multitud enloquecida, pero algo le decía que aquella mirada nerviosa no pertenecía a una mujer sensible o bondadosa.

«¿Qué sería de los demás niños? ¿Querrían a todos por igual o los más pequeños, que no podían aportar ninguna ayuda en las granjas, serían rechazados? ¿Los tratarían bien?» Esos eran los pensamientos de Hannah cuando subieron a los cuatro niños a un carromato tirado por dos mulas viejas que recibieron unos vigorosos azotes y echaron a andar apremiadas por los gritos de su dueña. A su lado iba sentado un hombre cabizbajo y con la cara medio oculta por una gorra. Hasta el momento no había abierto la boca, ni siquiera los había mirado. Hannah supuso que sería el marido e intuyó quién debía llevar los pantalones en la granja que se convertiría en su hogar a partir de entonces.

Al poco tiempo abandonaron las calles de la población y tomaron un camino rural completamente embarrado. A lo lejos, un cartel indicaba que dejaban atrás la ciudad de Launceston, en el condado de Cornualles. Ya era tarde y pocos minutos después apenas se veía nada. Hannah se preguntó cómo podrían continuar en esas condiciones, pero las mulas parecían conocer el camino incluso a oscuras y no tardaron en llegar a la granja.

Bajaron del carro y la mujer los condujo al interior de la vivienda. Era una vieja casona de dos pisos con paredes de madera y piedra. Después de ofrecerles un cuenco con leche y un mendrugo de pan duro a cada uno, que devoraron al instante, los condujo hasta el piso de arriba sin mediar palabra. Los dos niños dormirían en una habitación y las niñas en otra, al final del pasillo.

—El retrete está fuera, en el cuarto que hay antes de llegar al granero. Aquí nos levantamos todos los días a las cinco de la mañana, así que os aconsejo que os durmáis ya. Mañana será un día duro —advirtió, cerrando la puerta tras ella.

Hannah y la otra niña se quedaron de pie en medio de la habitación que les habían asignado. Había dos camas separadas por una mesita y un enorme armario que ocupaba casi toda la habitación.

—¡Yo me pido esta! —exclamó la otra niña, saltando sobre la cama que estaba más cerca de la ventana.

Hannah se encogió de hombros y se sentó sobre la otra.

—¿Cómo te llamas? —preguntó a la niña de rubios tirabuzones que la miraba sonriente. Pensó que debía de tener su edad, o quizá algo menos—. Yo me llamo Hannah.

—Me llamo Adelaida, pero puedes llamarme Addie. ¿Qué te ha pasado en la cara? —quiso saber, curiosa.

—Un accidente —respondió Hannah, volviéndose para deshacer el hato con las pocas pertenencias que tenía. No quería hablar de ello. En realidad, no tenía ganas de hablar de nada.

—¿Crees que estaremos aquí mucho tiempo? —preguntó Addie—. Mis padres me han dicho que solo van a ser unas pocas semanas. Luego volveré con ellos cuando se acabe la guerra. Dicen que serán como unas vacaciones. Estoy emocionada, aunque también algo asustada. ¿Has visto la cara de mala que tiene esa mujer? Ni siquiera nos ha dicho cómo se llama…

—¡Vale! —interrumpió Hannah, alzando la mano y pensando que le había tocado la compañera charlatana—. No sé nada, Addie. Duérmete.

A las cinco en punto de la mañana, la puerta se abrió y la señora de la granja entró en la habitación de las chicas, abriendo la ventana de par en par para que entrara el relente de la aún oscura mañana.

—¡Arriba! Toca baño y aseo. No quiero que llenéis todo esto de piojos y pulgas.

Las dos niñas se apresuraron a obedecer. No querían causar una mala impresión el primer día.

—Somos los Downer. Yo me llamo Cornelia y mi marido Herbert, pero podéis llamarnos señor y señora Downer —aclaró al tiempo que bajaba las escaleras, seguida por cuatro niños somnolientos.

Llegaron a la sala principal, en la que había una gran chimenea encendida. Herbert colocaba troncos y avivaba el fuego para calentar un gran caldero de agua que colgaba de un gancho. Ni siquiera saludó a los recién llegados. Continuó con su trabajo como si no los hubiera oído.

—A ver… ¿Cómo os llamáis? —preguntó Cornelia, señalando uno a uno con su dedo huesudo.

—Yo me llamo Adelaida, pero todos me llaman Addie.

—Yo soy Jimmy —dijo el más alto y gordito, con voz tímida, mirando al suelo.

—Hannah.

—Me llamo Leo —se presentó el muchacho que parecía más espabilado, y que debía de tener unos doce años. Le sostenía la mirada a Cornelia, desafiante.

—Pues tú vas a ser el primero. Ven para acá —ordenó, agarrando del brazo al niño.

En medio de la sala había una tina de latón que Herbert había empezado a llenar con el agua caliente del caldero.

—Desnúdate y métete ahí. Voy a desinfectaros.

—Pero ¿aquí? —empezó a decir Leo, mirando a las niñas y muerto de vergüenza.

—No pasa nada —repuso Cornelia—, no sois más que unos niños. Anda, no me hagas perder el tiempo, que tengo muchas cosas que hacer.

—No.

—¿Cómo has dicho? —preguntó ella, con una horrible mueca entre sonrisa y estupor que dejaba a la vista su dentadura podrida.

—He dicho que no. No podéis obligarme.

Cornelia rodeó el caldero y echó una mirada a su marido haciendo un gesto con la cabeza que fue suficiente para que él la entendiera. Herbert se incorporó y salió de la sala. Al momento volvió con un gran bastón entre las manos. Leo tragó saliva. Bastó un solo golpe para derribarlo. El niño cayó al suelo, aterrorizado y tratando de cubrirse con los brazos. Los demás contemplaban la escena horrorizados.

—Ahora, desnúdate —ordenó Cornelia, que no había apartado la mirada del niño en ningún momento. Entonces Leo, dolorido, comenzó a quitarse la ropa con manos temblorosas.

A todos los niños, uno detrás de otro, los bañaron y desinfectaron con esmero. A continuación, la mujer les cortó el pelo al rape, incluso a las niñas. Primero le llegó el turno a Addie, que no paraba de sollozar mientras veía caer al suelo sus preciosos tirabuzones rubios, mirándolos compungida. Hannah aguantó estoicamente el corte de pelo a la vez que pensaba que no era más que cabello de lo que los estaban despojando. No estaba dispuesta a recibir una paliza por ello.

Al terminar, Cornelia les entregó un mono de pana marrón y un tosco jersey de lana del mismo color. Cada uno de ellos recibió también unas botas de agua. A las niñas les quedaban tan grandes que tuvieron que sujetarlas con cuerdas para evitar que se les salieran al andar.

—Tenéis que entender que no queremos lastimaros —les explicó—, pero debemos castigar el mal comportamiento y la desobediencia. Tampoco vamos a permitir que seáis unos gandules. Tenéis que ganaros el sustento con vuestro trabajo. Si os portáis bien, todo irá a pedir de boca. Vosotros decidís.

Los niños escucharon en silencio, resignados. Addie todavía hipaba de vez en cuando y Leo se masajeaba las costillas, dolorido. Su mirada había cambiado, se había vuelto huidiza y sumisa.

—Ahora, a desayunar —dispuso Cornelia—. Debéis tener el estómago lleno para aguantar las labores de la granja.

Todos se sentaron alrededor de la gran mesa de la cocina. Hannah echó un vistazo rápido a la comida. Había leche, queso, pan, jamón, tocino y huevos. Se sirvió un poco de leche en la que echó trozos de pan para ablandarlos y cogió un trozo de queso y un huevo. Estaba hambrienta, al igual que los demás, que devoraban con ansia los alimentos. Cornelia levantó la mirada de su plato y la posó sobre Hannah.

—¿Qué pasa? ¿No te gusta el tocino? —inquirió, con la boca llena de comida—. Yo no le haría ascos a nada, van a pasar horas hasta que vuelvas a echarte algo al estómago.

Hannah negó con la cabeza.

—¿No me digas que eres judía? No pareces inglesa...

Hannah guardó silencio y se limitó a beberse la leche.

—Pues peor para ti, así dejas más bocado a los demás.

LA CASA ERA un edificio de dos plantas con las paredes encaladas y el tejado de pizarra. Junto a ella había un pequeño cuarto dedicado al retrete, un pozo y un granero. La propiedad estaba rodeada por una valla de piedras apiladas, sobre las que crecía el musgo en las zonas más sombrías. En la parte trasera había un pequeño huerto en el que se sembraban verduras y hortalizas, un gallinero y el establo para las ovejas y los cerdos. Una enorme pradera se extendía a su alrededor. Estaban lejos de cualquier otra construcción, aunque en el horizonte se intuían un par de granjas similares.

Cornelia había repartido la faena entre los cuatro niños y todos tenían claro cuál era su cometido. Addie se iba a quedar en la casa ayudando a la dueña en las tareas del hogar; los chicos y el granjero se encargarían del ganado, y Hannah se ocuparía del gallinero y el huerto, además de limpiar el retrete. También debía acercarse cada dos días a una lechería que quedaba a una media hora a pie para comprar leche de vaca o intercambiarla por huevos o algún producto de la huerta.

En la casa no había agua corriente ni desagües, y había que extraer el agua del pozo mediante una bomba manual de hierro. Al principio a Hannah le costaba manejarla, pero pronto fue adquiriendo la destreza necesaria para hacerlo bien. Limpiar el retrete era un asco. Había que vaciar y limpiar el cubo en el que se habían ido acumulando los excrementos de un día entero y el olor era inmundo. La rutina en el gallinero era siempre la misma; cada mañana dejaba salir a las gallinas y las ocas, recogía los huevos, barría las inmundicias de la noche anterior y llenaba los comederos de alimento. Después, trabajaba en el huerto recogiendo hortalizas, sembrando o quitando malas hierbas. Si algún día le sobraba tiempo, ayudaba con la colada o con la comida.

Lo que peor llevaba era el barro. Allí llovía un día sí y otro también. Ya se había acostumbrado a la lluvia, pero, a diferencia de la vida en la ciudad, en el campo eso significaba que había barro por todas partes que se quedaba pegado a la ropa y a las botas, tanto que a veces le costaba levantar los pies del suelo. No le importaba hacer su trabajo. Al contrario, le gustaba colaborar y se esforzaba al máximo en todo, pero con lo que más disfrutaba era con la visita que solía hacer a la lechería.

Allí había conocido a Erika. Era una chica de diecisiete años que, al igual que ella, había llegado a Inglaterra huyendo de Alemania en uno de los últimos transportes de niños. Enseguida se llevaron bien. Para Hannah, volver a hablar en su idioma fue como un soplo de aire fresco, la hacía sentirse a gusto. El dueño de la lechería, Robert Cooper, era un hombre muy simpático y agradable que siempre recibía a Hannah con una gran sonrisa. Vivía solo en la granja y, como necesitaba ayuda con las labores de la casa, se ofreció como voluntario para acoger a una de las niñas evacuadas por la guerra.

Hannah le recordaba a menudo a Erika la suerte que había tenido al ser acogida por un buen hombre como él. En su granja, en cambio, los granjeros se aprovechaban claramente de la mano de obra gratis que los niños les proporcionaban. Habían instaurado la cultura del miedo y cada vez que veían aparecer al señor Downer con el bastón en la mano, todos temblaban y rezaban para que, si debían ser castigados, fuera algo rápido. Hannah aún no había recibido ningún golpe. Procuraba hacer siempre lo que le decían, cuando y como estaba previsto que lo hiciera y, hasta el momento, eso le había funcionado. A Addie tampoco le habían pegado, pero la pobre niña últimamente se hacía pis en la cama.

Hannah había pasado parte de la noche escribiendo a escondidas la primera carta que iba a enviar a Yona a Bilbao. Lo había hablado con Erika y el señor Cooper, y él no había tenido ningún problema en que le diera la dirección de la lechería a su amiga para que esta respondiera a su correspondencia. No se fiaba de Cornelia. Estaba segura de que, si llegaba una carta a su nombre, ella la destruiría después de leerla y nunca se la entregaría. No le convenía que se supieran los métodos tan poco ortodoxos que se utilizaban con los niños en aquella granja. Nunca permitiría ningún tipo de correspondencia.

A la mañana siguiente, Hannah metió la carta en el sobre con el sello que les habían entregado antes de salir de Londres y la guardó celosamente en uno de los bolsillos de sus pantalones. Ese día le tocaba visitar a Erika y pensaba entregársela. Addie se despertó con mucha fiebre y la señora Downer le permitió quedarse en la cama. Quiso quedarse a cuidar de su amiga, pero Cornelia no se lo consintió. Había mucha faena que hacer. Siempre la había. A Jimmy y Leo los veía muy poco, pasaban la mayor parte del día fuera y cada vez hablaba menos con ellos. Se habían vuelto dos extraños, sobre todo Leo. Desde hacía días a Hannah le daba la impresión de que los chicos las miraban por encima del hombro, como si se creyeran superiores. Pensó que serían cosas de chicos y no le dio más importancia. En cambio, Addie se había convertido para ella en una especie de hermana pequeña de la que se sentía responsable.

Pasaron los meses. Los días en la granja solo podían catalogarse de dos maneras: agotadores y aburridos. 1941 estaba a punto de concluir y hacía ya casi un año que los niños repetían el mismo tipo de trabajo rutinario y sucio. Aunque los castigos estaban a la orden del día, eran raras las ocasiones en las que el granjero había vuelto a utilizar el bastón. Parecía como si cada uno de los niños hubiese acabado encontrando su sitio en aquel horrible lugar, amoldándose al trabajo y la sumisión.

Addie estaba muy preocupada desde hacía semanas, porque no había tenido ninguna noticia de sus padres. Le angustiaba la idea de que hubiesen muerto en algún bombardeo y por las noches lloraba bajo las sábanas. Hannah trataba de consolarla hablándole de cualquier cosa hasta que se dormía. Algunas noches seguía haciéndose pis en la cama, pero entre las dos habían ideado una forma de no mojar las sábanas y que Cornelia no se enterase. Utilizaban unos trapos similares a los paños higiénicos que las mujeres usaban en los días del periodo, sobre los que colocaban un trozo de goma recortado de una vieja bota de campo. Aunque los paños se empaparan, la goma solía aguantar la humedad el tiempo suficiente hasta que Addie se despertara, incluso a veces hasta la mañana siguiente.

Mientras los niños vivían su particular contienda lejos de la guerra, Gran Bretaña sufría una de las más sangrientas batallas de la historia de la aviación militar: la batalla de Inglaterra. El 7 de septiembre de 1940, el Führer organizó una nueva campaña de bombardeos a la que bautizó como Operación León Marino, y que se extendió hasta mayo del año siguiente. La desproporción de fuerzas entre ambos bandos al comienzo de la batalla era notable. La intención de Hitler era debilitar a la RAF, que tenía una menor capacidad de defensa, para abrir camino a una invasión naval y terrestre. Con este fin, la Luftwaffe arrojó toneladas de bombas sobre objetivos estratégicos sin descanso durante días. Las calles de Londres se sembraron de cadáveres y la ciudad adquirió un aspecto fantasmal. Si no hubiera sido por la inquebrantable determinación de Churchill, los británicos probablemente se hubieran rendido.

Pero no fue así. Poco a poco, la RAF comenzó a aumentar sus fuerzas y a lograr mayores éxitos. Los alemanes, conscientes de que durante el día sus efectivos disminuían de manera preocupante, cambiaron de estrategia y comenzaron a bombardear por la noche. Esos ataques, continuos y muy virulentos, se prolongaron durante casi un mes en una de las más cruentas y espectaculares batallas de todos los tiempos. Pero para entonces los británicos habían aumentado su capacidad defensiva y estaban en condiciones de impedir una invasión en caso de que esta se produjera. Consciente de ello, Hitler desvió sus fuerzas hacia Rusia, y el 10 de mayo de 1941 fue el último ataque sobre Londres.

Cierto día, Cornelia los reunió a todos en la sala.

—Nos han avisado de que mañana quizá recibamos la visita de alguno de vuestros padres —comentó, mirándolos a todos con sus nerviosos ojos saltones.

Addie comenzó a dar saltos y los chicos también se alegraron, aunque con menos ímpetu. Hannah sonrió al ver el entusiasmo de su amiga. Por fin iba a dejar de sufrir por la incertidumbre de no saber cómo se encontraba su familia.

—Solo os voy a advertir una cosa —continuó diciendo Cornelia mientras los señalaba con su huesudo dedo índice—. Si alguno de vosotros se queja de que lo tratamos mal o de que no está bien en esta casa, tendrá que marcharse.

Todos callaron y miraron al suelo, incluso Addie dejó de celebrar la buena noticia. La niña había adelgazado mucho y, aunque ya le había vuelto a crecer el pelo, parecía un fantasma delgaducho con grandes ojeras sobre su tez blanca y sucia. Hannah se preguntó qué haría su padre si la encontrara en una situación así. Se negaba a creer que él quisiera dejarla en manos de aquella pareja de granjeros horribles, por muy peligroso que resultara sacarla de allí. Ella tampoco lo consentiría. Preferiría huir y acabar muerta a permanecer un minuto más en aquel lugar, lejos de su padre. Pero, por desgracia, la realidad era otra mucho más dolorosa. No había nadie que pudiera ir a visitarla al día siguiente ni nadie que fuera a recogerla en un futuro próximo, así que pensó que, aún en las condiciones en las que se encontraban, los demás niños eran muy afortunados.

—¡¿Habéis entendido?! —ladró la vieja bruja, chillando de forma que todos asintieron al instante.

—Pues entonces, cada uno a su oficio. ¡Aquí no quiero gandules! —gruñó, dando por finalizada la breve reunión.

Al día siguiente, los niños esperaron a los visitantes, limpios y con sus mejores galas desde primera hora de la mañana. Hacía un día estupendo, como si el tiempo quisiera colaborar con algunos rayos de sol para celebrar un día tan especial. Antes del mediodía, llegaron los padres de Addie y los de Jimmy. Los de Leo no aparecieron, y, por descontado, nadie fue a visitar a Hannah. Ella ya lo había asumido, pero el chico se quedó abatido. Aunque nadie podía confirmárselo, aquel día tuvo la certeza de que se encontraba solo en el mundo. Hannah quiso animarlo, pero el chico la rechazó con un gesto brusco y salió corriendo hacia su habitación, despojándose de su ropa de domingo por el camino. Al rato bajó vestido como cualquier otro día y salió en dirección al establo con los ojos hinchados por el llanto y cara de pocos amigos.

Los padres de Addie habían llevado una cesta repleta de comida con la intención de hacer un pícnic, al que invitaron a Hannah. Buscaron un buen lugar en el campo bajo un gran árbol y lejos de la casa, donde el padre de Addie tendió una manta y todos juntos comenzaron a dar cuenta de los alimentos que su madre había preparado.

La jornada transcurrió entre risas y conversaciones alegres que hicieron que todos olvidasen la situación en la que se encontraban al menos durante unas horas. Hannah lo pasó muy bien. En varias ocasiones sintió una punzada de envidia hacia su amiga. Addie tenía algo que ella jamás recuperaría: una familia estupenda que la quería y la esperanza de volver junto a ellos. El que las circunstancias los obligaran a estar alejados temporalmente era una simple piedra en el camino que no tenía importancia. Ese día, Hannah añoró más que nunca a su padre.

Hannah iba de camino a la lechería, balanceando las dos lecheras aún vacías al ritmo de su paso. Estaba muy animada. Siempre lo estaba cuando iba a encontrarse con Erika. Con un poco de suerte ya habría recibido carta de Yona. Hacía meses que le había escrito y aún no había obtenido respuesta alguna, pero no perdía la esperanza. El tiempo hacía días que amenazaba lluvia; las nubes cargadas de agua se movían con pesadez, pero parecían no decidirse a descargar. Ya no hacía tanto frío y la primavera comenzaba a abrirse paso, mostrándose tímidamente en los pequeños brotes de los árboles o en las florecillas que crecían entre la hierba.

Por el camino se encontró con un grupo de mujeres que talaban árboles y cargaban los troncos en un viejo tractor. Todas iban vestidas de manera similar. Mientras unas llevaban una boina verde con una insignia, otras se sujetaban el pelo con un pañuelo. Hannah se detuvo unos instantes a contemplar su trabajo, extrañada al no ver por allí a un solo hombre.

—¿Qué haces tú por aquí? —le preguntó una de ellas, apoyándose sobre un hacha.

—Voy a la lechería —respondió Hannah—. ¿Qué estáis haciendo? —quiso saber, curiosa.

—Somos las Lumberjills. ¿Es que acaso no has oído hablar de nosotras?

Hannah negó con un gesto de la cabeza.

—Somos el cuerpo femenino maderero. Estamos en tiempos de guerra, niña. Nuestros hombres están luchando en el frente y el país necesita de nuestra ayuda para obtener madera. ¿Sabes lo importante que es la madera en momentos como este? —preguntó la joven, que parecía muy orgullosa de su trabajo. Antes de que Hannah pudiera responder, continuó hablando—: Necesitamos construir más aviones, más barcos y armas. La madera sirve para reconstruir las casas derruidas, y el carbón para producir explosivos y para los filtros de las máscaras antigás.

Además, supongo que no hace falta que te explique el número de ataúdes que se necesitan cada día...

Hannah escuchaba con la boca abierta todo lo que la mujer maderera le contaba.

—Pero no puedo entretenerme más —anunció la mujer—. Aquí aún hay mucho trabajo y una guerra por ganar —añadió, levantando de nuevo el hacha y volviendo al trabajo.

Hannah continuó su camino, asombrada por las cosas que podían hacer algunas mujeres si se lo proponían. Pensó que de mayor le gustaría ser como ellas, una mujer valiente y decidida a la que ningún hombre pudiera hacer sombra.

Al llegar a la lechería, Erika salió corriendo a su encuentro, blandiendo un trozo de papel en la mano. Hannah dio un grito de alegría. ¡Por fin había recibido carta de Yona! Las dos niñas se metieron en el granero y se sentaron entre las balas de paja para leerla. Estaban muy emocionadas.

Querida Hannah:

Espero que te encuentres muy bien a la llegada de esta carta. Me alegré muchísimo cuando recibí noticias tuyas y supe que existía un lugar donde poder escribirte. Yo me encuentro muy bien. Mi nueva casa en Bilbao es muy grande y tengo un cuarto para mí sola, aunque siempre hay trabajo que hacer. Víctor, el niño al que cuido, es un pequeño monstruito que no para de hacer de las suyas, pero le quiero mucho y estoy convencida de que él a mí también. Le enseño un poco de alemán, por deseo expreso de la señora Bengoechea, que piensa que el saber no ocupa lugar, y paso las horas con él, leyendo y jugando. Es una familia encantadora que me cuida mucho y me hace sentir como si fuera una más. La señora está embarazada de nuevo y, si todo va bien, esperamos con ilusión que la familia aumente en un par de meses.

Aquí, en Bilbao, las cosas no son fáciles, como supongo que ocurrirá en el resto del país. Hay mucha pobreza y la gente se pelea en las calles por un trozo de pan. Tenemos numerosos cortes de energía y de agua y, aunque la guerra ya ha acabado, de vez en cuando sigue habiendo revueltas por las calles. No salimos del barrio, así que tampoco he tenido mucho tiempo de conocer la ciudad. El tiempo es bastante parecido al de Londres, porque también llueve mucho.

Me entristeció mucho saber que tuviste que dejar el Hogar, y con él a la señora Cohen y a los demás. Rezo cada noche para que todos se encuentren bien, porque las noticias que llegan de allí son terribles. Deben de estar sufriendo continuos bombardeos y los muertos ya se cuentan por miles.

Me apena que los dueños de la granja en la que te encuentras no os traten muy bien. Pero sé que eres fuerte y podrás con todo, no lo dudo ni por un instante. Y, si tú llegaras a dudarlo, recuerda el día en que te abalanzaste sobre Lucy. Ahora recuerdo aquel suceso con una sonrisa. Nunca te lo dije, pero se lo tenía bien merecido…

—¿Qué hiciste? —quiso saber Erika, que escuchaba cómo su amiga leía la carta de Yona en voz alta—. ¿Le pegaste a una niña?

—Bueno, algo así…

—Pues yo no te veo capaz de hacer eso.

—Yo tampoco, pero el caso es que lo hice. Me había quitado la única foto que tengo de mi padre y no sé qué me pasó.

—Si tu amiga dice que se lo tenía merecido, pues eso será —dijo, restándole importancia al asunto y dándole un ligero empujón con el hombro.

Hannah continuó leyendo el resto de la carta y, al terminar, se llevó el papel a la cara y aspiró su aroma durante un instante.

—Este es el día más feliz de mi vida —anunció, aún con los ojos cerrados—. Yona está bien y, a partir de ahora, podremos seguir carteándonos.

Las dos niñas se quedaron un rato en silencio. Hannah, saboreando las palabras que le habían llegado desde tan lejos, y Erika, respetando ese momento.

—Gracias —dijo Hannah por fin, dirigiéndose a Erika con una sincera sonrisa—. Ahora tú eres mi mejor amiga.

Erika sonrió y se la quedó mirando como si fuera portadora de un preciado secreto. Sus ojos brillaban y sus mejillas habían adquirido un precioso color sonrosado. Apenas podía contener la emoción.

Hannah guardó la carta de Yona y se acercó un poco más a su amiga.

—¿Qué ocurre? —preguntó con curiosidad.

—Es el señor Cooper… Robert —se apresuró a corregir—. Me ha propuesto matrimonio.

—¿De verdad? ¿Y qué le has dicho?

—¡Por supuesto que sí! —exclamó Erika con una risa nerviosa—. Es un hombre maravilloso.

Las dos amigas se abrazaron y rieron. Hannah se percató de que estaba compartiendo ese instante de felicidad con su amiga como si fuera ella misma la elegida. Hacía mucho que no sentía ese calor reconfortante en su corazón.

Poco después Hannah volvía a la granja sin poder borrar la sonrisa del rostro. Comenzaba a llover y, casi sin pensarlo, se salió del camino, que cada vez estaba más embarrado. Al caminar por la hierba, pisaba las babosas que barruntaban la lluvia y salían a montones. Pero no le importaba que sus botas se volvieran pegajosas o que la lluvia empezara a calarle la ropa. Vio cómo las madereras se ponían unos impermeables y continuaban con su trabajo, y pensó que las mujeres podrían cambiar el mundo si se lo propusieran.

12

Semillas de vanidad

—Y ¿qué pasa con los zánganos, Bibo? ¿Por qué dices que no me gustaría ser un zángano?

—Bueno, digamos que, cuando dejan de ser útiles, el resto de abejas se deshacen de ellos.

—¿Los matan? ¿Por qué? Si no les hacen ningún daño…

—Es la ley de la naturaleza, Lobo. No tienen aguijón ni saben alimentarse solos.

—O sea que las demás les dan de comer.

—Sí. Y, cuando dejan de hacerlo, se mueren.

—Pues es verdad que son un poco tontos. Grandotes pero tontos, como ese niño del cole que se metía conmigo…

—No te preocupes, seguro que el curso que viene ya se habrá olvidado de ti.

—Pero, entonces, ¿para qué sirven los zánganos?

—Solo sirven para fecundar a la reina, hijo.

—¿Y eso qué es?

—¡Uf! Es como si fueran… sus amantes. Así la reina pondrá los huevos.

— …

—Unos fecundados de los que saldrán las obreras. Y, cuando vuelva a hacer falta, otros no fecundados de los que saldrán más zánganos.

—¿Son amantes? ¿Se dan besos y eso? ¿Cómo?

—Creo que se está haciendo tarde, Lobo.

115

—Pero, abuelo…

—No rechistes y tira para casa, que no quiero que tu madre me
riña por retrasarnos.

AURELIO GALARZA LLEVABA varios días taciturno y pensativo.
Mientras paseaba a caballo por la finca, no podía parar de darle
vueltas a la cabeza. Las discusiones en casa cada vez eran más
graves y, por muchas veces que lo pensara, siempre llegaba a la
misma conclusión: sus hijos eran unos vagos malcriados. Claro
que algo de culpa debía de tener él por haberlos educado como
lo había hecho, sin privarlos de nada y concediéndoles todos los
caprichos que se les antojaran. Pero es que no había sido nada
fácil verlos crecer él solo, sin el apoyo de una madre. Al fin y al
cabo, los niños eran cosa de mujeres. ¿Qué pintaba él en todo
aquello cuando tenía cosas mucho más importantes que hacer,
como sacar adelante las tierras y mantener lo que con tanto esfuerzo había conseguido poseer? Llevó a los gemelos a los mejores colegios, en eso no había escatimado, pensando que allí les
darían una buena educación y harían de ellos un par de hombres hechos y derechos. ¡Sus buenas perras le había costado!
Pero ninguno de los dos quiso terminar los estudios y allí estaban, metidos en su casa, chupando del bote y sin dar palo al
agua.

Luis ya había comenzado a despuntar desde bien pequeño,
con sus chanchullos y sus negocios. Cuando tenía quince años
empezó a tontear con las drogas en el instituto y tuvo que pasar
dos años en un centro de desintoxicación. Era el más avispado
de los dos, en el que Aurelio había puesto todas sus esperanzas,
pero también el que tenía peor temperamento. Siempre acababa
saliéndose con la suya y se ponía muy agresivo cuando no lo
conseguía. Al principio le hacía gracia ese carácter indómito y la
seguridad que el niño tenía en sí mismo, le recordaba mucho a
él cuando tenía su edad. Pero fue creciendo, y poco a poco se fue

manifestando su verdadera personalidad. Si al menos Simón hubiera valido para algo… A Aurelio lo sacaba de quicio su cobardía y la poca sangre que parecía tener en las venas. ¡Es que no parecía hijo suyo! Siempre a la sombra de su hermano, agachando la cabeza y dejándose humillar y enredar con sus trapicheos. A veces se preguntaba si Luis tenía razón cuando se enfadaba con él y le decía que le faltaba un hervor. En el fondo, él sabía que su hijo no era tonto, por mucho que a veces lo pareciera, pero, al contrario que su hermano, que siempre estaba detrás de algún negocio que, según él, lo haría rico, Simón no tenía ninguna meta en la vida. Pasaba las horas en las cuadras, cuidando de los caballos y paseando con ellos por la finca. Su padre hacía tiempo que lo veía como un caso perdido.

Aurelio había estado absorto en sus pensamientos durante la mayor parte del paseo y había dejado al caballo elegir el camino a su antojo. Sin saber bien cómo, de repente se encontró en las tierras de Gonzalo, junto al redil en el que pastaban un par de potros aún por domar. Se disponía a dar media vuelta cuando vio al chico salir de la casa para ir a su encuentro con su habitual cojera.

—¿Qué quieres, Aurelio? —preguntó Gonzalo con cierto tono de recelo.

Aurelio permaneció un instante en silencio. Era la segunda vez que se encontraba con él esa semana; quizá aquello significara algo. Gonzalo también ocupaba sus pensamientos últimamente, haciendo que se replanteara muchas cosas. Algo se le removía por dentro al ser consciente de lo mal que lo había tratado. Pero es que eran otros tiempos, cuando aún era joven e insensato y pensaba que hacía lo mejor para su familia.

—Hola, Gonzalo. Solo quería saludarte.

—Pues ya me doy por saludado. Puedes volver por donde has venido —sentenció el otro, señalando con la cabeza el camino y volviéndose hacia la casa.

—¿No vas a perdonarme nunca? —preguntó Aurelio, con la esperanza de que sus palabras hicieran mella en la actitud del chico.

Gonzalo se paró en seco y apretó los puños antes de darse la vuelta y contestar.

—No tengo nada que perdonar. Simplemente me gustaría que siguieras con tu vida como has hecho todos estos años y me dejaras en paz.

—Podríamos hablar. Quizá las cosas no fueron como las recuerdas…

—¿Qué pasa, Aurelio? —interrumpió Gonzalo—. ¿Te estás haciendo viejo y por fin te das cuenta de que tus hijos son unos parásitos que te chupan la sangre? ¿Acaso buscas en mí al hijo que no has sido capaz de tener para que te limpie la baba cuando ya no puedas ni hablar?

Aurelio no respondió. Miró a Gonzalo con furia y azuzó al caballo para marcharse de allí. Gonzalo lo siguió con la mirada. No le gustaba nada que aquel hombre rondara por su propiedad. Seguramente, no le traería más que problemas.

Aurelio fustigó al caballo con rabia, como si el pobre animal fuera el causante de todos sus males, hasta que la adrenalina y la tensión de la carrera vaciaron su mente. Por un momento volvió a sentirse joven y fuerte, y eso lo reconfortó. Él era Aurelio Galarza, uno de los terratenientes más ricos de la comarca, y no tenía por qué relacionarse con muertos de hambre como Gonzalo, por mucho que este fuera su hijo ilegítimo.

Su familia había amasado durante años una pequeña fortuna que llegó a sus manos junto a grandes extensiones de tierras de cultivo y monte. Poseían además un enorme olivar y un viñedo cuyos caldos empezaban a tener renombre en la provincia de Cáceres. Pero El Encinar, la finca en la que habían vivido las últimas cuatro generaciones de los Galarza, era su mayor orgullo.

La casa era una bonita construcción de dos alturas, edificada alrededor de un patio interior en el que destacaba un gran estanque repleto de peces y plantas de agua. Se accedía a la finca por un camino asfaltado con adoquines, flanqueado por cientos de cipreses.

La entrada a la vivienda estaba situada en el centro de una gran explanada. A su izquierda se encontraba la «casa de los guardias», como solían llamarla. Estaba reservada a los empleados, y se alzaba junto a las caballerizas y el picadero. Al otro lado se erigía una pequeña ermita centenaria en la que Aurelio había celebrado su boda, y a la que acudía a rezar cada vez con más frecuencia.

A medida que se acercaba a la finca, Aurelio dejó que el caballo, agotado por la carrera, redujera la marcha a un ligero trote. Poco antes de llegar, se detuvo para contemplar su propiedad desde la distancia. Se volvió sobre la grupa del caballo y miró a su alrededor henchido de orgullo. Prácticamente toda la extensión de terreno que alcanzaba la vista era suya, y algún día pertenecería a sus hijos. Su semblante se ensombreció de nuevo al pensar en el futuro y se encaminó hacia las caballerizas con el ceño fruncido.

Lo que había empezado como una tranquila cena familiar, pronto se convirtió en un campo de batalla. Hacía unos meses que Simón se había encaprichado de un potro árabe que les había costado una fortuna. El animal enfermó a los pocos días de tenerlo y, desde entonces, no había dejado de darles problemas. El veterinario acababa de comunicarles que el caballo tenía una enfermedad llamada abiotrofia cerebelar, que provocaba temblores de cabeza y descoordinación en los movimientos del animal. La dolencia era incurable y no podrían montarlo nunca.

—¡Es que mira que te lo dije! Que te aseguraras de que no te dieran gato por liebre antes de quedártelo —le recriminó Luis, apuntando a su hermano con el tenedor.

—¿Cómo iba a saberlo, Luis? —repuso Simón, sin levantar la mirada del plato.

—¡Pues haciendo un puto análisis genético! ¿Era tan difícil? ¡Joder! ¡Es que pareces tonto!

—Por favor, Luis. Tengamos la fiesta en paz —intervino Aurelio para intentar evitar la discusión que veía venir—. Vamos a cenar tranquilos por una vez…

—¿Acaso no es verdad lo que digo, padre? ¡Es que no vale para nada! Me saca de mis casillas. ¡Ni siquiera parece un hombre hecho y derecho cuando lo llevo de putas!

—Luis, por favor… —reprobó Aurelio.

Simón escuchaba en silencio a su hermano, sin inmutarse, contemplando sin ver la comida que se le había quedado fría. Luis tenía razón, nunca se había sentido atraído por las mujeres. Pero era algo que guardaba en secreto por miedo a lo que su padre pensara de él, y más aún por temor a la reacción de su hermano.

Luis solía frecuentar alguna que otra casa de alterne y se llevaba a Simón con él. Se vanagloriaba ante los demás de haber iniciado a su hermano en el sexo, como si le estuviera haciendo un favor. Nunca fue capaz de decirle que aquello no iba con él. No se atrevía. Cuando se quedaba a solas en la habitación con la chica, lo único que hacían era hablar y después le daba unos euros extra para que mintiese a su hermano si este preguntaba.

—¿Ni siquiera piensas defenderte? —espetó Luis, cada vez más enfadado—. ¡No tienes huevos ni para eso!

Simón miró a su hermano. Siempre hacía lo que él quería, pero nunca parecía tener bastante. Lo humillaba ante los demás y se avergonzaba de tener su misma sangre. Empezaba a estar harto de él.

—¡Déjame en paz! —gritó, y abandonó el comedor dando un golpe sobre la mesa.

—No tienes por qué tratarlo así. —Aurelio se cruzó de brazos mirando a su hijo Luis, que reía negando con la cabeza.

—Es un mierda…

—¡Luis! ¡Te prohíbo que hables así de tu hermano!

—¿O qué? ¿Me va a desheredar? —preguntó Luis, socarrón, inclinándose hacia atrás con la silla mientras se pasaba la mano por la cabeza rapada al cero.

—No deberías tener tan claro que todo esto vaya a ser para ti —dijo Aurelio, señalando con las manos a su alrededor—. Aún puedo decidir qué hacer con lo que tanto esfuerzo me ha costado tener…

—Y ¿a quién se lo va a dejar todo? ¿Al tonto que acaba de salir por la puerta, que sabe que dilapidaría su fortuna en un par de años? ¿O quizá al cojo ese que tuvo con la sirvienta?

—¡Basta ya! —gritó Aurelio con voz temblorosa—. ¡Puede que lo merezca más que ninguno de vosotros dos!

Luis se echó a reír a carcajadas mientras su padre dejaba la cena a medias y se marchaba.

Aurelio subió a su cuarto y se echó sobre la cama. Las cosas se le estaban yendo de las manos y cada vez veía más difícil encarrilar la situación. Él no iba a estar ahí para siempre y debía dejarlo todo bien atado. Últimamente no se encontraba demasiado bien. Había adelgazado bastante, y sufría náuseas y vómitos casi a diario. Era reacio a ir al médico desde que pasó tres meses en el hospital acompañando a Elena, su mujer, mientras yacía encamada en estado vegetal. Ver cómo se iba consumiendo sin esperanzas de recuperarla lo marcó de tal manera que, cuando murió, Aurelio juró que jamás volvería a entrar en un lugar así por voluntad propia.

Pero, como cada vez se encontraba peor, al final optó por hacer una visita al médico de cabecera. Tras las pruebas, se confirmaron sus peores sospechas: cáncer de páncreas. Aún no se lo había dicho a nadie, aunque sabía que no podría mantener un secreto así durante mucho tiempo. No. Ya estaba decidido. Su cuerpo tenía una fecha de caducidad que los médicos habían estimado en un año como mucho. Ya no había marcha atrás. No le tenía miedo a la muerte, aunque sí a la posibilidad de sufrir horriblemente hasta que esta llegara.

Aunque últimamente le preocupaban más sus problemas familiares, que no lo dejaban dormir tranquilo. Sentía una urgencia lacerante por solucionarlos antes de que fuera demasiado tarde. Pensó en el encuentro que había tenido esa misma tarde con Gonzalo. El chico no quería cuentas con él, cosa que no podía reprocharle. Cerró los ojos y se dejó llevar a la época en la que aún era feliz. Cuando el mundo parecía moverse a su alrededor y se sentía invencible. Visto con perspectiva, quizá esa vanidad había sido la semilla de todos sus males. Semilla que, años después, estaba dando sus podridos frutos.

Elena fue la mujer de su vida. Nunca había amado a ninguna otra como a ella. Tuvo que luchar por su amor y enfrentarse a su propio padre, que se oponía a un posible matrimonio porque la familia de la chica carecía de suficiente abolengo.

La vida junto a Elena fue como un sueño durante los primeros años. Ambos se querían con locura y la llegada de los gemelos no hizo más que aumentar su felicidad. Después, ella se quedó embarazada de nuevo y la noticia supuso para ambos otra enorme alegría. Pero surgieron complicaciones y Elena tuvo que guardar reposo. Durante el primer embarazo, la vida sexual de la pareja siguió activa hasta que la gestación estuvo bastante avanzada. En el segundo, Aurelio esperaba que ocurriera algo parecido, pero ella se mostraba reacia a sus caricias. No es que se opusiera a sus encuentros amorosos, pero él notaba que su mujer ya no disfrutaba. Se dejaba hacer en silencio, como si deseara que él acabara cuanto antes para que la dejara tranquila.

A los cinco meses de embarazo Elena sufrió un aborto y lo culpó a él por no haber sabido respetarla durante ese tiempo. A Aurelio le costó muchísimo sobrellevar el período de abstinencia que su mujer le impuso. Al fin y al cabo, él era un hombre y tenía unas necesidades que saciar. Entonces, sin saber cómo, empezó a fijarse en Benita. Era una hermosa joven de diecisiete años un poco entrada en carnes que llevaba ya un tiempo a su servicio, pero en la que Aurelio nunca había reparado. Descubrió que provenía de una familia humilde de Aldeanegra para la que su jornal era la mayor fuente de ingresos.

Pronto Aurelio empezó a buscarla y a propiciar encuentros clandestinos con la joven para cortejarla. Al principio ella se mostraba reticente, pero él supo camelársela fingiendo estar locamente enamorado de ella y prometiéndole regalos. Siempre supuso que a ella le gustaba aquella aventura, que disfrutaba del sexo tanto como él. Nunca imaginó que había accedido por temor a perder el empleo y dejar a su familia sin sustento.

Aurelio se revolvió sobre la cama. Por primera vez esa posibilidad acababa de rondar por sus pensamientos y sintió un pequeño malestar en la boca del estómago. Pensó que quizá fueran las náuseas de nuevo y, masajeándose el abdomen, volvió a sus recuerdos.

Los meses pasaban, pero Elena no lograba superar la pérdida. Nunca imaginó que ella estuviese al tanto de sus encuentros con la criada. No lo supo hasta que leyó su carta. La carta de despedida que, meses después, le dejó sobre la almohada.

Antes de eso, ella había intentado recuperar a su marido permitiéndole que volviera a tocarla. Al principio, él dejó de visitar a Benita, pero descubrió que lo excitaban más los encuentros furtivos con ella que las monótonas y cada vez más desganadas sesiones de sexo con su mujer. Un día Benita le dijo que estaba embarazada. Aurelio se volvió loco. Pensó que le estaba mintiendo y que la chica trataba de colgarle el muerto a él. Se asustó mucho al pensar que Elena podría descubrirlo todo y pagó su frustración con la sirvienta. La echó poco más que a patadas, pero Elena acabó enterándose de lo ocurrido, al igual que el resto de empleados y los habitantes del pueblo.

Meses después, llegó a sus oídos la noticia de que Benita había fallecido tras un parto complicado en el que había dado a luz a un niño. Fue entonces cuando escribió la carta. Era una carta de despedida que Aurelio había releído tantas veces que podría recitarla de memoria. En ella, Elena le explicaba que había callado durante meses y había consentido su engaño con la sirvienta porque se sentía culpable de no poder ofrecerle lo que él necesitaba. Tras una corta explicación, Elena se despedía rogándole que cuidara de sus hijos. Ese mismo día, intentó quitarse la vida.

La encontraron medio muerta en el fondo de un barranco cercano y enseguida la trasladaron al hospital. Tres meses después, Elena moría sin haber recuperado la consciencia. Él pasó todo ese tiempo a su lado, sin abandonarla ni un solo momento, roto de dolor y derrotado por la culpa. Fue entonces cuando se dio cuenta de las consecuencias de sus actos y del daño que había hecho, tanto a la pobre Benita y a su familia como a Elena, la única mujer a la que había amado en su vida.

El malestar en su estómago se incrementó y tuvo que levantarse para ir a vomitar al cuarto de baño. Cuando terminó, de rodillas en el suelo y apoyado en el inodoro, comenzó a llorar como nunca lo había hecho. Pensó que la vida le estaba rindiendo cuentas, que había llegado el momento de pagar. Sintió que, de alguna manera, necesitaba estar en paz consigo mismo antes de morir. Volvió a la cama y se acurrucó sobre ella pensando en Gonzalo. Había sido un niño solitario e introvertido al que jamás vio sonreír. Nunca estuvo bien mirado: para los habitantes de Aldeanegra siempre fue «el bastardo». Lo crio su abuelo como pudo, trabajando como una mula sin dejar de pasar hambre y miserias. Él lo sabía, pero nunca les ofreció ayuda porque pensaba que aquel hombre humillado y deshonrado la rechazaría. Su propio orgullo también le impidió dar el primer paso, pero eso ya no podía enmendarlo. Pese a todo, Gonzalo fue un niño avispado que supo salvar todas las adversidades hasta transformarse en un hombre honrado y trabajador. El hijo que él siempre quiso tener.

13

Rudy

Primera noche

DESPERTÓ ATERIDO DE frío y con un fuerte dolor de cabeza. Estaba tumbado en el suelo. Sintió la tierra húmeda entre los dedos; olía a lluvia. Intentó incorporarse y sintió un latigazo de dolor. La pierna le dolía horriblemente cuando se movía, más aún que la cabeza. Estaba muy oscuro y no podía ver nada. Al principio pensó que estaba soñando; estaba tan cansado... Volvió a recostarse y esperó a que algo lo despertara. Al buscar la postura metió la mano en el agua y eso lo hizo reaccionar. Se incorporó de golpe con un quejido. No estaba dormido. El contacto con el agua había funcionado como un *flash* directo a su cerebro, despertándolo de golpe y haciéndole recordar. Pensó en *Rudy* y comenzó a llorar.

—¡Nooo! —gritó a la oscuridad—. ¡*Rudy*, no!

Fue todo tan rápido que ni siquiera le había dado tiempo a reaccionar. Estaban llegando a casa cuando, de repente, *Rudy* se puso a gruñir y, un instante después, a ladrar muy alterado. Él no le hizo caso. Pensó que debía de haber olfateado el rastro de un conejo o un gato. Se volvía loco cuando veía un gato. Le dio unas palmadas en el lomo para que se calmara y siguió caminando. Pero el perro salió corriendo y desapareció entre los árboles. No solo no dejaba de ladrar, sino que cada vez lo hacía con más rabia. Marcos empezó a preocuparse y aceleró el paso. De pronto, se oyó un aullido y los ladridos cesaron. Entonces echó a correr. Se lo encontró tirado en el suelo, cubierto de sangre y jadeando. Lo abrazó, hundiendo los dedos en su pelaje y llorando desconsolado. *Rudy* lo miró un instante antes de dejar de respirar y él supo que le estaba diciendo adiós. Era una mirada que resumía todos los instantes maravillosos que habían disfrutado juntos. Sus ojos, sin necesidad de hablar, decían mucho; rebosaban amor y gratitud por toda una vida juntos. El animal movió la cola por última vez y murió. Entonces él comenzó a gritar pidiendo ayuda. Quiso correr en dirección a la casa, llamando al abuelo a gritos. A partir de ese momento, todo lo demás estaba difuso en su cerebro. Creía recordar que había chocado con algo o, mejor dicho, con alguien, pero no podría asegurarlo. Le acudían a la memoria instantes inconexos: gritar y pegar patadas para salir de algún sitio, el movimiento de un coche, alguien obligándolo a caminar entre los árboles, las ramas rasgándole la piel de la cara y los brazos…

De repente, escuchó un ruido que lo devolvió a la realidad. Se tapó la boca con las manos para no gritar. Estaba solo en el bosque y algo se acercaba. Aunque no podía verlo, lo presentía. El abuelo le había explicado que, si te tapas los ojos y dejas de ver, tus otros sentidos se agudizan. Cerró los ojos. Sabía que ese gesto no iba a suponer una gran diferencia, puesto que todo estaba oscuro a su alrededor, pero quería concentrarse. Entonces pudo oírlo con claridad. Primero fue un ligero crujir de hojas y el seco chasquido de una ramita al quebrarse. Después, el discreto susurro de una respiración y, tras un silencio que le pareció eterno, el aullido de un lobo.

14

Descubriendo el amor

Gran Bretaña, 1948

HANNAH SE DESPERTÓ un poco antes de que Cornelia entrara en su cuarto y abriera la ventana de par en par, como todos los días. La oyó trastear en la planta baja y supuso que no tardaría mucho en subir. Se acurrucó bajo las sábanas, disfrutando de los pocos minutos que le quedaban antes de tener que levantarse. Era un día especial para ella porque cumplía dieciséis años. Pensó que en la granja nadie la felicitaría, allí esas cosas carecían de importancia. Hacía años que ya no compartía cuarto con nadie, desde que finalizaron los bombardeos y Addie volvió con sus padres. A partir de entonces Hannah tuvo que trabajar por dos, puesto que todas las tareas de las que se había encargado su amiga pasaron a ser responsabilidad suya. Jimmy también había vuelto con su familia al terminar la guerra, pero a él le había resultado algo más difícil ya que, sorprendentemente, había acabado acostumbrándose a la vida en la granja.

Cuando se fue, el niño regordete y tímido que pisaba el campo por primera vez, se había transformado en un joven y fornido campesino que disfrutaba de la vida lejos de la ciudad. Leo nunca volvió a encontrarse con sus padres. Después de tanto tiempo, aún no había tenido noticia alguna de ellos. Nadie se había molestado en decirle si al menos se encontraban entre la lista de muertos, aunque era algo que todos creían evidente. El chico, que al igual que Hannah no tenía ningún lugar al que volver, continuó en la granja ayudando a Herbert.

El viejo últimamente estaba muy enfermo y no se levantaba de la cama. Hannah sabía que estaba allí, en su cuarto, por el sonido de la tos flemática y persistente que le llegaba desde la oscuridad de su habitación cuando ella hacía las labores de la casa. Cornelia apenas iba a visitarlo un par de veces al día para darle de comer, como si cumpliera con los cuidados y obligaciones de otro animal más de la granja. Como Leo no podía atender al ganado él solo, Cornelia habló con un vecino que tenía otra granja cerca de allí y lo arregló para que su hijo fuera a echarles una mano a cambio de unos pocos chelines. Fue así como Hannah conoció a David. Se quedó prendada de su mirada desde el primer momento en que lo vio. Era un chico delgado y pecoso, con el pelo del color de la zanahoria, que tenía un par de años más que ella. Los dos congeniaron muy bien desde el principio y llegaron a tener una relación muy especial. David solía acompañarla en sus paseos hasta la lechería siempre que le era posible, y por el camino disfrutaban de largas conversaciones que podían abarcar cualquier tema, desde lo más cotidiano del día a día en el campo o los problemas de la posguerra hasta cuestiones más trascendentales como el universo o la maldad del ser humano.

Pronto sus encuentros diarios no fueron suficientes y Hannah no tardó en urdir un arriesgado plan para salir a escondidas de su cuarto durante la noche. Su ventana daba a un lateral de la casa, justo donde se encontraban los retretes. Si tenía cuidado podía acceder al tejado de la pequeña construcción de madera y desde ahí, de un salto, al suelo. El problema era volver a subir. Durante un par días estuvo meditando cómo hacerlo, hasta que al final encontró varias cajas vacías de madera que solían utilizarse para transportar las hortalizas del huerto, y las colocó estratégicamente. Con ellas podría acceder al tejado del cuarto de las letrinas para después trepar de nuevo a su ventana. Pero tenía que ser muy cauta. Cornelia la miraba con una mueca de recelo cada vez que la veía hablar con David. Sabía que no le gustaba verlos juntos y no se atrevía a pensar en las consecuencias que tendría el que la descubrieran saliendo a hurtadillas de su cuarto en plena oscuridad.

La primera vez que lo hizo, esperó hasta bien entrada la noche. No había cerrado la ventana para que esta no hiciese ruido al abrirla. Esperó un momento, escuchando primero tras la puerta de su cuarto y después tratando de percibir cualquier sonido en el silencio de la noche, ya en el alféizar. Cuando estuvo segura, se sentó en la ventana y solo tuvo que estirar un poco las piernas para alcanzar el tejado de madera. Sentía los latidos de su corazón como si fuera a salírsele por la boca. Ya no había marcha atrás. Al apoyar todo su peso sobre la estructura de madera, esta crujió de tal manera que pensó que iba a venirse abajo. Se quedó paralizada, horrorizada por una posibilidad que no se le había pasado por la cabeza. Tardó un buen rato en intentar moverse de nuevo, hasta que dio un salto. Después de un buen trecho andando a gatas, cuando por fin pudo incorporarse, empezó a respirar aceleradamente. Necesitaba oxígeno después de tanto tiempo conteniendo la respiración.

Era una estrellada noche de verano y pudo encontrar el camino con facilidad. Enseguida llegó al lugar donde había quedado con David: un pequeño claro resguardado entre los árboles. Él la vio llegar y salió a su encuentro.

—¡Creía que no te ibas a atrever! —exclamó.

—Aún no sabes de lo que soy capaz —bromeó Hannah, contenta de volver a verlo—, aunque creí que el perro iba a delatarme. Tendré que inventarme algo para entretenerlo la próxima vez...

—Entonces, ¿habrá próxima vez? —quiso saber David, emocionado. Le gustaba mucho Hannah. Nunca había conocido a una chica tan decidida y espontánea como ella. Además, era tan hermosa… incluso sus cicatrices le daban un aire exótico que le parecía muy atractivo.

—No sé. Tú dirás —señaló ella.

—Anda, ven —dijo David, cogiéndole la mano—. Sé de un buen lugar donde podemos sentarnos para observar las estrellas.

El cuerpo de Hannah tembló de arriba abajo al entrar en contacto con su piel, y esa energía afectó también al chico. Era la primera vez que se tocaban y la sensación que ambos sintieron fue sublime. Se sentaron apoyados en una gran roca y, sin soltarse las manos, se pusieron a contemplar el cielo.

—Esas mismas estrellas deben de llevar millones de años ahí arriba. ¿Qué crees que pensaban los hombres prehistóricos cuando observaban el cielo? —preguntó Hannah.

—Supongo que creerían que eran fuegos lejanos de otras personas u otras tribus.

—Es posible —convino Hannah—. Nosotros no somos menos ignorantes que ellos, aunque nos creamos mucho más evolucionados. Después de tantos años, seguimos sin saber nada.

—¿Nunca te has preguntado de dónde venimos o por qué estamos aquí?

—Según la Torá, el primer día Dios creó los cielos y la Tierra, y después creó la luz y la separó de la oscuridad. El segundo día creó el firmamento, y en días posteriores el resto del universo tal y como lo conocemos, hasta llegar al sexto día, en el que decidió crear al hombre.

—¿De verdad crees en esas cosas? Estoy seguro de que todo eso tardó más de seis días en ser creado…

—Puede que sea una cuestión de interpretación. Quizá, un día de Dios suponga miles de años para nosotros —sugirió Hannah, apoyando su cabeza sobre el hombro de David sin dejar de mirar al cielo.

—Eso tendría más sentido. Mi madre se moriría del susto si me escuchara decir esto —añadió sonriendo—, pero la verdad es que no creo que exista ningún dios. Ni tu dios judío ni el nuestro cristiano.

Hannah miró a su amigo, sorprendida por aquella confesión. Hubo un tiempo en que ella había tenido también sus dudas, pero siempre acababa diciéndose que su padre no podía estar equivocado cuando le contaba todas aquellas historias sobre Dios y los judíos.

—Bueno, eso creo que podríamos discutirlo largo rato —apuntó, acurrucándose un poco más cerca de él.

—Pues aún tenemos un par de horas antes de regresar —dijo él, abrazándola.

No fue la última vez que los dos chicos tuvieron un encuentro nocturno clandestino. A partir de aquel día, cada escapada era más fácil para Hannah. Se deslizaba entre las sombras como un animal nocturno, sabiendo exactamente cómo y dónde pisar para hacer el menor ruido posible. Llegó a hacerse toda una experta en el arte de abandonar la casa sin ser descubierta. Solían verse una vez a la semana y, si no hubiera sido porque al día siguiente la falta de sueño les pasaba factura, ambos lo hubieran repetido más a menudo de buena gana.

HANNAH ESTABA TERMINANDO de hacer la colada. Le dolían los nudillos de tanto restregar la ropa en la pila del patio. Algunas prendas de trabajo estaban tan sucias que había que frotarlas con empeño e incluso golpearlas contra las piedras para que la suciedad saliera. Se consoló pensando que, al menos, el agua ya no estaba tan fría y no le salían esos horribles sabañones que le duraban todo el invierno.

—¡Hannah! —bramó Cornelia desde la puerta de la casa—. Sube a adecentarte, que tenemos visita.

Hannah se quedó mirándola con el ceño fruncido. Era la primera vez que aquella vieja bruja le ordenaba algo así y su intuición le decía que algo tramaba.

—¡Venga! ¿Qué haces ahí parada como una tonta? ¿Tengo que ir a por el bastón para que obedezcas? —ladró la mujer, que solía perder la paciencia enseguida.

Hannah dejó lo que estaba haciendo y, secándose las manos en los pantalones, se dirigió hacia la casa sin demorarse más. Hacía tiempo que había aprendido a evitar los problemas con su anfitriona, si es que podía otorgársele ese calificativo a alguien que la hacía trabajar como una esclava a cambio de un techo y una mísera comida. Había pensado en marcharse en más de una ocasión. No veía un futuro claro en aquella granja y tampoco quería vivir así el resto de su vida. Pero entonces conoció a David y esa idea dejó de tener sentido.

Cornelia continuaba con la costumbre de observarla de reojo cuando pensaba que no se daba cuenta. Sabía que solo la toleraba porque era una buena trabajadora y, mientras aportara más de lo que le costaba, allí seguiría. Cuando se dirigía a ella, sus ojos nerviosos volaban de forma descarada de una de las mejillas de Hannah a la otra, como regocijándose en sus cicatrices.

—Ponte guapa y baja a la sala —le ordenó cuando entró a la casa.

Hannah asintió y, muerta de curiosidad, obedeció. ¿Tendría aquello algo que ver con David?

Se puso su vestido de los domingos, el único que tenía y al que ya le había hecho algún arreglo, porque empezaba a quedársele pequeño. Se soltó las trenzas y se cepilló el pelo. Estaba muy intrigada porque no conseguía adivinar por qué para Cornelia aquella misteriosa visita era tan especial. Finalmente se decidió y bajó las escaleras. En la sala encontró a Cornelia ofreciéndole un té a un hombre que le daba la espalda. Carraspeó para hacerse notar y los dos se volvieron enseguida hacia ella.

—Mi querida Hannah, ¡qué guapa estás! —dijo el hombre a modo de saludo—. ¿Es que no me recuerdas? —preguntó al ver el rostro desconcertado de Hannah.

—No —titubeó ella. Su cara le era familiar, pero no lograba ubicarla en ninguno de sus recuerdos. Era un hombre apuesto para su edad, debía de tener unos cuarenta años. Lucía una barba arreglada y vestía con ropa elegante. Desde luego, no tenía pinta de granjero.

—Este es Quentin Morrison —gruñó Cornelia, enseñando su dentadura—. Es dueño de una importante naviera en Falmouth —explicó como si fuera una entendida.

Hannah alzó las cejas, sorprendida. ¿Qué hacía allí ese hombre, tan lejos de Falmouth? Y, lo que era aún más inquietante: ¿por qué quería verla a ella?

—Aunque tengo mi residencia en Falmouth, suelo pasar el verano aquí, en Launceston, donde nací. Nos vimos el otro día, cuando estabas con otras chicas en el campo, eliminando plagas.

—Cazando ratas —puntualizó Cornelia.

Hannah se sonrojó al recordar dónde había visto a aquel hombre. En los últimos meses, toda Inglaterra estaba sufriendo una terrible plaga de ratas que amenazaba con acabar con las existencias de comida de la isla. Se organizaron múltiples escuadrones antiplagas que solían estar formados por mujeres. Hannah participaba en uno de ellos por diez chelines a la semana. Aunque era bastante poco comparado con el sueldo de un hombre, que solía rondar los treinta y ocho chelines, el dinero le iba de maravilla para comprarse algún capricho en la ciudad. Aquel día se le estaba dando muy bien, llevaba casi cien ratas muertas. Entonces llegó aquel hombre paseando a caballo y se quedó mirándola como si hubiese visto un fantasma. Había unas diez chicas trabajando a su lado, pero solo se dirigió a ella para alabar su destreza. Hannah llegó a sentirse un poco violenta por la forma en que la miraba.

—Y ¿qué es lo que quiere de mí? ¿Contratarme para eliminar más ratas? —preguntó Hannah, desafiando con la mirada al hombre.

—¡No seas ingrata! —chilló Cornelia—. ¡Compórtate!

—No se preocupe —intervino Quentin, alzando la mano para calmar a la mujer—. No quería molestar, en absoluto. Pasaba por aquí y se me ocurrió entrar a saludarte. Nada más.

—Y ¿cómo ha sabido dónde vivo? —quiso saber Hannah ante la mirada asesina de Cornelia, que parecía a punto de estallar.

—No ha sido difícil. Hoy no te he visto entre las demás chicas y solo he tenido que preguntar por ti. He pensado que quizá te podía haber ocurrido algo y, ya ves, me he presentado aquí sin pensarlo.

Hannah se obligó a relajarse. Aunque no se creía que aquel hombre hubiese ido hasta allí solo para saludarla, comprendió que estaba siendo injusta con él. Puede que solo estuviera siendo amable...

—Bueno, veo que estás bien, así que ya me marcho —anunció el hombre, dirigiéndose hacia la salida—. No quiero atosigarte.

Hannah se apartó para dejarlo pasar y él agachó la cabeza a modo de saludo, regalándole una sonrisa que volvió a hacer aparecer el rubor en las mejillas de la chica. Cornelia le dedicó a Hannah una mirada llena de odio y se apresuró a ir tras él para acompañarlo, como un perrito faldero.

—Si mi Herbert no estuviese enfermo, ten por seguro que te habrías llevado unos buenos bastonazos —voceó Cornelia al regresar, apuntando de manera acusadora a Hannah con un dedo índice deformado por la artritis.

—No entiendo qué es lo que he hecho mal —se defendió Hannah.

—Pero ¿no te das cuenta, niña, que ese hombre te pretende? Podría haber elegido a cualquier otra mucho más guapa, pero se ha fijado en ti.

—Eso es precisamente lo que me asusta.

—Es un buen hombre, con mucho dinero, además. Tu vida podría cambiar por completo —remarcó, mirándola con un brillo de codicia en los ojos.

—Y tú, ¿qué sacas de todo esto? ¿Estarías dispuesta a que me fuera sin obtener nada a cambio? Permíteme que lo dude… —sentenció Hannah. Estaba tan indignada que ni aun amenazándola con el bastón podría haberla hecho callar.

—¡Eres una insolente! —gritó Cornelia—. No te mereces que alguien de su categoría se haya dignado siquiera a mirarte.

—Es que no quiero que me mire ningún hombre, aunque sea el más rico del mundo. ¿Tan difícil es de entender?

—¡Vuelve al trabajo! —berreó Cornelia fuera de sí. Después, con voz más calmada, añadió—: Hay que limpiar la cochinera. Parece que, después de todo, es para lo único que vas a servir…

HANNAH OBSERVÓ QUE su amiga caminaba con dificultad. Erika estaba en su último mes de embarazo y se había puesto redonda como un globo. Tommy, que ya tenía dos años, jugaba alrededor de su madre dando saltos y alzando una especie de aparato volador construido con un palo. Era igual que su padre. Tenía la misma sonrisa bonachona y los ojos del color azul del cielo. Erika estaba radiante. Se había casado con el señor Cooper y estaba encantada con su nueva vida. Si en algún momento Hannah había albergado alguna duda con respecto a aquel matrimonio debido a que él era mucho más mayor que ella, todas acabaron por disolverse al ser testigo de lo bien que aquel hombre trataba a su amiga.

—¡Estás a punto de reventar! —advirtió Hannah, ayudándola a tender las sábanas —. No deberías hacer estos esfuerzos o te pondrás de parto antes de tiempo.

—No te preocupes, aún estoy muy verde. Yo creo que va a ser una niña, porque con Tommy no me puse tan gorda.

—¿No te da miedo el parto? —le preguntó Hannah, acariciando el cabello alborotado del niño.

—Me aterra. Pero no se lo digas a Robert, porque está asustadísimo. Aunque yo me hago la valiente delante de él, sé que casi no duerme por las noches. La verdad es que lo pasé tan mal con Tommy que hubo un momento en que pensé que no íbamos a sobrevivir ninguno de los dos.

—¡No me lo recuerdes! —exclamó Hannah, horrorizada. ¡Casi dos días enteros de parto!

—Pero luego se olvida enseguida, cuando por fin le ves la carita —comentó Erika, mirando a su hijo con orgullo—. Pero, cuéntame, anda, que me tienes en ascuas. ¿Cómo te ha ido con David?

—¿Podemos dar un paseo?

—¡Claro! Ven, Tommy, vamos a pasear con la tía Hannah.

El niño obedeció y le dio la manita a su mamá, aunque menos de un segundo después ya corría delante de ellas, recogiendo cualquier piedra o palo que se encontrara en el camino, como si de un tesoro se tratase.

—Creo que estoy enamorada, Erika. Cada vez me cuesta más pasar un día sin verlo. No me concentro en lo que hago y siempre estoy pensando en él.

—Eso es el amor, cariño. Te lo noto en la cara. Estás más sonriente que de costumbre. —Erika la miró con ternura—. ¿Y lo otro? ¿Ya habéis intimado?

—No. No hemos pasado de unas cuantas caricias o besos. Él es muy respetuoso conmigo.

—Nunca olvides que es un hombre, Hannah. Hasta el más santo tiene su instinto…

—De todas formas, creo que estoy preparada. Cuando llegue el momento, no voy a ponerle trabas.

—¿Estás segura?

—Completamente. Lo he pensado mucho y creo que nunca he estado más segura de algo.

—Pues entonces, adelante.

—Hay algo que me preocupa, Erika…

Su amiga se detuvo y la miró con inquietud. La conocía lo bastante como para saber que era importante.

—¿Qué ocurre?

—Hay un hombre que parece estar interesado en mí. Incluso ayer se molestó en venir a casa a saludarme.

—¿Un hombre? ¿Quién?

—No lo sé. Parece agradable y según Cornelia es muy rico. Ella parece tener especial interés en que yo le corresponda, supongo que querrá sacar algo de todo esto. Solo sé que se llama Quentin Morrison y que debe de ser el dueño de una importante naviera de Falmouth.

—¿El señor Morrison? ¿De veras se ha interesado en ti?

—¿Es que acaso lo conoces? —preguntó Hannah, sorprendida.

—¡Pues claro! Es muy amigo de Robert. Suele venir a visitarnos a menudo. ¡Vaya sorpresa!

—Lo dices como si para ti también fuera una buena noticia. ¿Es que nadie va a tener en cuenta mis sentimientos?

—No te enfades, tonta. Es que me ha sorprendido mucho, porque tanto Robert como yo tenemos en gran estima al señor Morrison. Se quedó viudo hace un par de años, no tiene hijos y lo ha pasado bastante mal. Yo creo que debía de quererla mucho. Cuando su mujer murió, volvió a pasar los veranos en Launceston y fue entonces cuando lo conocí. ¡Precisamente anoche estuvo cenando con nosotros! Verás cuando le diga que somos amigas…

Hannah escuchaba con atención a Erika. Sentía que su enfado iba en aumento, en la misma proporción que la emoción de su amiga al hablarle de aquel hombre.

—¿Tú también, Erika? Acabo de decirte que estoy enamorada de David, que por fin sé lo que es el amor. ¿Es que no me has escuchado? No quiero que vuelvas a hablarme de ese hombre como si fuera la mayor oportunidad de mi vida, por muy galante o caballeroso que sea. ¡No lo amo! —gritó muy ofendida. Se agachó para darle un beso a Tommy, que la miraba asustado, agarrado a las faldas de su madre, y se marchó por donde había llegado.

—Tranquilo, cariño —dijo Erika. El niño empezaba a sollozar y alzaba las manos para que su madre lo cogiera en brazos—. No pasa nada. Anda, ven. —Levantó al niño haciendo un esfuerzo; la barriga le estorbaba cada día más—. Vamos a casa.

HANNAH SALTÓ AL suelo desde el techo de los retretes. Sacó un pequeño hatillo hecho con una servilleta y le entregó al perro un trozo de carne que se había guardado de la cena. El animal se había acostumbrado a las salidas nocturnas de la chica y cada noche, en cuanto la oía salir por la ventana, acudía a su encuentro moviendo el rabo con entusiasmo. Continuó su camino cuando el perro cogió su trofeo y se dirigió a su caseta, satisfecho. Al alcanzar la valla, de repente escuchó un ruido que la dejó paralizada. Se apretó tanto contra las piedras que se le clavaron en la espalda y tuvo que morderse el puño para evitar emitir una exclamación de dolor.

Oyó la puerta del cobertizo de los retretes y supuso que alguien se había levantado para hacer uso de ellos. Solo podría tratarse de Leo o, peor aún, de Cornelia, puesto que el señor Downer hacía tiempo que no abandonaba su habitación. Se dio cuenta de que se estaba confiando demasiado. Habían estado a punto de descubrirla. Con mucho cuidado, asomó la cabeza y vio la luz de un farolillo escapando por entre las rendijas de madera del retrete. Aprovechó la oportunidad y corrió lejos de la casa hasta que la falta de aliento la obligó a detenerse. Cuando se topó con David, la adrenalina, el miedo a ser descubierta y los nervios por su decisión de no postergar más un encuentro íntimo con el chico, hicieron que Hannah se lanzara a sus brazos y empezara a besarlo con desenfreno, con una desesperada necesidad de sentir su boca.

—¡Uy! —exclamó David, que alzó las manos, fascinado—. ¿A qué viene ese entusiasmo?

—¿Es que no te gusta? —tanteó Hannah, levantando la camisa del chico para sentir su piel, sin dejar de besarlo por todas partes.

—¡Uf! ¡Me encanta! —masculló él, que no salía de su asombro. Entonces alzó a Hannah y la llevó hasta un lugar resguardado a unos pocos metros de allí, donde comenzó a besarla y a recorrer su cuerpo con la pasión y la torpeza de la primera vez. Cuando desabrochó los botones de su camisa y dejó sus pequeños pechos al descubierto, creyó volverse loco. Enseguida los buscó con la boca y disfrutó de su textura y su sabor, como tantas veces lo había hecho en su imaginación.

Hannah estaba tan excitada como asustada. No tenía ni idea de cómo debía actuar, pero en su cabeza continuaba la férrea decisión de seguir adelante, así que optó por improvisar y dejarse llevar. Poco a poco, alargó la mano hasta alcanzar la cintura del pantalón de David. El muchacho se encorvó al sentirla tan cerca y ella aprovechó para introducir la mano bajo la ropa. David se estremeció de placer y comenzó a desnudarla.

La noche estaba nublada, pero una racha de viento apartó las nubes y la luna llena iluminó el campo con una nitidez asombrosa para unos ojos acostumbrados a la oscuridad. Unos ojos como los que contemplaban, con mirada lasciva, a la pareja de novios haciendo el amor.

Leo sospechaba desde hacía semanas de las escapadas de Hannah, pero hasta esa noche no había podido descubrirla. Se había metido en el retrete para darle tiempo a que ella se confiara y poder seguirla. Sospechaba que iba a verse con David; no le pasaban inadvertidas las miradas que aquellos dos se dedicaban el uno al otro cada vez que se cruzaban. Pero nunca hubiese imaginado lo que se encontró. Los espió en silencio, completamente excitado, y comenzó a tocarse cuando vio el cuerpo desnudo de Hannah. Cuando David la penetró y ella gimió de placer y dolor, Leo eyaculó, sintiéndose mareado por la intensidad de su orgasmo.

HANNAH REGRESÓ A la casa al cabo de un par de horas. Estaba feliz por haberse entregado a David. Se sentía mucho más cerca de él, como si ese acto físico de amor hubiese sellado entre ellos un compromiso inquebrantable. Los dos chicos se habían jurado amor eterno después de aquello, incluso David había fantaseado con la posibilidad de hacerla su esposa cuando hubiese ahorrado lo suficiente. Había sido la primera vez para ambos y los dos estaban tan cautivados como impresionados.

Cuando quiso subirse a las cajas para alcanzar el tejado de los retretes, la sonrisa de Hannah se transformó en una mueca de pavor. Allí no había nada. Alguien tenía que haberlas quitado durante el tiempo que había estado fuera. Fue entonces cuando intuyó que la habían descubierto y comenzó a temblar como si unas malas fiebres se hubieran apoderado de ella. Miró a su alrededor. No había movimiento alguno en el exterior ni veía luz en el interior de la casa. ¿Estaban en realidad ahí las cajas cuando salió? No podía asegurarlo, ya que había saltado directamente, sin utilizarlas. Quizá alguien las había retirado durante el día y ella no se había dado cuenta. Respiró hondo para tranquilizarse. Seguramente, eso era lo que había ocurrido.

Después de un rato, encontró una lechera de metal vacía que podría ser lo bastante alta como para conseguir alcanzar el tejado del cobertizo. La arrastró hasta allí intentando no hacer ruido y, tras ponerse de puntillas sobre ella y dar un pequeño salto, logró agarrarse a las tablas del tejado, que rompieron el silencio de la noche con un terrible crujido. Hannah se quedó muy quieta, esperando que alguien saliera en cualquier momento y la descubriera. Pero eso no ocurrió.

En la subida, la blusa se le enganchó en un clavo y la prenda se rasgó de arriba abajo; tendría que coserla al día siguiente. Estaba sudando por el esfuerzo cuando por fin entró en su habitación, pero se sentía aliviada por haberlo logrado. Se arrastró hasta su cama en mitad de la oscuridad y, como si hubiera pulsado un interruptor al sentarse en ella, la luz del cuarto se encendió de repente. No estaba sola.

—Así que esto es lo que haces cada noche —dijo Cornelia, con un tono tan neutro y calmado que a Hannah le puso los pelos de punta.

—Yo… —Hannah intentó hablar, intimidada por las palabras de Cornelia y aterrorizada por el odio que veía en los ojos de Leo.

—¡Ni se te ocurra negarlo! ¡Os he visto con mis propios ojos! —aulló el chico, escupiendo al hablar—. ¡Estabas con David!

Hannah se quedó tan desconcertada por la violencia con la que el chico se dirigió a ella que no supo qué contestar. Nunca había simpatizado demasiado con él, pero aquella reacción le pareció excesiva.

—Así que no dices nada —añadió Cornelia—. Este es un hogar decente y no voy a consentir comportamientos tan aberrantes.

—Yo le quiero y él a mí también. No es algo sucio como lo veis vosotros —trató de explicarse Hannah, al verse acorralada.

—Luego, es cierto —estalló Cornelia, golpeándose la falda con las palmas de las manos—. Has cometido un pecado tan grave que la penitencia tendrá que estar a la altura.

Cornelia miró a Leo y le hizo un gesto con la cabeza, como solía hacerlo con su marido. Inmediatamente, el chico entendió y salió del cuarto. Hannah se abrazó, como si así pudiera aislarse del mal que rezumaban aquellos dos. Miró a su alrededor; no había salida. Cuando Leo apareció con el bastón del viejo y Hannah vio la locura en su mirada, se preguntó si saldría de allí con vida. Antes de que pudiera decir nada, el joven se acercó a ella con un par de zancadas y comenzó a golpearla con saña.

Al cabo de un rato, la mujer se vio obligada a intervenir.

—¡Para! —gritó—. ¡Basta ya! —tuvo que repetir vociferando para que Leo saliera del estado de trance en el que parecía haber entrado—. ¡Vas a matarla! ¡Lárgate! —ordenó Cornelia, señalando la puerta.

Leo asintió con un gesto de la cabeza y salió de la habitación a toda prisa. Había estado apretando tanto las mandíbulas que le dolía el rostro. Se tumbó sobre su cama y se masajeó la cara. Había sido un día duro y estaba cansado, pero había merecido la pena. La chica había recibido su merecido y pronto lo haría su amante. Un pecado como el que habían cometido aquellos dos no podía quedar impune ante los ojos de Dios. No mientras él pudiera evitarlo. Se durmió pensando en cómo pillar por sorpresa a David a la mañana siguiente.

15

Una gran decepción

Cinco días antes de la desaparición
Aldeanegra, 6 de agosto de 2018

—¡Qué calor! No sé cómo las abejas pueden soportarlo. ¿Y si se derriten los panales?

—Lobo, ¿sabes que las abejas tienen su propio sistema de refrigeración?

—¡No me digas! Seguro que se ponen todas a volar dentro de la colmena para formar un tornado.

—Ja, ja, ja. ¡Qué listo eres! Aletean para hacer circular el aire y transportan agua para regar los panales.

—¿Por eso les llevamos estos botes de agua? Yo pensaba que era para que bebieran…

—También. Les vendrá bien tener agua cerca.

—Pero, Bibo, ¿y si se ahogan? No creo que sepan nadar.

—No te preocupes, hijo. Son muy hábiles y saben cómo hacerlo.

—Dice Lalo que, si hace mucho calor, pueden llegar a abandonar la colmena. ¡Yo no quiero que eso pase!

—No pasará. Todos los años es lo mismo y siempre acaban saliendo adelante.

—¡Ojalá tengas razón!

—¡Mira, Lobo! Están empezando a hacer barba.

—¿Barba? ¡¿Como la tuya o la de Lalo?!

—Es cierto que hace demasiado calor. Están saliendo al exterior y se agolpan en la entrada en forma de barba.

—Esto no me gusta, Bibo.

—A mí tampoco, Lobo. Vamos a solucionarlo.

Renata y Laura tenían una pequeña producción que se vendía muy bien. Hacían hornazos —una empanada a base de embutidos— y dulces tradicionales de la zona elaborados con productos naturales como las perrunillas, amarguillos, almendras garrapiñadas o turrón artesanal. En época de cosecha también vendían productos envasados como la miel o el polen. Ese pequeño negocio les permitía sacarse un dinerillo.

Las dos mujeres cargaron con cajas llenas de productos artesanales recién hechos hasta el puesto del mercado que les habían asignado. Era la semana previa a las fiestas patronales de La Alberca, en honor a la virgen de la Asunción, y ya se apreciaba el ambiente festivo en el pueblo. Como aperitivo a los próximos festejos, el Ayuntamiento había organizado una feria artesanal y gastronómica que duraría tres días, donde ellas participaban vendiendo dulces y productos típicos de la zona.

Era su último día, y estaba siendo todo un éxito. El día anterior había habido más ambiente del esperado, y en pocas horas varios productos de los que ofrecían se habían agotado. Habían preparado varios hornazos bien grandes de los que no quedaron más que unas pocas migas. También se agotaron las flores dulces —las *rosquiflores*, como las llamaba Marcos, al que le encantaban—, e incluso las cajas con los bollos de chicharrones y de perrunillas que solían tener mayor demanda en épocas más frías. Tal éxito había obligado a las dos artesanas a reponer su oferta, trabajando hasta bien entrada la madrugada para preparar y envasar más productos. Ambas estaban agotadas, pero contentas por el éxito obtenido, que haría aumentar su buena fama entre los pequeños comercios a los que abastecían durante el resto del año y, por consiguiente, las ventas. Hannah las había ayudado, pero no era amiga de multitudes y se había quedado descansando en casa.

—Menos mal que tu madre nos ha echado una mano. ¡Pensaba que no lo conseguiríamos! —exclamó Laura, abriendo una caja con magdalenas para colocarla sobre el estand.

—La verdad es que no sé cómo puede con todo. Le faltan solo unos años para cumplir los noventa y sigue con su vida como si hubiera perdido medio siglo por el camino. La recuerdo renqueando con el bastón desde que tengo uso de razón. Dice que se rompió una pierna cuando estaba embarazada de mí y el hueso no debió de soldarle muy bien, pero eso no le impide hacer lo que le viene en gana. Es capaz de echar a correr si hace falta. Lo peor que llevo es lo del coche, aunque ¡a ver quién carajo se atreve a decirle que no conduzca!

—¡No seré yo! —aseguró Laura, alzando las palmas de las manos.

—Yo tampoco. ¡Menudo genio tiene mi madre!

Varias veces por semana, Hannah conducía la camioneta de Renata desde Aldeanegra a Salamanca para acudir a la asociación en la que llevaba años colaborando. De forma desinteresada, ayudaba en lo que podía a niños y adolescentes en situación de desamparo, a los que se ubicaba en varios centros. Ella trabajaba junto a los monitores y psicólogos, tratando de proporcionar a los chicos un ambiente familiar y agradable que pocos habían llegado a conocer. El problema se agravaba cuando los niños crecían y se hacían mayores. La Administración les retiraba las ayudas y los dejaba en la calle. Aun así, su asociación tenía varios pisos en los que convivían los adolescentes mayores de dieciocho años mientras se les intentaba dar formación y proporcionarles un trabajo con el que pudieran independizarse.

Durante el último año, Hannah había pasado a tratar con estos últimos. Cocinaba y colaboraba cuando podía en la limpieza de los pisos, pero, sobre todo, hablaba con ellos. Todos, hasta el más conflictivo o problemático, la respetaban y la llamaban cariñosamente Abu, como si de su propia abuela se tratara.

Sabía cómo ganarse su confianza, porque conocía de primera mano la necesidad de cariño y atención que tenían. Para ella, acudir a las citas semanales con sus chicos se había convertido en una necesidad casi vital. Su relación se había transformado en una especie de simbiosis en la que, tanto ellos como la anciana, se necesitaban en la misma medida.

—Y es que, además, parece incansable —continuó diciendo Renata—. Pero yo no soy como ella. Ya no estoy para estos trotes, de verdad. Creo que ya va siendo hora de ir pensando en retirarme.

—¡Eso no lo digas ni en broma! ¿Qué iba a hacer yo sin ti? O, mejor aún, ¿qué ibas a hacer tú si dejas la repostería? ¡Con lo que te gusta!

—Sé que tú te las apañarías bien sola, y yo… Supongo que ha llegado el momento de descansar. No sé, tratar de disfrutar de la vida o simplemente no hacer nada.

—Disfrutar de la vida, ¿aquí, en Aldeanegra? —Laura esbozó un gesto escéptico.

—¡Joder, Laura! ¡Hablo en serio! Ya soy perro viejo…, acabo de cumplir los sesenta y nueve.

—Pues dicen que ese es un buen número —bromeó Laura, moviendo las cejas de manera insinuante.

—Sobre todo para mí, que hace años que no remuevo el puchero.

—¡¿Qué?!

—Pues eso, mojar el churro, hacer rechinar el catre, limpiar la chimenea… Vamos, que ya ni me acuerdo de la última vez.

—¡Por Dios, Renata! ¡Baja la voz, que vas a espantar a la clientela! —exclamó Laura, mirando a su alrededor y conteniendo la risa a duras penas.

—Pero si es la verdad. ¿Qué quieres que te diga? —añadió Renata, encogiéndose de hombros mientras sacaba las bolsas de rosquillas fritas—. Nunca he tenido suerte en estas cosas de amoríos y con este careto lleno de arrugas, ya me dirás…

—Eso es porque no te conocen. Estoy segura de que si les dejaras echar un vistazo aquí dentro —Laura hizo un gesto señalando su pecho—, los tendrías a todos rendidos a tus pies.

—Eres un sol y te quiero un montón —aseguró Renata, acercándose a su amiga y dándole un abrazo de oso y un sonoro beso en la mejilla.

—Venga, no te pongas sentimental ahora que esto empieza a animarse.

—¡Coño! Si al final me vas a sacar la lagrimilla —añadió emocionada aquella mujer de piel curtida y corazón sensible—. Vamos a ganarnos el pan. Pero antes déjame ir a echarme un pitillo, que estoy que me fumo encima.

—Anda, ve —respondió Laura, negando con la cabeza. Le había prohibido terminantemente a su amiga fumar cerca del puesto de venta y, por suerte, esta respetaba esa decisión. La vio alejarse con el cigarro en la boca, dando intensas caladas como si sus pulmones, ávidos de humo, lo necesitaran para seguir funcionando.

LA JORNADA NO había resultado tan productiva como las anteriores y acabaron sobrando bastantes productos. Había hecho un calor sofocante durante todo el día y los turistas que visitaban el pueblo no estaban por la labor. Laura y Renata estaban deseando volver a casa para darse una buena ducha. Por la tarde, el cielo comenzó a nublarse y se volvió pesado, preñado de grandes nubes negras que amenazaban con descargar de un momento a otro. En verano las tormentas solían ser cortas, pero en poco tiempo podían llegar a alcanzar una intensidad respetable. Con el calor que había hecho ese día, era mejor no tentar a la suerte y resguardarse a tiempo, así que recogieron antes de lo pensado.

Cuando llegaron a Aldeanegra empezaban a caer las primeras gotas. Renata aparcó su furgoneta junto a la casa de Toribio para que Laura se mojara lo menos posible. Se había levantado un viento fuerte y el olor a tierra mojada invadía todo el campo. Laura se relajó al ver la bici de Marcos tirada junto a la entrada. Con ese tiempo, se quedaba más tranquila sabiendo que no andaba por ahí. A las dos les extrañó que hubiese un coche aparcado junto a la vivienda, aunque no le dieron mucha importancia pensando que sería de algún conocido de Toribio. Se despidieron y Laura corrió hacia la casa.

Nada más entrar, Marcos acudió a su encuentro y se abrazó a ella con el rostro acongojado.

—¡Hola! ¿Qué pasa, cariño? —La actitud del niño enseguida le hizo sospechar a Laura que algo andaba mal—. ¿Estás bien? ¿Y el abuelo?

El niño no respondió, pero a ella solo le hizo falta alzar la mirada para saber qué era lo que estaba ocurriendo. Repantigado en uno de los sillones del salón estaba Curro. Con actitud desafiante, sacudía su cigarro haciendo que la ceniza cayera al suelo de madera. De pie, frente a él, Toribio lo observaba con los brazos cruzados y gesto severo. Laura se quedó pasmada, abrazando a Marcos, sin saber qué decir. Aún faltaban un par de años para que Curro cumpliera su condena; debía de estar disfrutando de algún permiso. Le llamó la atención lo delgado que estaba; parecía enfermo. Llevaba la cabeza rapada y lucía una perilla larga de color negro azabache en la que se apreciaban ya algunas canas. Se había dilatado los lóbulos de las orejas y colocado un gran cilindro en cada orificio.

—¡Hombre! —exclamó con una mueca fingida de alegría—. ¡Ya está aquí la mujer de la casa! No te puedes hacer una idea de la sorpresa que me he llevado cuando he llegado y me he encontrado con ese mocoso —añadió, señalando a Marcos con un movimiento de cabeza—. ¡Resulta que tengo un hijo!

De forma instintiva, Laura se colocó delante del niño. De repente, un miedo visceral la hizo encogerse ligeramente, apoderándose de ella.

—Curro, puedo explicártelo… —farfulló titubeando.

—¿El qué? ¿Que en casi nueve años no hayas tenido la decencia de ir a visitarme ni un solo día? De él me lo esperaba —aclaró, señalando con el cigarro a su padre—, pero de ti, cariño… De ti, no.

—Es que no querías…

—¡No he terminado! —gritó, indignado. El perro, que hasta ese momento se había limitado a observarlo con desconfianza, comenzó a gruñirle.

—Curro, todo esto está fuera de lugar —dijo Toribio—. ¿No podemos hablar como personas civilizadas?

—Te aconsejo que sujetes al perro si no quieres tener que enterrarlo —advirtió Curro a Marcos, ignorando el comentario de su padre.

—Sujeta al perro, hijo —le ordenó Toribio a su nieto.

Marcos se soltó del regazo de su madre y abrazó al animal para calmarlo, pero el niño estaba muy asustado y el perro lo percibía. Dejó de gruñir, aunque siguió mostrando los dientes a modo de advertencia.

—¿Qué es lo que quieres? —preguntó Toribio, que empezaba a cansarse de la escena que estaba montando su hijo. Además, estaba asustando al niño y eso no lo iba a permitir.

—Nada, viejo. Solo quería pasar a saludarte, y ahora que sé que no vives solo… —Curro se levantó, tiró el cigarro al suelo y lo pisó concienzudamente—, me parece de muy mala educación no saludar como es debido a mi hijo y a mi novia —concluyó, acercándose a Laura muy despacio y pasándole el dorso de la mano por el rostro. Olía a alcohol y sudaba en exceso.

—Yo no soy tu novia —corrigió Laura, retirándose bruscamente para evitar el contacto.

Rudy volvió a gruñir y Marcos lo sujetó aún con más fuerza. El niño se debatía entre soltar al perro y animarlo a atacar o calmarlo. Por fin había conocido a su padre y era una persona horrible. Tanto su aspecto como su forma de hablar y de mirarlo le provocaban espanto. Solo unos días antes, su madre le había asegurado que su padre le quería, pero, por la forma en que se lo dijo, sabía que le ocultaba algo. Seguramente, no quería que él supiera que su padre no era una buena persona. Supuso que alguien que hubiera pasado tanto tiempo en la cárcel podría ser capaz de cualquier cosa, incluso de matar. Tragó saliva y sujetó al perro con más empeño todavía mientras miraba a su abuelo suplicándole con los ojos que hiciera algo. Él siempre sabía qué hacer.

—No te atrevas a tocarla. A ninguno de los dos —le advirtió Toribio, colocándose entre Laura y él.

El perro comenzó a ladrar y Laura le ordenó al niño que se lo llevara y se encerrara con él en su habitación. Marcos obedeció y se llevó al animal casi a rastras. Afuera la tormenta ya arreciaba y un gran trueno retumbó en la estancia, como un mal presagio. Curro se echó a reír a carcajada limpia, tanto que la risa le provocó un ataque de tos. Cuando se recuperó, volvió a la carga.

—¿Qué pasa, padre? ¿Es que acaso te la estás tirando tú ahora? ¿Eh?

—¡Fuera de mi casa! —gritó Toribio con el rostro desencajado por la ira, a unos pocos centímetros del de su hijo. Laura jamás lo había visto así. Un escalofrío le recorrió todo el cuerpo y comenzó a temblar como si la temperatura hubiera descendido de golpe.

—¿Y si no quiero marcharme? ¿Qué vas a hacer? —La actitud desafiante de Curro se acentuó al recorrer la poca distancia que separaba sus rostros y apoyar la frente contra la de su padre. Parecían dos perros furiosos a punto de comenzar una terrible pelea—. Al fin y al cabo, esta también es mi casa.

Toribio dio un paso atrás para apartarse de su hijo. Las mandíbulas tensas, y en su rostro se reflejaba la ira.

—¡No me obligues a echarte! —masculló, con los dientes y los puños apretados—. Aún puedes salir de aquí como un hombre, si es que te queda algo de dignidad.

Curro rio con ganas, pero, poco a poco, un rictus agrio le fue transformando el rostro.

—Yo ya no sé lo que es la dignidad, viejo. Pero al menos sé reconocerlo. Tú, sin embargo, te crees muy digno, pero en el fondo no eres más que un cobarde, un amargado con el corazón reseco que jamás ha querido enfrentarse a la vida.

—¡Vete de aquí!

Toribio alzó la mano, dispuesto a darle un bofetón, pero Curro se la sujetó con fuerza por la muñeca sin apenas inmutarse.

—Ni para eso sirves —se burló entre risas.

Toribio, movido por la rabia y el dolor de tener que enfrentarse de esa manera a su propio hijo, lo sujetó por la pechera y, sin demasiado esfuerzo, lo empujó hasta la puerta.

—¡Fuera! —gritó al tiempo que lo hacía salir de la casa.

—Está bien, ya lo pillo —dijo Curro, poniendo las manos en alto en señal de rendición y desistiendo al fin.

La tormenta estaba en su máximo apogeo cuando los dos hombres salieron. Permanecieron unos instantes bajo la lluvia, enfrentados en un duelo de silencio. Por fin fue Curro el que habló:

—No volverás a verme nunca —señaló, escupiendo al suelo como para sellar un juramento. A continuación, se dirigió hacia su coche.

Toribio lo siguió con la mirada y, por un momento, sus piernas flaquearon. Sentía como si una garra invisible le oprimiera las entrañas.

Curro se volvió de nuevo hacia su padre antes de entrar en el coche.

—O quizá sí. ¿Quién sabe? —amenazó—. Puede que vuelva más a menudo a partir de ahora. Al fin y al cabo, tenemos algo en común…

—Te estaré esperando —afirmó Toribio sin inmutarse.

Curro asintió y se metió en el coche con una sonrisa amarga. Arrancó y salió de allí derrapando, haciendo que las ruedas lanzaran barro por todas partes.

Toribio no entró en casa hasta haberse asegurado de que su hijo se había marchado. Cerró la puerta con llave y se dirigió hacia Laura y el chico, que lo esperaban dentro. Aunque estaba empapado, se arrodilló junto a ellos y los tres se abrazaron, emocionados. Así pasaron un buen rato hasta que Marcos rompió el silencio.

—Preferiría no haberlo conocido —dijo con lágrimas en los ojos.

—No volverá a molestarnos, te lo aseguro. —Toribio logró que su voz sonara con una firmeza que estaba muy lejos de sentir.

16

Sospechas

Día 1
Aldeanegra, 12 de agosto de 2018

«Las decepciones no matan, pero las esperanzas hacen vivir.»
GEORGE SAND

LA SARGENTO CRISTINA Albino los miraba con expresión adusta. Había percibido cierta tensión entre el abuelo y la madre de Marcos cuando les preguntó si tenían en mente algún posible sospechoso.

—Si piensan en alguien, aunque les parezca descabellado, les pido que lo compartan con nosotros de inmediato —insistió.

De nuevo el intercambio de miradas hasta que, por fin, Laura se decidió a romper el silencio.

—Creo que ha podido ser Curro —insinuó, mirando a Toribio en busca de su aprobación—. Es el padre del niño.

—Mi hijo —agregó Toribio con gesto amargo.

—Y ¿por qué creen que ha podido ser él?

Toribio le contó con todo detalle lo que había ocurrido días atrás, cuando Curro se presentó de malas maneras y amenazó con volver.

—Trataremos de localizarlo y lo investigaremos. A ver qué podemos sacar de ahí.

Cristina se recogió el pelo tras la oreja mientras tomaba notas. Se arrepentía de habérselo cortado tan corto que ya no podía recogérselo en una coleta. Era un fastidio. Ella y sus *boladas*, como solía decirle su hermano. Se le ocurría algo y lo hacía, sin más. Como lo del pelo. Entre lo corto que lo tenía y las canas, cada vez que se miraba al espejo le parecía haber envejecido de repente. En una semana cumpliría los cincuenta y solo con pensarlo se deprimía.

—Otra cosa más. El cuerpo del perro estaba bastante cerca de la casa. ¿Han comprobado si se han llevado algo?

Laura le dirigió una mirada inquisitiva a Toribio, que reaccionó encogiéndose de hombros.

—No lo había pensado, pero enseguida lo sabremos —dijo Toribio, levantándose y dirigiéndose hacia su cuarto.

Los cuatro lo siguieron y descubrieron que había varios cajones abiertos y revueltos.

—No lo toquen —ordenó la sargento—. Ahora envío a mis compañeros del SECRIM* para que intenten obtener alguna huella. Así, a simple vista, ¿creen que pueda faltar algo de valor?

—Pero si es que aquí no tenemos nada de valor ni tampoco dinero —señaló Laura, angustiada—. No entiendo qué podían estar buscando.

—Está claro que estaban detrás de algo, aunque dudo que fuera dinero —dijo el abuelo, perplejo.

—No podemos descartar ninguna opción. Así que, si estamos ante un secuestro, es probable que el sospechoso se ponga en contacto con ustedes en las próximas horas para exigir un rescate. Si eso ocurre, infórmenme de inmediato.

—¿Un rescate? —preguntó Laura, consternada.

—Pero ¿cómo íbamos a pagarlo? No tenemos dinero… —dijo el abuelo resoplando. Albino percibió la desesperación en su mirada.

—Con la herencia de mi padre —añadió Laura de repente. Todas las miradas se volvieron hacia ella.

---

* El Servicio de Criminalística (SECRIM) está constituido por aproximadamente seiscientos guardias civiles que prestan sus servicios en distintos laboratorios.

—Explíqueme eso un poco más —dijo la sargento, mostrándose interesada.

—Mi padre falleció hace unos días —aclaró Laura—. Aunque aún no se ha leído el testamento, tenía un patrimonio bastante importante y sus únicos familiares directos somos mi madre y yo.

—Bueno, no adelantemos acontecimientos. Solo quería que estuvieran advertidos por si algo así llegara a ocurrir.

—¿Podría tratarse de algún desconocido? —preguntó Toribio con voz temblorosa—. No sé, hace poco que se celebró aquí cerca el festival ese tan raro. ¿Cómo lo llaman?

—El aquelarre *hippie* —apuntó Gonzalo.

—Sí, eso. La zona se llenó de gente muy rara, había muchos extranjeros…

—Suelen ser gente muy pacífica —explicó Albino, con escepticismo—. Además, ya hace días que terminó el festival, pero lo tendremos en cuenta.

—Buenas, Albino —interrumpió una voz. Picarzo y su manía de irrumpir en todos los sitios sin llamar. A Cristina la sacaba de quicio. Era un buen agente, pero la educación se la debía de dejar en casa cada día.

—¿Qué ocurre, Picarzo? —preguntó, un poco molesta.

—Perdón por la interrupción. Vamos a comenzar la batida por el monte. Ya tengo al grupo de colaboradores preparados y bien advertidos de lo que tienen que hacer.

—Muy bien. Entonces vamos —añadió Albino, guardándose la libreta en la que había hecho sus anotaciones.

Laura distinguió a varias personas del pueblo con las que, seguramente, no había intercambiado nunca más de un par de frases. Rostros que le resultaban familiares y otros muchos que no reconocía. Se emocionó al ver a todas esas personas prestarse a ayudarlos en un momento tan delicado. Por supuesto, Toribio, Gonzalo y Renata no se separaron de su lado.

La batida por el monte duró toda la tarde, pero no sirvió de nada. Nadie fue capaz de encontrar ni una sola pista. Regresaron a casa, consternados. No entendían cómo era posible que no hubiera ni rastro del niño.

—Está en algún lugar ahí afuera, lo presiento —comentó Toribio—. Solo tenemos que encontrarlo. ¡No podemos parar la búsqueda!

Miró al cielo a través de la ventana. Estaba oscureciendo por momentos, y se anunciaba una fuerte tormenta de verano que, según las previsiones, podría ser de granizo.

—Yo... no lo sé —titubeó Laura, que con las horas había ido perdiendo la esperanza. El cansancio estaba haciendo mella en ella—. No se me quita de la cabeza la sangre que había en el cocodrilo...

—¡No! —gritó Toribio—. Ni se te ocurra insinuarlo. ¡Esa era la sangre del perro!

—Creo que deberíamos comer algo y descansar un poco —sugirió Gonzalo—. Parece que va a diluviar de un momento a otro...

—¡Por eso mismo! Si empieza a llover, se perderá todo rastro que pueda haber y si Lobo está perdido en el bosque, no sé cómo podrá soportar la tormenta.

—Le dan mucho miedo los truenos y, sobre todo, la oscuridad —gimoteó Laura, derrotada—. Si mi niño está solo en el bosque, estará aterrado.

—Yo voy a coger la furgoneta y a seguir buscando —sentenció Toribio poniéndose en marcha.

—Pero ¿dónde? Es como matar moscas a cañonazos —opinó Renata.

—¡Ya lo sé, pero algo habrá que hacer! —protestó Toribio al subir a la furgoneta.

Gonzalo pareció dudar unos instantes entre ir con él o quedarse con Laura.

—¿Estarás bien? —preguntó, mirándola con preocupación.

—Sí, vete tranquilo. Alguien tiene que quedarse por si la Guardia Civil quiere ponerse en contacto con nosotros.

—¡Espera! —gritó Gonzalo a Toribio para hacerse oír por encima del ruido del motor—. ¡Te acompaño!

Gonzalo se volvió y le dio un abrazo a Laura antes de correr hacia el vehículo.

Laura y Renata se quedaron mirando cómo desaparecían mientras las primeras gotas de lluvia comenzaban a caer. Renata pasó el brazo por el hombro de Laura y la acompañó hasta la casa. De momento, no había nada más que pudieran hacer.

—Necesitas descansar, vamos.

Poco después, con la ayuda de unos calmantes, Laura, agotada, se quedó adormecida en el sofá. Renata aprovechó para ir a su casa a darse una ducha y, de paso, contarle a su madre lo que estaba ocurriendo. Conociéndola, debía de estar muy preocupada.

Al salir, miró hacia el cielo. Había dejado de llover y parecía que las nubes se dispersaban. Al menos, el tiempo les daba una tregua. No había querido decir nada, pero ella no tenía ninguna esperanza de encontrar al niño con vida y eso la estaba carcomiendo poco a poco. Tanto que casi podía sentir el agujero que crecía en su interior. Un vacío que pesaba demasiado para soportarlo durante mucho tiempo.

Al acercarse, le llamó la atención que el coche no estuviera aparcado en la entrada. Cuando entró en la casa, descubrió que su madre no estaba. Era domingo y los fines de semana no solía ir a visitar a los chicos de acogida. El tiempo tampoco acompañaba para que una anciana como ella cogiera el coche y saliera a la carretera. Renata soltó un taco y cruzó los dedos para que, al menos, estuviera de vuelta antes del anochecer. Pensó que había llegado el momento de tener unas palabras con su madre; ya no tenía edad para hacer ciertas cosas y debía hacérselo entender.

17

Otra oportunidad

Gran Bretaña, 1948

ERIKA ESTABA MUY preocupada por Hannah. Hacía cinco días que no iba a visitarla y, para colmo, Robert había ido al pueblo y le habían contado lo del accidente. Al parecer, los dos chicos que trabajaban para los Downer estaban intentando sacrificar un cerdo cuando, de repente, el animal se revolvió y embistió a David, con tan mala suerte que el joven fue a caer de espaldas sobre uno de los ganchos de carnicero, muriendo en el acto. Cuando su marido le contó la terrible noticia, Erika insistió en que la acompañara a la granja de los Downer. No podía ni imaginar lo que estaría sufriendo su amiga y necesitaba acompañarla en un momento tan duro como ese.

Había amanecido nublado, con alguna lluvia intermitente durante la mañana que había sido bien recibida después del calor sofocante de los últimos días. No le dieron demasiada importancia a las pocas gotas que caían cuando salieron de casa, pero, poco después, justo cuando Robert llamaba a la puerta de Cornelia y Herbert Downer, estas se habían transformado en una fuerte tormenta de verano.

—¿Qué es lo que quieren? —los saludó la vieja Cornelia con una mueca de desagrado, manteniendo la puerta entornada.

—Estoy preocupada por mi amiga Hannah. Necesito verla… —se impacientó Erika.

La vieja dudó unos segundos antes de responder.

—No está en casa —gruñó.

—Nos estamos empapando —señaló Robert, preocupado por su mujer, a la que le faltaban solo unos días para ponerse de parto—. ¿Sería tan amable de dejarnos pasar?

—Mi marido está enfermo —dijo Cornelia—, no le conviene alterarse...

Robert comenzó a irritarse ante la reticencia de la anciana y finalmente esta tuvo que ceder y dejarlos pasar para que no sospecharan.

—¡Gracias! —dijo Robert con tono irónico al tiempo que sacudía la ropa de Erika y hacía lo propio con la suya.

—Por favor —suplicó Erika a Cornelia—, ¿dónde está Hannah? Hemos sabido lo que le ha ocurrido a David y estamos preocupados.

—Ah, sí..., ha sido una triste desgracia. Lo siento, pero hace unos días que la chica se fue. No puedo ayudarles.

—Pero ¿adónde? —quiso saber Erika, angustiada por lo hermética que estaba resultando aquella mujer—. Ella no se hubiera ido sin despedirse, estoy segura.

—Lo siento, tienen que marcharse —replicó Cornelia—. Ya les he dicho que no puedo hacer nada.

Cornelia se dispuso a abrir la puerta y a hacerles salir de su casa ante la incrédula mirada de Erika, que cada vez veía menos probable dar con el paradero de su amiga.

—Pero... —protestó—, ¡no puede haber desaparecido!

—Estoy aquí...

La voz procedía del piso de arriba. Sonaba débil y temblorosa, pero lo bastante alta como para hacerse oír. Inmediatamente, Erika apartó a Cornelia de un manotazo y comenzó a subir las escaleras a toda prisa, seguida por Robert. Encontraron a Hannah tirada en el suelo en un estado lamentable.

La joven había oído que alguien hablaba con Cornelia y se había arrastrado hasta allí haciendo un esfuerzo sobrehumano. Su cara había comenzado a deshincharse, pero el color morado de los hematomas delataba cada uno de los golpes que había recibido. Tenía una mano vendada, con una tablilla colocada bajo los dedos. Uno de sus brazos y la pierna izquierda también debían de estar fracturados, porque gemía de dolor cada vez que intentaba moverlos.

—¿Qué te han hecho? —sollozó Erika, sin atreverse a tocarla.

—David… Ha sido Leo —susurró Hannah, justo antes de perder el conocimiento.

HANNAH DESPERTÓ EN una habitación que no conocía. Trató de incorporarse, pero alguien se lo impidió.

—¿Cómo te encuentras? —preguntó Erika, que desde que la habían trasladado a su casa no se había separado del lecho de su amiga.

—Como si me hubiese arrollado un tren —explicó Hannah, sonriendo penosamente.

—Te ha visto el médico y dice que te han dado una buena paliza. Tienes un brazo y una pierna rotos, y dos dedos de la mano. Te los ha inmovilizado y debes guardar reposo.

Hannah asintió. Si no se movía lograba mantener a raya el dolor. Aunque no era el sufrimiento físico ni las magulladuras lo que más le lastimaba, sino una laceración constante a la altura del pecho que no remitía ni aun dejando de respirar. Su corazón estaba roto en fragmentos tan pequeños que estaba segura de que ni el cirujano más hábil podría reconstruirlo jamás.

—La noche que me entregué a David —comenzó a explicar, con un nudo en la garganta—, no fui lo bastante cauta. Estaba nerviosa y al mismo tiempo emocionada por encontrarme con él, y eso me hizo bajar la guardia. Leo debió de seguirme y nos vio.

Hannah hizo una pausa y cerró los ojos unos instantes. Lágrimas silenciosas le recorrieron el rostro y Erika le sostuvo la mano con sumo cuidado.

—No es necesario que pienses en eso ahora. Lo importante es que te recuperes.

—¡No! ¡Tengo que contártelo! —dijo, alzando demasiado la voz—. Perdona. Es que es importante que sepas lo que ocurrió.

—Adelante. Cuéntame.

—Cuando llegué a casa, Cornelia y Leo me estaban esperando. Me dijeron cosas horribles y me hicieron sentir sucia. Mancillaron mi recuerdo de algo que podría haber sido tan bonito… Leo estaba como loco. Nunca lo había visto así. Entonces Cornelia lo mandó a por el bastón de los castigos y empezó a pegarme. Le miré a los ojos y vi la locura reflejada en ellos. Realmente llegué a temer por mi vida.

—¿Por qué? No era necesario un castigo tan violento.

—No lo sé. Era como si un demonio se hubiera apoderado de él. Desperté, ya en la cama, por el dolor que me causaba Cornelia al intentar curarme los huesos rotos. Creo que incluso ella estaba asustada. Después tengo recuerdos vagos de pesadillas y dolor. Mucho dolor.

—¡Pobrecita! Tranquila, ahora ya estás a salvo. No volverán a tocarte.

—Recuerdo despertar, debió de ser al día siguiente, y sobresaltarme porque Leo estaba a los pies de mi cama. Me miraba con una sonrisa tan espantosa que creí que iba a volver a golpearme.

—¡Oh, Dios mío! ¿Qué quería?

—Terminar lo que había empezado el día anterior, aunque no necesitaba ya el bastón para darme el golpe de gracia. Me dijo que David estaba muerto, que él mismo lo había matado y que todo era culpa mía.

—¡No! ¡Tenemos que denunciarlo ante las autoridades! Robert ya ha presentado una denuncia por la paliza que recibiste. Esto es… ¡Es horrible!

—Antes de marcharse, me aseguró también que nadie podría acusarlo de nada, porque para el resto del mundo aquello había sido un terrible accidente.

Erika se echó a llorar. No podía ni imaginar qué haría si le hubiese ocurrido algo así a ella, si fuera Robert el que hubiese muerto de una forma tan cruel. De repente, sintió un pinchazo en el vientre que la obligó a encorvarse. Acababa de romper aguas.

—Creo que ha llegado el momento —dijo, nerviosa—. Vas a volver a ser tía.

—¡Robert! —gritó Hannah, muerta de miedo. Miró hacia arriba y rezó en silencio. Si era cierto que existía un dios, no podía defraudarla de nuevo.

HANNAH MIRABA CON asombro las manitas de Abbie. Con una de ellas se aferraba a su dedo como si este fuera su único punto de apoyo. La niña había cumplido ya los tres meses y cada día estaba más bonita. Se parecía mucho a su madre, aunque compartía con Tommy los ojos de su padre. Se tocó el vientre y se preguntó si el bebé que crecía en su interior tendría también los ojos de David. Al principio, achacó la primera falta a su estado. La paliza que había recibido fue tan brutal que llegó a pensar que sus órganos internos podían haber dejado de funcionar correctamente durante un tiempo. Hasta que las náuseas hicieron su aparición y empezó a sospechar que podía estar encinta.

El médico se lo confirmó poco después y ella recibió la noticia como un caramelo con una gruesa cobertura amarga. Tuvo tiempo de saborearlo durante los días que permaneció convaleciente y, poco a poco, aquella capa fue dejando paso a un sabor algo más dulce, aunque no lograba disfrutarlo plenamente, porque seguía estando muy presente la desagradable esencia acibarada de la injusticia que había vivido. Llevaba al hijo de David en sus entrañas y esa era una manera de mantener vivo al hombre que amaba. Se ilusionó mucho con esa idea y durante días se sintió feliz. Atrás había quedado su vida pasada, la horrible paliza que había recibido, y por la que su antigua anfitriona solo fue castigada con una multa de ocho libras. Incluso la muerte de David dejó de obsesionarla. Empezaría de nuevo una vez más. ¡De peores situaciones había salido!

Pero todo aquello no era más que una quimera, un castillo de ilusiones que se derrumbó de golpe cuando el médico, en una de sus visitas, le insinuó que, como madre soltera, existían hogares católicos a los que podría entregar o dar en adopción al niño cuando naciera. Hannah percibía el desdén en los displicentes consejos del médico, y la conversación fue subiendo de tono hasta que ella acabó por echarlo de la habitación y se negó a que volviera a visitarla, por mucho que Erika insistiera. Fue entonces cuando tomó consciencia por primera vez de que, tanto ella como su hijo, se verían expuestos de por vida al rechazo social. Aunque tenía la firme decisión de luchar, hasta la muerte si fuera necesario, por defender la vida que ya empezaba a sentir en su interior. No sería fácil seguir adelante ella sola, sin el apoyo de un padre, pero ya se las apañaría. Al fin y al cabo, siempre lo había hecho.

—Es preciosa, ¿verdad? —aseguró una voz a sus espaldas.

Al volverse, Hannah pudo ver a Quentin, que últimamente frecuentaba mucho la casa de sus amigos. Había descubierto que era un hombre muy agradable, al que podría haber querido si su corazón no estuviese hecho pedazos.

—Sí que lo es —concedió Hannah, sonriendo al ver cómo Abbie se sobresaltaba y trataba de buscar con la mirada el origen de la voz grave que acababa de oír.

—Hannah… Solo quedan unos días para que vuelva a Falmouth. Tengo asuntos que atender allí y no puedo demorar más mi estancia aquí.

Hannah asintió y su sonrisa se eclipsó por un momento. Le echaría de menos.

—Quiero que vengas conmigo. —Quentin habló sin rodeos, pero por la forma en que retorcía el ala de su sombrero de lino, era evidente que estaba nervioso—. Me haré cargo de ti y del niño. A ojos de todo el mundo yo seré su padre. Sé que puedo llegar a ser un buen padre y un buen esposo...

Hannah levantó la mirada y se dirigió hacia él, quitándole el sombrero de las manos.

—Vas a destrozarlo —le dijo, intentando adecentar el guiñapo en el que se había convertido la elegante prenda.

—¿Qué me dices? Aquí no podrás estar durante mucho más tiempo, sobre todo cuando nazca el bebé...

—Quentin, sabes que mi corazón está en otro lugar. No puedo... Al menos, no de la manera que tú necesitas. Debes encontrar a alguien que sepa amarte como mereces, que pueda hacerte feliz.

—Eso no me importa, Hannah. Te daré el tiempo que necesites, no voy a presionarte.

—Eres un buen hombre, Quentin. Si nos hubiésemos conocido en otras circunstancias, en otro momento...

—No existe otro momento mejor, Hannah. Tendrás un hogar, un padre para tu hijo y, si algún día estás preparada, un buen marido que te querrá y te respetará.

Hannah observó al hombre elegante y aún atractivo que la miraba esperanzado, aguardando una respuesta. En un gesto que le pareció entrañable, le estaba ofreciendo toda una vida sin exigir nada a cambio. Imaginó la cantidad de mujeres que lo darían todo por estar en su lugar y se sintió afortunada. Pensó que quizá, y solo quizá, algún día podría llegar a amarlo. Tal vez no fuera una buena idea despreciar la oportunidad que la vida le estaba brindando. Aunque sabía de sobra que era propio de esa misma vida ocultar artimañas tras un disfraz colorido, había ocasiones en las que bien merecía la pena correr el riesgo.

18

Conviviendo con monstruos

Dos días antes de la desaparición
Aldeanegra, 9 de agosto de 2018

—¡Duele mucho, Bibo! ¿Alguna vez te acostumbras a los picotazos?

—¡Claro que duele, hijo! Una vez recibí veintiocho picotazos.

—¿En serio? Ponme el barro ya. ¡No lo aguanto!

—Espera, ya casi está.

—¿Y por qué te atacaron?

—Estaban nerviosas porque no había sido un buen año de flores y no les gustó que intentara quitarles sus reservas para el invierno…

—Así que fue culpa tuya, ¿no?

—Supongo que sí. Dan su vida por defender la colmena, no les importa morir. Los humanos deberíamos aprender de ellas.

—¿Por qué no pueden vivir sin aguijón?

—No es eso. Su aguijón tiene forma de sierra, así que una vez clavado, no pueden recuperarlo. Al arrancarlo pierden parte de sus órganos vitales.

—Eso sí que es ser unos héroes o *héroas*…

—Heroínas, Lobo.

—Pues eso. Sí…, así mejor. Este invento tuyo calma mucho.

—No le digas a tu madre que te he curado con barro y orina. No lo entendería.

—Seguro que le daría un patatús del asco. Es que ella no sabe de las cosas del campo, Bibo.

—Entonces, mejor que no se entere.

—Será nuestro secreto, abuelo.

AURELIO SEGUÍA SIN poder dormir. La idea de modificar la herencia y dejar parte de ella a Gonzalo, cada vez cobraba más peso en sus pensamientos. Ya lo había decidido y eso no iba a cambiar: lo reconocería como hijo propio y, como tal, tendría derecho a disfrutar de la parte que le correspondiera. Pero le preocupaba mucho la reacción de sus hijos cuando se enteraran, sobre todo la de Luis. No quería causarle problemas a Gonzalo, bastante había sufrido ya el chico por su culpa. Cansado de dar vueltas en la cama, se levantó temprano. Las náuseas cada vez eran más frecuentes y le costaba mantener la compostura delante de sus hijos. Se miró al espejo y vio el reflejo de un cadáver. Era todo piel y huesos. Dos grandes ojeras moradas le marcaban el rostro como si se hubiese maquillado para el día de Todos los Santos.

Se peinó y se aseó un poco, pero no había mucho que pudiera hacer para mejorar su aspecto. Imaginó que debían de quedarle un par de meses a lo sumo antes de que la enfermedad lo dejara postrado para siempre. Volvió a sentir el ya familiar fuego en el estómago y, con una mueca, se dispuso a bajar las escaleras. Pensó que ninguno de sus dos hijos se había interesado por su empeoramiento físico, aunque era evidente para cualquiera que lo conociera. Eso lo entristeció. O no lo veían o simplemente les daba igual.

Se tumbó al sol en una de las hamacas de la zona del jardín donde solían desayunar en verano. Quizá le sentara bien respirar el aire fresco de la mañana. La noche anterior había vuelto a llover después de un largo día de calor y el campo había amanecido fresco y renovado, listo para afrontar de nuevo las altas temperaturas que se esperaban. La sirvienta no tardó en aparecer con una bandeja llena de bollos, pan recién hecho, café y zumo, pero solo el olor le revolvió las entrañas. La despidió con un gesto de la mano y cerró los ojos, volviendo el rostro hacia el sol. No tardó en alcanzarle el sueño.

Un par de horas después lo despertaron las voces de Luis llamando a la sirvienta para que le sirviera el desayuno. Aurelio se incorporó un poco desubicado. Miró el reloj y se dio cuenta de que se había quedado dormido, pero se encontraba mejor. El sueño le había sentado bien. Se levantó y se dirigió a la mesa a la que estaba sentado su hijo.

—Buenos días —saludó.

—Buenas. Ya se ha echado un sueño de buena mañana…

—Sí. Se está muy bien al sol. He cerrado los ojos un rato y ni me he dado cuenta.

—Tengo que contarle algo, padre —comenzó a decir Luis sin más preámbulos. Aurelio se percató de que estaba nervioso. Retorcía la servilleta entre las manos como si estuviera mojada y quisiera escurrirla.

—Adelante, dime. ¿A qué viene tanto misterio? —preguntó Aurelio, extrañado. Normalmente, su hijo no solía andarse con rodeos.

—Necesito su ayuda para un negocio que sé que será un éxito asegurado.

—Ya estamos… —se quejó Aurelio. Estaba un poco harto de los trapicheos en los que se metía su hijo.

—Es una oportunidad que no puedo dejar pasar. Esta vez estoy seguro de que voy a triunfar. Quiero abrir un negocio de coches de lujo en Salamanca. Lo tengo todo planeado: el local, contactos en el extranjero, clientes potenciales…

—¿De cuánto estamos hablando? —preguntó Aurelio, hastiado.

—Pues, más o menos… de un millón.

—¡¿Qué?! ¡Ni hablar!

—Padre, por favor. Es lo último que le pido…

—Estoy harto de que tanto tú como tu hermano no valoréis lo que cuesta ganarse el jornal. Estáis acostumbrados a que el dinero os caiga del cielo como si eso fuese lo normal, sin ni siquiera agradecerlo lo más mínimo después.

—¡Claro que se lo agradezco!

—¿Sí? ¿Cómo? ¿Con las discusiones que tengo que soportar a cada momento o haciendo el vago sin pegar un palo al agua en todo el día?

—Si acaso, hable por el tarado de mi hermano. Yo no soy así.

—Te he dicho mil veces que no insultes a tu hermano. ¡Lleva tu sangre, por el amor de Dios!

—Por favor, padre. Necesito el dinero. Ya he hecho alguna gestión y tengo contactos esperando una respuesta.

—No.

—Pero ¿por qué? —gritó Luis, comenzando a perder la paciencia. Lanzó la servilleta al suelo, muy enfadado. Su padre era un cabezota orgulloso que ni siquiera sabía de qué le estaba hablando. Al fin y al cabo, cuando él ya no estuviera, todo su dinero sería para él y para el imbécil de su hermano. ¿Qué más le daba anticiparle una parte?

—Estos últimos años, entre tu hermano y tú no habéis hecho más que dilapidar mi fortuna con vuestros caprichos. No voy a consentir que esto siga así.

—¡No puede hacerme esto! —alegó Luis en un último intento de convencer a su padre—. Ya he dado mi palabra y voy a quedar como un pelele.

—Claro que puedo, hijo. Sigo siendo el dueño de todo cuanto te rodea, por mucho que te fastidie.

—¿Es su última palabra? —preguntó Luis, levantándose de la silla de forma brusca y haciendo que esta cayera hacia atrás.

—No hay más que hablar —reiteró Aurelio, desafiante.

—¡Váyase al infierno! —aulló Luis, tirando del mantel y haciendo caer al suelo todo el contenido de la mesa—. ¡Se va a arrepentir de esto!

Luis se marchó airado, con los ojos inyectados en sangre y resoplando, rabioso. Ya tenía el negocio medio cerrado y lo enfurecía pensar cómo iba a explicar que no había conseguido el dinero. Había subestimado a su padre pensando que, como en otras ocasiones, el viejo le daría lo que le pidiera sin rechistar. Pero últimamente andaba muy raro. La culpa era del piojoso ese que domaba caballos. Su padre se estaba haciendo viejo y parecía necesitar estar en paz con su conciencia. Le debía de haber dado un ataque de remordimientos por ese muerto de hambre, y Luis estaba empezando a sospechar que tramaba algo. Debía andarse con ojo, no fuera a ser que acabara trastornado y le diera por repartir la herencia. Pero no. Eso sí que no iba a permitirlo. Antes era capaz de hacer una locura.

Simón se había despertado con las voces y salía al jardín medio dormido, aún en pijama, justo cuando Luis entraba en la casa.

—¿Qué ocurre? —preguntó en medio de un bostezo.

—¡Quítate de mi vista, maricón! —bramó Luis al tiempo que le propinaba a su hermano un derechazo en pleno rostro. Lo atizó con tanta rabia que hizo que Simón perdiera el conocimiento al golpearse la cabeza contra el suelo.

Aurelio corrió al encuentro de su hijo, temiéndose lo peor.

—¡Eres un monstruo! —le gritó a Luis. Pero ni siquiera estuvo seguro de que lo hubiese escuchado, porque su hijo ya se había marchado.

SIMÓN LLEVABA TODO el día con una presión en el pecho que lo angustiaba. A cada poco tenía que respirar profundamente para compensar la continua sensación de falta de aire. Le dolía la cabeza y tenía la nariz hinchada. El médico le había aconsejado que fuese al hospital para hacerse un chequeo. Ante su negativa, le advirtió que estuviese atento ante cualquier síntoma sospechoso de padecer una lesión grave, como náuseas, mareos o zumbidos en los oídos. Estaba bien, no le ocurría nada, pero nunca se había sentido tan furioso ni tan herido en su amor propio.

Comenzó a beber, a pesar de ser consciente de haber tomado unos fuertes analgésicos. Se encontraba en un estado en que le importaba un pito si le ocurría algo. Por una parte, deseaba que así fuera, para que la culpa recayera sobre su hermano como una pesada losa sobre su cabeza. Incluso llegó a pensar en hacer una locura, pero después supuso que Luis no sentiría el menor remordimiento si a él le ocurría algo. Más bien se alegraría de no tener que repartir la herencia con él. No. No iba a darle esa satisfacción. Reclamaría lo que era suyo y lucharía por ello con uñas y dientes. Su hermano aún no había conocido al Simón que llevaba dentro. Las cosas iban a cambiar mucho a partir de entonces.

Apuró el último trago de coñac con una mueca de asco. Así, a palo seco, estaba imbebible, pero era lo primero que había encontrado y lo necesitaba para sentirse mejor. Además, necesitaba que el efecto fuera rápido para dejar de pensar. Sacó del armario la caja de metal en la que guardaba la coca. Hacía días que no la probaba. Solía necesitarla para soportar las noches que su hermano se empeñaba en llevarlo de putas. Nunca más volvería a dejarse manipular por él; no volvería a acompañarlo a ninguno de esos antros en los que las chicas tenían que ganarse la vida haciendo de tripas corazón con babosos como su hermano… o como él.

Se sintió mucho mejor después de meterse un par de rayas, más decidido y con mayor confianza en sí mismo. Hasta el dolor de cabeza se había convertido en una pequeña molestia, perdida en algún lugar de su cerebro. Decidió bajar a las cuadras y dar un paseo a caballo, de repente le apetecía una buena carrera. Hacía tiempo que no sentía una necesidad tan acuciante de quemar adrenalina y eso lo hizo sonreír.

Estaba preparando la silla de montar cuando Toño, el mozo de cuadras, entró a los establos cargando un montón de paja en una carretilla. El chico lo saludó con un tímido movimiento de cabeza y continuó a lo suyo. Llevaba la camiseta anudada a una de las trabillas del pantalón debido al calor. Boquiabierto, Simón contempló su torso sudoroso, cuyos músculos se marcaban con cada movimiento. Enseguida se llevó la mano a la entrepierna, preso de una increíble excitación. Se olvidó del paseo a caballo y se dirigió hacia él, saboreando una sensación nueva. Se sentía eufórico y, al mismo tiempo, poderoso. Cada paso que daba lo envalentonaba aún más al no haber testigos y saberse libre de castigo de lo que pudiera pasar allí.

Toño estaba adecentando una de las caballerizas vacías cuando Simón entró en ella, bloqueando la salida. El chico se sobresaltó y, aunque no era muy listo —según palabras de su hermano Luis, era medio retrasado—, pudo ver un destello de alarma en su mirada, lo cual lo animó a acercarse un poco más.

—¿Qué...? ¿Qué ocurre? —balbuceó Toño, retrocediendo unos pasos.

—Si haces lo que yo te diga, no pasará nada. Tranquilo —le indicó Simón, con una sonrisa tierna y pausada que para nada reflejaba el estado de excitación en el que se encontraba. No quería asustar al chico. No todavía.

Aurelio llevaba todo el día preocupado por su hijo. Hacía rato que lo había visto acceder a las cuadras y temía que pudiera hacer una locura. Cuando iba a entrar, tropezó con Toño, que corría con el rostro desencajado por las lágrimas y sujetándose los pantalones.

—¡¿Qué ocurre, Toño?! —preguntó, alarmado por el estado del chico.

—¡No me toques! —gritó él con un chillido histérico. A continuación, echó a correr con dificultad, entre llantos y quejidos.

Aurelio, preso de una gran inquietud, observó cómo se alejaba. Entró a las caballerizas y se encontró allí a su hijo, aún extasiado por lo ocurrido y ajustándose el cinturón.

—¿Qué ha pasado aquí? —quiso saber Aurelio, que no daba crédito a lo que acababa de presenciar.

—Aquí no ha ocurrido nada, padre —aclaró Simón, dedicándole una mirada tan fría que le heló la sangre.

—¿Cómo que nada? ¡Lo he visto con mis propios ojos! ¿Qué demonios le has hecho al chico? —preguntó con voz temblorosa.

—Y ¿qué es lo que ha visto, padre? —inquirió Simón, desafiante—. Debería visitar al médico. Empieza a ver cosas que no han ocurrido —dijo, fingiendo preocupación. A continuación, echó a andar hacia la salida y se marchó silbando.

Cuando Aurelio se quedó solo, tuvo que apoyarse contra la pared para evitar caerse al suelo. Enseguida percibió el familiar regusto ácido en la garganta y comenzó a vomitar violentamente.

19

El tiempo corre

Día 1
Aldeanegra, 12 de agosto de 2018

«El éxito es ir de fracaso en fracaso sin perder el entusiasmo.»
Winston Churchill

La sargento Albino se miró en el espejo del copiloto y se encontró con una mirada cansada. Las horas sin dormir comenzaban a pasarles factura tanto a Picarzo como a ella. Aunque se habían turnado para dirigir el operativo de búsqueda en el monte, ninguno de los dos había logrado descansar prácticamente nada. Se masajeó las sienes y se frotó los ojos en un intento poco fructífero de despejarse. Tenían que seguir al pie del cañón como fuera, la vida del niño dependía de ello y las primeras horas eran las más importantes. Sacó el móvil para llamar a la comandancia.

—Volvamos a ver si la familia del niño tiene alguna novedad —sugirió cuando Picarzo puso en marcha el coche—. Y de paso a ver si podemos conseguir un par de cafés bien cargados. Después me pasaré a hacerle una visita al juez de instrucción. Nos ha tocado Rufino Villaverde, que estaba de guardia anoche. Ya he trabajado con él en otros casos y sé que no le importará que me presente en su casa para ponerle al día.

Picarzo asintió. No lo conocía personalmente, pero había oído hablar muy bien de él.

—Dime, Albino. Soy Mónica Salinas —se oyó por el manos libres del coche.

—Hola, ¿puedes pasarme con Ventura?

174

—Ahora mismo le aviso. Un momento.

Albino esperó al teléfono, recostando la cabeza en el asiento. Estaba agotada. Miró a su compañero, que conducía concentrado en los baches del camino embarrado por las lluvias. No parecía cansado. Entrecerró los ojos y se lo imaginó sin esas horribles patillas. «No estaría mal —pensó—. Incluso la barba le sentaría bien…»

Picarzo se sintió observado y la miró, extrañado. Ella apartó la mirada al instante. Por suerte, alguien contestó al otro lado de la línea.

—Dime, Albino.

—Ventura, ¿qué tienes? ¿Has podido averiguar algo?

—Ya se han enviado las muestras recogidas de la boca del perro y las células epiteliales encontradas bajo las uñas del cadáver para que se realicen las pruebas de ADN —explicó Raúl Ventura desde el Centro Operativo de Servicios—. Los resultados estarán disponibles en unos días. El informe del forense dice que el animal debió de hacerle un buen destrozo. Ha encontrado restos de fibras musculares, posiblemente de uno de los gemelos del agresor. También dice que las probabilidades de infección en este tipo de heridas son bastante altas, incluso pueden suponer un riesgo importante para la salud. Ya he informado a los servicios de urgencias para que estén alerta en caso de que se presente alguien con una lesión similar. El sujeto debe de tener, con bastante probabilidad, algún arañazo en los brazos o el en rostro.

—Buen trabajo —lo alabó Albino—. ¿Se ha encontrado alguna coincidencia con las huellas obtenidas en la casa?

—Nada de momento. Hemos podido descartar casi todas las que hemos encontrado porque pertenecen a la familia. El resto parece que podrían ser del niño. El SAID* no ha hallado ninguna

---

* Sistema automático de identificación dactilar utilizado por la Guardia Civil y otros cuerpos policiales para procesar huellas dactilares y contrastarlas con la base de datos de reseñas lofoscópicas de personas detenidas de los Estados miembros.

coincidencia. Creemos que, si el sospechoso de la desaparición del pequeño entró en la casa y tocó algo, debía de llevar guantes.

—Otra cosa más. ¿Has averiguado algo sobre el paradero del padre del niño?

—Le concedieron la libertad provisional hace casi un mes por enfermedad grave e incurable. Padece un cáncer linfático en estado muy avanzado. Ha rechazado la quimioterapia. Ya había cumplido casi la totalidad de una condena por atraco y robo con agresión, pero tiene una lista de antecedentes enorme. Empezó a delinquir con apenas diez años. Una buena pieza, vamos.

—¿Podría haberse llevado él al niño?

—Imposible. Está ingresado desde ayer por la mañana en el hospital Virgen de la Vega por una neumonía que se le ha complicado. Es probable que no vuelva a salir vivo de allí.

—Gracias, Ventura. Cualquier novedad, mantenme informada.

—Eso está hecho.

Albino cortó la comunicación y se golpeó la frente con la palma de la mano.

—¡Joder! ¡No tenemos una mierda! ¡Ni una puñetera pista que seguir! Y el tiempo apremia...

20

Un cocodrilo

—¿Sabes, Bibo? Ayer estuve leyendo con Lalo una cosa que dijo un científico muy importante…

—¿Qué es esta vez, hijo? No me extraña que seas así de despierto. Ese chico no deja de meterte cosas en esa cabecita.

—Pues deberías de poner atención porque decía que, sin abejas, al hombre le quedarían solo cuatro años de vida.

—Lo sé. Es algo más grave de lo que parece. Entre la varroa, los pesticidas y el cambio climático, están desapareciendo poco a poco.

—Y ¿qué podemos hacer?

—Quizá sea ya tarde para que podamos hacer algo por ellas, Lobo.

—¡No digas eso, abuelo!

—Puede que sea un poco pesimista, pero es lo que pienso. No quiero mentirte.

—He tomado una decisión, Bibo. Voy a dedicar el resto de mi vida a salvarlas.

—¡Vaya! Con lo cabezota que eres, no me extrañaría que lo consiguieras.

—Ya sé que tendré que estudiar mucho, pero no me importa. Y tú me ayudarás.

—¿Yo? Seré un viejo chocho para cuando vayas a la universidad.

—De eso nada, porque con tantos años serás aún más listo. Lo haremos juntos, como hasta ahora.

—Anda, dame un abrazo. Eres increíble, Lobo.

Aurelio bajó del caballo y lo ató a la valla de madera. Sus movimientos eran lentos e inseguros, propios de alguien que sufre una lucha interna entre el corazón y la razón. Se detuvo en un par de ocasiones e inició el gesto de dar media vuelta, arrepintiéndose al instante. Cuando por fin llegó al umbral de la casa, respiró hondo y llamó a la puerta. Si a Gonzalo le sorprendió su visita, supo disimularlo muy bien. Se quedó mirándolo unos instantes y, al ver que no reaccionaba, fue él quien rompió el hielo.

—¿Qué es lo que estás tramando, Aurelio? En este último año nos hemos encontrado más veces que en toda mi vida, y algo me dice que esto no es casual.

—¿Puedo hablar contigo? Es importante, de verdad. —Aurelio se limpiaba el sudor de las manos en los pantalones. Estaba nervioso.

El instinto de Gonzalo lo empujaba a cerrar la puerta y hacer como que no lo había visto, pero bajó la guardia al reparar en lo mucho que había empeorado su aspecto desde la última vez que se vieron. Estaba demasiado delgado y su piel tenía un color amarillento muy poco saludable. Sintió lástima por él y dudó unos instantes. Después, supuso que si no hablaban lo volvería a tener allí al día siguiente o al otro, así que finalmente decidió escuchar lo que tenía que decirle.

—Vamos a dar un paseo —dijo, cerrando la puerta tras de sí y echando a andar. Antes muerto que dejar que traspasara los muros del hogar que había pertenecido a su madre y a su abuelo. Aquellos a los que el hombre que tenía ante él había humillado y sometido a un escarnio público del que su familia jamás había podido recuperarse.

Aurelio siguió a Gonzalo con paso torpe hasta ponerse a su altura. El chico caminó hacia el bosque, buscando la sombra de los árboles.

—Tú dirás —dijo por fin.

—Últimamente he estado dándole muchas vueltas, Gonzalo. Sé que lo que hice no tiene perdón, pero ya no puedo enmendarlo. Con el tiempo me he dado cuenta de lo mal que te traté... Que os traté a ti y a tu madre.

—No quiero más problemas. Ya me has causado bastantes.

—Lo sé. Y créeme que eso es lo único que me frena a la hora de hablar contigo. Pero necesito explicarte que lo que hice fue por cobardía, por puro egoísmo. Tenía tanto miedo de perder a Elena...

—Al final la perdiste de todas formas. Y de la peor manera posible —atacó Gonzalo.

—Y eso me volvió loco. No sabes hasta qué punto —aseguró Aurelio. Las palabras del chico le habían levantado una costra que nunca había llegado a curarse y que, después de tantos años, aún escocía. En otro momento se hubiera violentado, pero estaba dispuesto a soportar lo que fuera con tal de que su hijo lo perdonara.

—¿A qué viene todo esto? —quiso saber Gonzalo, deteniéndose de repente y volviéndose hacia el esqueleto humano que a duras penas le seguía el paso.

—Me estoy muriendo, Gonzalo —reveló Aurelio tras un pequeño silencio.

—Y supongo que contándomelo pretendes que sienta pena o que me conmuevan tus palabras...

—No. No es eso. Solo quiero pedirte perdón e irme en paz.

Gonzalo esbozó una sonrisa triste.

—Durante años soñé con este momento. Cuando era niño fantaseaba con que un día me miraras a la cara y me reconocieras como tu hijo, que me pidieras perdón y me abrazaras. Entonces te hubiera perdonado cualquier cosa. Pero cada vez que nos encontrábamos, no era amor lo que veía en tus ojos, sino odio y rabia que tratabas de disfrazar de indiferencia. Me acostumbré a vivir con ello hasta el punto de que dejaste de hacerme falta.

Ahora es tan tarde que ni siquiera mi perdón tiene valor alguno. Uno tiene que sentir un agravio para poder perdonarlo, y lo que ocurrió está tan lejos del hombre en el que me he convertido, que no lo siento como tal.

—Lo siento con toda mi alma, hijo.

Gonzalo notó una punzada en el estómago cuando escuchó a Aurelio llamarlo así. No era cierto que el tiempo le hubiera vuelto inmune al dolor, simplemente había cubierto el pasado con una gruesa pátina de polvo que lo mantenía alejado. Apretó los dientes y los puños para no perder la calma.

—Si lo que necesitas es mi perdón, no hay problema. Te perdono. Pero no te atrevas a llamarme así a estas alturas.

—Por favor... —comenzó a decir Aurelio cuando un silbido que provenía de entre los árboles lo interrumpió.

Gonzalo reconoció enseguida el sonido de los pasos apresurados de Marcos y su familiar silbido. Era su manera de ahuyentar los miedos imaginarios que lo angustiaban al atravesar el bosque. Pronto apareció con su inseparable perro, que trotaba a su lado.

—¡Hola, Lalo! —saludó al toparse con su amigo, aunque enseguida calló al intuir que ocurría algo entre los dos hombres. Parecían estar discutiendo.

—¡Hola, Marcos! ¡Justo a tiempo! Te estaba esperando —anunció Gonzalo, sujetando al niño cariñosamente por el cuello—. Vamos a terminar el cocodrilo —añadió con la intención de dirigirse hacia la casa.

—¿Eso es todo? —preguntó Aurelio, decepcionado.

—Es todo. No tenemos nada más que hablar —aclaró Gonzalo, alejándose junto al niño.

Aurelio se quedó frustrado observando cómo ambos se alejaban. No había tenido oportunidad de explicarle a su hijo el verdadero motivo que lo había llevado a hablar con él. Entonces lo asaltó la certeza de que Gonzalo no iba a consentir más encuentros con él y se puso nervioso.

—¡Había pensado en dejarte parte de mi herencia! —gritó para hacerse oír.

Gonzalo se detuvo tan atónito como confuso por lo que acababa de escuchar. ¿Lo decía en serio o era el último intento de un viejo moribundo de llamar su atención? Le creía capaz de un engaño como ese y mucho más. Su última puñalada antes de desaparecer para siempre. Continuó andando sin hacer caso, negando con la cabeza.

Aurelio, derrotado, subió a su caballo y se alejó de allí. Volvía a sentir el familiar peso en el estómago que presagiaba otro de sus horribles episodios de vómitos. Y el dolor... Ese maldito dolor.

Luis llevaba varios días con la mosca detrás de la oreja. Su padre tramaba algo. Estaba raro y parecía enfermo. Nunca le había negado nada, ni regalos, ni dinero, y jamás se había opuesto a ninguna de sus decisiones. Hasta hacía unos días. De repente, se había vuelto receloso y lo miraba de forma que lo hacía sentirse como si no fuera digno de ser su hijo. Vio cómo se dirigía hacia las cuadras con rostro taciturno y andar titubeante, como si alguna preocupación le corroyera las entrañas. Tuvo un mal presentimiento y decidió seguirlo. De esa manera descubrió que había ido a visitar a Gonzalo y espió su conversación, oculto entre las ramas. Le costó contenerse para no saltar sobre ellos y matarlos a los dos allí mismo. Estaba en lo cierto al pensar que el desgraciado de Gonzalo andaba detrás de todo aquello. ¿Tenía que ser precisamente él? Ese andrajoso que no merecía compartir su misma sangre y que había estado jodiéndole la vida desde que era pequeño. Desde que, en el colegio, los niños se burlaban de él diciéndole que ese bastardo era su hermano.

Al principio pensó que era un capricho más de su padre, que se estaba haciendo viejo y le fallaba la cordura. Pero cuando le oyó decir que iba a dejarle parte de la herencia, tuvo que sentarse para tomar aliento. Había subestimado la situación. Era más grave de lo que parecía.

—Lalo, ¿ese era tu padre? —preguntó Marcos con la curiosidad inocente de un niño.

—Eso dicen. Pero prefiero seguir como hasta ahora; no lo necesito.

—Creo que te entiendo, porque a mí me pasa lo mismo. No quiero volver a ver al mío nunca más. Yo tampoco lo necesito.

Gonzalo sonrió y le revolvió el pelo con un gesto cariñoso. Laura le había contado lo ocurrido con Curro y el corazón se le encogió al escuchar lo que el niño acababa de decir. No podía evitar reconocerse a sí mismo en ese dolor y, al mismo tiempo, admiraba su valor ante una situación tan difícil como la que le había tocado vivir días atrás.

Se sentaron en un banco de madera del taller de Gonzalo, con las puertas abiertas de par en par para dejar que corriera un poco el aire. El niño había visto un cocodrilo en un libro y se había empeñado en hacer una talla de madera del animal, exactamente igual que el de la fotografía: con la boca abierta y una gran cola en forma de C. Llevaban varios días trabajando en ella y ya casi estaba lista.

—Además, nadie se transforma en un padre solo por decir que lo es —comentó el niño, pensativo, mientras hacía las marcas en el lomo del cocodrilo como le había indicado Gonzalo—. Un padre es alguien que siempre está con su hijo y hacen cosas juntos.

—Tienes razón, Marcos. Así es.

—Como cocodrilos y cosas así… —susurró Marcos sin levantar la vista del trozo de madera, muy concentrado en lo que hacía.

El niño pronunció la última frase de forma casi inaudible, pero Gonzalo pudo escucharla y cerró los ojos sonriendo, colmado de ternura.

—¡Vaya, vaya! ¡Qué conmovedor! —dijo una voz desde el exterior, pillándolos por sorpresa a los dos. Era Luis, que, apoyado en el marco de la puerta, los observaba de brazos cruzados y con expresión aburrida.

—¿Qué haces tú aquí? —le preguntó Gonzalo, poniéndose alerta inmediatamente y haciendo que *Rudy*, que había permanecido tumbado entre los restos de madera del suelo, lo imitara.

—Nada. Pasaba por aquí y he pensado que sería de mala educación no saludar —aclaró Luis, con sarcasmo.

—Puedes volver por donde has venido, entonces —sugirió Gonzalo—. No quiero líos.

—Pues para no quererlos, parece que estás metido en uno muy gordo, ¿no crees?

—Yo no estoy metido en nada.

—¿Te crees que soy gilipollas o qué? —gritó el recién llegado—. ¡Sé lo que mi padre y tú estáis tramando!

El perro se levantó y comenzó a gruñir. Marcos lo sujetó con fuerza, tratando de calmarlo.

—Yo no estoy tramando nada, Luis. Es tu padre el que últimamente no deja de acosarme. Yo no quiero nada. No tenéis nada que me interese.

—¡Ja! ¡Y una mierda! Definitivamente, debes de creer que me chupo el dedo… —dijo, con el rostro embargado por la ira. Estaba nervioso, no podía parar quieto en un mismo lugar. Daba pequeños pasos de un lado a otro y cada dos por tres se pasaba la mano por la cabeza intentando aparentar calma, como si así lograra apaciguar a la bestia que pugnaba por salir de su interior—. Te recuerdo que no te conviene enfrentarte a mí. Yo no soy como mi padre, al que los años lo están volviendo un blandengue. Puedo llegar a convertirme en tu peor pesadilla. Gonzalo, Gonzalito… —Rio con ganas, con una risa histérica, fría como el hielo—. Voy a contarte un secreto que no conoce nadie. ¿Recuerdas ese cepo que te dejó tullido de por vida? —Luis hizo una pausa, consciente del efecto que sus palabras provocarían en Gonzalo que, de repente, se había puesto rígido como una tabla—. A la altura del viejo roble calcinado, siempre te salías del camino y atravesabas el monte para acortar. ¡Me lo pusiste tan fácil…!

—¿Qué quieres decir? —preguntó Gonzalo con un nudo en la garganta.

—Parece que estar rodeado de libros no te hace más listo, Gonzalito… —se burló Luis, clavando su mirada profunda de ojos oscuros en su adversario—. Fui yo el que puso el cepo en el lugar por el que pasabas cada día. El primer día tuviste suerte y, no sé cómo, lo sorteaste. Pero el segundo, caíste en la trampa como una rata de campo.

Gonzalo se sentía como una bomba a punto de explotar. Pocas veces perdía los papeles, pero su atacante sabía bien qué teclas presionar para provocarlo. Se levantó y se acercó a él, apretando los puños con fuerza y siendo consciente de cada músculo de su cuerpo. Le sacaba casi una cabeza y era mucho más corpulento que su oponente, que jamás había realizado trabajo físico alguno. Podría noquearlo al primer asalto, sin apenas esfuerzo.

—Eh, eh, ¡tranquilo! —exclamó Luis, alzando las manos en señal de rendición al ver las intenciones de Gonzalo—. ¿Vas a dejar que el niño vea cómo eres en realidad?

Gonzalo se paró en seco. Se le había olvidado por completo que Marcos estaba presenciándolo todo. Tuvo que morderse el labio con fuerza para no abalanzarse contra el cobarde que tenía delante y destrozarlo a golpes. Pero no podía hacerlo delante del niño. El pobre ya había tenido suficiente con la visita de Curro y, por su parte, no iba a permitir que presenciara otro episodio violento más.

—¡Fuera de mis tierras! —gritó, mostrando el camino con el brazo extendido y sin amilanarse ni un ápice ante Luis, que lo miraba entre divertido y asustado.

—Tranquilo —dijo, dando unos pasos hacia atrás—, ya me voy. Solo quería advertirte de lo que soy capaz.

—No me cabe duda de lo que puede llegar a hacer un miserable como tú.

—No tienes ni idea, Gonzalito. Sé perfectamente cuál es tu punto débil —sentenció, señalando al niño con un gesto de la cabeza y guiñándole un ojo—. No te conviene cabrearme.

—¡Fuera! —insistió Gonzalo, acercándose a él con grandes zancadas. Si no se marchaba de inmediato, no respondería de sus actos.

Luis se dio media vuelta y se marchó riendo a carcajadas, satisfecho con el impacto que habían causado en Gonzalo sus últimas palabras. Había percibido el terror en sus ojos, y solo con eso supo que su visita había merecido la pena. A partir de entonces, aquel bastardo se lo pensaría muy mucho antes de meter sus sucias zarpas en su herencia.

Una vez a solas con el niño, Gonzalo trató de quitarle importancia al desagradable encuentro con Luis. Enseguida desvió la conversación a otros temas más agradables, intentando aparentar una calma que le costaba encontrar. No podía apartar de sus pensamientos la amenaza de Luis. En realidad, estaba aterrado. Nunca había tenido tanto miedo como en aquel momento. El niño pareció intuir su angustia y lo cogió de la mano.

—Anda, Lalo. Cuéntame una leyenda como las de Bibo. Seguro que te sabes alguna.

—Pues… Ahora mismo no se me ocurre ninguna —reconoció Gonzalo, un poco descolocado.

—¿Por aquí hay cocodrilos? —preguntó Marcos, alzando el suyo para contemplar cómo estaba quedando.

—No, hombre. En España solo hay cocodrilos en los zoológicos, Marcos. Pero, ahora que lo dices, me acabo de acordar de una leyenda que sé que te va a gustar…

—¡Sí! ¿Lo ves? Sabía que te ibas a acordar de alguna. ¡Cuéntamela!

—Mi abuelo era de un pueblo de por aquí cerca llamado Santiago de la Puebla. Se acordaba mucho de Javier, un amigo suyo de la juventud, que tenía un bar en la plaza del pueblo. Aún recuerdo su nombre: bar Navarro, se llamaba. Creo que era porque su dueño era del norte. El caso es que mi abuelo procuraba visitar a su amigo al menos una vez al año y yo solía acompañarlo. Me encantaba ir con él porque Javier siempre me invitaba a tomar una Fanta con unas patatas fritas y, además, yo solía jugar con su hija, una niña de mi edad que, como tú, siempre llevaba el perro pegado a los tobillos. Por cierto, era un pastor alemán muy parecido a *Rudy*.

—¿En serio? ¡Podríamos ir un día a visitarlos! Me gusta mucho ir con mamá y contigo a visitar pueblos como ese de las caras… ¿Cómo se llamaba?

—¿Mogarraz? Creí que no te había gustado mucho.

—Bueno, es que algunas caras parecía que me seguían con la mirada al andar, y mamá dijo que muchos de ellos ya debían de estar muertos…

—No son más que retratos, Marcos. A alguien se le ocurrió pintar los rostros de todos los habitantes del pueblo y colgarlos en las fachadas de las casas. ¡Son casi cuatrocientos! Aunque debo reconocer que algunos son bastante inquietantes; yo creo que es una buena idea o, al menos, bastante original.

—No sé yo… Pero ¿podemos ir un día a visitar a tu amiga y a tomarnos algo en su bar?

—Me temo que el bar ya no existe, Marcos. Creo que su dueño ya murió, y de su hija no he vuelto a saber nada. Pero podemos ir a hacer una visita al pueblo. Lo que iba a contarte es que, colgado de uno de los muros de la iglesia, hay un caimán gigante al que le falta la cabeza.

—Pero es de mentira, ¿no?

—No. Es un caimán de verdad. Está disecado y lleva allí más de quinientos años.

—¡Hala! ¿Y cómo llegó allí si en España no hay cocodrilos?

—Pues resulta que nadie ha conseguido resolver el misterio aún. Cuenta una leyenda que el lagarto, como lo llaman los santiagueses, apareció en el río un día que hubo una gran crecida. Escondido entre el follaje, acechaba a un grupo de niños que jugaban por allí. Hasta que, de repente…, ¡se abalanzó sobre una pequeña y la devoró entera!

Marcos dejó escapar una exclamación cuando Gonzalo alzó el tono para darle más tensión a la narración.

—Entonces los demás niños corrieron a avisar a los habitantes del pueblo que, armados con hoces y horcas, se acercaron al río, donde encontraron al animal dormitando plácidamente tras la comilona. Allí mismo le dieron caza y lo abrieron de arriba abajo para rescatar a la pequeña. Asombrosamente, la niña, aunque magullada, seguía viva y pudo reunirse con sus asustados padres, que se temían lo peor.

—¡Jolín! Pero eso es imposible, ¿no? La niña no podía seguir viva…

—Bueno, es una leyenda, Marcos. No se sabe qué ocurrió en realidad.

—Y después, una vez muerto, ¿por qué lo colgaron en la iglesia? ¿Le cortaron la cabeza?

—Piensa que hace más de quinientos años de aquello. Supongo que no tenían un lugar mejor en el que colocarlo. No se sabe si le cortaron la cabeza o se le cayó con el paso del tiempo. Espera, que debo de tener por ahí unos versos que me traje de una de aquellas visitas…

Gonzalo se incorporó y empezó a rebuscar entre los libros de una de las estanterías.

—Creo que estaba en un libro muy pequeño que me regaló mi abuelo, con fotografías en blanco y negro del pueblo. A ver si lo encuentro… ¡Aquí está! —exclamó, limpiando el polvo del librillo y volviendo con Marcos mientras le echaba una ojeada rápida. Un papel amarillento y aviejado por el paso del tiempo resbaló de entre sus hojas y cayó al suelo. El niño lo recogió y lo desdobló con cuidado.

—¿Es este? —preguntó—. Aquí pone que lo escribió un tal Eladio Hernández.

—Sí. Léelo, a ver si te gusta.

Tronaba, llovía, venía crecido
el Margañán.
Soñaba con ser un día un ancho mar,
o, tal vez, un lago largo e infinito.
Los niños corrían, jugaban, saltaban,
divertidos,
en los charcos de la orilla, convertidos,
de momento, en juguetón cenagal.
No sabían que el lagarto, silencioso,
y a la caza de una niña despistada,
observaba, relamiéndose, sus juegos.
Se produjo un gran revuelo en el entorno:
en la tarde de una fiesta patronal,
el lagarto de mi pueblo se tragó
a una niña que jugaba junto al río.
¡Qué desgracia!
No hay consuelo para el pueblo.
Todo vale: hoces, destrales y picos.
Son los mozos que se lanzan sin descanso a ciénagas y juncales,
mientras reza
todo un pueblo
a su tan querido patrono, Santiago.
Ya lo encuentran dormitando en un remanso,
ya lo atrapan y trasladan a la orilla,
ya le abren la barriga y lo desgarran
poco a poco.
¿Y qué encuentran? La niña sonríe alegre.

¡Un milagro!
Cantan, ríen, saltan, bailan, lo celebran
con festejos y alborozo.
Desde entonces lo exponemos a la entrada
de la iglesia parroquial
y contempla nuestra idas y venidas, silencioso.
Y, cual leal compañero,
acompaña nuestras penas y alegrías
con su propia soledad.

—¿Cuándo vamos a ir? Yo quiero verlo.

—Díselo a tu madre y cuando ella quiera vamos a hacer una excursión. ¿Vale?

—¡Yupiii! —gritó Marcos, saltando a los brazos de Gonzalo, que lo abrazó con fuerza, ocultando la cara entre su desgreñado pelo negro.

Poco después, Marcos se despidió de Gonzalo. Se le había hecho un poco tarde y le había prometido a su madre que no se retrasaría. No quería preocuparla porque, según le confesó a su amigo, sabía que ella temía que su padre apareciera de nuevo. Gonzalo lo observó mientras se alejaba dando saltitos, con su fiel amigo correteando a su lado. *Rudy* jadeaba con la lengua fuera y movía la cola sin descanso, feliz de caminar al lado del niño. Gonzalo imaginó que, en el lenguaje gestual de los perros, su expresión debía de equivaler a una gran alegría.

En cuanto se adentró en el bosque, Marcos comenzó a silbar, lo que arrancó a su observador una enorme sonrisa que poco a poco fue eclipsada por un rictus de preocupación. Desde el encuentro con Luis, no podía quitarse de encima la inquietud, que se le había quedado pegada al cuerpo como una segunda piel.

Sintió la necesidad de darse una ducha caliente, como si así pudiera eliminar el temor que sentía, arrojándolo por el desagüe. Se volvió hacia la casa y la observó pensando que, realmente, uno tiene su hogar en el lugar en el que está su corazón. Su corazón estaba con el niño al que acababa de despedir. Ese era su hogar.

DESPUÉS DE PREPARAR los pedidos de dulces que Laura se encargaría de llevar a Salamanca al día siguiente, las tres mujeres se sentaron a descansar un momento en la mesa de la cocina. Era un espacio amplio y luminoso reformado varios años antes. Antiguamente, cuando la mina de estaño aún funcionaba, la casa en la que vivían Hannah y Renata había sido una posada. Madre e hija trabajaron en ella durante años con Matea, su dueña, una viuda con un corazón enorme que les dejó la casa en herencia.

Hannah sacó una tortilla de patatas que había estado cocinando a fuego lento y que sabía que a Laura le encantaba. Aunque no quería llegar demasiado tarde a casa, Laura no pudo resistirse a la tentación de pasar un buen rato charlando con sus amigas mientras degustaban el sencillo manjar que hacía las delicias de todo aquel que lo probaba.

Renata colocó sobre la mesa una botella de aguardiente de madroño y sirvió la bebida en vasos pequeños.

—¡Qué pena no haberme cruzado el otro día con ese capullo! —exclamó Renata—. Le hubiese dicho cuatro cosas bien dichas y me hubiera quedado tan a gusto. Mira que me pareció raro ver el coche aparcado en la puerta…

—No importa, Renata. Ya pasó —comentó Laura—. Solo espero que no se le ocurra volver por aquí.

—Y ¿qué tal se lo tomó Toribio? —quiso saber Hannah—. Sé que con su hijo tiene una espina clavada desde hace tiempo. Se culpa de que Curro sea como es.

—¿Qué culpa tiene él de que su hijo sea un bala perdida? ¡Demasiado ha tenido que soportar ya! —opinó Renata, vaciando el vaso de un trago y limpiándose los labios con el dorso de la mano.

—Desde entonces está más callado de lo normal. El encuentro fue muy violento y estuvieron a punto de llegar a las manos.

—Si llego a saberlo me planto allí con la escopeta. ¡Os juro que hubiera apretado el puto gatillo! —replicó Renata, bastante enojada—. Así estaríamos todos más tranquilos.

—¡Renata! —la recriminó su madre—. A veces me pregunto cómo puedes ser tan bruta, por no hablar de esos modales. Desde luego, no te pareces en nada a mí. Y a tu padre aún menos.

—Tampoco es que haya tenido oportunidad de aprender de él. Además, siento decir esto, pero tú tampoco has ayudado mucho, madre. Todo lo relacionado con él siempre ha sido un tema tabú entre nosotras.

Laura se quedó con la boca abierta por el atrevimiento de su amiga. Pensó que el aguardiente la estaba animando a decir cosas de las que después probablemente se arrepentiría. Hannah no estaba menos sorprendida, pero, contra todo pronóstico, sonrió negando con la cabeza.

—Es cierto que nunca me ha gustado hablar de él contigo, hija, pero te equivocas en el motivo. Lo cierto es que ya no lo recuerdo y, llámame cabezota, pero me cuesta aceptarlo. Hace años que su rostro se desdibujó en mi memoria y no soy capaz de imaginar sus facciones. Para mí fue muy doloroso; me culpé por ello durante mucho tiempo. Aún lo hago.

—Perdona, mamá, no he debido decir eso. Es verdad que soy una bruta…

—No supe ser una buena madre en ese sentido. Es lógico que te sientas molesta, Renata. Cuando conocí a Quentin, supe que la vida me estaba dando una oportunidad para ser feliz y quise aprovecharla. El recuerdo de tu padre dolía tanto que durante mucho tiempo quise olvidarlo. Dicen que lo que no se nombra se deja de recordar, y lo que no se recuerda, no existe. Lo hice tan bien que, cuando el tiempo templó ese dolor y lo sustituyó por otro aún más desgarrador, traté de volver a recordar y no fui capaz. Después ya fue una cuestión de orgullo, de no querer reconocer mi fallo, o quizá también de vergüenza. Por eso callaba cuando tú preguntabas.

Renata sujetó la mano de su madre y Laura colocó la suya sobre las de ambas. Las lágrimas recorrían el rostro de Renata. Sus facciones se habían suavizado tanto que a su amiga le pareció que rejuvenecía.

—Quentin me ofreció unos años maravillosos en los que pensé que podía dejar atrás todo lo malo que me había ocurrido. Creo que los momentos que pasé junto a él fueron los únicos de mi vida en los que he sido realmente feliz. Era un buen hombre que te quería muchísimo.

—Apenas lo recuerdo, ni siquiera cuando lo miro en esa vieja fotografía que conservas —reconoció Renata—, pero sé que lo pasé muy mal cuando murió y tuvimos que marcharnos.

—Su perfume, eso lo recuerdo como si aún estuviera presente. Se me quedó tan grabado en la mente que, mucho tiempo después, su olor seguía despertándome como si él acabara de marcharse de mi lado —dijo Hannah.

—Lo quisiste mucho, ¿verdad? —preguntó Renata.

—No supe darme cuenta de lo que tenía hasta que fue demasiado tarde. Al menos, sé que murió sabiendo que yo lo amaba. Después, jamás volví a enamorarme. Supongo que por aquello de no amar lo que se pueda perder…

—Pero ¿qué hay de mi padre? Del verdadero, quiero decir.

—No puedo contarte mucho más, solo que fue alguien muy especial para mí. Se llamaba David y fue la primera persona que me quiso tal y como era, sin importarle mi situación o mi rostro desfigurado. No tuve oportunidad de pasar mucho tiempo con él. En realidad, nuestra relación se limitó a unos pocos encuentros furtivos. En el último de ellos, nos entregamos el uno al otro con la inocencia y la torpeza de dos almas que se descubren y se aman por primera vez. Aquello le costó la vida. Lo mataron ese mismo día y a mí me dejaron moribunda, pero no lograron arrebatarme la parte de él que ya crecía en mi vientre. Tú fuiste el resultado de ese amor, Renata. Contigo, él sigue vivo de alguna manera.

—Aunque mi carácter no se parezca en nada al suyo…

—Somos como un trozo de arcilla en manos de la vida. Cada cosa que nos sucede, cada revés o cada alegría, nos va modelando a cada uno de una manera. Unos estamos hechos de una pasta más dura, otros son más moldeables, pero ninguno nos parecemos al inmaculado bloque inicial con el que venimos al mundo.

—Gracias —musitó Renata, con la voz rota.

Las dos mujeres se abrazaron y enseguida tendieron sus brazos para acoger en su pequeño grupo a Laura. Hannah sujetó con fuerza a Laura y a Renata, y se sintió dichosa al pensar que ellas eran su verdadera familia. Porque, al fin y al cabo, en eso consiste una familia: en que cada miembro se apoye en el otro para limar los salientes que dejan los trozos de arcilla que vamos perdiendo por el camino.

LAURA LLEGÓ A casa cuando ya estaba anocheciendo. Se sentía animada después de la conversación que había tenido con Renata y Hannah.

—¡Hola! Ya estoy en casa, siento el retraso. ¿Habéis cenado? —preguntó en voz alta al tiempo que cerraba la puerta.

Escuchó el sonido de un sillón al ser arrastrado con fuerza y unos pasos nerviosos que se acercaban.

—¿Y Lobo? ¿No está contigo? —casi chilló Toribio con el rostro descompuesto.

—¡¿Qué?! —Laura sintió como si un bloque de cemento golpeara su estómago y se encogió sobre sí misma—. ¿Qué quieres decir? ¿No está aquí?

—¡No! He llegado hace un rato y no había nadie en casa. ¡Pensé que estaba contigo!

—¡Dios mío! —exclamó Laura casi sin aliento—. Por favor, que no le haya pasado nada… —repetía sin saber muy bien cómo actuar. Su mente estaba bloqueada ante la posibilidad de que algo malo le hubiera ocurrido al niño. Entonces pensó en Curro y soltó un gemido de pavor—. ¡Curro!

—Tranquilízate. Puede que se haya entretenido en casa de Gonzalo. ¡Vamos!

Salieron corriendo en dirección a la casa de Gonzalo, atravesando el bosque. Los árboles ocultaban los últimos rayos de luz del día y tuvieron que guiarse con linternas en la oscuridad. Toribio, a pesar de sus años, le sacaba ventaja a Laura, que tenía que esforzarse para poder seguir el ritmo, apartando las ramas que la golpeaban y le producían cortes y arañazos que apenas sentía.

Por fin, ambos llegaron sin resuello solo para descubrir que el niño tampoco se encontraba allí. Gonzalo les comunicó que hacía rato que se había marchado a casa y los tres empezaron a temerse lo peor. Recorrieron el bosque con linternas, gritando el nombre del niño y del perro, desesperados. Pero el bosque les devolvía un extraño silencio como única respuesta. Ni siquiera se oían los ruidos habituales de los animales nocturnos, asustados por el alboroto que los humanos provocaban. Nada.

Siguieron caminando y gritando, desandando el camino por el que habían llegado hacía unos minutos Toribio y Laura, tratando de imitar los pasos que debía de haber seguido el niño unas horas antes. Laura estaba fuera de sí, tiritaba de forma descontrolada y los gritos le salían roncos, sin fuerza, como cuando intentas gritar en una pesadilla y descubres que te has quedado sin voz. Estaban ya cerca de la casa de Toribio de nuevo. No habían encontrado nada y sus ánimos empezaban a flaquear.

—¡Un momento! —gritó Gonzalo—. ¡Ahí hay algo! —añadió, dirigiendo el haz de luz de su linterna a un pequeño bulto que yacía en el suelo.

—¡Marcos! —logró gritar por fin Laura, lanzándose en la misma dirección.

Cuando llegaron, vieron el cuerpo sin vida del perro. Tenía el pelo del cuello manchado de sangre y los ojos abiertos como si estuviese atento, mirando a algún punto del infinito.

—¡*Rudy*! —lloró Laura, arrodillándose a su lado—. ¿Quién te ha hecho esto?

—¡Lobo! —aulló Toribio con un grito desgarrador. Pero no había rastro del niño.

—¡Mirad! —dijo Gonzalo, mostrándoles el cocodrilo de madera de Marcos. Una mancha roja cubría gran parte del lomo.

—Dios mío… —musitó Toribio al descubrir el cuerpo de un hombre en el suelo, unos metros más allá. Corrió hasta él y lo alumbró con la linterna. Sus ojos sin vida estaban abiertos de par en par, como si la muerte lo hubiera alcanzado por sorpresa. Pero no fue esa mirada vacía la que lo estremeció; tenía la mandíbula desencajada y la boca llena de tierra—. Es Regino.

Laura se incorporó y tuvo que hacer un gran esfuerzo para conseguir que las piernas le respondieran, porque se negaban a obedecerla. Por fin llegó hasta donde se encontraba Toribio y ahogó un grito al contemplar aquel rostro transformado por la muerte. Sus piernas flaquearon. Por suerte Gonzalo pudo sujetarla antes de que cayera al suelo, rota de dolor.

—¿Dónde está mi hijo? —susurró con voz temblorosa.

21

El reloj

Día 1
Aldeanegra, 12 de agosto de 2018

«Ninguna situación es tan grave que no sea
susceptible de empeorar».

FEDERICO II

TORIBIO Y GONZALO no encontraron ninguna pista que los pudiera conducir al paradero del niño. Incluso se acercaron hasta las colmenas para descartar que estuviera allí. Habían salido sin rumbo fijo, conscientes de que la tormenta habría borrado cualquier rastro. Ni siquiera tenían al pobre *Rudy* para que les echara una mano con su instinto canino. Cuando regresaron, Renata estaba con Laura, que apenas había hablado unas pocas palabras en toda la tarde. Se encontraba en una especie de estado de letargo que comenzaba a preocupar a su amiga. Cuando los dos hombres entraron, Gonzalo le tomó la mano y ella pareció reaccionar.

—¿Lo habéis encontrado? —susurró con un hilo de voz.

Gonzalo negó con la cabeza y ella suspiró, encogiéndose para formar un ovillo con su cuerpo en el sillón.

—Lo encontraremos, aunque sea lo último que haga —aseguró Toribio con voz temblorosa—. Te juro que voy a devolverte al niño sano y salvo.

Laura lo miró con gesto cansado. Toribio estaba despeinado, llevaba el rostro manchado de barro y los ojos inyectados en sangre. Podía percibir su sufrimiento; parecía desquiciado. Se levantó y se dirigió hacia él. Le limpió el rostro con delicadeza y lo abrazó.

—Sé que lo harás —murmuró. Pero su voz no sonó tan firme como le hubiera gustado. A medida que pasaban las horas y continuaban sin tener noticias del niño, sus esperanzas se iban desvaneciendo y, aunque deseaba conservarlas con todas sus fuerzas, se le escapaban como el agua entre los dedos, imposible de retener por mucho que los mantengas unidos.

Alguien llamó a la puerta y Renata se apresuró a abrir. Eran los agentes de la Guardia Civil.

—¿Alguna novedad? —preguntó Albino nada más entrar.

—Nada. Todo sigue igual —comunicó Renata.

—¿Lo han encontrado? —preguntaron Toribio y Laura, casi al mismo tiempo.

—No. Estamos haciendo todo lo que está en nuestras manos —dijo Albino.

—Pero el tiempo pasa —se lamentó Laura, que sintió un vahído y tuvo que volver a sentarse.

—Trabajamos sobre varias pistas —añadió Picarzo, haciendo un pequeño resumen a los presentes de lo poco que habían podido averiguar hasta el momento.

—¿Siguen sin echar en falta ningún objeto de valor? —quiso saber Albino.

Tanto Laura como Toribio negaron en silencio.

—No se han llevado el dinero, y le recuerdo que aquí no hay joyas ni nada de valor —apuntó Laura.

—Y el niño, ¿hizo o dijo algo fuera de lo normal? —insistió Picarzo. Tal vez se tratara de algún objeto que él tuviese...

—¡Un momento! —exclamó Toribio de repente. A continuación, salió atropelladamente de la sala, seguido por todos los demás. Revolvió varios cajones de su cuarto hasta encontrar una pequeña cajita guardada entre la ropa. La cogió con manos temblorosas y la abrió.

—¡No está! ¡Se lo han llevado!

—¡El reloj! —exclamó Laura, llevándose las manos a la boca.

—¿Qué es lo que se han llevado? —quiso saber Albino, intrigada.

Toribio se sentó en la cama. De repente, las piernas le flaqueaban.

—Guardaba aquí un reloj de bolsillo muy antiguo. Lo llevaba envuelto entre mis ropas cuando me abandonaron en el orfanato. Hace unos días se lo enseñé a Lobo. El niño me hizo un montón de preguntas y se interesó mucho por la inscripción que aparecía en el reverso del reloj…

—¿Qué decía esa inscripción?

—No lo sé… Nunca lo he sabido porque está escrito en un idioma extraño. Creo que es hebreo o algo así.

—¿Sabe si se trataba de un objeto de mucho valor? —preguntó Albino—. ¿Tiene alguna fotografía?

—Era un reloj antiguo de oro repujado. Para mí su valor sentimental era lo más importante —comentó Toribio—. No tengo ninguna fotografía, pero ¿quién podría saber de su existencia? No lo entiendo, nunca se lo he enseñado a nadie más…

—Quizá el niño sorprendió al ladrón y este se vio obligado a llevárselo consigo para que no lo delatara —sugirió Laura—. Es posible que lo conociera…

—Puede —reconoció Picarzo—, pero no necesariamente.

—Pero, si dicen que no pudo ser Curro, ¿entonces quién? —sollozó Laura.

—Hay algo que lleva atormentándome toda la mañana —interrumpió Gonzalo—. Ha ocurrido todo tan rápido y estaba tan aturdido que, hasta hace unas horas, cuando estábamos en mitad de la batida, no me ha venido a la cabeza. Es algo que ocurrió justo ayer. Yo estaba con el niño y Luis Galarza se presentó en mi casa y me amenazó. De hecho, amenazó con hacerle daño a Marcos, porque sabía que era lo que más me dolería…

—¿Por qué hizo algo así? —quiso saber Albino.

Gonzalo explicó a la sargento su lacerante pasado familiar y habló sobre las insistentes visitas de Aurelio y el motivo por el que su hijo Luis estaba tan enfadado.

—Nunca ha sido una familia de mi agrado, ni el padre ni ninguno de los dos hijos, y siempre he preferido no relacionarme demasiado con ellos —expuso Gonzalo—. Ayer estaba como poseído pensando que yo iba a robarle la herencia o algo así. Por mí, se pueden meter todo su dinero donde les quepa.

—¡Dios mío! —exclamó Laura, cubriéndose la cara con las manos.

—Seguiremos esa pista también —añadió Albino, tomando notas en su libreta—. En cuanto salgamos de aquí, iremos a hacerles una visita. ¡Por cierto! Casi se me olvida. ¿Es usted Renata Morrison? —preguntó, dirigiéndose a ella.

—Sí, soy yo. ¿Ocurre algo?

—Siento decirle que me acaban de comunicar que su madre ha sufrido un accidente de tráfico esta mañana. Está ingresada en estado grave en el Hospital Universitario de Salamanca.

El silencio se volvió denso de repente entre todos los presentes.

22

Emma

Gran Bretaña, 1948-1949

EL DÍA QUE Hannah puso por primera vez un pie en aquella casa, no tardó en averiguar por qué Quentin se había interesado tanto por ella desde el primer momento. Subió las escaleras en forma de L para acceder al piso superior, donde se encontraban las habitaciones principales. Se detuvo en el descansillo y, al alzar la mirada, lo vio. Un enorme cuadro ocupaba toda la pared frente a la subida de las escaleras. Hannah se quedó mirándolo, perpleja. El bastón en el que se apoyaba se le resbaló de la mano y cayó al suelo, haciendo peligrar su equilibrio. Su pierna aún no se había curado por completo y seguía cojeando. Quentin, que iba tras ella acarreando sus pertenencias, se apresuró a recogerlo para devolvérselo.

—¿Estás bien? —preguntó, preocupado, sujetándola por la cintura.

Hannah observaba el retrato de una elegante mujer que, salvo por la edad, podría ser ella misma. El parecido era asombroso. Aunque la otra llevaba el pelo largo y ondulado, de un color algo más claro, su rostro ovalado con la nariz pequeña y un poco respingona era prácticamente una copia de las facciones de Hannah. Pero lo más inquietante era la mirada. Excepto por las pequeñas arrugas que la edad había dibujado alrededor de los ojos de la mujer, tenía la misma mirada intensa y preocupada de Hannah. Era como contemplar un retrato de sí misma en el futuro. Instintivamente, Hannah se llevó las manos a la cara y recorrió sus cicatrices con las puntas de los dedos. La mujer del retrato no reflejaba marca alguna en el rostro, esa era la diferencia principal.

—Era Emma, mi esposa. Hace dos años enfermó de disentería y, tras varias semanas de fiebres y horribles dolores, murió. Era muy hermosa, ¿verdad?

—Se parece tanto a mí…

—Lo sé. Cuando te vi por primera vez, pensé que estaba delirando.

—Entonces, esa es la única razón por la que estoy aquí —comentó Hannah, sintiéndose de repente como una tonta a la que acaban de engañar con un sencillo juego de manos—: para sustituirla a ella.

—¡No! —exclamó Quentin—. Bueno, al principio reconozco que ese fue el motivo que me hizo ir a visitarte a la granja de los Downer. Pero después, cuando ocurrió aquello y casi te matan, supe que tenía que ayudarte. Me fui enamorando de ti poco a poco.

—Supongo que es fácil cuando uno está tan predispuesto —repuso Hannah, arrancando el bastón de las manos de Quentin y subiendo el tramo restante de escaleras—. Dime, ¿me espera alguna sorpresa más?

—No, Hannah. No hay nada más —añadió él, siguiéndola—. Sé que te lo tenía que haber contado, pero no encontré el modo. Lo siento.

—Estoy cansada del viaje. Por favor, dime cuál va a ser mi cuarto. Necesito dormir un poco —mintió. En realidad, necesitaba estar sola para pensar en su nueva situación, en su nuevo hogar y en el lugar que ella iba a ocupar en él.

—Claro. Descansa hasta la hora de la cena. Después hablaremos.

Hannah se asomó por la ventana y contempló la bahía de Falmouth, en ese momento repleta de barcos y otras embarcaciones más pequeñas. Desde allí las vistas eran privilegiadas. En el trascurso del viaje Quentin le había explicado que aquel era un puerto de carga y aprovisionamiento de combustible de los buques, y aquella era la razón de que hubiera tanto movimiento. También le contó que, durante la guerra, la Marina de los Estados Unidos había tenido allí una base militar de la que habían salido algunas de las tropas con destino a Normandía para los desembarcos del día D.

Aquel entorno le pareció idílico. Cuando bajó del coche y contempló la preciosa casa en la que viviría, no pudo evitar emocionarse. Caminó despacio hacia ella, temerosa de que aquello no fuera más que un sueño. Miraba cada dos por tres al suelo, como si en cualquier momento pudiera dar un paso en falso, como si tuviera que sortear alguna trampa que el destino le tuviese preparada, algún escollo difícil de sortear que le impidiera avanzar. Porque siempre lo había.

Cuando vio el cuadro, fue como si esa certeza cayera sobre ella de sopetón, pillándola desprevenida. Pensó que Quentin no la veía a ella cuando la miraba; seguía viendo en sus ojos a Emma, la mujer que amaba. Meditó unos instantes lo que había sentido en aquel momento y se sorprendió al descubrir una punzada de celos en su reacción. No tenía ningún derecho a sentirse celosa cuando se había asegurado de que Quentin supiera que, aunque hubiese accedido a acompañarlo, ella no lo amaba.

Se sintió mareada y se echó sobre la cama abrazándose el vientre. Se había quedado tan delgada que apenas se le notaba un ligero abultamiento, pero ya podía notarlo. Era algo muy sutil, una especie de burbujeo que al principio le pasó desapercibido, pero pronto lo identificó con los movimientos del bebé. Cerró los ojos y trató de imaginar su carita, su cuerpo aún a medio formar. Por un momento, todo lo demás dejó de tener importancia. Quentin ayudó a Hannah a bajar las escaleras sujetándola del brazo y la acompañó hasta la mesa, que ya estaba preparada para la cena. En uno de los extremos estaba sentada una mujer rechoncha con el pelo recogido en un moño que se levantó al verlos llegar.

—Hannah, esta es mi hermana Charity —aclaró él cuando se acercaron—. Vive conmigo desde que Emma nos dejó. Me ha ayudado mucho a superar su pérdida.

—Encantada, Hannah —la saludó la mujer, dándole un beso de bienvenida a la recién llegada. Hannah tuvo que agacharse, le sacaba más de una cabeza—. Mi hermano me ha hablado mucho de ti, de hecho, lleva toda la tarde poniéndome al día. Empezaba a ponerse muy pesado —bromeó, elevando los ojos al cielo como implorando clemencia.

La cena transcurrió en un ambiente agradable, pero Hannah seguía sin poder relajarse. Estaba tensa, como a la defensiva. Quizá fuera por las numerosas preguntas que le hacía Charity. Pensó que era una de esas personas incansables que no paran de hablar y que obtienen la energía que derrochan absorbiéndola de los demás, a los que dejan exhaustos. Antes de acabar de contestar a una de sus preguntas, ya le estaba haciendo otra, como si hubiese tomado nota de la respuesta y ya no le interesara lo más mínimo.

—Y ¿para cuándo sales de cuentas? —preguntó Charity, masticando a dos carrillos.

—A finales de abril —respondió Hannah, dirigiendo la mirada a su plato, que seguía prácticamente intacto.

—Estás demasiado delgada. Ya sabes lo que dicen, ahora tienes que comer por dos —añadió Charity, riendo.

Hannah se quedó mirándola unos instantes. Había algo en aquella mujer que no le gustaba. Se dio cuenta de que siempre reía de forma escandalosa, como si quisiera asegurarse de que los demás se percataran de ello, pero la risa no pasaba de la boca. Se perdía en algún lugar de su orondo rostro antes de alcanzar los ojos.

—¿Y esas cicatrices? ¿Quién te las hizo? —preguntó, haciendo un gesto en el aire con el tenedor como si estuviese repasándolas.

—¡Charity! ¡Ya está bien! —intervino Quentin, que hasta el momento había permanecido callado—. Por favor, deja de someterla a este tercer grado. No la estás dejando cenar.

—Tienes razón, se me escapa la educación por la boca, como decía papá —se disculpó ella—. Perdona, Hannah.

Hannah la miró sin responder y, por un momento, hubo un duelo de miradas entre las dos que solo ellas supieron interpretar. Cada una entendió que la otra no era precisamente de su agrado.

A HANNAH LE costaba moverse con la enorme tripa que tenía. En su estado, con el abrigo que se había comprado y que apenas podía ya abrocharse, parecía aún más gorda. El peso no ayudaba a que su pierna sanara del todo y seguía utilizando el bastón. Quentin bromeaba diciéndole que esa parte del cuerpo no podía ser suya, que le parecía increíble que pudiera mantener el equilibrio y no echarse a rodar. Estaba a pocos días de dar a luz y se sentía muy pesada. Las piernas se le hinchaban, sobre todo la que no apoyaba del todo, por lo que el médico le recomendó pasear.

Por fin, después de una semana de lluvias que la había tenido confinada en casa, había salido el sol y hacía un estupendo día de primavera. Aunque Quentin era un hombre ocupado, siempre encontraba un hueco para estar con ella. Ambos salieron a dar un paseo y Hannah aprovechó para entregar en la oficina de correos una carta dirigida a su amiga Yona y otra a Erika. No había perdido el contacto con ninguna de las dos y contaba los días que faltaban para ir con Quentin a pasar el verano a Launceston, y así poder visitar a su amiga y a los niños.

Yona seguía trabajando en Bilbao para la misma familia con la que había llegado allí hacía ya casi nueve años. En su última carta le contaba que su novio, con el que ya llevaba saliendo un tiempo, le había pedido matrimonio y ella había aceptado. Se casarían después del verano. Hannah se alegró mucho por su amiga, era una noticia estupenda. Cuando se lo contó a Quentin, él le prometió que viajarían a Bilbao y la acompañaría a la boda. Entonces ella se emocionó tanto que se lanzó a sus brazos y, poniéndose de puntillas, le dio un cariñoso beso en la mejilla.

Él contuvo la respiración por un instante, mirándola con devoción. Colocó un mechón de pelo de Hannah detrás de la oreja, acariciándole el cuello después con suma delicadeza, como si se tratara de un preciado y frágil tesoro. Ella se tocó el vientre abultado en el que acababa de sentir una patada del bebé y enseguida se retiró, sintiéndose culpable. Le parecía estar traicionando a David y, al mismo tiempo, al hombre que tenía delante, un hombre bueno que no se merecía que ella le permitiera hacerse ilusiones. Los últimos meses habían sido bastante agradables en su compañía, sobre todo después de que, tras una fuerte discusión, Charity regresara a su casa y los dejara solos. Los problemas de convivencia que inevitablemente habían surgido entre las dos mujeres se solucionaron, pero la hermana de Quentin mantenía la firme convicción de que Hannah había llegado para hacerse con la fortuna de su familia, y así se lo hacía saber a él en cuanto tenía ocasión.

Paseaba con Quentin por Fish Strand Quay, cogida de su brazo. Hannah supuso que, a ojos de los demás transeúntes, debían de parecer un matrimonio feliz a la espera de su bebé. Mucha gente conocía a Quentin —era uno de los hombres más ricos y respetables de la ciudad— y lo saludaban al pasar, mirándola a ella con curiosidad gatuna. Hannah se preguntó si lo sabrían; si los chismes habrían recorrido ya las calles con la velocidad a la que se expande la peste, proclamando a los cuatro vientos que el niño que crecía en su vientre no estaba bendecido por un matrimonio, que ni siquiera Quentin era el padre…

Después pensó que quizá era su parecido con Emma, la difunta esposa de Quentin, lo que hacía que muchas miradas se volvieran hacia ellos. Observó a Quentin por el rabillo del ojo. Saludaba con una sonrisa sincera a todo el que le deseaba los buenos días y parecía sumamente feliz. Si a él no le importaban los cotilleos, no sería ella la que se preocupara.

Continuaron andando hasta el final del muelle, donde varias personas pescaban y cogían cangrejos. Quentin le contó que, en verano, los niños solían elegir aquel lugar para bañarse. La gente tiraba monedas al agua y ellos se lanzaban desde los escalones para hacerse con ellas. Hacían verdaderas competiciones, porque cada uno trataba de hacerlo más difícil y mejor que el anterior, arriesgándose a hacerse daño con tal de asegurar el espectáculo y animar a los espectadores a lanzarles unas cuantas monedas más.

No muy lejos de allí fondeaba un yate que, según le explicó él, acababan de reparar en sus astilleros. *Q. Morrison & Son*, la naviera que Quentin Morrison *junior* había heredado de su padre, llevaba construyendo y reparando barcos en su astillero durante casi un siglo. En todos aquellos años habían construido desde barcos de pesca y yates a medida hasta embarcaciones tradicionales de madera, mucho más modestas. Durante la guerra, el astillero había construido barcos torpederos a motor, diseñados para lograr altas velocidades. Solían utilizarse por la noche, utilizando el factor sorpresa, ya que podían ser muy silenciosos y maniobrables. Esas características les permitían acercarse lo suficiente a los buques enemigos como para lanzarles torpedos sin posibilidad de error. No eran especialmente resistentes, pero esa no era su intención. Después de la guerra, algunos de aquellos barcos torpederos se adaptaron como yates privados. El que estaban observando era uno de ellos.

A Hannah le encantaban esos paseos en los que podía recorrer media ciudad escuchando las historias y las cosas interesantes que Quentin le contaba. En poco tiempo le había cogido mucho cariño. Aunque era bastante mayor que ella, sabía que le hubiera sido muy fácil enamorarse de él si las cosas hubieran sido distintas, si no sintiera el peso de la culpa sobre sus espaldas cada vez que lo miraba.

El 23 de abril de 1949 Hannah dio a luz a una niña rolliza y blanca como la nieve, con un abundante pelo enroscado del color de la zanahoria. Fue un parto difícil que se prolongó durante horas, pero Quentin no se apartó de su lado ni un instante. Hannah decidió llamarla Renata, el nombre de su abuela paterna, de la que tenía muy buenos recuerdos. Charity fue a visitarlas al día siguiente. Al estar su hermano presente, se mostró educada en todo momento, pero apenas se acercó a la niña; se limitó a cumplir con el protocolo y marcharse de allí cuanto antes. Si Quentin se dio cuenta de su actitud seca, no lo demostró. Hannah sabía que hablaban entre ellos en muchas ocasiones y él conocía de sobra la opinión de su hermana, pero actuaba como si lo ignorara. Para él no era algo negociable; el tema estaba zanjado desde la primera discusión.

Pasaron los días y Hannah, ya recuperada del parto, se entregó a su hija con la devoción de una madre primeriza. Quentin se marchaba cada día a trabajar y las dos se quedaban solas en la casa. Jamás había podido disfrutar tanto de la vida como en esos momentos. La carita de Renata buscándola con la mirada cuando escuchaba su voz, su inocencia y su fragilidad, el sólido vínculo que podía sentir entre las dos cuando la amamantaba… Todo aquello la enternecía y la colmaba de felicidad. Pensó que, por una vez, podría estar agradecida a ese dios que los judíos decían que existía, si no fuera porque hacía años que había dejado de creer en él.

Durante aquellos días se acordaba mucho de su padre. Había enmarcado su fotografía y la había colocado en su dormitorio, donde podía verlo cada día y hablar con él como si estuviera presente. Antes de morir le prometió que no se iba a rendir nunca y estaba convencida de que él estaría muy orgulloso de cómo había logrado salir adelante, a pesar de todo. Por fin, parecía que el destino le daba una tregua, y ella estaba dispuesta a aprovecharla al máximo.

Cuando Quentin se despedía de ellas cada mañana, dejaba impregnado su perfume en la piel de la niña. Hannah la cogía, cerraba los ojos y aspiraba el aroma de Renata. Una mezcla de olor a bebé y a Quentin que la cautivaba. Mucho tiempo después, seguiría recordando ese olor tan especial con nostalgia. Porque hay perfumes que dejan aroma a recuerdos y esculpen una impronta en el cerebro que perdura durante años.

Sentía un verdadero amor por aquel hombre que le había dado tanto sin pedir nada a cambio. Pero si analizaba en profundidad esos sentimientos, descubriría que el lugar que Quentin ocupaba en su corazón estaba más cerca de la figura de su padre que de la de David.

Quentin le propuso matrimonio cuando Renata cumplió dos meses y ella, mientras escuchaba su proposición con un nudo en la garganta, solo podía pensar en que, por mucho que se esforzara, nunca lograría verlo como un esposo o como un amante. Por otro lado, estaba Charity. Aceptar sería como darle la razón y su orgullo no se lo permitía. Estaba muy a gusto en aquella casa, pero seguía sintiendo que nada de lo que la rodeaba le pertenecía. Siempre había algún pequeño detalle sin importancia que la hacía sentirse como una intrusa, como las iniciales de Emma y Quentin bordadas en la ropa de cama, los caros y elegantes vestidos de ella que seguían guardados en el armario del cuarto de Quentin, o la mirada acusadora del retrato de las escaleras a la que Hannah debía enfrentarse a diario. Por todo ello, aunque sabía que le hacía daño con su negativa, quiso ser fiel a sus sentimientos y renunció a su propuesta. Él aceptó su postura con estoicismo. Aunque después de aquello se le veía más pensativo y distante, su trato con ellas continuó siendo el mismo.

En septiembre viajaron los tres a Bilbao para acudir a la boda de Yona. Allí pasaron una semana maravillosa, alojados en uno de los hoteles más lujosos de la ciudad, el Carlton. Hannah nunca había estado en ningún hotel hasta entonces, y mucho menos en uno de esa categoría. Un gran *hall* central, rematado por una hermosa cúpula con vidrieras emplomadas, les dio la bienvenida. Las habitaciones tenían su propio baño privado y el lujo abundaba por todas partes, por no hablar de los empleados, que los trataban como a reyes. Todo aquello era precioso, pero a Hannah tanta opulencia le dejaba un regusto amargo cuando pensaba en todas las personas que había conocido y que jamás podrían disfrutar de algo así.

Pensaba en los niños que habían viajado con ella en el tren que los sacó de Alemania, pequeños asustados y hambrientos cuyas posesiones se limitaban a lo que llevaban encima; en Janusz, que murió en el hospital al llegar a Londres; en los niños del albergue de Willesden Lane; en todos aquellos que habían sido dispersados por las granjas de Inglaterra para salvarlos de la guerra sin saber que se dirigían a un destino aún peor... A veces le gustaría poder desactivar su memoria, presionar un botón que le permitiera desconectar la voz de su conciencia y así poder disfrutar plenamente, sin remordimientos, de momentos tan gratos como aquel.

Durante su estancia, pudieron visitar la ciudad y pasear por sus calles con Yona y Adolfo, su futuro marido. A Hannah le pareció una ciudad gris, con las fachadas de las casas tiznadas de negro, la ría contaminada y una eterna nube de humo que envolvía los edificios, pero le gustó el ambiente lleno de vida que se respiraba bajo esa apariencia neblinosa. La gente paseaba por las calles del *botxo*, como la llamaban los bilbaínos, y disfrutaba de sus cafés, de los pinchos y el chiquiteo; los niños jugaban en el paseo del Campo Volantín bajo la atenta mirada de niñeras con uniforme y cofia que hacían punto para pasar el rato, y era fácil toparse con alguno de los bailes al aire libre, repletos de gente joven, que se organizaban en la ciudad. Bajo esa panorámica, las dos amigas charlaban, emocionadas, como si no hubiese pasado el tiempo y nunca hubieran salido del albergue de la señora Cohen.

Fueron unos días inolvidables para Hannah. Cuando llegó el gran día y vio caminar a su amiga hacia el altar, no pudo contener las lágrimas. Al pasar a su altura, Yona la reconoció. Con la cara oculta tras el velo, le guiñó un ojo en señal de complicidad. Se la veía nerviosa, pero, al mismo tiempo, inmensamente feliz. Hannah se limpió las lágrimas. Ella también compartía la felicidad de su amiga, pero, por alguna extraña razón, no podía dejar de llorar.

Cuando la ceremonia empezó y los asistentes tomaron asiento, Quentin le cogió la mano y ella se apoyó en su hombro, sintiéndose mucho mejor. Él no la soltó hasta que acabó la misa y todos los asistentes se levantaron para felicitar a los recién casados. Al salir de la iglesia, Hannah buscó instintivamente la mano de Quentin de nuevo. Su contacto la reconfortaba. Él la miró de reojo, sin saber muy bien cómo reaccionar. Hannah parecía no darle importancia a aquel simple gesto, pero él sentía el corazón galopar dentro de su pecho y no podía dejar de sonreír.

Si en algún momento Hannah llegó a fantasear con ser ella la que se dirigía hacia el altar cogida de la mano de Quentin, la idea se esfumó por completo en cuanto regresaron a Falmouth. Hannah meditó mucho sobre ello durante días y llegó a la conclusión de que en aquella casa nunca podría ser realmente libre. Era como si el espíritu de Emma estuviera presente aún entre aquellas paredes, luchando por defender lo que le pertenecía por derecho, consiguiendo influir sobre Hannah y sus sentimientos. Pronto todo volvió a ser como antes del viaje, y su relación con Quentin continuó estancada en un peculiar vínculo entre fraternal y amoroso.

23

Instantes de felicidad

Cornualles, 1955

Seis años después de la boda de Yona y Adolfo, Hannah y Quentin disfrutaban con la niña de una agradable jornada en la playa. Renata, rebozada en arena como una croqueta, reía a carcajadas construyendo figuras con la ayuda de Quentin, que fingía ser un desastre en el arte de modelar castillos.

—¡No puedes hacerlos así, papi! ¡No aguantarán! —exclamaba ella, sin parar de reír.

Hannah los contemplaba, sonriente. Se notaba que la niña quería a Quentin con locura. Aunque le habían explicado que él no era su padre, lo trataba como si lo fuera. Desde hacía un par de años, se negaba a referirse a él por su nombre y solo utilizaba la palabra «papi» o «papá», cosa que a él le encantaba. Él fingía disgustarse mucho cuando las predicciones de Renata se cumplían y su obra se venía abajo. Entonces, ante la risa de la pequeña, comenzaba a perseguirla.

—¡Ven aquí, no escaparás de unas buenas cosquillas!

—¡No! ¡Eso no! —chillaba ella, tratando de escabullirse.

Por fin terminó el juego, y Quentin dejó a la niña jugando con otra pequeña que acababa de llegar para ir a sentarse junto a Hannah.

—Creo que se te da mejor construir barcos —comentó Hannah, divertida, señalando el montón de arena.

—Es posible —bromeó él, sonriendo.

Hannah lo miró con cariño. Unas pequeñas arrugas se le habían formado alrededor de los ojos y el pelo empezaba a teñírsele de canas, pero nunca perdió el atractivo. Le quitó un poco de arena del rostro y él aprovechó para besarle la mano.

—¿Me vas a contar lo que te preocupa? —preguntó ella, cambiando de tema—. Sé que llevas días dándole vueltas a algo.

—Estamos teniendo problemas con el combustible del nuevo submarino —explicó Quentin, apoyando los brazos sobre las rodillas y contemplando el mar—. El peróxido de hidrógeno es una sustancia muy inestable. Creo que los trabajadores no están lo bastante concienciados del peligro que supone manejarlo y me preocupa que ocurra una desgracia.

Después de la guerra, los astilleros habían tenido que adaptarse a los numerosos cambios que el país —y en general el mundo entero— había sufrido. La construcción de buques de guerra se paralizó, pero la experiencia que los diseñadores adquirieron durante los meses que había durado el conflicto sirvió para introducir una serie de cambios en los diseños de maquinaria, que comenzaron a incluir muchas características innovadoras.

Por otra parte, empezaba la competencia en el transporte aéreo. Los fuselajes de los aviones militares se convertían en aviones de transporte de personas y carga, marcando el inicio de los vuelos comerciales de larga duración. Desde 1952 se fueron reintroduciendo los vuelos regulares, lo que afectó al transporte marítimo de pasajeros, que no podía competir con la rapidez de las grandes compañías aéreas internacionales. Incluso los grandes petroleros y graneleros se vieron afectados por la aparición de aviones portacontenedores, mucho más rápidos tanto en trayecto como en carga y descarga.

En Estados Unidos se estaba probando el primer submarino de propulsión nuclear: el *USS Nautilus*, construido con el apoyo del Congreso y encargado por el propio Truman. Los resultados en cuanto a autonomía y velocidad fueron espectaculares: podía recorrer hasta 140 000 kilómetros a velocidad de crucero durante varias semanas de inmersión.

Q. Morrison & Son, que siempre trataba de estar a la cabeza en materias de innovación, creó una división especializada en la construcción de submarinos. Tras la derrota de Alemania, ciento cincuenta y seis submarinos U-boot se rindieron a los aliados. El Gobierno británico decidió deshacerse de la mayoría de ellos en lo que llamaron Operación Deadlight, por la que hundieron ciento dieciséis de esos sumergibles en varios puntos secretos al noroeste de Irlanda. Al resto de submarinos los sometieron a extensas pruebas de rendimiento y estudios de ingeniería inversa sobre su tecnología. Algunos astilleros se centraron en el U-480 experimental, equipado con un revestimiento especial que dificultaba su detección, pero los astilleros de Quentin se dedicaron al estudio del Tipo XXVI de motor Walter, que contaba con una turbina propulsada por peróxido de hidrógeno. A partir de ese estudio, los ingenieros de *Q. Morrison & Son* habían perfeccionado sus propios diseños y estaban construyendo un submarino similar en prestaciones y tecnología.

—El caso es que hemos tenido que sustituir todos los elementos de acero inoxidable por otros de aluminio debido a que el combustible se descompone muy rápido. La inversión en tanques de contención y tuberías ha sido un gasto demasiado elevado que no habíamos previsto, por no hablar del precio del propio combustible —explicó Quentin, con gesto preocupado.

—Es normal que surjan imprevistos cuando se empieza con algo tan novedoso —opinó Hannah, tratando de animarlo.

—Empiezo a dudar de la viabilidad del proyecto, Hannah. Te confieso que en más de una ocasión he estado tentado de paralizarlo todo, porque no sé si algún día los resultados compensarán todo este esfuerzo.

—Sé que lo conseguirás —aseguró Hannah—. Estoy convencida de que no es la primera vez que tenéis dificultades...

—Lo cierto es que hemos pasado por momentos muy difíciles —reconoció, sonriendo con nostalgia.

—Y ahora, con el paso del tiempo, ya no parecen tan malos, ¿no?

—Cuando pienso en ello, es curioso que lo recuerdo con satisfacción.

—Esto también lo superarás. Eres un hombre muy inteligente y sé que puedes conseguir todo lo que te propongas —dijo Hannah, mirándolo con verdadera admiración.

—Bueno, no todo —matizó él, colocando un mechón de pelo de Hannah detrás de su oreja y mirándola con ojos de enamorado.

Hannah notó que sus mejillas aumentaban de temperatura y apartó la mirada, fingiendo interesarse por Renata, que jugaba con su nueva amiga a hacer un gran agujero en la arena. Había meditado miles de veces sobre su relación con Quentin. Él era el hombre más paciente y bondadoso que había conocido jamás. Parecía tan enamorado de ella como el primer día, y ella, ella lo quería tanto...

Últimamente estaba notando un cambio en sus sentimientos que la desconcertaba, pero que le agradaba más de lo que nunca hubiera imaginado. No alcanzaba a entender cuál podría haber sido el punto de inflexión, en qué momento había comenzado a mirar a Quentin de otra manera. Quizá fuera que hacía tiempo ya que la herida de David había dejado de escocer y, aunque no lo había olvidado, ya no le dolía cuando pensaba en él. Por otra parte, cuando veía a Quentin con Renata, se sentía la mujer más feliz del mundo. La niña lo adoraba y él se comportaba como un verdadero padre con ella. Además, estaban los sueños, que cada vez eran más frecuentes.

Hannah soñaba que Quentin la visitaba por la noche y se metía en su cama. Le hacía el amor y le susurraba al oído que la amaba. Ella se despertaba completamente excitada y con un inconsolable deseo de que el sueño se convirtiera en realidad, pero sabía que él nunca haría algo así porque la respetaba por encima de todo, incluso de sus propios sentimientos. Él nunca se atrevería a dar el primer paso sin una señal clara que lo animara a hacerlo.

Hannah se volvió para mirarlo. Estaba tumbado a su lado, apoyado sobre un codo y muy cerca de ella, tanto que podía oler su perfume. Su respiración se aceleró, estaba muy nerviosa. Él la miró un poco desconcertado.

—¿Qué ocurre, Hannah?

Ella respondió acercándose más a él y dándole un tímido beso en los labios. Él contuvo la respiración y, por un instante, se quedó paralizado. Hannah temió haber cometido un error. Tal vez había abusado demasiado tiempo de su paciencia.

—Yo... —intentó hablar, avergonzada.

Entonces él reaccionó y la besó apasionadamente, tumbándose sobre ella sin importarle que el mundo siguiera girando a su alrededor. Hannah le correspondió, excitada. Jamás había sentido algo parecido, ni siquiera con David. Una corriente eléctrica recorría todo su cuerpo, haciéndola temblar de placer.

—¿Mami? ¿Papi?

La voz de Renata los hizo regresar a la realidad. Dejaron de besarse bruscamente, como si fueran dos adolescentes a los que han pillado por sorpresa.

—¿Qué estabais haciendo? —preguntó Renata, sorprendida.

—Ven aquí, cariño —dijo Quentin, alargando la mano para atraer hasta ellos a la pequeña—. Mami y papi se estaban queriendo mucho —explicó, mirando de reojo a Hannah, que trataba de contener la risa—. Y a ti también te vamos a querer un montón. Vamos a abrazarnos los tres.

Los tres se mantuvieron abrazados hasta que Renata empezó a agobiarse y se liberó para ir a jugar de nuevo con su amiga.

Hannah y Quentin permanecieron abrazados un rato más, mirando con cara de felicidad cuanto los rodeaba.

Al llegar a casa, antes de que Quentin pudiera estacionar el coche, un revuelo de gente en la puerta les hizo suponer que algo iba mal.

—¡Menos mal que ha llegado, señor Morrison! —exclamó un hombre con semblante preocupado que retorcía su gorra con nerviosismo—. Ha habido una explosión en los astilleros. Hay varios trabajadores atrapados.

El rostro de Quentin se ensombreció al instante; sus temores acababan de hacerse realidad.

—Tengo que ir —le dijo a Hannah, apurándola para que bajara del vehículo con la niña.

—¡No vayas! —exclamó Hannah, asustada.

—Debo hacerlo, cariño —respondió Quentin, sujetándole la cara con ambas manos y besándola con pasión—. No te preocupes, no me ocurrirá nada.

Hannah sujetaba la mano de Renata mientras veía alejarse el coche de Quentin a toda velocidad. Mantenía el cuerpo ligeramente encogido porque un terrible presentimiento le estrujaba la boca del estómago. Una sensación que le resultaba demasiado familiar.

La noticia llegó bien entrada la noche, cuando un par de hombres se personaron en su casa. Uno de ellos era el mismo que horas antes había llegado con la noticia del accidente.

—¡Ha sido horrible, señora! —explicó el hombre con la cara tiznada de hollín y marcada por los surcos de las lágrimas.

—¿Y Quentin? ¿Está bien? —quiso saber Hannah, temblando de miedo.

—Han muerto diecisiete personas, señora. Cuando llegamos, había varios trabajadores atrapados por el fuego. Podíamos oír sus voces desesperadas, pero nadie se atrevía a mover un dedo. Cuando los bomberos lograron contener mínimamente el incendio, varios hombres se prestaron al rescate de los heridos, entre ellos el señor Morrison…

El hombre hizo una pausa para limpiarse las lágrimas, estaba muy afectado y hablaba entre sollozos. Hannah intentó animarlo a seguir hablando, pero no pudo articular palabra alguna porque su mente se negaba a hacerlo, como si así pudiera cambiar la realidad.

«Si no lo dice, no ha ocurrido. Si no lo dice, no ha ocurrido», repetía para sí misma una y otra vez.

Entonces el otro hombre, que hasta el momento había permanecido callado, apoyó la mano en el hombro de su compañero para tranquilizarlo y continuó con la explicación:

—El patrón fue muy valiente, señora. Ayudó a salvar a dos hombres antes de que otra explosión volviese a transformar la nave en un infierno del que no pudo salir nadie más. Lo siento muchísimo, señora Morrison.

Hannah se llevó las manos a la cara y gritó con todas sus fuerzas antes de desvanecerse.

24

Amenazas

«La violencia no es sino una expresión del miedo.»
ARTURO GRAF

PICARZO APARCÓ EL coche patrulla a la entrada de El Encinar, la finca de los Galarza. Estaban allí para interesarse sobre las amenazas que Gonzalo había recibido por parte de Luis Galarza. Albino se dirigió a la entrada de la casa y Picarzo la siguió, observando el lugar con curiosidad.

—¡Menuda chocita! —exclamó ante la puerta principal, guiñándole un ojo a Cristina en busca de una señal de complicidad que no encontró—. No me extraña que los hijos quieran defender esto con uñas y dientes.

—Mientras lo hagan respetando la ley, a mí me la trae floja.

La puerta se abrió antes de que Albino pudiera llamar al timbre. Una joven morena de ojos achinados y metro y medio escaso de estatura los recibió con una sonrisa un poco forzada.

—¿Puedo ayudarles en algo? —preguntó, alisándose el delantal con las manos.

—Soy la sargento primero Albino y él es mi ayudante, el agente Picarzo. Queremos hablar con el señor Aurelio Galarza y sus hijos.

A Anselmo no se le escapó el tono con que su compañera especificó el rango de cada uno, como si necesitara dejar clara su superioridad. A él no le molestó, ya era perro viejo para que le escocieran ese tipo de cosas, pero sentía que su presencia no le resultaba demasiado agradable a su compañera y eso sí que lo preocupaba. Había estado mucho tiempo fuera de onda y le estaba costando volver a ponerse al día. La desaparición de Marcos Arreola era su primer caso importante desde que volvía a estar en activo y necesitaba estar a la altura. Pero para eso tenía que sentirse cómodo, sin tener que reprimirse o controlar cada uno de sus gestos.

—Pasen por aquí —les indicó la sirvienta, haciendo un ademán con la mano para invitarlos a entrar.

La siguieron hasta un salón de paredes enteladas con chimenea y mobiliario clásico. Picarzo pensó que era muy elegante; todo lo que había en aquel lugar tenía pinta de ser carísimo. A Albino, en cambio, le resultó demasiado recargado.

Aurelio Galarza estaba sentado en uno de los sillones tomándose una infusión. Parecía estar esperándolos.

—Buenas tardes, agentes —los saludó sin incorporarse—. ¿En qué puedo ayudarles?

—Necesitamos hacerle unas cuantas preguntas a usted y a sus hijos en relación con la desaparición de Marcos Arreola —explicó Albino—. ¿Se encuentran sus hijos en casa en este momento?

—Simón ha salido con el coche hace rato, pero Luis creo que está arriba. Encarnita, dile a Luis que la Guardia Civil está aquí —ordenó, dirigiéndose a la chica y apremiándola con un gesto de la mano.

La chica asintió y se apresuró a cumplir la orden recibida.

—Tomen asiento, por favor —continuó Aurelio, a la vez que señalaba los sillones que tenía delante—. ¿Tienen alguna novedad? ¿Han encontrado al chico? Me hubiera gustado participar esta mañana en la búsqueda por el monte, pero no me encuentro muy bien.

—Todavía no se sabe nada, aún es pronto —observó Picarzo, sentándose frente a Aurelio.

—Pero lleva casi un día completo desaparecido. ¿Creen que pueda estar… muerto?

—No hemos venido a discutir sobre lo que pensamos o no —remarcó Albino con tono cortante—. Si no le importa, esperaremos a que llegue su hijo para empezar a hablar.

—Como prefieran. ¿Quieren tomar algo?

Picarzo hizo ademán de responder, llevaba horas sin beber nada y estaba sediento, pero la sargento se le adelantó.

—No es necesario, gracias —respondió por los dos.

—Ya estoy aquí —dijo una voz a sus espaldas—. ¿Qué es lo que quieren?

Luis rodeó el conjunto de sofás y se situó de pie frente a los presentes, de espaldas a la chimenea. Lucía una descuidada barba de varios días.

—¿Es usted Luis Galarza? —preguntó Albino, sacando la libreta para consultar sus notas.

—Sí, soy yo.

—Como sabrá, estamos investigando la desaparición del menor Marcos Arreola. Necesitamos hacerle algunas preguntas.

—Pues adelante. Cuanto antes disparen, antes acabamos —accedió Luis, cruzándose de brazos.

A Cristina no se le escapó lo musculado que estaba. Era evidente que se machacaba en el gimnasio. Pensó que incluso podría llegar a ser atractivo si tuviera algo más de pelo. Por alguna razón, los hombres que se afeitaban al cero la cabeza le daban grima. Lo miró de hito en hito. Si pensaba que con aquella actitud chulesca iba a llegar a alguna parte, la llevaba clara. Consultó su libreta, entreteniéndose deliberadamente entre sus páginas, haciendo como que leía algo.

—¿Vamos a empezar o no? —se impacientó Luis un rato después, cambiando el peso de su cuerpo de un pie a otro—. No sé ustedes, pero yo no tengo todo el día.

Picarzo carraspeó y se rascó la nuca. Era una situación incómoda, pero tenía que reconocer que se estaba divirtiendo con el pulso que le estaba echando su compañera a aquel mojigato. Estaba claro que el tipo no sabía el genio que se gastaba la Albino. Por los pasillos de la comandancia se murmuraba que ya la llamaban la Sargento mucho antes de que ascendiera. Tuvo que apretar los labios para que no se le notara la sonrisa.

—¿No quiere sentarse? —le preguntó Albino.

—Estoy bien así.

—Parece ser que ayer por la tarde usted amenazó a Gonzalo Hernández con hacerle daño a él y a Marcos Arreola. Eso ocurrió justo unas horas antes de la desaparición del niño y del asesinato de uno de los vecinos del pueblo. Comprenderá, entonces, que nos preocupe que haya podido tener algo que ver con lo ocurrido.

—Venga, ¡no me joda! ¿Están de broma?

—No le jodo, señor Galarza, nada más lejos de mi intención. ¿Puede decirnos dónde se encontraba ayer entre las ocho y las doce de la noche?

—¿No creerá que mi hijo haya podido matar a ese pobre desgraciado o al niño? —preguntó Aurelio con ojos desorbitados.

—¿Le extrañaría? —acometió Albino, dejándolo sin palabras.

—Padre, ¡cállese y déjeme a mí! —ordenó Luis. Se paseaba de un lado a otro mordiéndose el puño. Parecía estar escogiendo con cuidado las palabras que iba a decir a continuación—. Es cierto que ayer tuve un encontronazo con ese muerto de hambre, pero después regresé a casa y ya no volví a salir. No tengo nada que ver con lo que está insinuando.

—Yo no insinúo nada, señor Galarza. Solo me atengo a los hechos. ¿Puede explicarme cuál fue el motivo por el que tuvo un encontronazo con el señor «muerto de hambre», como usted lo llama?

—Sabía que mi padre tramaba algo —expuso Luis, cada vez más nervioso. No podía estarse quieto—. Llevaba varios días raro y últimamente le daba por visitar mucho a ese gilipollas. Hasta que ayer lo seguí y los escuché hablar.

—¿Me seguiste? —preguntó Aurelio, muy indignado.

—¡Cállese! —bramó Luis, fuera de sí—. Todo esto es culpa suya. Si no le hubiera dado a estas alturas por joder la marrana con los putos remordimientos de conciencia…

—¡No voy a callarme! ¡Bastante he callado ya! ¡Un poco de respeto a tu padre!

Albino echó una mirada significativa a Picarzo. Solo había hecho falta un pequeño empujón para azuzar a las fieras.

—Si les parece, pueden seguir discutiendo después —interrumpió Albino alzando la voz—. ¿Puede explicarnos qué fue lo que escuchó en esa conversación, señor Galarza?

Luis respiró hondo para tratar de serenarse. Era consciente de que no le favorecía nada que los agentes de la Benemérita lo vieran tan alterado. Tenía que recuperar la calma.

—Creo que mi padre no está en su sano juicio —habló por fin—. Quiere repartir la herencia con ese… Ese malnacido.

—¡Es tu hermano y merece un respeto! —protestó Aurelio—. Y siento decirte que aún estoy en mis cabales. Sé bien lo que hago.

—¡Lleva años sin dignarse a mirarlo a la cara y ahora, de repente, merece un respeto! ¿Qué mosca le ha picado, padre?

Aurelio estuvo a punto de decir algo, pero se arrepintió en el último instante. Se quedó callado con el dedo índice apuntando a su hijo de forma amenazadora.

—Siento interrumpir una charla tan tierna entre padre e hijo —intervino Albino con gesto hastiado—, pero, como usted bien dice, no tengo todo el día. De todas formas, me gustaría añadir que el dinero suele ser uno de los móviles principales a la hora de cometer un delito.

—¡Esto es el colmo! —gritó Luis, empezando a desesperarse.

—¿Sabe de alguien que pueda corroborar su coartada? ¿Estuvo con alguien anoche?

—Sí. Simón me vio. Mi hermano puede confirmarles que estoy diciendo la verdad.

—Quiero que su hermano se presente en la comandancia de la Guardia Civil de Salamanca mañana a primera hora. En cuanto a usted, le aconsejo que no se vaya muy lejos y que esté localizable en todo momento si no quiere que emita una orden de busca y captura en su contra.

—¡Le repito que no he hecho nada! —bufó Luis.

—Espero que esté en lo cierto, porque, como tenga la más mínima sospecha de que no sea así, le aseguro que no voy a dejarle respirar.

—¡A tomar por culo! —exclamó el hijo de Aurelio dando por zanjada la conversación y disponiéndose a abandonar la sala.

—Parece que la conversación ha terminado —anunció Albino, levantándose.

Picarzo se apresuró a imitarla. El careo entre su compañera y Luis Galarza había sido tan tenso que no se había atrevido a meter baza en ningún momento.

—Voy a pedir una orden de registro de la finca y un rastreo con perros por las inmediaciones. Estos tipos no son trigo limpio, sobre todo el chulo del hijo.

—Lo has llevado muy bien ahí dentro —señaló Picarzo con una sonrisa divertida—. Has puesto en su sitio a ese payaso.

—No me gusta un pelo, voy a hacer que lo vigilen día y noche —anunció, cogiendo el móvil para hacer una llamada a la comandancia—. También voy a solicitar un rastreo de su móvil para ver si logramos averiguar dónde ha estado las últimas horas, pero con esta mierda de cobertura…

—Antes lo he estado observando concienzudamente. Luis Galarza no tiene ninguna herida aparente y tampoco cojea

—comentó Picarzo—. O el perro no le mordió a él o no está implicado en la desaparición del niño.

Albino asintió con una mueca. Odiaba tener que darle la razón.

—Podría habérsela curado él mismo y ocultarla tras los pantalones…

—Pero si ha recibido un buen mordisco como dice Ventura, ¿no crees que cojearía?

—No lo sé, Picarzo. Ahora mismo no sé por dónde tirar, así que no quiero descartar nada.

25

Bilbao

Bilbao, 1955-1957

TRAS LA MUERTE de Quentin, Hannah tenía la constante sensación de que iba a encontrarse con él en cada rincón. Incluso a veces se sorprendía a sí misma recorriendo las estancias de la casa en su busca, como una sonámbula. Además, cada vez que subía las escaleras notaba el peso de la mirada acusadora de Emma que, desde aquellos oscuros ojos de óleo, parecía recriminarle todas las horas que había desperdiciado al lado de Quentin sin haberlo hecho feliz.

Aunque se moría de tristeza y las lágrimas la avasallaban cuando menos lo esperaba, Hannah se obligó a mostrar entereza ante la niña, que echaba mucho de menos a su padre adoptivo. Aunque Renata era de carácter risueño y alegre, últimamente le costaba mucho sonreír y lloraba desconsolada por cualquier motivo. Hannah le había explicado lo que le había sucedido a Quentin con palabras que ella pudiera entender, pero sin ocultarle la verdad. No había querido mentirle, porque la vida duele menos cuando la ves venir, sin disfraces que camuflen su verdadera dureza. Así uno puede esperar el siguiente golpe con la fuerza adecuada para contenerlo.

Pero ese último golpe del destino había doblegado el espíritu de lucha de Hannah hasta dejarlo aletargado, como un animal apaleado que busca un refugio para lamerse las heridas. Fue por ello que ni siquiera intentó razonar con la hermana de Quentin cuando esta se presentó ante su puerta, acompañada de dos hombres de uniforme, para recuperar la casa. Charity estaba muy equivocada: ella jamás hubiera peleado por algo que nunca llegó a considerar suyo. Pero en el fondo entendía su postura. Lo único que Hannah se llevó de aquella casa fue una fotografía en la que Quentin sostenía a Renata cuando ella aún era un bebé. Estaba realmente guapo con aquel traje ceñido de color gris oscuro que le sentaba tan bien y, como siempre, con su perfecto y pulcro afeitado. Miraba a Renata con tal expresión de felicidad que nadie se hubiera atrevido a decir que aquella niña no era su hija.

Hannah suspiró con nostalgia y colocó la fotografía en la maleta, junto a la de su padre. Bajó por última vez las escaleras y, al llegar al descansillo, se volvió hacia Emma. Le pareció que algo en su mirada había cambiado; ya no sentía el brillo del reproche atravesándola hasta alcanzarle los huesos. Su rudeza se había suavizado y la observaba como si quisiera decirle algo, como si se estuviera despidiendo. Hannah pensó que lo mejor sería salir de allí cuanto antes, porque su cordura peligraba entre aquellas paredes. Le hizo un discreto gesto de agradecimiento con la cabeza al retrato y continuó bajando. Sin duda, Emma tenía que haber sido una mujer excepcional para que Quentin la quisiera tanto. En ese momento se los imaginó juntos de la mano, paseando por la orilla de la playa como si nunca se hubiesen separado. Por fin podrían estar juntos allá donde fueran las almas de los muertos. Ambos se lo merecían. Ella, en cambio, seguiría con su vida junto a Renata, aunque sabía muy bien que el futuro después de Quentin ya no volvería a ser el mismo. Madre e hija abandonaron la casa en silencio.

—¿Dónde vamos ahora? —preguntó Renata, caminando de la mano de su madre. La miraba con la fe y la confianza absoluta que solo un progenitor puede despertar en un niño. En ningún momento se sintió insegura. Su madre sabría lo que tenían que hacer.

Hannah tuvo que disimular un escalofrío al reconocer el viejo miedo al vacío que se le había vuelto a agarrar a las entrañas y que, gracias a Quentin, ya casi no recordaba. Con la precipitación de los últimos acontecimientos, no había podido pensar con calma en el futuro y la aterraba que la niña tuviera que pasar por lo que ella había vivido. Pero enseguida se recompuso y en algún lugar de su mente le pareció ver un destello de luz, una salida.

—Vamos a Bilbao con la tía Yona —anunció con decisión.

Yona y su marido las recibieron con los brazos abiertos e insistieron en que se alojaran en su casa, un piso modesto situado entre el paseo del Campo Volantín y la estación del funicular de Artxanda. Yona por fin había logrado quedarse en estado y ambos estaban muy ilusionados, pero los primeros meses habían sido un poco complicados y el médico le había recomendado reposo absoluto. A ella le preocupaba no poder atender a los niños que cuidaba, sobre todo a Aitor, uno de los dos mellizos más pequeños, que había contraído la poliomielitis. Aunque el niño estaba muy enfermo y necesitaba cuidados constantes, había sido la propia Claudia Bengoechea la que recomendó a Yona que se quedara en casa por miedo a que, en su estado, pudiera contraer la enfermedad.

Aitor y Julio, su mellizo, tenían diez años y eran los más pequeños de la familia. Eider, su hermana, ya parecía toda una señorita a sus catorce, y Víctor, al que Yona había cuidado desde que era poco más que un bebé, comenzaría la universidad en breve.

Claudia visitaba a Yona con frecuencia para interesarse por su estado. Después de tantos años, para ella era como una hija más. En uno de esos encuentros le confesó que no encontraba a la sirvienta adecuada que pudiera sustituirla en el cuidado de Aitor y las tareas de la casa. Estaba tan acostumbrada a Yona que no le gustaba nadie más. Las más mayores, con más experiencia, estaban demasiado chapadas a la antigua; le parecían excesivamente envaradas o antipáticas. Probó también con otras más jóvenes, pero resultaron demasiado inexpertas. Como Hannah necesitaba un trabajo, Yona vio la oportunidad perfecta para su amiga. El inglés era la lengua paterna de los niños y todos se defendían bastante bien con el alemán, así que el idioma no sería un impedimento.

Pronto, Hannah empezó a trabajar en la casa para la que, hasta ese momento, lo había hecho su amiga Yona. Se trataba de una espléndida construcción situada en Las Arenas, que había sido la residencia de verano de la familia de Claudia Bengoechea hasta que ella y su marido se trasladaron allí desde Inglaterra. El padre de Claudia, un importante empresario de la siderurgia, la había encargado construir a principios de siglo.

Allí Hannah pronto se adaptó a los niños y a la manera de hacer las cosas de la señora de la casa. El trabajo la ayudaba a mantener la mente ocupada para no pensar en Quentin. Se volcó en el cuidado de Aitor, que resultó ser un niño callado e introvertido, quizá debido a su enfermedad. Cuando lo conoció, llevaba cinco meses en cama y, a pesar de las contracturas y los horribles dolores que sufría en una de las piernas, soportaba la enfermedad con entereza. Su madre pasaba mucho tiempo a su lado, leyéndole libros para hacer más llevadera su convalecencia. Cuando llegaba el turno de Hannah, siempre seguía el mismo ritual. Tal y como les había recomendado el médico de la clínica San Sebastián a la que lo llevaban una vez al mes en Deusto, le practicaba diferentes estiramientos y le masajeaba la pierna. Después le aplicaba compresas calientes en los músculos y, una vez más, volvía a los masajes.

El primer día el niño había estado tan callado que, para romper el hielo, ella empezó a recitar uno de los cuentos que su padre le contaba cada noche antes de acostarse. A partir de entonces el tratamiento y la rutina de las curas iban acompañados siempre de una pequeña historia, la mayoría de veces, inventada. Cierto día, Hannah le pidió al niño que continuara el cuento que ella había empezado y así, entre los dos, comenzaron a darle forma. A ambos les gustó tanto la experiencia que se convirtió en una costumbre. Cuando acababan el cuento, Hannah lo escribía en una libreta que Claudia les compró expresamente para ello. *Los cuentos de Aitor*, escribió él en la portada, y se encargó de decorarla con dibujos de colores.

Por la noche, antes de despedirse, discutían la trama sobre la que trataría el relato del día siguiente. Cada vez lo hacían mejor; se notaba claramente la evolución entre las primeras historias, más sencillas y escuetas, y las últimas, mucho más elaboradas en vocabulario y detalle. Pero lo más importante era que el niño parecía haber recuperado la alegría y las ganas de seguir viviendo. Los días en los que hacía buen tiempo, le pedía incluso que lo sacara a pasear. Le gustaba sentir la brisa de la playa en el rostro y admirar las maravillosas mansiones del paseo. Pero lo que de verdad le fascinaba era el puente colgante, visita obligada en todas sus salidas. Pasaba horas grabando con el tomavistas que le había regalado su abuelo el trajín de coches, camiones y pasajeros que cruzaban el Nervión en el transbordador.

Las noticias que les llegaban sobre otros casos de contagios en la ciudad eran alarmantes. Incluso, algunos se atrevían ya a hablar de epidemia. En Estados Unidos, los ensayos clínicos habían demostrado que la vacuna para los tres tipos de poliomielitis conocidos era segura, por lo que comenzaron a inocularla en la población. Pero ese remedio estaba lejos aún de llegar a España.

Lo único que había hecho el régimen de Franco cuando se empezaron a dar los primeros casos fue negar la enfermedad. En los reportajes del No-Do que se emitían, se hablaba de «niños enfermizos», nunca de poliomielitis. La posguerra marcó una gran recesión económica en el país. Fue un duro período de escasez durante el que proliferó el mercado negro y el estraperlo, además de una corrupción generalizada. Después, al finalizar la Segunda Guerra Mundial, la situación empeoró considerablemente por el aislamiento que el país sufrió debido a la condena internacional al régimen de Franco como aliado de las potencias fascistas recién derrotadas.

Por suerte, hacía tres años que se había puesto fin al racionamiento de alimentos. La ONU recomendó el fin del aislamiento diplomático de España y el país pudo recibir ayuda económica norteamericana a cambio de la instalación de bases militares estadounidenses en su territorio. En algunos sectores comenzaba a intuirse una cierta recuperación económica, pero la pobreza seguía siendo evidente en casi todas las ciudades, incluso en las más importantes. En los suburbios de Bilbao no era raro encontrarse todavía niños medio desnudos o vestidos con harapos, rodeados de una pobreza extrema. En otros barrios más céntricos la perspectiva no era mucho más halagüeña, ya que cientos de chabolas habían ido surgiendo sin descanso, esparciéndose por toda la trama urbana de la ciudad. Con un panorama como aquel, el Gobierno, incapaz de reaccionar, se negó a plantearse siquiera la probabilidad de estar ante la posible epidemia de una enfermedad tan grave, favoreciendo así miles de contagios que podrían haber sido evitados.

Con el tiempo y tras un largo período de rehabilitación, Aitor fue mejorando. Aunque la enfermedad lo tuvo postrado durante casi un año y su pierna nunca se recuperó del todo, finalmente pudo comenzar a hacer una vida casi normal. Yona y Adolfo tuvieron una niña a la que llamaron Ana —en honor a la difunta madre de él—, a la que Yona dedicaba todo su tiempo. Con el sueldo de Adolfo tenían más que suficiente para mantener a la familia, por lo que Hannah continuó trabajando en la casa de los Bengoechea. Renata y ella vivían en una diminuta y fría buhardilla que pudo alquilar gracias al sobresueldo que recibía por las clases de inglés que impartía a algunos niños de familias pudientes, a las que Claudia Bengoechea la había recomendado.

Hasta ese momento, la enseñanza del inglés no resultaba de interés en los colegios del país, pero cuando se iniciaron las relaciones con Estados Unidos, comenzó a ponerse de moda el estudio del idioma extranjero, en especial en los colegios privados, que lo ofrecían como materia de primera clase. Lo que comenzó como unas pocas horas de clase a la semana, tuvo tal éxito que Hannah se vio obligada a rechazar muchas de las peticiones que le llegaban. Cada vez acudían más madres a solicitar sus servicios, alentadas por las excelentes referencias de sus vecinas. Aunque algunas llegaron a ofrecerle verdaderas fortunas por sus clases, Hannah no quería descuidar su trabajo al servicio de Claudia.

Renata, que empezó el colegio el mismo año que llegaron a España, se estaba adaptando muy bien al nuevo idioma. Pronto se negó a seguir hablando en inglés y, aunque Hannah trataba de dirigirse a ella siempre en su idioma natal, la niña se empeñaba en responderle en castellano. Había cambiado mucho desde que salieron de Inglaterra. Se había vuelto rebelde y desobediente, y Hannah se culpaba de ello al no poder dedicarle todo el tiempo que necesitaba. La muerte de Quentin las había afectado demasiado a las dos.

Hannah optó por declarar entonces una especie de estado de sitio a sus sentimientos. Estaba en peligro su integridad mental, y esa fue la única manera que encontró para volver a instaurar el orden emocional en su cabeza. Se acostumbró a no pensar, a no sentir, a olvidar. Pero aferrarse a ese salvavidas emocional le pasó factura. Las manifestaciones de cariño hacia Renata se redujeron de forma instintiva y ambas comenzaron a sufrir su particular toque de queda, que las relegaba a encerrarse en sí mismas y que acabó por separarlas.

Cuando Hannah fue consciente de aquella situación, trató de acercarse a su hija y hablar con ella, pero Renata se negaba a escuchar cualquier cosa que tuviese que ver con el pasado. Finalmente, decidió dejarlo estar y llegó a la conclusión de que pasar página sería lo mejor para las dos. El tiempo acabaría cerrando las heridas.

26

El periódico

Bilbao, 1959

YA HABÍAN PASADO cuatro años desde su llegada a Bilbao y era raro el fin de semana que Hannah y Renata no pasaban en compañía de Yona y su familia. Unas veces subían al monte Artxanda en el funicular, donde pasaban la tarde merendando mientras los niños jugaban; en otras ocasiones iban a alguna cervecera, llevaban comida y pagaban solo la bebida. Cuando Adolfo se iba de chiquiteo con los amigos, ellas solían ir a pasear por lo que llamaban el Tontódromo, situado en las calles céntricas de la ciudad, y más de una tarde Hannah se quedaba con las niñas para que Yona y su marido pudieran ir a bailar. Allí no importaba que hiciera mal tiempo; si llovía, se bailaba con paraguas.

De todas las citas, la que era ineludible y con la que más disfrutaba era, sin duda, la de los domingos, a la que acudía también Claudia. Las tres amigas tenían la costumbre de desayunar juntas cada semana en la cafetería Toledo, en la Gran Vía. El lugar no estaba lejos de la vivienda de Yona y solían llegar hasta allí dando un pequeño paseo. Había sido Claudia la que inició la costumbre y eligió el lugar, con gran renombre en aquella época. Por las tardes estaba repleto de señoras de la alta sociedad a las que solían dejar en la puerta sus chóferes —o sus «mecánicos», como decían ellas, ya que el término «chófer» les resultaba más ordinario— y después volvían a recogerlas. Los domingos por la mañana la clientela era algo más variopinta, aunque seguía siendo gente pudiente la que acudía a saborear su excelente chocolate con churros, sus pastas y su café. Eran de sobra conocidos los buenos modales de sus empleados, además de su cuidada indumentaria, pulcritud y limpieza, por lo que no era raro encontrarse por allí con algún médico o político famoso.

Aquella mañana las tres amigas charlaban entretenidas; todas coincidían en que ese era el mejor momento de la semana. Solían dejar a los niños durante un par de horas a cargo de Eider, la hija de Claudia, que estaba encantada de hacer de niñera a cambio de unas monedas.

—Renata cada día está más rebelde conmigo. No deja de contestarme a todo lo que le digo —se quejaba Hannah—. ¡Y eso que solo tiene diez años! Os prometo que ya no sé qué hacer.

—Eider también pasó por una fase así, aunque en su caso fue bastante después —comentó Claudia.

—De tal palo, tal astilla, Hannah —bromeó Yona—. Habrá heredado el carácter indómito de su madre. Aún recuerdo cuando tenías más o menos su edad…

—Eran otros tiempos, Yona. Nosotros lo tuvimos mucho más difícil. Si mostrabas tu debilidad, alguien acababa lanzándose a tu cuello. Además, aunque te parezca difícil de creer, lo que más recuerdo de aquella época es el miedo. Vivía atemorizada y me sentía muy sola e indefensa.

—¿Nunca has pensado en volver a Alemania? —preguntó Yona.

—¿Para qué? No me queda nada allí. ¿Tú sí?

—Cuando acabó la guerra, intenté volver a contactar con los familiares que dejé allí: mi hermana y mis padres. Pero fue imposible. No recibí respuesta alguna hasta varios años después. De alguna manera, mis cartas llegaron a manos de una conocida. Una vecina con la que mi madre tenía buena relación hasta que las cosas empezaron a ponerse feas y rompieron todo contacto con nosotros. Ellos no eran judíos y tenían miedo a posibles represalias. Recibí una carta suya explicándome que, cierto día, un grupo de soldados se los llevaron a todos. Nunca volvieron.

—No pierdas la esperanza —la animó Claudia—, nunca se sabe...

—Acordamos que contactaría conmigo en el caso de volver a tener alguna noticia sobre mi familia. Hace años de aquello y mi buzón sigue vacío...

Un elegante camarero de camisa blanca y mandil negro sirvió los cuatro chocolates que habían pedido y puso en el medio de la mesa una bandeja repleta de churros.

—Muchas gracias. Tienen una pinta estupenda —observó Claudia sin perder un momento para coger uno y bañarlo en el humeante chocolate.

—La guerra nos arrebató muchas cosas —continuó diciendo Hannah cuando volvieron a quedarse a solas—. Esos malnacidos no podrían compensar todo el daño que hicieron ni aun viviendo eternamente. Solo espero que el mundo no se muestre indiferente ante aquella barbaridad y castigue a los culpables, pero, sobre todo, que aprenda de los errores que se cometieron.

—La verdad es que da miedo que todo haya quedado como un hecho más de los que se relatan en los libros de Historia —opinó Claudia—. No son solo los casi sesenta millones de personas que asesinaron, por no hablar de los heridos e incapacitados, es la facilidad y la impunidad con que se exterminó a tantas personas por el simple hecho de tener otras creencias. Me dan escalofríos solo de pensarlo.

—Por suerte, esa locura terminó —agregó Yona—. Aunque no tengo muy claro qué es lo que va a pasar a partir de ahora. El otro día leí en el periódico que, aunque Estados Unidos y Rusia no paran de exponer sus deseos de paz, ambos se están armando hasta los dientes. Berlín está dividido y yo no entiendo muy bien eso de la guerra fría. Algunos hablan incluso de una posible guerra nuclear...

—Sí. Parece que las conversaciones entre las grandes potencias no llegan a ninguna parte. Me parece haber visto sobre la barra el diario de hoy. Esperad, que voy a buscarlo.

Hannah volvió con el periódico a la mesa en la que sus amigas disfrutaban ya del famoso chocolate con churros de la cafetería Toledo.

Leyó las noticias más destacadas de primera plana:

EE.UU., INGLATERRA Y RUSIA
REANUDARÁN HOY LA CONFERENCIA DE GINEBRA

ADVERTENCIA A LOS COMUNISTAS PARA QUE SE MANTENGAN
ALEJADOS DEL SECTOR LIBRE DE BERLÍN

—La cosa sigue bastante tensa, la verdad —señaló Hannah mientras seguía echando un vistazo a la prensa del día—. ¡No me lo puedo creer! Mirad qué noticia —exclamó, indignada.

CONVENIENCIA O INCONVENIENCIA DE QUE A LOS NIÑOS
LES «ZURREN» EN LA ESCUELA

La ONU autorizó el «cachete», y profesores, alumnos
y padres de familia lo aceptan como necesario
y pedagógico… si es oportuno.

—Pero ¿cómo puede ser pedagógico pegar a un niño? A veces pienso que este país está aún por civilizar —se quejó Hannah, negando con la cabeza.

—Bueno, hay mucha gente que está de acuerdo con eso. Dicen que un cachete a tiempo sirve para evitar que los niños se vuelvan unos pequeños tiranos —explicó Claudia—. Aunque yo no he tenido que recurrir a eso nunca.

—Supongo que es una cuestión de educarlos desde peque-ños. Espero no tener que utilizar esta técnica con Ana nunca —opinó Yona.

—¿Qué ocurre, Hannah? —preguntó Claudia, extrañada por la expresión de su amiga, que se había quedado paralizada como si hubiese visto un fantasma.

Como no respondía, tanto Claudia como Yona se apresura-ron a leer la noticia que había afectado de tal forma a su amiga.

EMPRESARIO ALEMÁN DUEÑO DE UNA IMPORTANTE EMPRESA
SALMANTINA DE MAQUINARIA MINERA, SOSPECHOSO
DE HABER PERTENECIDO A LAS SS

Otto Schönberger, residente en la Peña de Francia,
está siendo investigado por la justicia en relación
a una supuesta trama de contrabando
de wolframio durante la guerra.

Una fotografía encabezaba la noticia en la que se podía apre-ciar a un hombre de mirada pétrea, con el cabello peinado hacia atrás. Dos cicatrices surcaban cada una de sus mejillas, otorgán-dole un aspecto amenazador.

—¿Qué pasa, Hanna? ¿Lo conoces? —quiso saber Yona, muy intrigada.

—Tiene las mismas cicatrices que tú —añadió Claudia.

La respuesta de Hannah tardó en llegar, su mente estaba muy lejos de allí.

—Me las hizo él —aclaró al fin, con la mirada perdida.

27

La manada

Segunda noche

MARCOS DESPERTÓ TIRITANDO. Había bebido agua del charco que tenía al lado y no le había sentado bien. La sensación de hambre dio paso a un terrible dolor de barriga que lo obligaba a mantenerse encorvado. Se había hecho pis encima y olía fatal. Apenas notaba la pierna, era como si se le hubiese dormido de forma permanente; al menos, así no le dolía tanto. Le había parecido escuchar el ruido de un helicóptero en sueños y había comenzado a gritar, o eso creía, porque no podía pensar con claridad. Tenía mucho frío, aunque se notaba caliente. Se tocó la cara y cerró los ojos recordando cómo su madre le acercaba los labios a la frente para saber si tenía fiebre. Quería que ella estuviera con él en esos momentos, porque tenía tanto miedo…

—¡Mamá! —sollozó—. ¡Mamá, ven a buscarme!

Apenas tenía fuerzas para alzar la voz. Su llanto se fue transformando en un débil lamento continuo, casi un ronroneo.

Cuando se hizo de día, intentó moverse para salir del agujero en el que estaba metido, pero el dolor de la pierna era tan agudo que le provocaba desvanecimientos. Finalmente, se dio por vencido. Pensó en su madre y lo mucho que estaría sufriendo por él. Conociéndola, estaría desesperada. Bibo y Lalo también debían de estar muy preocupados. Imaginar a sus seres queridos sufriendo por él lo hizo sentirse muy mal. Habría llorado si hubiera tenido fuerzas para hacerlo, pero, en vez de ello, una firme decisión de resistir todo lo posible se apoderó de él. Solo tenía que aguantar hasta que lo encontraran, pero para eso debía mantener la mente ocupada.

Intentó distraerse pensando en cosas que no lo entristecieran. Recordó vagamente el aullido de un lobo la noche anterior. Estaba muy cerca, tanto que podía oír su respiración. Al principio, pensó que iba a atacarlo; sería una presa fácil. Pero no lo hizo. Lalo le había contado que un hombre que se llamaba igual que él había vivido desde que era pequeño con los lobos en el monte. Le dijo que un día se metió en una madriguera para jugar con los cachorros de lobo y se quedó dormido. Cuando despertó, la loba estaba repartiendo trozos de carne a los lobeznos. Él intentó coger uno porque tenía hambre y ella le dio un zarpazo. Cuando acabó de alimentar a sus cachorros, le arrojó un trozo de carne a su lado. El chico al principio no quería cogerlo por miedo a que la loba lo mordiera, pero ella empezó a acercárselo con el hocico. Entonces lo cogió y comió como un lobezno más. Después, ella se acercó y comenzó a lamerle la cara. Desde aquel momento se convirtió en uno más de la manada. ¿Podría ser él parte de una manada como el otro Marcos? Le gustaría mucho. Pero… ¿y si fuera el *lobisome* el que se había acercado a olisquearlo la noche anterior? Eso le daba mucho más miedo. Se apretó la barriga y se hizo un ovillo; prefería no pensar en ello.

Las gotas de agua sobre la cara y el ruido de la tormenta hicieron que volviera en sí. Llovía bastante y hacía muchísimo frío. Trató de arrastrarse para apretujarse contra la pared y evitar mojarse, pero un dolor desgarrador en la pierna le hizo cambiar de idea. Cerró los ojos y miró hacia arriba, dejando que la lluvia le recorriera el rostro. No estaba tan mal esa sensación…

Un sonido lo espabiló de repente. Algo se movía cerca de él, en el agua. Enseguida su imaginación se encargó de perfilar lo que sus ojos no eran capaces de ver. Podía ser una serpiente o algo mucho peor: ratas. En el colegio, un niño le contó que unas ratas se habían comido un trozo de la pierna de un bebé mientras estaba dormido. Se tocó los brazos y el cuerpo por si le faltaba algo y empezó a hacer ruido para ahuyentar al bicho que se agitaba en el agua. Pronto dejó de oírlo y, apoyando la cabeza en el suelo, volvió a dejarse llevar por el sueño. Estaba tan cansado…

Horas después, otro ruido volvió a sacarlo del letargo. Algo rascaba la tierra a unos metros sobre su cabeza y resoplaba como cuando a *Rudy* se le metía polvo por la nariz. Intentó afinar la vista y pudo distinguir la silueta recortada de un animal sobre el mapa de estrellas que cubría el cielo. Era un lobo. Tal vez, el mismo de la noche anterior. Estaba tan cerca que podía escuchar sin dificultad su respiración. Tenía miedo de que saltara al agujero y lo devorara, sobre todo si era un *lobisome*. Si le mordía, se convertiría en uno de ellos y estaría maldito para siempre. Se llevó la mano a la boca y silbó con todas sus fuerzas para tratar de asustarlo y que se marchara. El animal se quedó en silencio unos instantes y Marcos vio cómo su sombra miraba al cielo antes de emitir un aullido tan largo que pensó que nunca pararía.

28

Adiós, mi querido hijo

Salamanca, abril de 1960

LA MUJER, QUE había permanecido postrada en un lujoso sillón de piel en todo momento, miró a Hannah con interés y comenzó a entrevistarla.

—¿Tiene alguna referencia para que pueda hacerme a la idea de cómo trabaja?

—La verdad es que no —reveló Hannah—. Acabo de llegar a Salamanca y no conozco a nadie.

—Lo cierto es que usted es la primera persona que conozco en este país que habla mi idioma. Solo con eso ya casi puedo decirle que el trabajo es suyo. Este lugar parece tercermundista, estamos lejos de cualquier ciudad civilizada y, para qué voy a mentirle, lo llevo muy mal. Si fuera por mí, saldría corriendo lejos de aquí hoy mismo, pero, lamentablemente, no es posible por el momento. Quizá cuando dé a luz… De todas formas, no quiero aburrirla con mis problemas. —Petra se revolvió en el asiento y Hannah se apresuró a colocarle una almohada en los riñones—. Muchas gracias. Pero, dígame, ¿cómo ha acabado aquí, tan lejos de Alemania?

—Es una larga historia… —comenzó a decir Hannah.

—Tenemos todo el tiempo del mundo, ¿no cree? Justo en este lugar el tiempo es lo que sobra. Mi marido pasa los días fuera de casa enfrascado en sus negocios, y yo… me muero de aburrimiento. —La mujer esbozó una sonrisa triste y se acarició el vientre hinchado—. Echo mucho de menos a mis amigas, los bailes de los domingos y los paseos por los caminos que rodean el lago Wannsee, en Berlín.

—Yo también echo mucho de menos aquello. La vida antes de la guerra.

—Sí. Todo salió mal y gente de bien como nosotros se ha visto obligada a refugiarse en lugares tan deprimentes como este.

Hannah tenía un nudo en el estómago que le recordaba a cada instante que no podía bajar la guardia. No allí, ante la esposa del oficial de las ss que había matado a su padre. Si había tenido alguna duda sobre lo que estaba haciendo, esta desapareció en el momento en que traspasó el umbral de aquella casa y se presentó como candidata para la empleada de hogar que el matrimonio estaba buscando.

Había viajado con Renata desde Bilbao días atrás, decidida a encontrarse cara a cara con el asesino nazi. Pasó días indagando y espiando los movimientos de la familia, sin tener un plan concreto. La noticia de que la pareja buscaba una chica que cuidara de la señora Schönberger debido a su delicado estado de salud le vino al pelo. Y allí estaba. Conversando con una de las personas responsables de tantas muertes y que, después de todo lo sucedido, seguía convencida de que pertenecían a una raza superior, que las víctimas eran ellos. Se le revolvió el estómago, pero se obligó a esbozar una sonrisa triste.

—Por cierto, ¿puedo tutearla? —le preguntó Petra—. Al contrario de alguna de mis amigas, no soy partidaria de marcar la diferencia con el personal de servicio, como si fuera necesario dejarles claro que pertenecen a una categoría inferior. En realidad, soy una persona muy sencilla.

—No tengo ningún problema, por supuesto.

—Mejor así. Llevo preguntándome todo el rato qué es lo que te pudo ocurrir… —Petra hizo un gesto señalando ambas partes de su rostro con el dedo—. Ya sabes.

—¡Oh! Bueno…, fue hace muchos años—aclaró Hannah, tratando de ganar algo de tiempo para encontrar la respuesta adecuada.

—No hace falta que me lo cuentes si te sientes incómoda…

—No, en absoluto. Me peleé con una niña judía en la escuela cuando era pequeña, y este fue el resultado.

—¡Malditos judíos! Lástima no haber podido acabar con todos…

Hannah se mordió el interior de los mofletes hasta sentir el característico sabor metálico de la sangre. ¿Qué demonios hacía en ese lugar? ¡Tenía que haberse vuelto loca!

—¿Sabes? Es curioso. Mi marido tiene dos cicatrices muy similares en la cara.

—¿De verdad?

—Por favor, ¿puedes alcanzarme la foto que hay sobre la chimenea?

Hannah se incorporó y alcanzó un retrato en el que aparecía Otto Schönberger posando de uniforme, con la barbilla levantada y el rostro desafiante. Sentado, de piernas cruzadas, mostraba sus cicatrices como si estuviera orgulloso de ellas, como si quisiera exhibirlas ante el objetivo de la cámara. Se volvió hacia Petra y se lo entregó. Ella lo acarició con delicadeza.

—Incluso con la cara marcada es muy apuesto, ¿verdad? —comentó, sin levantar la mirada de la fotografía. Hannah se ahorró la respuesta que se le pasó por la cabeza—. Son *Schmiss*, cicatrices de honor. ¿Lo has escuchado alguna vez?

—No. No sé lo que significa.

—En algunas sociedades universitarias de Alemania se llevaban a cabo ciertos rituales: los *Mensur*. Eran combates de esgrima con unas normas muy estrictas, entre ellas la de no apartarse nunca. Así se demostraba el valor y la fortaleza de los participantes más allá del dolor. Mover el rostro o apartarlo, aunque solo fuera un poco, era motivo suficiente para perder el combate.

Después, no se ponía especial cuidado en la cura de las heridas, puesto que la cicatriz, cuanto más grande, mejor. Mi marido participó en quince duelos y salió victorioso de todos ellos. Lleva las cicatrices con orgullo; es un hombre de honor.

Hannah escuchaba lo que la mujer le estaba relatando sin poder salir de su asombro. Se preguntó si ella estaría al tanto de que ese hombre al que idolatraba, el que tanto valor y honor poseía, era, en realidad, un cobarde capaz de matar a un hombre indefenso a sangre fría delante de su propia hija. Seguramente lo sabría y no le importaría lo más mínimo, sobre todo si la víctima resultaba ser un judío.

—Te has quedado con la boca abierta —observó Petra, divertida.

—Es… Es una historia increíble. Su marido debe de ser un hombre excepcional.

—Lo es. Pero no perdamos más tiempo. Estás contratada.

—Muchas gracias…

—¿Podrías empezar mañana mismo?

—¡Por supuesto! —accedió Hannah, mostrando un entusiasmo fingido.

—Pues te espero entonces. Por favor, deja la fotografía en su lugar cuando salgas.

—De acuerdo. Entonces, hasta mañana.

Hannah colocó el retrato del asesino de su padre sobre la repisa de la chimenea. Le temblaban tanto las manos que temió que se le cayera y se hiciera añicos. Aunque en parte se hubiera alegrado porque, en realidad, estaba deseando arrojarlo ella misma contra el suelo.

Salió de aquella casa a paso apresurado y solo cuando estuvo segura de haberse alejado lo suficiente, rompió a llorar desconsoladamente. Lloró hasta que no le quedaron más lágrimas, hasta que el estómago encogido y dolorido la obligó a enderezarse, hasta que su mente se despejó y recordó por qué estaba en aquel lugar. Tenía que conseguir enfrentarse cara a cara con él. Mostrarle que, aunque sus cicatrices no fueran tan honorables como las que él lucía, tenía el valor de mirarlo a los ojos y decirle que no había olvidado. Que nunca olvidaría. Que aquella noche de agosto de 1939 no solo le había arrebatado a su padre y todo lo que poseía, sino que, además, la había dejado marcada de por vida para que lo recordara cada vez que se mirara al espejo.

El Ventolón estaba casi vacío cuando Hannah llegó. Los escasos clientes que solían acudir a la hora de comer, hacía rato que se habían marchado. Un grupo de cuatro hombres, viejos y arrugados como la madera de la mesa a la que se sentaban, jugaban a las cartas en silencio. Otro más parecía dormir la borrachera en una de las esquinas de la barra. Los jugadores apartaron la mirada del juego y se volvieron para observarla sin disimular su curiosidad, murmurando algo por lo bajo. En cuanto ella les dio las buenas tardes amablemente, volvieron enseguida a los naipes. Hannah pensó que por allí no debían de pasar demasiados extranjeros, y mucho menos mujeres cuyo lugar se suponía debía estar en casa, al cuidado de los niños.

Supuso que sería la comidilla del pueblo durante su estancia allí, pero no le importaba lo más mínimo. Se asomó a la puerta de la cocina y vio a Renata lavando los platos con un delantal que le llegaba casi a los tobillos. Se había recogido la espesa melena pelirroja en una trenza que le hacía parecer mucho mayor, más bonita. Le sorprendió verla tan entregada y concentrada en lo que estaba haciendo. Incluso se hubiera atrevido a decir que estaba disfrutando del trabajo.

Últimamente estaba enfadada con el mundo, sobre todo después del viaje sorpresa a Salamanca que su madre se había empeñado en hacer. Aunque le había explicado con mucho tiento el motivo, no compartía su decisión. A Yona y a Claudia también les parecía una locura, pero para Hannah era algo indiscutible. Al principio, pensó en dejar a Renata en Bilbao al cuidado de Yona, pero, ante su sorpresa, la niña se negó a dejarla ir sola. Eso sí, no pronunció una palabra en todo el viaje. Estaba tan enfadada que no se dignaba a mirarla. Al llegar a Aldeanegra, alquilaron una habitación en la única posada que había por la zona. Según le contó Matea, la mujer que regentaba el establecimiento, las otras tres estaban ocupadas durante todo el año por trabajadores de la mina de estaño.

—Ya estás aquí —le dijo Matea al verla llegar—. ¿Cómo te ha ido? ¿Has conseguido el trabajo?

—Sí. Mañana mismo empiezo —explicó Hannah. Sus palabras le produjeron un extraño regusto en el paladar.

—Me alegro. No es fácil encontrar un trabajo así por aquí.

—¿Cómo se ha portado Renata? ¿Te ha dado algún problema?

—¡Para nada! Es una niña encantadora. No habla mucho, pero le gusta colaborar. Va a ser una buena ayudante. —Matea rio con ganas, dejando entrever su mellada dentadura. Era una mujer más bien gruesa, con unos pechos tan grandes que desviaban miradas, pero que lucía con orgullo como buena posadera. Su pelo, recogido en un moño alto, estaba cubierto de canas. Hannah imaginó que debía rondar ya los sesenta—. ¡Renata! Anda, deja eso y ven aquí —gritó, haciendo ademanes con la mano—. Tu madre ha conseguido el trabajo.

Renata obedeció y se acercó secándose las manos con el delantal. No parecía alegrarse demasiado por la noticia.

—Tienes los ojos llorosos —observó, dirigiéndose a su madre—. ¿Qué te ha pasado?

—Pues es verdad —corroboró Matea—. Parece que te hayas llevado un buen berrinche.

—No es nada. Mi padre decía que los recuerdos a veces se hacen agua y acaban derramándose por los ojos... Pero ya se me ha pasado.

Matea le escrutó el rostro con interés, como si sospechara que había algo mucho más delicado detrás de su llanto. Era una mujer sencilla que apenas sabía escribir su nombre y arreglar las cuentas del negocio, pero sus facciones eran transparentes como el agua. Hannah no pudo evitar sonreír. Le parecía estar viendo los engranajes de su cerebro echando humo en busca de una respuesta a todas las preguntas que le rondaban por la cabeza. Pero, ante todo, era una mujer discreta que sabía callar cuando era conveniente, y eso a Hannah le gustaba.

—Así que has conseguido el trabajo... —intervino Renata.

—Sí. Empiezo mañana.

Renata se dio media vuelta sin decir nada más y volvió a los platos. Matea la observó en silencio, frunciendo el ceño.

—Si no te importa, voy a subir a mi cuarto —anunció Hannah—. Estoy cansada. Nos vemos a la hora de la cena.

Matea asintió y observó cómo su huésped subía por las estrechas escaleras de madera cuyos escalones crujían como si fueran a ceder en cualquier momento. Un instante después, se encogió de hombros y cogió un trapo para limpiar la barra.

—Anda, Urbano, vete a dormir a casa —le dijo al hombre que dormitaba en un rincón, retirándole el vaso de vino vacío—. Algún día te vas a caer y yo no estoy para andar recogiéndote.

—Matea... Venga, guapa, tú ponme otro chatito de vino —balbuceó él, consiguiendo sacar del bolsillo de su raído pantalón de pana una peseta que estampó contra la madera con fuerza.

—Es que no tienes solución, Urbano... —masculló la posadera, esbozando una sonrisa cariñosa al tiempo que negaba con la cabeza.

OTTO SCHÖNBERGER NO era un hombre que se amedrentara con facilidad. Durante la guerra había matado a más de cien personas con sus propias manos. Hubo una época en que nadie en su sano juicio se hubiera atrevido a desafiarlo, ni siquiera con la mirada. Pero los tiempos estaban cambiando. Ya no era un oficial de las SS que pudiera tomarse la justicia por su mano. Cuando lo enviaron a España en 1941 para gestionar el tráfico de wolframio desde la mina de Barruecopardo hasta Alemania, tardó en asimilarlo. Su lugar estaba al lado del Führer, luchando para destruir a los opresores y mantener la pureza de la raza aria. Por eso al principio no entendió una decisión como aquella, que lo apartaba de la primera línea de fuego, donde realmente se sentía útil.

Enseguida comprendió la verdadera importancia de su misión: el wolframio era un material indispensable durante la Segunda Guerra Mundial. Se utilizaba para endurecer la punta de los proyectiles antitanque y para construir la coraza de los blindados. Hasta entonces, el mayor productor de ese codiciado metal había sido China, pero con la invasión de la Unión Soviética, el comercio con Europa se interrumpió. La alternativa más viable en aquel momento era España.

Otto trabajó durante cuatro años enviando suministros a Alemania con el beneplácito del mismísimo Franco. La Guardia Civil, que en aquellos momentos era la responsable de custodiar las excavaciones, recibió una orden directa del Caudillo para hacer la vista gorda con los negocios de Schönberger, y permitirle hacer y deshacer a sus anchas. Franco había contraído una deuda monstruosa con los nazis y aquella había sido su manera de empezar a saldarla. Durante esos cuatro años, la demanda de wolframio fue tal que su precio llegó a multiplicarse por cuatro cada año. El régimen franquista aprovechó para gravar su exportación con impuestos, pero los aliados, conscientes de lo que estaba ocurriendo, comenzaron a comprar de forma indiscriminada el metal a España para evitar que este cayera en manos alemanas.

Finalmente, Roosevelt presionó a Franco hasta el punto de obligarlo a bloquear la salida del metal hacia Alemania, y el trabajo de Otto concluyó de la noche a la mañana. Pero ni él ni Petra, su mujer, volvieron a Alemania. En esos momentos, la derrota de Hitler era inminente y ambos decidieron que sería mejor mantenerse ocultos por lo que pudiera pasar. Establecieron su residencia cerca de Barruecopardo, en un pequeño y casi olvidado pueblo de las Batuecas llamado Aldeanegra, perfecto para pasar desapercibidos. Lo eligieron porque ese pueblo tenía también una mina, aunque de un mineral mucho más modesto: el estaño. Otto pensó que podía aprovechar sus conocimientos de minería para establecer un discreto negocio que les permitiera ganarse la vida.

Habían vivido tranquilos y sin llamar la atención durante casi quince años, pero, últimamente, las aguas estaban revueltas. La persecución de soldados que pertenecieron a las ss y a la Gestapo había ido *in crescendo* desde que terminó la guerra. Muchos de los líderes más importantes habían caído ya y la caza continuaba.

El día que un hombre vestido con un elegante traje se presentó ante su puerta y empezó a hacerle preguntas indiscretas en calidad de investigador privado, Otto supo que tenía un problema. Consiguió unos pasajes para viajar a Argentina, pero, por desgracia, el estado de salud de Petra empeoró. Comenzó a sangrar a partir del séptimo mes de embarazo, y el médico le recomendó reposo absoluto. Al parecer, la placenta debía de estar obstruyendo parte del cuello del útero, provocándole los sangrados. Aunque era un plan muy arriesgado, ambos convinieron en esperar a que el niño naciera para tomar el barco que los llevaría hasta la libertad. Al fin y al cabo, solo quedaban unas pocas semanas.

El bebé iba a ser su primer hijo. Después de años intentando ser padres, cuando ya habían perdido la esperanza, Petra se quedó en estado. Por eso, la sorpresa fue mayúscula cuando el médico les confirmó el embarazo. Petra, que ya estaba más cerca de los cincuenta que de los cuarenta, lo asumió con ilusión, a pesar de las complicaciones y de ser consciente del riesgo que corría. El problema era que se les acababa el tiempo. El cerco se estrechaba a su alrededor y Otto estaba cada vez más nervioso. Para colmo, desde que se había publicado en prensa la noticia de que podía haber pertenecido a las ss, todo el mundo lo señalaba por la calle. Incluso había perdido un par de contratos importantes que ya estaban prácticamente cerrados.

Como los acontecimientos se estaban precipitando, intentó contactar con varios guardias civiles que lo habían ayudado con los cargamentos de wolframio. Tenía la esperanza de que le echaran una mano con los negocios, por los viejos tiempos. Pero el tiro le salió por la culata. No solo ya no estaban dispuestos a ayudarlo, sino que se libró por los pelos de ser detenido. El Caudillo había dado órdenes directas de perseguir a todo sospechoso de haber participado en crímenes de guerra nazis. Los tiempos habían cambiado, y mucho. Por suerte, pudo sobornar a los guardias con los que contactó para que mantuvieran la boca cerrada y no lo delataran, pero era cuestión de tiempo que fueran a por él.

Volvía a casa después de pasar cerca de dos horas en un interrogatorio para el que había sido requerido en el cuartel de la Guardia Civil. No tenían nada. Podrían acusarlo de contrabando, pero no de lo que realmente les interesaba. No podían demostrar que hubiera matado a nadie ni su participación en algún crimen de guerra. No había testigos que pudieran demostrarlo y dudaba mucho que fuera a presentarse alguno para incriminarlo. A esas alturas, no quedaría vivo ni un solo judío que pudiera señalarlo con el dedo y llamarlo asesino. Pero no estaría tranquilo hasta estar a bordo del barco que los sacara del país.

—¿Cómo ha ido? —le preguntó Petra, preocupada.

—No pueden acusarme de nada, no te preocupes. En este país son todos unos ineptos. ¡Qué ganas tengo de que podamos irnos a Argentina!

Otto se quitó el abrigo y lo dejó sobre el sofá. Se inclinó para acariciar el vientre abultado de su mujer y darle un cariñoso beso en los labios.

—Ya solo faltan tres o cuatro semanas. Lo conseguiremos. —Petra sujetó con ambas manos el rostro de su marido para darle un beso en la frente y otro en cada mejilla—. Te quiero.

—Yo también. Os quiero a los dos. ¿Cómo estás hoy?

—Me encuentro bastante mejor. Hoy he sangrado muy poco, imagino que será porque no me he movido mucho.

—Bien. Eso son buenas noticias.

—Tengo otra buena noticia —añadió Petra, sonriendo a su marido—. Por fin he encontrado a la chica perfecta para que me ayude en casa.

—Espero no tener que echarla a patadas como a la última…

—Creo que esta vez te va a gustar. Además, es alemana y tiene las mismas ideas que nosotros.

—¿Alemana? —preguntó Otto, frunciendo el ceño—. Eso no es muy normal por aquí. ¿De dónde ha salido? ¿Estás segura de que es de confianza?

—Se ha trasladado hace poco a Salamanca. A mí me ha parecido una chica muy agradable… Le he dicho que podía empezar a trabajar mañana mismo.

Otto se frotó el entrecejo, estaba cansado y no quería añadir una preocupación más a las que ya tenía.

—Está bien. Si te ha gustado, adelante. Ahora no estoy para darle más vueltas.

—Te noto cansado. ¿Quieres cenar algo?

—Me duele mucho la cabeza. Vámonos a la cama, necesito dormir.

—Pues vamos. Ya te contaré cómo ha ido todo mañana. Tú no te preocupes.

Los dos se metieron en la cama y Petra acarició el pelo de su marido hasta que se quedó dormido.

—Todo irá bien, mi amor —susurró cuando notó que el ritmo de su respiración cambiaba. A continuación, le dio un suave beso en la frente y apagó la luz.

—¿Sabes que no me vendría mal tener una buena ayudante como tú? —le comentó Matea a Renata mientras servían el desayuno—. Cada vez me cuesta más llevar esto yo sola.

Renata había entrado en la cocina y se había vuelto a poner el delantal sin que nadie le dijera nada. Le gustaba ayudar a Matea, se sentía útil y valorada. Pronto descubrió que esa sensación le encantaba.

Los tres mineros que se alojaban en la posada acababan de entrar por la puerta después de un largo turno de noche. Estaban cansados, sucios y hambrientos, pero esperaron pacientemente a que Matea y Renata les sirvieran el desayuno.

—¡Niña! Mira a ver si tenéis un poco más de pan —decía uno—. Pero que sea de hoy, que la Matea nos lo ha puesto más duro que un pedrusco.

—¡Aún no ha pasado Pepe, el del pan! —gruñía Matea desde la cocina—. ¿Me lo parece a mí o es que cada día trabajáis menos...?

—¡Será guasona! —reía otro—. Y tú, ¿para qué te has buscado una ayudante? ¿Para trabajar más?

Todos rieron de buena gana. Era lunes y no entrarían a trabajar hasta el miércoles por la noche. Tenían un par de días libres por delante y eso se notaba en los ánimos del grupo.

—¡Menos mal que la has elegido más guapa que tú, Matea! ¡Que con esa sonrisa nos alegra el día! —bromeaba el tercero, y todos volvían a reír.

Renata se ponía colorada como un tomate y volvía a la cocina tratando de disimular una sonrisa.

—Anda, dejad a la chiquilla, que me la espantáis, gamberros —reñía Matea al grupo, que, entre risas, volvía a concentrarse en la comida.

Sabía que eran todos unos buenos chicos, pero la sangre de la juventud corría por sus venas y a veces podían llegar a ser un poco alborotadores. Ella no se lo tenía en cuenta. Demasiado tenían con pasar el día o la noche bajo tierra, en unas condiciones infrahumanas, arriesgando la vida a cambio de recibir unas míseras pesetas a fin de mes.

Hannah bajó las escaleras y saludó a los presentes, que le dieron los buenos días con interés. Todos se preguntaron quién había sido el monstruo capaz de desfigurar un rostro tan hermoso como aquel, con unos ojos tan oscuros que podrían perderse en ellos como si estuvieran en las profundidades de la Tierra. Dejaron de bromear y siguieron comiendo en silencio. Matea se percató al instante del cambio de actitud de los jóvenes al ver por primera vez a Hannah y sonrió para sí. «Dulce juventud —pensó—. ¡Quién la pillara!»

—Buenos días, Hannah —saludó con un movimiento de cabeza—. Siéntate, que enseguida te ponemos el desayuno. Así aprovechamos y Renata y yo te acompañamos, que aún no nos hemos podido sentar...

—Gracias —contestó Hannah, asomándose a la cocina y sorprendiéndose de nuevo al ver a su hija cortando un trozo de tocino con un enorme cuchillo. Estuvo a punto de decirle que tuviera cuidado, pero se contuvo en el último momento; lo estaba haciendo muy bien.

La niña seguía sin dirigirle la palabra, a excepción de unos pocos monosílabos o frases cortas, pero estaba notando un cambio muy positivo en su actitud desde que llegaron allí. Parecía como si Renata hubiese encontrado su sitio entre aquellos viejos fogones y eso, sin duda, era lo mejor que le había pasado desde que murió Quentin.

Se sentaron las tres a desayunar a una de las mesas. Justo cuando Matea introducía la cuchara en un tazón lleno de leche caliente con trozos de pan al que le había echado dos buenos terrones de azúcar, se oyó una voz en la calle.

—¡El paaan!

—¡Vaya por Dios, Pepito! Justo ahora —gruñó, levantándose—. Ahora vuelvo.

Pepe, el del pan, como lo conocían por allí, pasaba cada día por la puerta de todos los vecinos de Aldeanegra repartiendo el pan. Iba con su carro verde tirado por una mula blanca que ya se sabía el recorrido y no había que decirle cuándo parar. Matea compró varias hogazas de pan y un par de hornazos que le había encargado el día anterior y se despidió de Pepe hasta el día siguiente.

—¡Tengo hornazos! —exclamó al entrar, dirigiéndose a los mineros que, ya saciados, estaban a punto de retirarse a sus habitaciones—. Por si alguno ha pensado ir esta tarde al campo, ¡que hoy es lunes de aguas!

—¡Guárdanos uno para los tres! —exclamó el más mayor al tiempo que se levantaba de la silla—. Justo estábamos comentando que nos íbamos a acercar un rato al Alto del Fraile, donde suelen ir a pasar el día los del pueblo.

—Pues guardado. Este no lo toca nadie —aseguró Matea, separando uno de los hornazos mientras entraba en la cocina con el cargamento de pan recién hecho.

—¿Qué es eso del lunes de aguas? —preguntó Hannah cuando la dueña del Ventolón volvió a sentarse.

—No me digas que no lo habíais oído nunca…

—Es la primera vez —reconoció Hannah, y Renata la secundó negando con la cabeza.

—Pero ¿de dónde habéis salido vosotras? ¿No habíais vivido un tiempo en Salamanca?

—Bueno… —empezó a decir Hannah un poco azorada.

—Es que allí no salíamos mucho —intervino Renata con total naturalidad ante la sorpresa de su madre—. No teníamos muchos amigos, la verdad.

Matea desplazó la mirada de una a otra con el ceño fruncido. Había algo raro en el comportamiento de sus dos huéspedes, algo que no le acababa de encajar. Pensó que quizá estuvieran huyendo de algo o de alguien. Esas cicatrices en la cara de la madre, tan parecidas a las de…

—¿Nos puedes contar qué es eso del lunes de aguas? —preguntó Renata, interrumpiendo sus pensamientos—. Me gustaría escucharlo.

—¡Claro, cariño! Pues es una tradición muy antigua —comenzó a decir, olvidándose por un momento de sus conjeturas.

A Hannah no se le escapó la discreta mirada de complicidad que le dedicó su hija mientras Matea comenzaba la explicación.

—Todo empezó hace muchos años, cuando el rey… La verdad es que no sé deciros qué rey fue, bueno…, uno de ellos, llegó a Salamanca y la encontró llena de mujeres de mala vida. Entonces ordenó que, para evitar el pecado de lujuria, todas las prostitutas de la Casa de la Mancebía fueran expulsadas de la ciudad durante la cuaresma.

Renata soltó una risita y se cubrió la boca con la mano para evitar que se le notara.

—A mí también me parece divertido —añadió Matea—. Es que antiguamente eran todos un poco borricos. La cuestión es que tuvieron que hacerle caso y, cada año, todas las meretrices eran trasladadas al otro lado del río, fuera de la ciudad, hasta el primer lunes después de Pascua: tal día como hoy. Durante todo ese destierro, había un cura que cuidaba de ellas y que se ganó el apodo de Padre Putas. El día que el Padre Putas regresaba con las prostitutas a la ciudad, después de cuarenta días fuera, todos los estudiantes celebraban con una gran fiesta su regreso. Organizaban bailes con comida y bebida a las orillas del río Tormes. Y, por supuesto… —Matea bajó la voz y se tapó la boca con la mano para intentar que la niña no la escuchara—, disfrutaban de los servicios de las chicas.

—Entonces, ¿eso es lo que celebráis hoy? ¿Con las prostitutas? —preguntó Hannah, que no salía de su asombro.

—¡No, hombre! —Matea rio a carcajadas—. ¡Ya no hay putas! Los jóvenes se reúnen en el campo para comerse el hornazo, beber, divertirse un rato y brindar por el Padre Putas.

—Es una historia curiosa, aunque no me parece muy adecuada para niños —reprochó Hannah, señalando con la cabeza a su hija, que las observaba divertida.

—¡Uy! ¡Pero si es una tontería sin importancia! —exclamó Matea—. La niña ya tiene edad para oír ciertas cosas.

—Bueno, pues por hoy es suficiente —sugirió Hannah—. Tengo que irme a trabajar. ¿Os portaréis bien las dos?

—¡Claro! —exclamaron Matea y Renata al mismo tiempo, provocando la risa de las tres.

—Ve tranquila, que aquí todo estará en orden —aseguró Matea.

HANNAH PASÓ EL día con Petra, organizando y limpiando un poco la casa y ayudándola en todo lo necesario. Otto no estaba; solía trabajar hasta tarde, según le explicó su mujer. La dueña de la casa le pareció una mujer educada y agradable que en ningún momento la trató como a una criada. Más bien parecía necesitar una amiga con la que charlar y sobrellevar las largas horas que pasaba postrada, sin salir de casa. Hannah imaginó cómo esa actitud y ese trato respetuoso cambiarían por completo si sospechara que su asistenta, en realidad, era una judía que acusaba a su marido de asesinato. Supuso que entonces todo sería muy distinto. Probablemente la echaría de allí y no querría volver a verla. Pero eso solo ocurriría después de haberse encontrado con él y decirle a la cara lo que tantas veces había repetido en su imaginación. Tenía una espina clavada en el corazón y necesitaba sacarla para pasar página, aunque eso no significara que la herida resultante se cerrara. Y eso era lo que iba a hacer con aquella locura, su verdadero propósito: pasar página y cumplir la promesa de no rendirse nunca que le hizo a su padre el día que él murió entre sus brazos.

No tuvo que esperar demasiado, porque, después de comer, Otto Schönberger se presentó por sorpresa. Llevaba toda la mañana preocupado por la nueva sirvienta. Últimamente, no se fiaba de nada ni de nadie. Cuando entró en la sala y las encontró a las dos, sentadas una al lado de la otra, charlando muy animadas, se relajó un poco. Al acercarse, Hannah lo miró fijamente, con descaro, y la sangre se le congeló en las venas. La reconoció enseguida. Aquella mirada no la iba a olvidar nunca. Hubo un tiempo en que tuvo pesadillas con aquellos ojos oscuros de niña que no dejaban de acosarlo. Esos ojos ya no pertenecían a ninguna niña, pero, sin lugar a dudas, eran los mismos.

—¡¿Qué haces tú aquí?! —vociferó con voz temblorosa—. ¡Fuera de mi casa!

—¿Qué... qué ocurre? —acertó a decir Petra, asustada por la reacción de su esposo.

—Tranquila, Petra —intervino Hannah, levantándose para acercarse un poco más a Otto. Estaba muerta de miedo, pero de eso solo era consciente ella, porque la imagen que proyectaba al exterior era la de una mujer decidida y valiente a la que nada detendría—. Solo he venido a mirar a la cara al asesino de mi padre y decirle que no voy a olvidarlo.

—¡¿Qué?! Pero ¿de qué está hablando, Otto? ¿Es que acaso la conoces? —gritó Petra desde su asiento, sosteniéndose la tripa para tratar de incorporarse.

—¡Es una maldita judía! —declaró él, exaltado.

—¡No puede ser! —gimoteó Petra, aterrorizada—. Ella me dijo…

—¡Te ha engañado! ¿No es evidente? ¡Fuera de mi casa! —repitió, amenazador, apuntando con el dedo hacia la salida.

—He venido a que me devuelvas lo que nos robaste y a darte la oportunidad de arrepentirte y pedir perdón por lo que hiciste —explicó Hannah sin amilanarse lo más mínimo.

—¿Por qué iba a pedir perdón? ¿Por limpiar la escoria de la Tierra? ¿Por eliminar a un sucio judío más? Solo me arrepiento de no haber hecho lo mismo contigo.

—Es lo que imaginaba. Entonces, supongo que sabes dónde voy a ir en cuanto salga por esa puerta. Prepárate para pasar una larga temporada en la cárcel. Es posible que allí acabes arrepintiéndote.

—Eso será si yo te lo permito. ¡Maldita judía! —gritó Otto, alcanzándola con un par de zancadas y agarrándola del cuello. Estaba completamente enajenado.

El envite hizo que Hannah se golpeara la cabeza contra la pared. Emitió un ligero quejido de dolor, pero estaba demasiado ocupada en poder respirar como para preocuparse por el golpe. Había subestimado la fuerza de Otto, que trataba de ahogarla levantándola a un palmo del suelo. Hannah forcejeó intentando dar patadas y revolverse de cualquier manera, pero él la aprisionaba con su propio cuerpo contra la pared y le era casi imposible moverse.

Notaba el aliento agitado y la saliva del hombre en el rostro, como si de un perro rabioso se tratara. El aire se le escapaba al mismo ritmo que la vida. Sentía el corazón cada vez más acelerado, luchando por obtener un mínimo resquicio de oxígeno para continuar latiendo. Hannah lo miró a los ojos, consciente de que iba a morir, tratando de clavarlos en los del hombre, tan azules como fríos y llenos de odio. Su cuerpo empezó a convulsionar, desesperado por seguir viviendo, y notó cómo su consciencia se iba disolviendo hasta quedar colgada de una fina hebra. El frágil hilo que la mantenía aún en este mundo.

Un grito hizo que Otto se sobresaltara. Se había olvidado por completo de que Petra estaba allí. Volvió la mirada hacia ella y la descubrió tirada en el suelo, sosteniéndose la tripa con gesto de dolor.

—¡Para! Por favor… —le rogó antes de desmayarse.

Otto soltó a su víctima para correr a auxiliar a su mujer. Hanna cayó al suelo, pero consiguió respirar una bocanada de aire que le devolvió la consciencia. Tras recuperar el oxígeno que su cuerpo necesitaba, resollando, logró arrastrarse por el suelo hasta alcanzar la salida. Estaba aturdida, pero el instinto de supervivencia le había suministrado una buena dosis de adrenalina que le permitió salir corriendo de allí a trompicones.

Cuando Petra se despertó y Otto se aseguró de que se encontraba bien, la dejó tendida en el sofá y se apresuró a llenar un par de maletas con ropa y algunos objetos de valor.

—Tenemos que irnos, cariño —le dijo, besándola con ternura—. Ha llegado el momento. ¿Te encuentras bien?

Ella asintió con un movimiento de cabeza, pero no respondió. Estaba demasiado aturdida por lo que acababa de ocurrir.

La ayudó a subir al coche con mucho cuidado y arrancó. Tenían que cruzar la frontera de Portugal cuanto antes. Después, ya verían si zarpaban hacia Argentina inmediatamente o esperaban a que Petra diese a luz. Cuando dejó atrás Aldeanegra, pensó que lo iban a conseguir, que todo saldría bien. Pero Petra empezó a quejarse. Otto había preferido no salir a la carretera principal hasta estar bien lejos de allí, pero se dio cuenta enseguida de que había sido un error. El camino estaba embarrado y lleno de baches. Con cada movimiento del coche, su mujer sufría enormemente.

—¡Para! —dijo ella, apretándole la muñeca con fuerza—. ¡Para! —gritó de nuevo—. He tenido una contracción. Creo que estoy de parto.

Otto frenó en medio del camino y se llevó las manos a la cabeza. No podía estar pasándole eso a él, ahora que estaban tan cerca de conseguirlo.

—Me desviaré y te llevaré al hospital. Da igual todo lo demás —dijo con voz temblorosa.

—No hay tiempo —respondió Petra.

—Iré todo lo rápido que pueda. Llegaremos a tiempo.

—No, Otto. Mira… —Cuando se levantó el vestido, Otto pudo ver cómo la sangre le chorreaba por las piernas. El asiento estaba empapado.

—¡Dios mío! —exclamó, aterrado.

—El niño ya viene. Necesito recostarme.

Otto encontró una manta en el maletero y la colocó bajo un árbol, al borde del camino. Trasladó a Petra hasta allí en volandas y la depositó en el suelo con sumo cuidado. Hacía frío y su mujer tiritaba descontroladamente. La arropó como pudo y se arrodilló a su lado.

—No sé lo que tengo que hacer… —sollozó.

—Yo tampoco —reconoció Petra antes de que otra contracción la hiciera llorar de dolor.

Otto le levantó el vestido y pudo ver cómo, con la contracción, la sangre salía a borbotones. Se dio cuenta de que, si el niño no nacía enseguida, su mujer iba a necesitar una transfusión. Echó un vistazo a su alrededor y solo vio campo. Era una fría tarde de abril y allí no había nadie que pudiera echarle una mano. Tendría que hacerlo él solo. Se limpió la mejilla con el dorso de la mano, dejando un rastro rojo en su rostro.

—Tranquila, todo saldrá bien —susurró. Pero Petra ya no lo escuchaba. Su consciencia iba y venía caprichosamente.

CASI UNA HORA después, con una última contracción y un grito desgarrador, Otto consiguió sacar al bebé. Estaba morado y no se movía. Por un momento pensó que había muerto. Cuando reaccionó, lo sacudió un poco y el bebé comenzó a llorar a todo pulmón.

—¡Mira, Petra! ¡Es un niño y parece sano! —gritó Otto, emocionado. Pero Petra ya no podía escucharlo.

Otto lloró sobre el cadáver de su mujer hasta quedarse sin lágrimas. Todo había acabado. Sin ella, ya nada tenía sentido. Miró al niño que yacía adormilado, arropado entre sus cuerpos.

—¿Qué voy a hacer contigo? —le susurró, limpiándole los restos de sangre que le manchaban la cara.

HANNAH ENTRÓ EN la posada trastabillando. Aún le costaba mantenerse en pie; ni siquiera sabía cómo había podido recorrer el camino hasta allí en esas condiciones. Matea fue la primera en darse cuenta y correr hacia ella.

—Pero ¿qué te ha pasado, chiquilla? Ven, siéntate. —Acercó una silla para que Hannah pudiera descansar.

Renata acudió corriendo y se arrodilló al lado de su madre.

—¡Mamá! ¿Te encuentras bien? —chilló, nerviosa—. Te dije que no era una buena idea…

—Hay que avisar a la Guardia Civil —logró farfullar Hannah con voz afónica—. Tienen que detenerlo antes de que escape…

—¿A quién? —Matea estaba empezando a ponerse nerviosa, y eso no era nada habitual en ella. Los viejos que solían echar la partida de mus se habían colocado formando un corro a su alrededor.

—Otto Schönberger. Es un asesino —aclaró Hannah justo antes de perder el sentido.

Cuando la Guardia Civil se personó en el domicilio del alemán, lo único que pudieron hacer fue constatar que el matrimonio había huido a toda prisa y lanzar una orden de busca y captura por intento de asesinato. El médico examinó a Hannah y certificó que, más allá de la conmoción por lo sucedido, no tardaría en recuperarse. Su cuello comenzaba a adquirir un tono violáceo y estaba dolorida, pero respiraba sin problemas. Cuando se recuperó, les contó a todos los presentes su historia, desde el principio.

—El señor Schönberger estaba siendo investigado como sospechoso de haber participado en varios crímenes de guerra —expuso el guardia que se había quedado para tomarle declaración—. Su nombre había aparecido en una lista de reconocidos genocidas pertenecientes a las ss. No teníamos pruebas concretas para poder detenerlo y encontrábamos impedimentos por todas partes; es un hombre muy rico y con mucho poder. Ahora, gracias a su declaración, las cosas van a cambiar.

—Eso espero —dijo Hannah, acariciando la mano de su hija para tranquilizarla. La niña se había abrazado a ella y se negaba a soltarla.

—Tenga por seguro que tendrá un juicio justo en cuanto lo capturemos. Quizá tengamos que volver a contactar con usted para aclarar ciertas cosas, pero, por el momento, esto es todo.

El agente se marchó y en la posada todos empezaron a hablar y a opinar a la vez.

—Si ya lo decía yo, que ese tipo no me daba buena espina —comentaba un anciano.

—¡Menudo hijo de puta! —añadía uno de los mineros—. Será mejor que no vuelva a aparecer por aquí.

—A ese lo pillamos y ni juicio ni hostias. No sale vivo —gritaba otro, alterado—. Y la mujer, tampoco.

—Iban a tener un niño, creo —decía un anciano.

—¡Otro nazi de mierda más! —sentenciaba el minero que aún no había hablado—. ¡Esos están mejor todos muertos!

—Bueno, ¡ya vale! —voceó Matea, para hacerse oír entre unos y otros—. Cada uno a sus cosas —ordenó, haciendo gestos con la mano para quitárselos de encima—. Hannah tiene que descansar. ¡Ha estado a punto de morir, coño!

Todos obedecieron como corderitos y se retiraron.

—Mira que me imaginaba que no me lo estabais contando todo —dijo la mujer una vez se quedaron a solas—. Se me habían ocurrido muchas cosas, pero ninguna tan horrible como lo que has contado, Hannah…

—Siento haberte mentido, Matea —se excusó ella—. No podía arriesgarme…

—Pero ¿qué esperabas hacer tú sola enfrentándote a ese monstruo, chiquilla? —Matea le cogía la mano y no paraba de negar con la cabeza, como si no pudiera creerse lo sucedido—. ¡Podrías estar muerta!

—Lo sé —sollozó Hannah—. Ha sido una locura…

—Bueno. Ya ha pasado todo, gracias a Dios. Aunque, con lo que he escuchado esta tarde, dudo que exista un dios al que dar las gracias —opinó Matea, suspirando profundamente.

—Y ahora, ¿qué hacemos? —quiso saber Renata.

—Supongo que nos quedaremos un tiempo por si necesitan que hagamos alguna declaración más y después volveremos a Bilbao.

—No quiero volver —anunció Renata con determinación.

—¿Cómo? ¿Por qué dices eso, hija?

—Matea necesita una ayudante y a mí me gusta mucho trabajar aquí. Quiero quedarme —sentenció la niña.

—Renata, ni siquiera has cumplido los once años. ¡No puedes ponerte a trabajar como si fueras mayor! Ya habrá tiempo para eso, ahora tienes que ir al colegio.

—Los cumplo el sábado. No queda nada —protestó la niña.

—A ver… —intervino Matea, posando la mano sobre el hombro de la niña—. Es cierto que necesito una ayudante, pero también es verdad que tú tienes que volver al colegio. Yo estaba pensando más bien en tu madre…

—¡Puedo ir al colegio y cuando salga ayudarte yo también!

—Renataaa…

—¡No, mamá! ¡Siempre tenemos que hacer lo que tú dices! ¡Para una vez que estoy contenta en un sitio! —Se arrancó el delantal y subió las escaleras de dos en dos, llorando a moco tendido.

Hannah observó, con los ojos como platos, cómo su hija se marchaba. Nunca la había visto tan alterada. En realidad, era la primera vez que le exigía algo con tanto empeño.

—Y ahora, ¿qué se supone que debo hacer yo?

—¿Quedarte? —sugirió Matea, sonriendo de buena gana—. Yo te ofrezco el trabajo y la estancia. Deberías pensártelo.

—¿Así? ¿Tan de sopetón?

—¿Sabes lo que significa el nombre de esta posada?

—¿El Ventolón?

—Sí, El Ventolón. Te voy a contar algo. Mi Satur era un hombre de pocas letras, como yo, pero muy *echao p'alante*. Cuando abrieron la mina se le ocurrió montar esta posada. Estaba harto de labrar la tierra y no salir de pobre. A mí me pareció una locura. Se me hacía un mundo cada vez que lo pensaba. Pero ¡ea!, a él a cabezota no le ganaba nadie. Cuando se le metía algo entre ceja y ceja… —Matea hablaba haciendo gestos, con una sonrisa melancólica que se reflejaba en sus ojos—. El caso es que no paró hasta que lo consiguió. Yo siempre le decía que estas cosas había que pensarlas más, que no se podían hacer así, al *ventolón*. Él me decía que era mejor así, que cuanto más lo pensáramos, peor saldría. Y tenía razón, no nos salió mal. Lo malo es que me dejó demasiado pronto… No pudo disfrutarlo tanto como le hubiera gustado.

—Entonces, ¿hacer las cosas *al ventolón* es como hacerlas sin pensar, a lo loco?

—Exacto. Los dos lo tuvimos claro cuando pensamos el nombre de la posada.

—Y ¿qué quieres decirme con eso? ¿Que yo también debo hacer lo mismo y no regresar a Bilbao con Renata?

—Pues sí. No tiene por qué salir mal. —Matea la miraba con ojos de pícara, haciendo un gracioso movimiento de cejas.

—Tengo que pensarlo —dijo Hannah, sonriente—. Y no me mires así, que más que convencerme me da la risa.

Otto enterró a su mujer en aquel mismo lugar, bajo un gran alcornoque situado en un recodo del camino. Tapó el cuerpo con tierra, pero le costó horrores cubrir su rostro. Estaba preciosa, como si durmiera. No quería dejarla allí, en aquel solitario y frío lugar, pero no tenía más remedio. Por fin, le cubrió la cara con un pañuelo y acabó de enterrarla. Después, improvisó una cruz con un par de palos y la colocó sobre la tierra húmeda. No sabía rezar. Nunca se había aprendido las oraciones que les enseñaban en el colegio, así que terminó con un «Te quiero. Descansa en paz» y se marchó de allí para siempre. Cuando apenas había recorrido unos metros, se detuvo para mirar atrás. Pensó que aquel era un bonito lugar para descansar y, limpiándose las lágrimas, continuó su camino.

Había oído que en un pueblo de la provincia de Cáceres llamado Nuñomoral, existía una casa de monjas que se encargaban de cuidar a los niños huérfanos o hijos de padres pobres. Hacia allí se dirigió cuando ya estaba bien entrada la noche. Aparcó bastante lejos por temor a que alguien pudiera oír el motor del coche. El niño había estado llorando durante todo el camino, pero, por suerte, al llegar al pueblo se quedó adormecido, agotado de tanto llanto. Lo arropó como pudo y salió del coche, abrigado por la oscuridad de la noche. Lo dejó en el suelo, en la puerta del orfanato. Después, lo agitó para hacerle llorar y salió corriendo hasta colocarse a una distancia prudencial desde donde poder observar sin ser visto.

Al poco, se abrió la puerta y una mujer recogió al bebé, que seguía llorando desesperado. Miró hacia ambos lados y, al no descubrir a nadie por los alrededores, se persignó y entró de nuevo con el niño en brazos en el cottolengo.

—Adiós, mi querido hijo. Perdóname —susurró Otto desde las sombras.

Horas después, subía a un mercante rumbo a Argentina.

29

Un hilo del que tirar

Día 2
Mañana del 13 de agosto de 2018

«Antes de empezar un viaje de venganza, cava dos tumbas.»
CONFUCIO

ANSELMO PICARZO SE levantó una hora antes de que sonara el despertador. Había pasado una mala noche dándole vueltas a la desaparición del niño. Durante las horas de insomnio, tuvo tiempo para reflexionar y darse cuenta de lo mucho que le estaba afectando el caso. Una vez más, sopesó la posibilidad de no estar preparado aún para volver al trabajo. En un oficio como el suyo había que tener la cabeza muy asentada y a veces la suya se dispersaba un poco, aunque oficialmente y a ojos de los demás estuviera ya recuperado del todo.

Lo cierto era que había llegado a tocar fondo. Había pasado demasiado tiempo sentado al borde de su propio abismo, jugando con la idea de saltar a los infiernos de una vez y acabar con todo. Hasta que se descubrió con la pistola metida en la boca, a punto de apretar el gatillo. Solo un instante antes de hacerlo, una última chispa de cordura provocó una reacción en cadena en su cerebro que le hizo salir del estado de semiletargo en el que había estado sumido durante meses. Se vio a sí mismo tirado en el suelo, con los sesos desparramados por la habitación, y eso lo asustó. Por primera vez fue consciente del agujero en que se encontraba y quiso salir de él. Si no tenía huevos para volarse la cabeza, los tendría para buscar una salida. Desde pequeño, procuró siempre seguir el consejo de su padre: «Hazlo o no lo hagas, pero no lo intentes». Descubrió muy pronto que esa actitud aumentaba el porcentaje de éxito de cualquier reto. Una vez más, siguió su consejo y no lo intentó; lo hizo. Y no le iba mal. Pero unos días eran peores que otros y en ocasiones, debía obligarse a apartar las sombras a manotazos para continuar cuerdo.

Se preparó un café bien cargado y recorrió el pasillo con la taza entre las manos. Empujó la puerta de la habitación de Héctor y se apoyó en el marco de la puerta. Estaba vacía. La cama sin hacer, el pijama tirado por el suelo y la mesa llena de libros abiertos y apuntes desordenados. Siempre había sido un desastre, desde pequeño. Recordó lo mucho que les costó a Rosa y a él elegir el nombre del bebé. Él quería seguir la tradición y llamarlo como se habían llamado los primogénitos de su familia durante las últimas tres generaciones: Anselmo Picarzo. Pero ella no quería ni oír hablar del tema. Al final, tras muchas discusiones, él acabó cediendo.

El día que fue a inscribirlo al registro, le faltó un tris para dejarse llevar y cambiar el nombre del niño, pero no se atrevió. Rosa era una buena mujer, pero cuando se enfadaba era capaz de poner firme al más aguerrido. Siempre había sido mucho más fuerte que él, aunque las apariencias dijeran lo contrario. Aunque la echaba mucho de menos, no podía reprocharle que se marchara y lo dejara. Si no lo hubiera hecho, probablemente también ella habría acabado atrapada entre las retorcidas garras de la depresión.

Picarzo le echó un vistazo al móvil. Abrió el WhatsApp y leyó el mensaje de su hijo: «Voy al gimnasio a primera hora y después a entrenar, el sábado tenemos partido. Luego hablamos». Bebió un trago de café y suspiró. Se sentía muy solo. Una lágrima comenzó a asomarle por el rabillo del ojo, pero él la limpió con firmeza. Apuró el café y se dirigió al baño. Se afeitó respetando las patillas. Las llevaba así desde hacía años, desde que un día Rosa le dijo que le gustaba cómo le quedaban. Quizá había llegado el momento de cambiar de *look*. Sopesó la idea al observarse en el espejo con distintas poses, hasta que terminó por desestimarla con un gesto de la mano.

—Bah, ¿qué más da? Así estoy bien.

Miraba su perfil en el espejo cuando sonó el teléfono.

—Picarzo al habla.

—Buenos días, soy Albino. ¿Te he despertado?

—¡No! Me estaba aseando un poco. Enseguida salgo hacia la comandancia.

—He averiguado que la lectura del testamento del abuelo del niño será dentro de cuatro días —comentó Albino yendo al grano—. Tengo un nombre que me gustaría que investigaras.

—Suéltalo, jefa.

—No me llames jefa, no soy tu jefa. Y tampoco hace falta que intentes hacerte el gracioso conmigo con cada cosa que digo. Es poco profesional, Picarzo.

—Perdón. No era mi intención.

—A lo que iba. La abuela del niño se ha dejado ver últimamente con un notario de bastante renombre en Salamanca: Alejandro Ortiz de Zúñiga.

—No me suena de nada.

—El caso es que quiero que lo investigues también a él. Pero con discreción, Picarzo, que no quiero que desde arriba me echen a los perros. Prefiero no comentárselo a Villaverde de momento. Su señoría es un hombre razonable y un juez intachable, pero también es muy cauto. No creo que le haga demasiada gracia.

—Vale, lo tengo claro. Iré con tiento.

—Nos vemos en comandancia, entonces.

Renata acariciaba la mano de su madre, postrada en la cama de la unidad de cuidados intensivos. Estaba entubada, tenía la cabeza vendada y un ojo tan hinchado que ni siquiera se adivinaba su presencia. Partes de su rostro comenzaban a cambiar del color morado al verdoso. La habían tenido que operar de urgencia de un traumatismo craneal y una fractura de cadera. Después de pasar horas en el quirófano, aún no había despertado. Los médicos le aseguraron que habían hecho todo lo que estaba en su mano. Solo faltaba esperar. No le ocultaron que su estado era muy grave y que era posible que nunca volviera a recuperar la conciencia. A su edad, lo milagroso era que siguiera viva.

—Mamá, no sé si puedes escucharme —susurró Renata, conteniendo las lágrimas a duras penas—. Muchas personas que han regresado del coma dicen que podían escucharlo todo. Solo quiero que sepas que te quiero. Que te necesito a mi lado. Por favor, mamá, vuelve conmigo…

Renata no pudo aguantar más y se echó a llorar. Al principio, cuando recibió la noticia del accidente, se enfadó mucho. Había perdido la cuenta de las veces que le había dicho a su madre que ya no debía conducir. Después, cuando cayó en la cuenta de la alta probabilidad que tenía de perderla, se olvidó de los reproches. De nada servían ya. Besó con ternura la arrugada mano de Hannah y apoyó la cabeza sobre ella. Estaba tan cansada que se quedó dormida.

Toribio también había madrugado. Necesitaba hablar con su mujer, era la única que podía evitar que perdiera la escasa cordura que le quedaba. Bajo un enorme castaño de más de trescientos años, yacían los restos de Palmira. La suya era una tumba humilde: un trozo de tierra con una cruz de hierro y un nombre, como la mayoría de las que había en el pequeño cementerio de

Aldeanegra. Ni lápidas, ni crucifijos, ni centros de flores que la adornaran. Allí, la gente no era como en la ciudad. No le daban tanta importancia a ese tipo de cosas. Toribio se sentó en el suelo, al lado de la cruz, y depositó sobre la tierra mojada un ramillete de florecillas silvestres que acababa de recoger.

—Hola, cariño —comenzó, apoyando los codos sobre las rodillas y mirando al frente, como si ella estuviera delante y pudiera verla—. Hace muchísimo tiempo que no vengo a verte, es verdad. No es que no me acuerde de ti, ya lo sabes. Sigo viéndote cada día en cada cosa que hago, en cada rincón de la casa. Extraño tus besos y tus abrazos, tus risas y hasta tus reproches. Siempre supiste cómo llevarme por el buen camino. Me di cuenta el mismo día en que te marchaste y perdí el norte. Sé que ese día te prometí que cuidaría de Curro, que saldríamos adelante. Pero no pude. No supe hacerlo y te fallé. ¡Vaya si te fallé! Os fallé a los dos. Tomé el camino fácil y me refugié en el alcohol para poder soportar el dolor de haberte perdido tan pronto. Fui un egoísta al no pensar en nuestro hijo, que quedó prácticamente abandonado a su suerte. Huérfano de madre y con un padre alcohólico y desquiciado, el pobre tuvo que buscarse la vida como mejor pudo. Por eso ahora es como es. Se ha convertido en un monstruo porque lo crio otro monstruo aún peor.

Toribio hizo una pausa. Su mente lo había transportado por un momento al día en que Curro, que por aquel entonces debía de tener más o menos la edad de Lobo, entró corriendo en casa y lo vio ahí tirado. Él se había pasado todo el día bebiendo y apenas podía poner un pie delante del otro. Se recordó a sí mismo sentado en el suelo entre un charco de orines y apoyado contra la mesa del comedor, que se había caído, desparramando así por el suelo todo lo que había sobre ella. Llevaba una soga al cuello; era la primera vez que lo intentaba, pero estaba demasiado ebrio para hacerlo bien. La lámpara colgaba de un hilo y se balanceaba con un chirrido metálico, amenazando con caerle sobre la cabeza de un momento a otro. Recordó, como si lo estuviera viendo, el momento en que alzó la mirada y vio a Curro. Sus ojos se encontraron y él tuvo un instante de lucidez en el que pudo reconocer la decepción en el rostro de su hijo. No era miedo lo que vio, ni siquiera reproche. Fue una rabiosa decepción la que se le clavó tan hondo que fue imposible volver a sacarla de entre los pedazos de su alma desmembrada. Entonces vomitó sobre sí mismo y Curro se marchó por donde había venido sin decir una sola palabra, dejando a su padre tirado en el suelo, enfrentándose a su propia conciencia.

—Hay algo que nunca te he contado —continuó diciendo en voz alta—. Supongo que ahora ya no importa, debí de haberlo hecho mucho antes. ¿Te acuerdas de Valentín? —Toribio lanzó un suspiro y cerró los ojos, tratando de rememorar el pasado—. Yo podía haberlo salvado, pero no lo hice. Lo dejé morir. He intentado convencerme a mí mismo durante todos estos años de que fue un accidente, de que no pude hacer nada por evitarlo. Pero no es cierto. Estaba celoso. Pensándolo bien, creo que en ese instante empezó todo. Ese día planté la semilla que acabaría transformándome en un monstruo. Pero estabas tú, que con tu amor y tu cariño supiste sacar lo mejor de mí y amansar a la bestia en la que me había convertido. Junto a ti pasé los mejores años de mi vida. ¡No sabes cómo te echo de menos!

Cogió una rama pequeña y se puso a dibujar círculos con ella en la tierra de manera inconsciente. Sus pensamientos daban vueltas y vueltas sin encontrar principio o final alguno, como si estuviera perdido en uno de aquellos trazos circulares infinitos. De repente, su mano se detuvo y proyectó una línea recta, saliéndose del círculo.

—Entonces llegó Lobo. Ese niño tiene una sensibilidad especial. No sé cómo lo hizo, pero supo encontrarme dentro del montón de basura que me asfixiaba y arrastrarme fuera de él. Poco a poco, el gris de mis días se fue coloreando y volví a recuperar la ilusión. Me resultó muy fácil volverme adicto a su cariño, engancharme a él como un yonqui necesitado de afecto. Construí una burbuja de felicidad a nuestro alrededor sin ser consciente de lo frágil que era. Ahora, esa burbuja ha desaparecido con él y yo me siento perdido. Al igual que con nuestro hijo, siento que tampoco he sabido proteger a Lobo como debía. Como debe hacer cualquier padre con un hijo. Tal vez sea ese mi destino...

Toribio rompió a llorar. Lo que comenzó con un leve sollozo, fue aumentando de intensidad hasta convertirse en alaridos desgarradores.

—¡¿Dónde estás?! —gritó al cielo, golpeando con los puños el tronco del árbol centenario—. ¡Necesito encontrarte! Por favor... Por favor. —Su voz se volvió apenas un susurro mientras se recostaba sobre la tierra hecho un ovillo—. Por favor...

Cuando volvió a subir a la camioneta, tenía la ropa mojada y sucia. No recordaba muy bien el tiempo que había pasado sollozando, tumbado en el suelo, pero los huesos le decían que no debía de haber sido poco. Puso las manos sobre el volante y se miró los nudillos ensangrentados. Al momento, abrió la guantera y sacó una botella de ron. La destapó muy lentamente, como si temiera que se le resbalara entre las manos temblorosas. Cerró los ojos y comenzó a beber.

CRISTINA ALBINO HABLABA con Ventura en el Centro de Operación de Redes y Servicios de la Comandancia de Salamanca. El día anterior le había pedido que tratara de averiguar algo sobre Gonzalo Hernández, el amigo de la familia del niño desaparecido.

—Está limpio. No he podido encontrar nada que me llame la atención —explicaba Ventura—. Por no tener, no tiene ni una puñetera multa de aparcamiento...

—Eso me parecía, aunque quería asegurarme. Nunca se sabe.

—¿Podemos descartar a un extraño? ¿Alguien que pasara por allí y le diera por entrar a robar?

—Dudo que sea el caso —opinó Albino—. El ladrón sabía lo que buscaba. No tocó ningún otro objeto de valor.

—Entonces, si el móvil fue el robo, ¿qué tiene eso que ver con el niño?

—Es posible que el niño y el perro aparecieran en escena en el peor momento, al igual que el cazador furtivo. Si el sospechoso, o los sospechosos —no olvidemos que podría haber más de uno—, se vieron sorprendidos, quizá tuviesen que matar al perro y a Regino. Después, puede que decidieran llevarse al niño para que no los delatara.

—Eso solo tiene sentido si el niño los conocía —sugirió Ventura.

—¿Un daño colateral? ¿Crees que han podido matarlo?

—Si ha sido así, no ocurrió en el mismo lugar en el que murió el perro. Te recuerdo que ninguna muestra de sangre de todas las que hemos analizado pertenece al niño…

—Tienes razón —concedió Albino, colocándose el pelo tras la oreja—. Si su intención fuera matarlo, lo habrían hecho allí mismo.

—También puede ser que el menor saliera huyendo y se adentrara en el bosque.

—No lo descartemos, pero, en ese caso, yo creo que los equipos de búsqueda ya lo habrían encontrado. Quiero que revises todas las cámaras de tráfico, cámaras de vigilancia de cualquier gasolinera o tienda, lo que encuentres. Intenta identificar los vehículos que hubieran podido salir del lugar de los hechos a esas horas. No es una zona especialmente transitada.

—Pero solo habrá cámaras, si es que las hay, en alguna carretera principal. En los caminos, olvídate. Será como buscar una aguja en un pajar.

—Lo que sea, Ventura. No tenemos nada más.

—Haré lo que pueda. Voy a echarle imaginación a ver qué sale…

—Gracias, Raúl, eres el mejor. Si te lo propones, sé que lo encontrarás. Por mi parte, voy a enviar a alguien al cottolengo, el orfanato en el que vivió Toribio Arreola, a ver si pueden decirnos algo sobre el reloj que llevaba cuando lo abandonaron.

—Lo veo complicado también.

—Lo sé. Estoy dando palos de ciego, pero no podemos estar parados. ¡Necesito un puto hilo del que tirar! —Albino se frotó los ojos con fuerza y se presionó el puente de la nariz. Le ponía muy nerviosa estar tan perdida en una investigación en la que el tiempo era tan determinante y con la vida de un niño en juego. Treinta y cinco horas después de la desaparición, seguían como al principio. Rezó para que el helicóptero y los voluntarios que habían empezado a rastrear la zona de nuevo tuvieran más suerte que el día anterior.

En ese momento entró Picarzo en la sala. Lo primero que pensó Cristina fue en el mal aspecto que tenía. Le dio la impresión de que su compañero no había dormido mucho y se le ocurrió que era probable que hubiera estado dándole al alcohol. Había visto borrachos con mejor aspecto después de una buena noche de juerga.

—Buenos días —saludó, carraspeando—. Tenemos a Simón Galarza en la sala de interrogatorios número dos. Ha venido a que le tomemos declaración.

—Veamos qué nos cuenta —dijo Albino, cogiendo su libreta y disponiéndose a salir—. Ventura, búscame ese hilo. Como sea.

—Buenos días, señor Galarza —comenzó Albino, consultando su libreta como de costumbre—. Necesitamos hacerle unas preguntas. No tardaremos mucho.

—Lo que sea, no se preocupe —se brindó Simón, con una amable sonrisa—. Si puedo ayudar en algo para que encuentren al niño, el tiempo es lo de menos.

Albino lo observó concienzudamente. Aunque eran gemelos, su aspecto distaba mucho de parecerse al de su hermano. Saltaba a la vista que Simón no se cuidaba tanto. Llevaba el pelo demasiado largo, lo que no hacía más que destacar su prematura calvicie; una descuidada barba de varios días y, al contrario que su hermano, no parecía haber pisado un gimnasio en su vida.

—No se equivoque, señor Galarza, el tiempo es oro, pero le agradezco su disposición. ¿Podría indicarnos dónde estaba el sábado pasado entre las ocho y las doce de la noche?

—Estuve todo el día en casa. Pensé en salir un rato por la tarde a tomar unas cervezas, pero me dio pereza y al final me quedé.

—¿Puede corroborarlo alguien?

—Pues supongo que mi padre, porque cenamos juntos. Encarnita, la sirvienta, también podría confirmarlo.

—Y ¿qué hay de su hermano? ¿Cenó con ustedes?

—No, llegó un poco más tarde.

—Un poco más tarde, ¿cuándo? —preguntó Albino, dando pequeños golpes con el bolígrafo sobre la libreta.

—No sabría decirle… No lo recuerdo —explicó, pasándose la mano por la calva y rascándose la coronilla.

—Pues vaya haciendo memoria, porque yo no tengo todo el día —sentenció Albino, cuyo olfato policial le decía que, por la forma de moverse en la silla, su interlocutor se estaba poniendo nervioso.

Simón no contestó enseguida. Se pasó la mano por la frente y se revolvió en el asiento. Parecía querer decir algo, pero se arrepentía al instante siguiente.

—Díganos lo que sabe, señor Galarza. De lo contrario, podría acusarle de obstrucción a la justicia.

—Es que, puede que no sea nada…

—Eso lo decidiremos nosotros. Usted limítese a exponer los hechos. La vida de un niño está en juego, ¿quiere ser usted responsable de lo que le ocurra? —expuso Albino, presionando un poco más a Simón. Casi lo tenía.

—Necesito un cigarro —resopló él, llevándose la mano al bolsillo de la camisa en busca del paquete de tabaco.

—Eso tendrá que esperar —dijo Picarzo, que no había tenido ocasión de intervenir en ningún momento—. Sabe de sobra que aquí no se puede fumar.

Simón negó con la cabeza y miró al techo a la vez que suspiraba, como si necesitara ayuda divina para lo que iba a decir.

—Comprendan que esto es muy difícil para mí. Tal vez todo sea un malentendido y esté metiendo la pata. En ese caso, sé que mi hermano nunca me perdonará… —dijo, esbozando una triste sonrisa—. Mejor dicho: me matará en cuanto tenga ocasión. Pero no puedo quedarme de brazos cruzados si tengo la más mínima posibilidad de salvar a ese niño.

—Al grano, señor Galarza. El tiempo corre —apremió Albino. Empezaba a perder la paciencia.

—Mi hermano llegó a casa sobre la medianoche. Quizá un poco más tarde. Yo estaba medio traspuesto, viendo la tele en el sofá, y él me despertó. Antes de subir a su cuarto, se asomó para ver quién estaba en el salón. Fue muy rápido, porque se marchó enseguida sin decir nada. Pero me dio tiempo a ver su camisa manchada de sangre. En ese momento pensé que debía de haberse peleado con alguien y no le di mayor importancia. Mi hermano puede ponerse muy agresivo cuando alguien le toca las narices. Es posible que sea eso lo que ocurrió y estoy sacando las cosas de quicio…

—¿Se fijó en si su hermano cojeaba? —preguntó Picarzo adelantándose a su compañera, a la que, por la mirada que le dirigió, debía de haberle quitado las palabras de la boca.

Simón dudó unos instantes, tratando de recordar.

—No lo sé. Desde donde estaba no pude verlo.

—¿Cree que su hermano puede estar relacionado con la desaparición del niño y la muerte de Regino García? —formuló Albino. Empezaba a sentir un hormigueo en el estómago que la había puesto en alerta. Con un poco de suerte, podían estar ante una fina hebra que los conduciría a ese escurridizo hilo que no era capaz de encontrar.

—No estoy seguro...

—Conteste a la pregunta, señor Galarza. ¿Pudo ser su hermano o no? —insistió Albino.

—Supongo que sí.

—El interrogatorio ha terminado —señaló Albino, levantándose de la silla—. Si no tiene nada más que añadir, puede marcharse cuando desee. Pero no se vaya muy lejos, es posible que volvamos a requerir su presencia.

—Pero ¿lo van a detener? —quiso saber Simón, apesadumbrado.

—Eso es cosa nuestra —aclaró Picarzo siguiendo a su compañera, que ya había abandonado la sala —. Muchas gracias por su declaración. Puede marcharse.

Una vez fuera de la sala, a Picarzo le costaba seguir el paso de Albino, que caminaba con urgencia hacia su despacho.

—Voy de camino a Aldeanegra. Quiero una orden de registro de la finca de los Galarza para cuando llegue allí —ordenó sin volverse a mirar a su compañero.

—Espera un momento, Cristina —dijo Picarzo.

—No tenemos un momento. Lo sabes de sobra. —Continuó andando sin prestarle atención.

—Solo un segundo. Necesito hablar contigo...

—Lo que sea puede esperar, Picarzo. ¡No seas cansino! —insistió Albino—. Voy a llevarme refuerzos y un equipo de la unidad canina. Tú investiga a la abuela del niño y lo que te he dicho esta mañana, a ver qué sacas.

—¡Creo que está mintiendo! —añadió Picarzo a la desesperada, alzando la voz. Ella se detuvo en seco. Por fin había conseguido llamar su atención.

—Explícate, Picarzo. Tienes un puto minuto.

—Cuando le he preguntado si su hermano cojeaba, se ha sorprendido. Era una pregunta que no se esperaba. Ha dudado un momento y ha mirado hacia arriba, a la izquierda.

—¿Vas a empezar tú también con esas monsergas? —bufó Albino, poniéndose en marcha de nuevo—. No te pegan nada.

—Cuando alguien mira arriba a la izquierda al hablar, está usando su imaginación para construir una imagen en su mente. Si de verdad hubiera intentado recordar algo, habría mirado hacia arriba a la derecha. Es de manual.

—Déjate de manuales y consígueme esa orden —sentenció Albino, dejando claro que no quería oír más sobre el tema—. Y vete a hacer tu trabajo, Picarzo. Quiero un informe sobre mi mesa cuando vuelva.

Anselmo Picarzo se quedó parado en medio del pasillo, observando cómo su compañera se alejaba a toda prisa. Negó con la cabeza y suspiró. Nunca había trabajado con nadie tan terco como ella. Empezaba a resultarle un poco molesta su actitud, por no hablar de cómo lo miraba cada vez que se dirigía a él, como si le diera repelús. Pensó que era como una piedra en el zapato. Una piedra que, por el momento, tendría que soportar.

—Ya están aquí otra vez. Son como sabuesos en busca de un trozo de carne —comentó Laura, dejando caer la cortina y abrazándose a sí misma cruzando las solapas de su chaqueta. Había empezado a llover con fuerza, pero eso no parecía apartarlos de su objetivo—. Estoy segura de que serían capaces de despedazarse entre ellos por unas míseras migas de información. Ya no sé qué más decirles, estoy cansada de repetir lo mismo una y otra vez.

Laura se refería a los periodistas que, desde que había trascendido la desaparición del niño, parecían montar guardia por los alrededores de la casa, esperando a que saliera para hostigarla con preguntas para las que no tenía respuesta, o a las que ya había respondido mil veces. Se sentía acosada y tenía miedo de salir a la calle y tener que enfrentarse a una pesadilla de micrófonos, cámaras y preguntas que no llevaban a ninguna parte.

—No es necesario que salgas. Voy yo —se brindó Gonzalo, levantándose para salir a atenderlos.

—Gonzalo —dijo Laura antes de que se marchara. Él se volvió para mirarla—. Aún no te he dado las gracias por todo lo que estás haciendo…

—No seas tonta —dijo él, negando con un gesto de la cabeza y acercándose a ella—. Anda, ven aquí.

La estrechó entre sus brazos, sintiéndola frágil como un delicado y bello objeto de cristal. Hundió el rostro en su cabello y respiró su aroma. Un aroma que le recordaba demasiado a Marcos, tanto que le hizo encogerse por instinto, como si hubiera recibido una dolorosa descarga. Notó unas traicioneras lágrimas tratando de abrirse paso a través de sus ojos y enseguida se repuso. Tenía que ser fuerte para evitar hundirse y arrastrar con él a Laura y a Toribio. Se retiró para sujetar la barbilla de Laura y hacer que lo mirara a la cara.

—Las gracias tengo que dártelas yo a ti por permitirme estar aquí, contigo. Ahora mismo lo necesito tanto como respirar. Vamos a encontrarlo. No puede ser de otra manera, Laura.

Ella asintió con el rostro lleno de lágrimas.

—Lo encontraremos —repitió.

—Voy a encargarme de los que están ahí afuera. Al fin y al cabo, es su trabajo y estoy convencido de que, a su manera, también están sufriendo con lo que ocurre.

Gonzalo fue hacia la puerta con aire decidido. Parecía sereno, pero Laura se percató de que caminaba con los hombros abatidos, como encogido. Reconocía su propio dolor en cada uno de sus gestos. Caminó hasta la chimenea, donde Toribio había dejado su vieja radio a pilas. Necesitaba ocupar la mente en algo. Tal vez le iría bien un poco de música. Giró la rueda del volumen hasta que oyó el clic característico del encendido.

«… se esperan fuertes lluvias que pueden provocar inundaciones en zonas de Extremadura y el sur de la provincia de Salamanca. La Agencia Estatal de Meteorología ha declarado la alerta naranja a partir de esta noche…»

Laura cambió de emisora. «… la comandancia de la Guardia Civil de la zona dirige la investigación sobre la desaparición del menor Marcos Arreola, que permanece en paradero desconocido desde el sábado pasado…»

Apagó el aparato y lo volvió a dejar sobre la repisa de la chimenea. No se sentía con fuerzas para escuchar la noticia una vez más. Se sentó en el sofá, escondiendo el rostro entre las manos.

—¿Dónde estás, cariño? Tienes que aguantar, hijo. Tú eres muy fuerte. Aguanta hasta que te encontremos —sollozó. Se le había formado un nudo en la garganta que apenas la dejaba hablar.

EL REGISTRO DE El Encinar comenzó esa misma mañana. Un equipo de varios perros rastreaba la zona mientras Albino, acompañada de otros cuatro compañeros, registraba cada rincón de la casa, de las caballerizas, incluso de la vieja ermita que formaba parte de la finca de los Galarza. Después de dos horas, seguían igual que al principio y Albino volvía a tener la desagradable sensación de estar dando palos de ciego. Hacía rato que se había desvanecido el subidón que había sentido cuando interrogó a Simón Galarza. Aunque le daba rabia admitirlo, empezó a pensar que quizá Picarzo estaba en lo cierto y todo aquello no había sido más que una patraña inventada por parte del interrogado. Tendría que volver a hablar con él.

En ese momento, ninguno de los dos hermanos se encontraba en la finca. Aurelio, el padre, observaba de cerca el despliegue de medios de la Guardia Civil en su propiedad, caminando nervioso de un lado a otro. No le habían explicado el motivo, pero sabía que algo gordo estaba ocurriendo y tenía miedo de que alguno de sus hijos hubiese cometido una locura.

Albino empezó a hacer preguntas a cada empleado que se encontraba por el camino, pero, una vez más, no sacó nada en claro. Solo le llamó la atención la reacción de uno de ellos, un joven que trabajaba en las cuadras y que respondía al nombre de Toño. El chico, que no parecía tener muchas luces, estaba asustado. Reaccionó de manera extraña ante sus preguntas, encogiéndose sobre sí mismo y respondiendo de manera huidiza. Aunque insistió en que no había notado nada raro en el comportamiento de sus jefes, Cristina pensó que ocultaba algo. Se disponía a seguir insistiendo con sus preguntas cuando vio llegar un deportivo rojo por el camino adoquinado que conducía al edificio principal. El coche dio un frenazo brusco y se detuvo a su lado. De él salió Luis Galarza con cara de pocos amigos.

—¿Se puede saber qué hacen otra vez aquí? —preguntó, cabreado—. ¿Tienen una orden de registro?

—Cálmese, señor Galarza. Por supuesto que la tenemos —le notificó Albino. Toño aprovechó la oportunidad para escabullirse a paso apresurado hacia las cuadras. Albino se percató, pero lo dejó ir. Más tarde volvería a tener unas palabras con el chico. Su olfato le decía que ocultaba algo.

—¿No han tenido bastante con lo del otro día? Ya les he dicho todo lo que sabía. ¿Qué coño están buscando?

Con un gesto de la mano de Albino, uno de los guardias que rastreaba la zona con un perro se acercó a ellos. El animal empezó a olisquear el coche recién llegado y no tardó en marcar el maletero.

—Quizá pueda decírmelo usted. Haga el favor de abrir el maletero de su coche, por favor.

—¿De qué va toda esta mierda? ¡Se equivoca de persona!

—Abra el maletero o yo misma le obligaré a hacerlo —insistió Albino, desenfundando su arma.

—¡Le repito que está en un error! —protestó Luis, abriendo el maletero de mala gana.

Albino echó un vistazo a su interior. Allí no había más que una bolsa de plástico que sacó con sumo cuidado para abrirla a continuación. Estaba llena de ropa. Al sacarla, descubrió que estaba manchada de sangre.

—Pero ¡qué coño…! —exclamó Luis, sorprendido.

—Queda detenido, señor Galarza —anunció Albino, sacando las esposas.

30

Fantasmas en la maleta

Las Hurdes, 1978

TORIBIO SALIÓ A la carrera del cottolengo, donde los chicos habían pasado varias horas aprendiendo a escribir con tinta. Se miró las manos; estaban todas llenas de manchas que le costaría hacer desaparecer, pero no le importaba. Era el día de Nochebuena y afuera hacía un frío que pelaba. Las nieves aún no se habían estrenado, pero cada día se despertaba cargado de brumas que, a veces, no despejaban en todo el día. Se subió el cuello del abrigo y echó a andar hasta el monte. El vaso de leche con galletas de la merienda le había dejado con más hambre de la que tenía. Era un chico alto y corpulento de dieciocho años que nunca tenía bastante. Por mucho que le llenaran el plato hasta arriba, siempre estaba hambriento. Antes de salir, pasó a hurtadillas por la despensa de la madre Francisca para agenciarse un buen trozo de pan con chocolate y beber un trago de anisete que le supo a gloria.

Palmira y Valentín ya lo estaban esperando cuando llegó al viejo roble. Ella estaba tan guapa como siempre. Toribio se detuvo un instante para contemplar su rostro envuelto en una gran bufanda de lana. Tenía la nariz roja por el frío y a él le pareció encantadora.

Estaba enamorado de ella desde que tenía uso de razón, pero nunca se había atrevido a insinuarle siquiera sus sentimientos. Siempre iban los tres juntos a todas partes. Se criaron en la inclusa y, ya desde pequeños, congeniaron muy bien. Esa tarde, iban al monte a recoger haces de brezo y jara para la *jogaráh* que se celebraría durante la noche. La tradición decía que cada cual debía de llevar tantos haces como parientes difuntos hubiera tenido durante el año. Ellos no tenían a ningún pariente fallecido, al menos que supieran, pero siempre se presentaban voluntarios para ir a recoger parte del combustible de la gran hoguera, que se mantendría encendida durante toda la noche para templar a los antepasados.

Cada año, en ese día tan señalado, el fuego iluminaba la noche de muchos pueblos y lugares de Las Hurdes. Alrededor de las fogatas se cantaba y bailaba al ritmo de los tamborileros y las zambombas. También se comía y bebía para celebrar antiguos rituales a los que los habitantes de la zona atribuían propiedades mágicas y purificadoras.

—¿Sabéis que han acogido a los dos hermanos pequeños que llegaron el año pasado? —preguntó Palmira, exhalando una nube de vapor al hablar.

—¡Otros dos *pilos*! ¡Si eran muy pequeños! No creo que pasaran de los siete… —comentó Valentín, meneando la cabeza.

—Bueno, no tiene por qué ser algo malo, ¿no? —repuso Toribio que, desde siempre, era el más optimista—. Puede que los que los han adoptado sean buena gente.

—¡Pero qué necio eres, Toribio! —observó Valentín, dándole un pescozón a su amigo—. ¿De verdad piensas que, en vez de para ganarse unas pesetas y hacerlos trabajar como mulas, los quieren para darles cariño?

—No lo sé, Valentín. No me gusta pensar mal sin conocer…

—El otro día escuché a la madre Dolores hablar con la madre Herminia —intervino Palmira—. Decían que algunas madres toman a un *pilo* después de matar a su hijo con tal de ganar dinero…

—Mientras la gente pase hambre y calamidades, esto no se soluciona —opinó Valentín.

—Al menos, nosotros no estamos tan mal. Entre la huerta, los animales y que siempre hay algún alma caritativa que nos trae algo de comida… —comenzó a decir Toribio.

—Bien sabes que no nos queda mucho. Pronto tendremos que buscarnos la vida —sentenció Valentín con rostro atribulado. Iba dando patadas a las piedras que se encontraba por el camino. Con cada golpe parecía descargar su enojo, como si así pudiera resarcirse con la vida que le había tocado vivir.

Las palabras de Valentín parecieron hacer mella en los tres amigos, que continuaron andando un buen trecho en silencio.

Enseguida salieron del camino y entraron en el monte para empezar a cortar las ramas y apilarlas en montones. Los tres trabajaban apesadumbrados, sin apenas hablar. Al rato, Valentín se acercó a Toribio y levantó la cabeza para comprobar que Palmira estaba lo bastante lejos para no escuchar sus palabras.

—Tengo que decirte algo —habló entre susurros.

Toribio se detuvo, intrigado por la manera de actuar de su amigo. Nunca habían tenido ningún secreto entre ellos.

—Estoy enamorado de Palmira —explicó Valentín con voz nerviosa—. Últimamente, no puedo pensar en otra cosa…

Toribio se quedó pasmado. Tragó saliva e intentó respirar. Sus pulmones parecían haberse vuelto de piedra.

—¿Qué pasa? —preguntó Valentín—. ¿Tan raro te parece lo que te acabo de decir?

—No. No es nada. Es solo que… me has pillado por sorpresa.

—Pues eso. He pensado que voy a declararme cuanto antes, pero no sé cómo. ¿Puedes ayudarme tú?

Toribio se quedó callado, mirando a Valentín sin verlo. Comenzó a imaginar al amor de su vida paseando de la mano de su mejor amigo, quizá robándole algún beso a escondidas…

—¡Toribio! ¡Te has *quedao pasmao*! —murmuró Valentín, dándole un codazo para que espabilara—. ¿Me vas a ayudar o no?

—Sí, sí. Claro.

—¿Qué os pasa a vosotros dos? —preguntó Palmira con el ceño fruncido, acercándose a ellos con un buen haz de leña en los brazos—. Algo planeáis, que os conozco.

—¡Este bobo! —exclamó Valentín, espabilado—. Que se ha *machacao* un dedo y no quiere decir *na* por hacerse el valiente.

—A ver —se interesó ella, dejando las ramas y acercándose a Toribio—. Déjame ver.

—No es nada —aseguró él, levantándose y dándose media vuelta para continuar trabajando.

Palmira se quedó mirándolo, extrañada. Sabía que algo le ocurría, pero también que a ella nunca se lo diría. Observó a Valentín, que volvía a afanarse en cortar ramas con más ímpetu de lo normal. Al final, pensó que debían de ser cosas de hombres y, chasqueando la lengua, volvió a trabajar.

Tardaron poco en reunir los haces de madera y brezo. Los fueron atando uno sobre otro hasta formar una alta torre que cargaron sobre las espaldas a modo de mochila. Enseguida volvieron al cottolengo y descargaron las maderas en el montón que habían ido llevando otros voluntarios. Pronto comenzaría la fiesta.

HABÍA VINO DE pitarra para todos y las monjas habían guisado un puchero enorme de caldereta de cabrito que olía a las mil maravillas. La hoguera ardía ya con fuerza y sus llamas rojizas buscaban el frío cielo nocturno del invierno recién estrenado, calentando los ánimos de todos los que la rodeaban. Un buen puñado de patatas se asaba en los rescoldos. Los más pequeños corrían de un lado a otro jugando al torito en alto, alborotando a los mayores y haciendo perder los nervios a las monjas, que temían que alguno acabara de cabeza en la fogata. Todos dejaron los juegos y acudieron prestos a recibir su ración cuando vieron que la madre Dolores sacaba el cazo para empezar a repartir la comida.

Una vez que hubieron dado buena cuenta de la cena, las mozas repartieron café, hijuelas y aguardiente de madroño para los mayores. Conrado, uno de los trabajadores más viejos y respetados del cottolengo, aspiró una bocanada de humo y se retiró el cigarro de los labios. Entonces comenzó a cantar al ritmo del tamboril y las panderetas:

Esta noche es Nochebuena
y no es noche de dormir,
que está la Virgen de parto
y a las doce ha de parir.
Ha de parir a un chiquillo alto,
rubio y colorado,
que se llame Manolito,
que ha de cuidar del ganado.
Los pastores no son hombres,
que son ángeles del cielo,
que en el parto de María
ellos fueron los primeros...

Todos los presentes hicieron los coros y los cánticos continuaron hasta bien entrada la noche. El ambiente era cálido, a pesar del frío. Todo el mundo reía y disfrutaba de la fiesta. Todo el mundo excepto Toribio, que apenas quiso cenar y se metió en la cama en cuanto tuvo ocasión, con la excusa de que le dolía el vientre. Y era cierto. Desde que Valentín le había confesado lo que sentía por Palmira, algo se le había quedado agarrado al estómago por dentro, haciéndole sentirse indispuesto.

Aquello no podía estar ocurriendo. Palmira era la chica de sus sueños desde que tenía cuatro o cinco años y se fijó por primera vez en ella. Aún lo recordaba como si hubiera sido ese mismo día. Él se resbaló al tratar de subir a una encina y la gruesa corteza del árbol le raspó las rodillas. Se quedó llorando un buen rato, sentado en el suelo, desconsolado. Hasta que apareció ella con una sonrisa arrebatadora y un bote de Mercromina para curarle. Desde ese momento, su corazón le perteneció a esa niña delgaducha de cara sucia que aquel día acudió en su ayuda como una enfermera en tiempos de guerra. Pero él había sido un ignorante al haberle ocultado sus sentimientos durante tantos años y no ocurrírsele que su corazón pudiera pertenecer a otro.

Desde la cama oía los cánticos y gritos de júbilo de la celebración. Imaginó a sus amigos pasándolo bien y divirtiéndose mientras él se mortificaba con la idea de perder para siempre a la chica que amaba. Una punzada de celos le hizo apretar los puños con fuerza. Pensó que era un cobarde que se escondía bajo las sábanas en vez de enfrentarse a la realidad, y aquello le hizo sentirse aún peor. Entonces lo decidió: iba a luchar por ella, aunque eso significara perder a su mejor amigo.

EL ÚLTIMO DÍA del año, Toribio y Valentín paseaban por el monte. Salieron solos para hablar del día siguiente. Valentín quería declararse a Palmira el día de Año Nuevo y pretendía que Toribio fuese su cómplice y le ayudara a engatusarla para que ella no se lo esperara y se llevara una bonita sorpresa. Valentín estaba emocionado y muy nervioso. Toribio, que había acudido a la cita de muy mala gana, notaba cómo su irritación iba en aumento con cada palabra que su amigo pronunciaba. Nada más adentrarse en la sierra, comenzaron a discutir.

—Pero ¿se puede saber qué te pasa? —preguntó Valentín, molesto ante la actitud de su amigo—. No me escuchas. ¡Últimamente estás como *atontao*!

—¡Déjame en paz, Valentín, que no estoy para tonterías!

—Es que parece que te moleste lo de Palmira.

—¡Pues sí, me molesta!

Valentín se quedó un momento en silencio, meditando la respuesta de su amigo. Cuando comprendió lo que Toribio quería decir, se le abrieron los ojos como platos.

—Es que…, ¿acaso te gusta a ti también?

—¡Pues claro, imbécil! —estalló Toribio, enfrentándose a su amigo cara a cara—. ¿Es que no se nota? ¡Estoy enamorado de ella desde niño!

Valentín le dio un empujón en el hombro para apartarlo.

—¡A mí no me insultes, *cagalindes*!

Toribio se envalentonó y empujó aún más fuerte a su amigo, que cayó de espaldas al suelo. Se quedó un poco confundido al darse cuenta de lo que había hecho. Iba a tenderle una mano para ayudarlo a levantarse cuando su amigo comenzó a insultarlo con rabia. Le salían los escupitajos por la boca al gritar; estaba fuera de sí.

—¡*Joputa*! ¡*Rascanalgas*! ¡Habértelo pensado antes! —Estiró la pierna y le dio una patada a Toribio que le hizo perder el equilibrio y caer también. Los dos forcejearon soltándose puñetazos y golpes.

—¡Para! —gritó Toribio, que no quería seguir con la pelea. Pero recibió un puñetazo directo a la nariz que le hizo ver las estrellas. Respondió con igual violencia, gritando de dolor.

—¡Cabrón! —arremetió Valentín—. ¡Suéltame!

Los dos jóvenes rodaban de un lado a otro por el suelo, rasgándose la ropa con las ramas y escupiendo polvo. Sumidos en el furor de la pelea, ninguno de los dos se percató de que se acercaban peligrosamente al borde del camino. Se encontraban en lo alto de una garganta escarpada con una caída de más de veinte metros entre rocas y maleza por la que descendía un pequeño chorro de agua. Era un lugar con unas vistas espectaculares hasta el que solían ir caminando los tres amigos en días despejados. Toribio logró colocarse a horcajadas sobre Valentín y trató de detenerlo.

—¡Basta! ¡No quiero pelear contigo!

Valentín se quedó quieto un instante, jadeando y mirándolo con furia. Con una mano tanteó en el suelo y encontró una piedra con la que intentó golpear la cabeza de Toribio. Por suerte, este advirtió el movimiento de su amigo y le dio tiempo a retirarse en el último instante, evitando un golpe que hubiera podido ser mortal. Con el impulso, Valentín se vio arrastrado hasta el borde del precipicio. Toribio se quedó aturdido unos segundos, pensando que su amigo quería matarlo. Su cerebro aún intentaba procesarlo cuando escuchó unos gritos de auxilio.

—¡Socorro! ¡Ayúdame, Toribio!

Se arrastró por el suelo hasta el borde del barranco y se asomó con cautela. Vio a Valentín, que se agarraba con desesperación a un saliente de la roca.

—¡Toribio! ¡Ayúdame, por Dios! —gritó con ojos desorbitados por el miedo.

Toribio se quedó mirándolo, asustado. Solo tenía que estirar el brazo y sujetarlo para evitar que resbalara y cayera, pero no movió un músculo. No hizo nada. Si hubiera sabido que ese instante se repetiría en su cabeza durante años para atormentarlo día y noche, seguramente hubiera reaccionado y habría salvado a su amigo. Pero no lo sabía. En ese momento, solo sabía que su mejor amigo no solo había intentado matarlo, sino que, además, pretendía arrebatarle a la mujer de su vida.

—¡Déjate de tonterías, Toribio! ¡Me resbalo! —voceó Valentín, sintiendo con horror cómo sus dedos perdían fuerza y adherencia—. ¡Toribio!

Toribio cerró los ojos para no ver cómo su amigo caía y se golpeaba contra las rocas brutalmente. Solo se atrevió a volver a abrirlos cuando los gritos cesaron y supo que todo había acabado. Entonces lo vio en el fondo del despeñadero. Su pierna izquierda estaba doblada en un ángulo antinatural y un charco de sangre le rodeaba la cabeza. Se retiró a toda prisa, arrastrándose de espaldas a cuatro patas, asustado por el monstruo al que acababa de conocer. Un monstruo que llevaba dentro. Se apoyó en un árbol para incorporarse y vomitó todo el contenido de su estómago. Después, lloró hasta que no le quedaron más lágrimas. Por fin, se sacudió el polvo de la ropa y se limpió la cara antes de encaminarse hacia el orfanato. Ya pensaría por el camino cómo explicar lo ocurrido. Tendría que hacerles creer que todo había sido un desafortunado accidente y que él no pudo hacer nada por salvar a Valentín.

Por el camino creyó volverse loco. Oía ruidos y le parecía escuchar voces lejanas que le recriminaban lo que había hecho. Pensó que tal vez fueran las jáncanas, que era como llamaban a las brujas del bosque en aquella zona, reclamando su alma manchada para hacerla suya. También se le ocurrió que el ánima de Valentín podría estar vagando ya por el bosque, en su busca, dispuesta a vengar su muerte. El miedo lo invadió y echó a correr. No paró hasta que, a punto de desvanecerse por el esfuerzo, alcanzó la entrada del cottolengo.

DOS AÑOS DESPUÉS, Toribio y Palmira abandonaron el cottolengo como una pareja de recién casados. Conrado acababa de morir, y le había dejado en herencia a Toribio un pequeño colmenar y una vieja casa medio destartalada, no muy lejos de allí, en un lugar llamado Aldeanegra. Él consiguió trabajo en la mina de estaño, que en aquellos tiempos estaba en pleno apogeo, y los dos enamorados comenzaron una nueva vida. Toribio pensó que era la ocasión perfecta para escapar de sus fantasmas. Lejos del orfanato, lo dejarían tranquilo. Pero se equivocaba. La culpa se coló en la maleta de tela que le había regalado la madre Dolores y lo acompañó hasta su nueva casa, instalándose como un habitante más entre sus desconchadas paredes. Nunca más se separaría de él.

31

Un testamento

Día 2
Tarde del 13 de agosto de 2018

«El desengaño camina sonriendo detrás del entusiasmo.»
MADAME DE STAËL

PICARZO LLEVABA UN par de horas pegándose con el ordenador. No era precisamente un experto en el arte de la informática, más bien era de los que prefería ver esos cacharros de lejos. Quería obtener toda la información que pudiera sobre Alejandro Ortiz de Zúñiga, el famoso notario que parecía intocable. Por orden de Albino tenía que ser discreto, así que no le quedaba más remedio que conseguir la información por su cuenta, desde su terminal.

Después de hacerle un par de preguntas a Ventura, el cual se ofreció muy amablemente a solventar sus dudas, se sentó delante del infernal aparato y comenzó a teclear a dos dedos. Encontró varios artículos que alababan la excelente trayectoria del notario. Había aprobado las oposiciones en 1983 con una de las mejores notas, siendo, además, uno de los más jóvenes de su promoción. Su notaría, situada en plena Gran Vía de Salamanca, aparecía entre las tres más prestigiosas de toda la provincia. Anselmo supuso que debía de ser insultantemente rico. A un tipo como aquel debían de salirle los billetes por las orejas.

Tecleó su nombre y buscó imágenes en internet, como le había explicado Ventura. Inmediatamente, aparecieron cientos de fotografías en las que el notario aparecía solo o en compañía de personas influyentes. Reconoció al alcalde de Salamanca en una de ellas, sonriendo mientras estrechaba la mano del notario. En otras aparecía firmando documentos en su despacho o en la universidad. Fue revisando una a una con detenimiento, observando hasta el más mínimo detalle. En una de ellas parecía estar en un cóctel o una fiesta de la alta sociedad. Alejandro Ortiz sujetaba una copa con una mano, y con la otra rozaba discretamente la mano de la mujer que tenía al lado. Era una rubia despampanante que lo miraba con sonrisa coqueta. Picarzo no pudo evitar dar un silbido de admiración ante la belleza de la mujer.

Abrió otra pestaña y buscó el nombre de la madre de Laura: Elisabeth Selles. Entre otros muchos rostros y fotografías de mujeres que debían de llamarse igual, descubrió varias en las que aparecía la misma mujer que acompañaba al notario. Volvió a observar la fotografía. No había duda de que estaban liados, aunque no quisieran hacerlo público. Pero ¿qué hacía una mujer tan bella con un hombre tan poco agraciado como él? Sin duda, lo mismo de siempre. El perfume del dinero era capaz de transformar en un adonis a cualquier adefesio. Pero había algo que no terminaba de entender. Ella no necesitaba el dinero, su marido era rico. Había dirigido varias empresas y había acumulado propiedades como para vivir holgadamente el resto de su vida. A no ser que... Picarzo se revolvió en su asiento y se rascó la nuca, nervioso. Su cerebro había empezado a funcionar a toda velocidad y le había mostrado una posibilidad que no era del todo descabellada. Apagó el ordenador apretando directamente el botón de encendido y salió del despacho de forma apresurada. Le gustaba la sensación de volver a estar en forma, de encontrarse de nuevo con el guardia civil que una vez había sido, resuelto y perspicaz, entusiasmado con cada paso que daba, por trivial que fuera.

Picarzo conocía a uno de los funcionarios del registro, José Monleón, que casualmente era su excuñado. Nunca hubiera pensado que algún día iba a tener que recurrir a él, pero estaba seguro de que, con un poco de vaselina, no le costaría mucho que se ofreciera a ayudarlo. José, o Josito, como le llamaban en su familia, estaba soltero y vivía solo, lo cual le venía muy bien para practicar su pasatiempo favorito. Anselmo sabía que Josito organizaba timbas ilegales de póker en su casa una vez al mes. Tenía conocimiento de que se manejaban grandes cantidades de dinero en cada partida, y no le extrañaría nada que también consumieran alguna sustancia ilícita. Él siempre había hecho la vista gorda debido a la hermana de Josito, o sea, su exmujer. Miraba para otro lado con tal de no disgustarla, pero las circunstancias habían cambiado y Josito era consciente. Cuando entró en el registro y preguntó por él, a nadie le pareció extraño. Era una suerte no tener que ir de uniforme en casos así, ya que podía hacerse pasar por cualquiera. Cuando Josito salió al mostrador donde Anselmo esperaba y lo reconoció, se quedó pálido.

—¡Hombre, Josito! —lo saludó Anselmo con su mejor sonrisa—. ¡Cuánto tiempo sin vernos! ¿Qué es de tu vida?

—Hola, Anselmo.

—Verás, pasaba por aquí y he pensado que seguramente mi excuñado podría echarme una mano. ¿Sigues organizando esas partiditas de póker en casa?

—Baja la voz, por favor —dijo Josito mirando alrededor y temiendo que algún compañero de trabajo lo escuchara—. ¿Qué es lo que quieres?

Anselmo puso un papel sobre el mostrador y se lo acercó, arrastrándolo con el dedo índice.

—Quiero que me saques una copia de todos los movimientos que haya del testamento de esta persona que falleció hace once días. Quiero las fechas y el nombre del notario que lo redactó.

—Sabes de sobra que no puedo darte esa información —susurró Josito, cada vez más nervioso.

—¿Y tú sabes que te pueden caer hasta sesenta mil euros si te pillan en una de esas fiestas que organizas?

—¡Eres un cabronazo! Menos mal que mi hermana se dio cuenta a tiempo y te mandó a la mierda. —Josito cogió el papel de un manotazo y, dedicándole una mirada llena de odio, se dio media vuelta y se perdió tras una puerta acristalada. Al rato, apareció con una hoja impresa que entregó a Anselmo.

—Muchas gracias, Josito —dijo Anselmo, echándole un vistazo rápido a la hoja y doblándola para guardársela en el bolsillo de la camisa—. Confío en que los dos vamos a ser discretos, ¿verdad?

Josito asintió de mala gana. Con tal de que el guardia civil se marchara de allí, haría cualquier cosa.

—Pues nada, ya me marcho —informó Picarzo, dirigiéndose a la salida—. ¡Ah, y dale recuerdos a tu hermana! —añadió, levantando la voz.

—De tu parte —disimuló Josito, apretando los puños con fuerza bajo el mostrador.

Picarzo se sentó en el coche y sacó el documento que acababa de conseguir en el registro. Sonrió al pensar en lo fácil que había sido. Parecía que por fin las cosas empezaban a salirle bien. Tuvo que alejar la hoja de papel un poco para poder leerla. Norman Kelley otorgó dos testamentos antes de morir. El primero, el 23 de noviembre de 2004, y el segundo, que invalidaría al primero, el 10 de mayo de 2011.

—¡Lo sabía! —gritó, eufórico, golpeando el volante con la mano. Alejandro Ortiz de Zúñiga había sido el notario encargado de la firma de ambos testamentos.

Sacó el móvil y llamó al centro operativo.

—Ventura, soy Picarzo. Oye, necesito que me pases la dirección y el teléfono de la residencia donde estuvo ingresado Norman Kelley, el abuelo del niño desaparecido. Es urgente.

ALBINO ESTABA DE un humor de perros. La desesperación por encontrar alguna pista la había llevado a convencerse a sí misma de que había dado con el culpable al detener a Luis Galarza. A cada momento le parecía escuchar la voz de su hermano burlándose de ella, repitiéndole que la había vuelto a cagar al haberse dejado llevar por un impulso, y eso la ponía aún de peor humor, porque sabía que tenía razón. No podía deshacerse de la sensación de ridículo que sentía al haber actuado de forma tan poco profesional.

En cuanto llegaron a la comandancia, Luis Galarza se negó a abrir la boca hasta que su abogado no hiciera acto de presencia. Este no tardó en aparecer, probablemente advertido por el padre del detenido, que había asistido, abrumado, al hallazgo en el maletero del coche. Su abogado, uno de los más caros de la ciudad y tan famoso por el número de casos que ganaba como polémico por los métodos poco ortodoxos que empleaba para salirse con la suya, consiguió enseguida que lo dejaran en libertad sin cargos.

Nada más llegar, exigió conocer los resultados de los análisis preliminares del laboratorio, que revelaron que la sangre encontrada no era humana. Además, el grupo sanguíneo tampoco coincidía con el del perro del niño. El detenido reconocía que la ropa hallada era suya, pero negaba haberla colocado en el maletero. Al ver que se le esfumaban todas las opciones, Albino intentó, a la desesperada, agarrarse a lo único que le quedaba: comprobar si el detenido tenía alguna herida por mordisco de animal. Su humillación llegó al punto más álgido cuando Luis Galarza, con sonrisa provocadora, comenzó a simular un *striptease* tarareando *You can leave your hat on* de Joe Cocker, y moviendo las caderas al ritmo de la canción mientras se desnudaba. Acabó en calzoncillos delante de todos los que estaban presentes en la sala de interrogatorios. Por suerte, su abogado le impidió en el último momento que se despojara de ellos, porque esa era, sin lugar a dudas, su intención. Demostró así que no tenía ninguna herida reciente en el cuerpo y tampoco ningún arañazo, anotándose el punto definitivo que le concedía la victoria.

Humillada ante tal espectáculo, Cristina no había tenido más remedio que dejarlo marchar. Pero la cosa no había quedado ahí. Poco después, recibió la llamada del teniente Rastrillo para amonestarla por su comportamiento poco profesional y tan impropio de ella. Le recordó que el niño seguía desaparecido y, cuarenta y ocho horas después, continuaban como al principio. La búsqueda en el bosque tampoco había dado ningún fruto a pesar de haber vuelto a rastrear toda la zona. A partir de entonces, las probabilidades de encontrarlo con vida disminuirían exponencialmente con cada hora que pasara, y Rastrillo la presionó para que buscara debajo de las piedras si hacía falta. Tenían que encontrarlo.

Después de la llamada, con el ánimo por los suelos, Cristina se pasó por el centro operativo para ver si Ventura tenía alguna novedad con las imágenes de las cámaras, solo para llevarse una nueva decepción. El agente al que había enviado al cottolengo para tratar de averiguar algo sobre el reloj de bolsillo desaparecido tampoco tenía buenas noticias. De pronto, se acordó de Picarzo. No había sabido de él en todo el día. Lo llamó varias veces al móvil, pero su terminal estaba fuera de cobertura. Se lo imaginó vagueando por ahí, alimentando su barriga cervecera en algún bar. Ese hombre la sacaba de quicio. Miró el reloj y pensó en pasar un rato por el gimnasio antes de cenar para expulsar toda la mierda que llevaba dentro con un poco de ejercicio.

LAURA, GONZALO Y Toribio bajaron del coche en el aparcamiento del hospital a última hora de la tarde; querían interesarse por el estado de Hannah. Los ánimos de los tres estaban por los suelos mientras esperaban a Renata en la cafetería del centro hospitalario. Acababan de pasar por la comisaría y la sargento Albino les había explicado que, muy a su pesar, seguían sin tener ni la más mínima pista de Lobo. Las horas pasaban y el tiempo corría en su contra. Lo único que les pudieron ofrecer fue la ayuda de un psicólogo especializado en casos como el suyo. En ese momento Toribio explotó y rechazó su oferta a gritos, diciendo que no lo necesitaban porque el niño seguía vivo, que solo tenían que dar con él.

Se puso como loco y empezó a golpear y a tirar al suelo los objetos que se encontraba en su camino. Cuando lograron calmarlo, rompió a llorar como un niño, desesperado. Laura se dio cuenta enseguida de que había vuelto a beber. Lo vio en sus ojos vidriosos en cuanto sus miradas se cruzaron. Le preocupaba mucho que hiciera una locura por la tensión y la horrible incertidumbre a la que estaban sometidos. Aunque no lo aparentara, ella sabía que era el más débil de los tres. No soportaría que Marcos no volviera. Pero ¿qué sería de ella si ocurría una cosa así?

Por primera vez desde que su hijo desapareció, valoró la posibilidad de que el niño pudiera estar muerto. Se quedó un rato con la mente en blanco. No podía pensar; no quería hacerlo. No era capaz de imaginar las consecuencias que algo así tendría en su vida. Ya nada volvería a ser igual.

Gonzalo la abrazó al darse cuenta de su estado y ella se refugió en sus brazos como si pudieran protegerla de cualquier mal. Después de unos instantes, volvía a tener la convicción de que su hijo estaba vivo, de que no debían dejar de luchar hasta el último momento. Se dio cuenta de que pensar de manera tan negativa no los ayudaba.

Intentó reflexionar una vez más sobre quién podría querer hacer daño a Marcos. Por más vueltas que le daba, nunca llegaba a una conclusión razonable. Entonces se acordó de Demetria, la partera que la había ayudado a parir y a la que iba a entregar al bebé. Se le erizó la piel y se puso rígida al recordar sus amenazas cuando Toribio la echó de la casa. Pero era imposible que una anciana como ella, si es que aún vivía, hubiese podido matar a Regino y al perro y llevarse al niño. No tenía ningún sentido. Estaba pensando en ello cuando apareció Renata y todos se pusieron en pie para recibirla.

—¿Cómo está tu madre? —Laura le cogió las manos a su amiga y le dio un beso en la mejilla.

—Igual —respondió ella—. Sigue en coma, pero los médicos dicen que es buena señal que haya sobrevivido a las primeras horas…

—Se recuperará, estoy segura —señaló Laura con una sonrisa cansada—. Es tan cabezota que hasta esto lo conseguirá.

—Esta vez no estoy tan segura, Laura —opinó Renata, suspirando profundamente—. La veo ahí tumbada, con la cabeza vendada y la cara tan amoratada… Es demasiado para la edad que tiene. Pero, decidme, ¿se sabe algo del niño?

El silencio y el rostro atribulado de todos los presentes le sirvió de respuesta.

—¡¿Cómo es posible?! ¡¿No saben nada aún?! Todo esto es una locura, no tiene ni pies ni cabeza…

Laura echó un vistazo a Toribio, que no había apartado la mirada del suelo ni despegado los labios desde que salieron de la comandancia. Le cogió una mano y le rodeo la cintura con la otra. Él pareció reaccionar ligeramente, mirándola como si no la reconociera.

—Va a aparecer. Sé que está vivo, Renata. Lo siento aquí dentro —explicó Laura, colocando el puño en su pecho.

—Va a aparecer —repitió Toribio con un susurro, asintiendo con la cabeza, con la mirada perdida. Gonzalo le dio una palmada en el hombro para animarlo; le daba la impresión de que repetía esas palabras intentando convencerse a sí mismo de que eran ciertas. Estaba perdiendo la esperanza.

—Sí. No podemos darnos por vencidos —comentó, sacudiendo un poco a Toribio para que este le prestara atención—. Mírame, Toribio. Vamos a encontrarlo.

Los cuatro se abrazaron formando un grupo.

—¡Vamos a encontrarlo! —exclamó Toribio un poco más animado, y todos repitieron las mismas palabras al unísono, como si fuera un mantra.

—¡Vamos a encontrarlo!

Poco tiempo después, cuando se hubieron marchado, Renata volvió junto a su madre. Le cogió la mano y lloró, hablando en voz alta.

—Marcos está muerto. Lo sé, mamá. Tienen la esperanza de que esté vivo en algún lugar del bosque, pero yo no lo creo. Si no lo ha matado alguien, la naturaleza se habrá encargado de hacerlo. Un niño tan pequeño y tan débil no puede sobrevivir tanto tiempo solo en el bosque. Yo sé, y tú sabes también, que esta puta vida acaba llevándose siempre a los mejores, a los más buenos. Quiero pensar que son elegidos justo por eso, como si fuera un regalo para dejar esta mierda de vida y pasar a otra mejor. —Se sonó la nariz y se limpió las lágrimas, que empezaban a empaparle el cuello de la camisa—. No es justo, mamá —continuó, hipando como cuando de pequeña cogía una rabieta y la congoja no la dejaba hablar—. Si Marcos está muerto, su madre no lo va a soportar. Y su abuelo… Tendrías que haber visto lo hundido que estaba…

Renata dejó de hablar y se quedó rígida, con los ojos muy abiertos. Creía haber sentido cómo su madre le apretaba la mano.

—¿Mamá? ¿Me has apretado la mano? ¿Puedes escucharme?

Entonces lo notó con claridad. La mano de su madre se cerró con fuerza sobre la suya.

Picarzo entró en la residencia en la que Norman Kelley había pasado los últimos años. Era un edificio de dos plantas muy luminoso, con un gran jardín exterior en el que había varios ancianos, unos paseando y otros sentados en algún banco, mirando al mundo que los rodeaba sin mucho interés. A Anselmo le dio la impresión de que estaban esperando, como el que espera un último tren, cansados ya de seguir viviendo y deseando ser los elegidos en el próximo viaje. Se le puso la piel de gallina y tuvo que frotarse los brazos para deshacerse de la tristeza que empezaba a extenderse por todo su ser, como una mancha negra de aceite en el mar. Se dio cuenta de que aún no estaba preparado para enfrentarse a ciertas cosas. La certeza de la muerte le abría viejas heridas que necesitaba que empezaran a cicatrizar.

Preguntó por la responsable de la residencia en recepción y esta no tardó en aparecer para atenderlo.

—Hola, buenas tardes —lo saludó muy amable con un apretón de manos—. Soy Rocío, la directora de la residencia. ¿En qué puedo ayudarle?

—Hola, me llamo Anselmo Picarzo. Soy agente de la Guardia Civil y necesito que me proporcione información sobre un residente que estuvo aquí durante varios años y falleció hace unos días —expuso, mostrándole su tarjeta de identificación.

—De acuerdo. Pasemos a mi despacho y así podremos hablar tranquilamente. Sígame, por favor.

Picarzo la acompañó a través de un pasillo iluminado con fluorescentes de luz blanca. Se sorprendió bajando la mirada hasta su trasero, que no estaba nada mal. Ya no recordaba el tiempo que hacía que no se fijaba en una mujer de esa manera y se le escapó una risita nerviosa que tuvo que disimular con una tos.

—Tome asiento, por favor —le indicó la directora—. Dígame de qué residente se trata para que pueda acceder a su expediente.

—Se trata de Norman Kelley, un paciente con un estado de alzhéimer muy avanzado.

—Un momento, por favor, hemos tenido problemas con el sistema informático durante todo el día. No sé si podré acceder a la información desde aquí.

Anselmo esperó, paciente, mirando cómo ella tecleaba y negaba con la cabeza. Después de varios intentos, se dio por vencida.

—¡No hay forma! ¡Esto es un desastre! ¿Qué le interesaría saber exactamente sobre nuestro residente, señor...?

—Picarzo. Anselmo Picarzo.

—Lo siento, soy muy mala recordando nombres.

—No se preocupe, tendría que ver lo despistado que soy yo para esas cosas —bromeó él, mostrándole su mejor sonrisa—. Me interesa saber, sobre todo, la fecha en la que ingresó en la residencia y cuándo lo declararon incapacitado para poder tomar decisiones por su cuenta. ¿Hay algún documento que acredite que esa persona estaba incapacitada en una fecha determinada?

—Debemos de tener la fecha en la que se le reconoció el grado de dependencia total, que es más o menos lo mismo. Aunque le parezca un poco extraño a estas alturas, seguimos manteniendo un registro en papel del historial de nuestros residentes. Guardamos cada uno de los informes médicos y documentos oficiales de los internos fallecidos durante años por si hubiera algún problema. Las copias más viejas son de hace casi cincuenta años, cuando empezó a funcionar esta residencia. —La directora se levantó y se dirigió hacia la salida, sujetando la puerta—. Si me acompaña, podemos intentar localizar el expediente del señor Norman Kelley.

—Por supuesto, usted primero.

Tomaron uno de los ascensores para bajar al segundo sótano. Al llegar, las luces tardaron unos segundos en encenderse, haciendo el ruido característico de las lámparas fluorescentes. Era una habitación bastante grande, llena de archivadores identificados con números. Olía a papel viejo y a polvo. Picarzo tuvo la sensación de haber retrocedido en el tiempo varias décadas. Rocío consultó un archivador con fichas de papel colocadas por orden alfabético hasta que encontró la que estaba buscando.

—Norman Kelley. Aquí está. El 235 —indicó, dirigiéndose a uno de los primeros archivadores de la pared—. A veces, los métodos tradicionales funcionan mucho mejor que los más modernos. Si no fuera por este archivo, hoy no podría haberle dado esta información.

—Y que lo diga. Tiene delante a un verdadero negado para la informática. Es ver un aparato de esos y me pongo a sudar.

—Sin embargo, en los tiempos que corren estaríamos perdidos sin ellos, ¿no cree? Mire. Aquí está el expediente que buscamos.

La directora lo llevó hasta una de las mesas y los dos tomaron asiento para consultarlo con calma. Sacó el contenido de la carpeta y empezó a leer.

—Norman Kelley ingresó en nuestra residencia el 1 de junio de 2007. En ese momento, el médico que lo valoró ya lo diagnosticó en un estado moderado de la enfermedad de Alzheimer.

—¿Eso qué significa? ¿A qué se refiere con moderado?

—Digamos que es la segunda de las tres fases en las que se divide la enfermedad. Leve, moderado y grave. En esta situación, el enfermo padece pérdidas de memoria a nivel generalizado, es decir, tanto a largo como a corto plazo. Comienza a repetir ciertos actos de manera continuada, deja de reconocer a los familiares, tiene dificultades para expresarse…

—¿Cree usted que en ese estado una persona podría estar capacitada para tomar una decisión importante?

—Estos pacientes alternan momentos de lucidez con otros de confusión mental. Podría ser, aunque me parecería muy difícil.

—De todas formas, dice que ese era su estado en 2007, cuando llegó a la residencia. ¿Qué puede decirme de su estado en 2011?

—Cuatro años después. —Rocío pasó una hoja tras otra en busca de los informes médicos del año 2011—. Vamos a verlo, pero ya le adelanto que la fase moderada suele durar unos tres años. A partir de ahí, el enfermo entra en una fase grave en la que se vuelve totalmente dependiente. A ver… Este es el informe de valoración en el que se le reconoció el estado de dependencia total. Este informe es importante a la hora de recibir ayudas del Estado para este tipo de enfermos. La fecha es del 27 de octubre de 2010.

—O sea que, a partir de esa fecha, el enfermo estaba incapacitado para tomar cualquier tipo de decisión legal.

—A partir de esa fecha e incluso mucho antes, pero esa en concreto es la que lo incapacita definitivamente a efectos legales.

—¿Sería tan amable de hacerme una copia de este documento, por favor?

—Por supuesto, de todo lo que necesite. Sin ningún problema.

—Tengo otra pregunta. ¿Tienen registradas las visitas de los familiares y las salidas de los residentes?

—Sí. Hay un registro completo de todos los movimientos, tanto si un familiar los ha visitado o ha venido a recogerlos, si han tenido que ir al médico o, para los que no son dependientes, si han salido por su cuenta. El personal de recepción suele indicar las horas de salida y llegada, el familiar que lo acompaña y el motivo de la salida. También se registran las visitas.

—¿Podría buscarlo? Solo por curiosidad. Me interesa la fecha del 10 de mayo del 2011 en concreto.

—Este es el registro —señaló la directora, mostrándole una hoja de papel—. Aunque me llama la atención las pocas anotaciones que tiene. En toda su estancia no recibió más de un centenar de visitas de sus familiares, la mayoría de su hija. Y solo tiene una salida que coincide con la fecha que usted indica: 10 de mayo del año 2011.

—¿Quién lo acompañó?

—Pues fue su mujer, Elisabeth Selles. Aquí está su firma.

—Perfecto. Ha sido usted de gran ayuda. Necesitaría una copia de este registro también, si es tan amable.

—Claro. Enseguida. Si no desea saber nada más, le acompaño a la salida. Le entregarán las copias en recepción.

—Muchas gracias.

—¿Qué ha ocurrido con el señor Kelley? ¿Ha habido algún problema legal con la familia? —quiso saber ella mientras subían en el ascensor.

—Siento no poder responderle a esa pregunta. Entienda que estoy en medio de una investigación importante.

—Ah, claro, por supuesto. Ya sabe dónde encontrarme para cualquier cosa que necesite. Ha sido un placer.

—Lo mismo digo.

Picarzo salió de la residencia con aire triunfal. Tuvo que recorrer aprisa los últimos metros que lo separaban del coche, porque empezaba a llover de nuevo. Tenía las pruebas para encerrar durante un tiempo a ese par de tortolitos. Habían cambiado el testamento de manera ilegal, y quizá incluso tuvieran algo que ver en la desaparición del niño. Pronto lo sabrían. Cogió el teléfono móvil para comunicarle la buena noticia a Albino y vio que tenía cuatro llamadas perdidas suyas. Seguramente, en el sótano de la residencia no habría cobertura. ¿Habría alguna novedad en el caso?

—Albino, soy Picarzo. ¿Me has llamado?

—¡Pues claro que te he llamado! ¿Dónde demonios estabas?

—Estaba investigando a la abuela del niño y al notario, como me dijiste. ¿Ha ocurrido algo?

—Lo que ha pasado es que no ha ocurrido nada. Seguimos igual que al principio. Luis Galarza no es culpable —anunció Albino con tono enfadado.

Picarzo estuvo a punto de decirle que se lo había advertido, pero se mordió la lengua. Era mejor tener la fiesta en paz. Solo conseguiría ponerla más aún en su contra.

—Yo tengo algo que te va a gustar.

—Pues suéltalo ya, necesito una buena noticia, para variar.

—Tengo en mi poder los documentos que demuestran que la mujer de Norman Kelley, Elisabeth Selles, junto al notario con el que tiene un romance, Alejandro Ortiz de Zúñiga, cambiaron de forma ilegal el testamento del difunto un año después de que este fuera declarado como incapacitado.

—¿Estás seguro de lo que estás diciendo? ¿Podemos probarlo?

—Tan seguro como que estoy hablando contigo. Y sí, podemos probarlo.

32

Una llamada lo cambia todo

Día 3
Madrugada del 14 de agosto de 2018

«Decir que el hombre es una mezcla de fuerza y debilidad, de luz
y de ceguera, no es hacer su proceso: es definirlo.»
DENIS DIDEROT

LA HOJA DE afeitar se llevó por delante unos cuantos años, además de las patillas. Picarzo llevaba un rato contemplando su nuevo rostro en el espejo; le gustaba lo que veía. De alguna forma, la conversación con su excuñado le había hecho reflexionar sobre su relación con Rosa o, más bien, la falta de ella. Seguía aferrado a una esperanza que ya no tenía sentido. Ella no iba a volver, porque ninguno de los dos eran ya las mismas personas. Se habían convertido en dos extraños que lo sabían todo el uno del otro. Se dio cuenta de que echaba de menos a la Rosa que había conocido en el instituto, y que ya no existía. Por eso decidió comenzar una mudanza emocional para deshacerse de todo lo que le recordara a ella. Empezó por afeitarse, y el resultado le pareció muy positivo.

Pero a la hora de la cena, el buen ánimo que había disfrutado durante todo el día se esfumó en pocos minutos. Se encontró solo, sentado en el sofá, delante de una caja de tallarines que había comprado en el tailandés de la esquina y viendo un programa basura que conseguía, a duras penas, mantener su atención.

Había quedado con Albino a las nueve de la mañana en el despacho del notario. Su secretaria les había comunicado que

Alejandro Ortiz de Zúñiga regresaba de un viaje a Londres por la mañana, pero que estaría en el despacho a las once porque tenía una firma con unos clientes. Como no querían perder tiempo, lo esperarían allí desde primera hora.

Era ya casi la una de la madrugada y se había quedado amodorrado en el sofá. No le apetecía meterse en la cama, donde la sensación de soledad se acrecentaba. Estaba empezando a cerrar los ojos cuando el sonido del móvil lo sobresaltó. Tardó un momento en ubicarse y darse cuenta de dónde estaba hasta que cogió el teléfono. Era Albino.

—Dime, Albino. ¿Qué ocurre a estas horas?

—¡Lo tenemos, Picarzo! —exclamó la voz de Cristina Albino al otro lado de la línea.

—¿Lo tenemos? ¿A quién?

—Nos acaban de llamar del hospital Virgen de la Vega. Un hombre ha acudido a urgencias con una infección por mordedura de perro en la pierna. Según los médicos, los desgarros musculares que padece son compatibles con el tipo de herida que estamos buscando. También coinciden en que, por su aspecto, podría haber sido infligida hace un par de días. Además, presenta arañazos en proceso de curación en cara y cuello.

—¡Podría ser él! ¿Es alguien conocido?

—Creo que no, pero lo sabremos enseguida. Te recojo en quince minutos.

33

Tictac, tictac...

Día 3
Madrugada del 14 de agosto de 2018

> «Hay una locura, hija de la desesperación,
> a la que todo debe excusarse.»
> HONORÉ DE BALZAC

ANDREI HABÍA SALIDO de Rumanía tres días después de haber cumplido los dieciocho años. Gracias a un primo segundo de su madre, que llevaba varios años en España trabajando en la construcción, había conseguido un visado y un trabajo. Cuando llegó, no sabía ni una palabra de español, pero pronto aprendió a hablarlo sin muchas dificultades. Dejó en su país a su familia: su madre, su hermana y su abuelo. La vida allí nunca fue fácil para ellos.

Su madre trabajaba en lo que podía para darles de comer, porque su abuelo era demasiado mayor para trabajar. Él dejó la escuela demasiado pronto para ayudar a mantener la familia, pero los empleos que conseguía eran muy precarios y ganaba muy poco. Hasta que conoció a Mirko, un serbio de dudosa reputación que le ofreció ganarse algún dinerillo. Empezó a hacer encargos regulares de poca monta, como entregas o recogidas rápidas y discretas de paquetes. Desconocía su contenido, pero sospechaba que la mercancía que transportaba no era legal. En realidad, le daba igual, le pagaban bien y se sentía útil. Hasta que uno de esos paquetes desapareció en extrañas circunstancias y él no fue capaz de explicar a dónde había ido a parar. Le propinaron una paliza brutal y lo dejaron tirado en un callejón, dándolo por muerto. Cuando se recuperó, su madre no paró hasta encontrar la manera de alejarlo de allí.

Ahora era Valentina, su hermana de dieciséis años, la que necesitaba ayuda. Su madre le había explicado por teléfono que Mirko preguntaba mucho por ella últimamente. No sabía cuánto tiempo iba a poder mantenerla a salvo. Una chica joven y guapa como ella era carne de cañón para las mafias de trata de mujeres. Tenía que sacarla de allí lo antes posible, pero necesitaba dinero para el viaje. Hacía meses que Andrei no trabajaba, y lo poco que tenía ahorrado no le alcanzaba. El único sueldo con el que malvivía su familia en Rumanía era el de su madre, y tampoco era una opción.

Tenía que conseguir dinero con urgencia antes de que fuera demasiado tarde para ella. Había pensado en dar un golpe en una gasolinera o incluso en atracar alguna tienda, pero estaba solo y, definitivamente, no estaba preparado para algo así. Desde que empezó a darle vueltas a esa posibilidad, tenía pesadillas en las que se le disparaba el arma con la que robaba a punta de pistola en un establecimiento y mataba a algún inocente. Estaba desesperado, no veía la forma de conseguirlo. Hasta que oyó hablar del reloj…

Pero todo salió mal.

Tenía dos dedos de la mano rotos, aunque había conseguido inmovilizárselos él mismo y el dolor se había vuelto más soportable. El problema era la pierna. Llevaba todo el día con unos dolores horribles en la pantorrilla. También se había intentado curar él mismo y había pasado los dos últimos días a base de analgésicos, pero cada vez estaba peor.

Se despertó a media noche empapado en sudor, con un dolor insoportable que apenas le permitía caminar. Tenía mucha fiebre y tiritaba sin control. Al levantarse el apósito que había improvisado, el olor le provocó una mezcla de asco y pánico. Entonces supo que tenía que verlo un médico inmediatamente.

La enfermera lo atendió enseguida. Le puso una inyección y le limpió con cuidado la herida. Estaba en un box de urgencias, recostado a la espera de que la fiebre y el dolor remitieran, cuando la puerta se abrió de golpe, sobresaltándolo. Entraron un hombre y una mujer que no llevaban bata de médico y cerraron la puerta tras ellos. Se incorporó sobre la camilla. Aquello le daba mala espina.

—No se incorpore —le indicó la mujer—. No va a ir a ninguna parte. ¿Es usted el señor Andrei Dobre?

—Sí, soy yo —respondió con timidez.

—Soy la sargento primero Albino, y él es el agente Picarzo. Necesitamos saber cómo se ha hecho la herida que tiene en la pierna.

Andrei se quedó blanco. Habían tardado menos de una hora en localizarlo. ¿Cómo había podido ser tan ingenuo?

—Me… me mordió un perro el otro día, cuando caminaba por la calle.

—¿Y no lo denunció?

—No, no se me ocurrió.

—La enfermera nos ha explicado que esa herida lleva abierta varios días y está infectada. Le deberían haber dado puntos de sutura. ¿Por qué no acudió a un médico para curarse cuando le mordió el perro?

—No sé…, pensé que podría curarla yo solo.

—¿Y los arañazos que tiene en el cuello y la cara? ¿También se los hizo el perro?

El chico se llevó la mano al cuello de manera instintiva.

—No…, no sé. Me habré arañado con algo.

—Mira, chaval —comenzó Albino, sentándose en una de las esquinas de la camilla para estar más cerca de él—. Tenemos un cadáver y un niño desaparecido desde hace más de cuarenta y ocho horas, y no estamos para escuchar sandeces como esa. No te lo crees ni tú.

Andrei la miraba con ojos aterrados. La fiebre no le dejaba pensar con claridad y estaba muy asustado. Comenzó a morderse las uñas, pero no dijo nada. Solo podía pensar en su hermana y negaba con la cabeza una y otra vez.

—No, ¿qué? Tienes que decirnos ahora mismo dónde está el niño. Solo es cuestión de tiempo que los análisis de ADN de la muestra que te acaban de tomar demuestren que fuiste tú el que asesinó a la persona que apareció junto al cuerpo del perro, y por tanto el responsable de la desaparición del niño.

—No sé de qué me habla.

—No me hagas perder la paciencia, porque a estas horas y a estas alturas del caso, te advierto que me queda muy poca —amenazó Albino. Iba a continuar cuando su móvil comenzó a sonar y tuvo que salir de la sala para atender la llamada.

—Es mejor que digas la verdad cuanto antes —aconsejó Picarzo al chico, que parecía haberse relajado un poco con la ausencia de Albino—. Te va a caer una pena por homicidio, eso ya es indiscutible, aunque quizá tu abogado pueda rebajar la sentencia alegando enajenación temporal, defensa propia o cualquiera de esas artimañas a las que suelen recurrir los letrados. Pero si el niño muere y no haces nada por evitarlo, envejecerás en la cárcel. Tú decides.

Andrei se recostó en la camilla. Las manos le sudaban y se las secó sobre la camiseta.

—Apostaría lo que fuera a que el niño no está contigo —continuó diciendo Picarzo—. Eso solo tendría sentido si pensaras pedir un rescate, cosa que ya habrías hecho hace tiempo. Entonces, solo nos quedan dos posibles alternativas: o lo has abandonado a su suerte en algún sitio, o lo has matado.

—¡No! ¡Yo no lo he matado!

—¿Qué has hecho con él, entonces?

El chico comenzó a morderse las uñas con ansiedad. Se sentía acorralado.

—Tictac, tictac… El tiempo corre, amigo. Un minuto puede significar la diferencia entre la vida y la muerte. Entre la libertad en unos años o la cárcel casi de por vida.

Albino volvió a entrar en el cuarto con una sonrisa triunfal que no se le escapó a ninguno de los dos.

—Te tenemos, chaval —anunció, guiñándole un ojo al chico—. Ya te dije que no intentaras tomarnos por tontos. Acaba de llamarme Ventura. Parece que su trabajo de investigar todas las imágenes de las cámaras de la zona no fue en vano —informó, dirigiéndose a Picarzo y escrutando con un poco más de detalle el cambio de aspecto de su compañero. ¿Sería posible que le pareciera atractivo sin tanto pelo en la cara? Desechó la idea en menos de un segundo y se centró en lo que les había llevado hasta allí.

—¿Ha podido encontrar algo?

—El chico tiene a su nombre un Renault 19 rojo medio destartalado. Le falta una de las ventanillas de atrás, que está cubierta por un cartón y cinta aislante. Las cámaras de una gasolinera de la carretera SA-201 demuestran que el coche llegó allí exactamente a las 23.53 de la noche del día 11 de agosto. No repostó gasolina, pero el conductor bajó y entró para pasar al lavabo. El empleado de la gasolinera, con el que Ventura acaba de hablar, dice que dejó el servicio de caballeros hecho un asco, todo manchado de sangre. Y no solo eso, sino que la cámara del interior muestra una imagen nítida del conductor. ¿Adivinas quién era?

—Creo que vas a tener que explicarnos qué hacías tan cerca del lugar en el que desapareció el niño, justo después de que ocurrieran los hechos. Con una mordedura de perro, que sabemos que el agresor recibió antes de matar al animal, y todos esos arañazos —razonó Picarzo, con la esperanza de que el chico se viniera abajo y confesara.

—He pedido una orden de registro y en estos momentos se está procediendo a registrar tu casa —señaló Albino, acercándose más a él para intimidarlo. Sabía que no le quedaba nada para conseguirlo. Solo un pequeño empujón más—. ¿Qué encontrarán allí, Andrei? ¿Puede que el reloj que robaste la noche en cuestión? ¿Quizá al niño?

—¡Basta! —imploró el chico, comenzando a temblar—. Si os cuento lo que ocurrió, tenéis que prometerme que vais a ayudarme a salvar a mi hermana.

34

Huérfanos de sombra

Día 3
Madrugada del 14 de agosto de 2018

«El más pequeño cabello proyecta su sombra.»
Johann Wolfgang von Goethe

La luz fluorescente titilaba de vez en cuando, haciéndole volver a la realidad. Después de que le dieran el alta en el hospital, lo habían trasladado a una sala de la comandancia de la Guardia Civil de Salamanca y lo dejaron allí a solas. Se encontraba mucho mejor. Ya no sentía tanto dolor, pero se sentía agotado y su ánimo hacía horas que estaba a ras de suelo. Su mente no dejaba de atormentarlo con imágenes de los ojos muertos del viejo atravesándole con la mirada y el niño sin vida en alguna parte del bosque. Dos inocentes muertos por su culpa. Por su maldita manera de hacer las cosas sin pensar, sin un plan premeditado que seguir. Miró una vez más hacia la puerta, inquieto. Se estaba poniendo nervioso porque tardaban demasiado, y eso le hacía suponer que algo no iba bien. Estaba dispuesto a contarles todo lo sucedido, pero no sin antes tener la certeza de que, de alguna manera, ayudarían a su hermana. No tenía ni la más remota idea de cómo iban a poder hacerlo, pero debía intentarlo o todo habría sido en vano.

Por fin, la puerta se abrió y entraron los dos guardias civiles de paisano que habían ido a visitarlo al hospital. Deseó que fuera el hombre el que dirigiera el interrogatorio, porque ella lo intimidaba de mala manera con solo mirarlo. Pero no hubo suerte.

—Bueno, vamos a empezar con esto —comenzó a decir Albino, depositando sobre la mesa una bolsa de plástico transparente que contenía el reloj de oro que él había robado—. Ahora ya no hay excusa, chaval. Esto lo han encontrado en tu casa. En concreto, en uno de los cajones de la mesita de tu cuarto. ¿Qué tienes que decir a esto?

—Yo lo robé —confesó Andrei, resignado.

—¿Por qué precisamente este reloj? —quiso saber Albino, frotándose los ojos con gesto cansado.

—Ya se lo he explicado en el hospital. Necesitaba el dinero para intentar salvar a mi hermana…

—Sí, sí. Ya sabemos lo que nos has contado, pero lo que quiero saber es: ¿cómo sabías de la existencia del reloj? ¿Lo habías visto? ¿Conocías al dueño o a alguna persona de su familia?

—No. No los conocía. Pero alguien me habló del reloj y sabía dónde encontrarlo.

—¿Quién te habló del reloj y que te dijo? —preguntó Albino, que empezaba a sentir un cosquilleo en el estómago. Por primera vez en todo ese tiempo, estaba segura de que caminaban en la dirección correcta.

—Me lo contó la Abu…

—¿La Abu? ¿Quién es esa? —se interesó Picarzo, acercando su silla un poco más al interrogado.

—Supongo que ya saben que vivo en un piso de acogida con más chicos de mi edad. Ella es una anciana que viene a ayudarnos varios días a la semana. Nos hace la comida y habla mucho con nosotros para que estemos preparados cuando podamos valernos por nosotros mismos. En realidad, se llama Hannah.

—¿Hannah? —se extrañó Picarzo— ¿No es esa la anciana que sufrió el accidente el otro día? No puede haber muchas señoras de esa edad que se llamen así por aquí…

—¡¿Cómo?! —exclamó Andrei con semblante preocupado—. ¿Le ha ocurrido algo a la Abu?

—Sí, si estamos hablando de la misma persona, cosa que parece probable. Esa mujer tuvo un accidente de tráfico hace un par de días. La última noticia que tuvimos sobre ella fue que se encontraba en estado grave.

—No puede ser… Por eso no he vuelto a verla… —Andrei se sujetó la cabeza con ambas manos, sin dejar de moverla de un lado a otro.

—Y ¿cómo sabía esa tal Hannah de la existencia del reloj? —lo interrogó Albino, tratando de reencaminar la conversación.

—Ella siempre nos habla de muchas cosas para conseguir levantarnos el ánimo. Es muy fácil desesperarse cuando la mayoría de la gente te mira con desconfianza, o cuando lo intentas una y otra vez y, por mucho que te esfuerzas, te siguen rechazando en cualquier trabajo. Somos jóvenes que hemos pasado por circunstancias muy duras, a las que unos reaccionan mejor y otros peor. Pero es como si todos llevásemos un sello en la frente con el que automáticamente se nos excluye. Llegas a sentirte inferior, a pensar que nunca podrás tener una vida normal. Ella nos habló de ese reloj —Andrei hizo un gesto, señalando con la barbilla la bolsa que había sobre la mesa—, precisamente por lo que pone en la inscripción.

—¿Qué es lo que pone? —Albino cogió la bolsa y contempló el objeto a través del plástico, fijándose muy bien en los extraños signos que había grabados en él:

צל יש ביותר הקטנה לשערה אפילו

—Es hebreo —explicó Andrei—. Dice algo así como que hasta el más pequeño cabello proyecta una sombra.

—¿Y eso qué significa? —preguntó Picarzo, intrigado.

—Pues que hasta la cosa más pequeña es importante. Nos explicó que, por muy insignificantes que el mundo nos haga sentir, jamás debemos rendirnos y dejar que nuestra sombra se vuelva transparente y desaparezca, porque en ese momento estaremos perdidos. Dijo que teníamos que defender lo que somos y hacer cualquier cosa para no convertirnos en unos... huérfanos de sombra. Creo que esa fue la expresión que utilizó.

—Muy poético, pero sigo sin entender por qué robaste ese reloj —lo interrumpió Albino.

—Nos explicó que esa inscripción estaba en un reloj de oro muy antiguo que debía de ser valiosísimo. Yo estaba desesperado por conseguir un poco de dinero, así que, en cuanto la escuché decir eso, me interesé por él y le pregunté si lo tenía ella.

—¿Hubieras sido capaz de robárselo a ella? —lo tanteó Albino, con cara de circunstancias.

Andrei esbozó una sonrisa triste, llena de emoción.

—Me temo que sí.

—Pero no lo tenía ella, porque no era suyo —añadió Picarzo.

—No. Y yo fui tan tonto que pensé que sería cosa de niños entrar en la casa cuando no hubiese nadie y robar el reloj.

—¿Qué ocurrió? —ahondó Albino.

—Todo fue muy bien hasta que salí de la casa con el reloj y me topé de frente con un perro. Eché a correr para adentrarme en el bosque, pero el perro me persiguió y me atacó. Llevaba un cuchillo por precaución; lo cogí en el último momento y juro que no pensaba hacer daño a nadie con él. Tuve que matarlo o el muerto habría sido yo. Creí que iba a desmayarme del dolor, había sangre por todas partes y no sabía si era del perro o mía. Me puse muy nervioso y traté de salir de allí, pero, justo en ese momento, apareció el niño.

—¿Qué le hiciste al niño? ¿Lo mataste? —preguntó Albino.

La sala se quedó en silencio. Andrei volvió a cubrirse el rostro con las manos. ¿En qué lío se había metido?

—¡Responde a la pregunta! ¿Está muerto? —insistió Albino, alzando la voz.

—No lo sé. Es posible...

—¡¿Cómo que es posible?! —gritó Albino, poniéndose de pie y dando un fuerte golpe sobre la mesa con las palmas de las manos.

—Cuéntanos lo que ocurrió, Andrei —intervino Picarzo, en tono conciliador.

Andrei respiró hondo y empezó a hablar. Le temblaba la voz.

—El niño se me echó encima de repente. Estaba como loco y no paraba de gritar, de golpearme y darme patadas. Yo no podía soportar el dolor. El mordisco del perro había sido brutal y estaba haciendo que perdiera mucha sangre. Me puse nervioso y le di un golpe en la cabeza con el mango del cuchillo. Él perdió el conocimiento y cayó al suelo. En ese momento, no sé de dónde, apareció el hombre y se encaró conmigo. Me quitó el cuchillo de un manotazo y, antes de que pudiera siquiera pensarlo, se tiró sobre mí y empezó a golpearme como una fiera. Empezamos a pelear y a forcejear; aún no entiendo de dónde podía sacar la fuerza descomunal con la que me atacaba. Incluso me rompió los dedos. —Andrei alzó la mano para mostrarles la mano vendada—. No recuerdo muy bien lo que ocurrió después. Solo sé que estaba convencido de que iba a matarme. Cuando quise darme cuenta, estaba metiéndole tierra en la boca. ¡Ni siquiera sé cómo lo hice! ¡Era él o yo! —Se cubrió la cara con las manos, mostrando una evidente desesperación.

—¿Y qué pasó con el niño? —quiso saber Albino.

El chico cerró los ojos, consternado y suspiró.

—Busqué el cuchillo entre la vegetación, no quería dejarlo allí. Cuando por fin lo encontré y me disponía a huir, pensé que el niño me había visto y podría delatarme. No sé lo que se me pasó por la cabeza en ese momento, me era imposible pensar. No quería hacerle daño, pero tenía que llevármelo de allí, al menos hasta que yo pudiera huir. Se me ocurrió llevarlo conmigo y dejarlo abandonado en el bosque a unos kilómetros; para cuando lo encontraran, yo ya estaría muy lejos, así que lo metí en el maletero y salí pitando.

—¡¿Lo abandonaste herido en el bosque?! —preguntó Albino con los ojos desorbitados.

—No exactamente.

—¿No? Entonces, ¿qué es lo que hiciste, desgraciado?

—Primero necesito que me aseguren que van a ayudar a mi hermana…

—¡Que se joda tu hermana! ¡La vida de un niño de ocho años está en juego! —lo increpó Albino. ¡No estás en condiciones de exigir nada!

—Entonces no hablaré.

—¡Serás hijo de puta! —bramó Albino, cuyo rostro ya estaba a pocos centímetros del chico—. ¡Vas a hablar ahora mismo o acabarás en la cárcel durante el resto de tus días, y tu hermana en un puto burdel de carretera!

Andrei rompió a llorar. La tensión del interrogatorio y la visión de su hermana en aquellas circunstancias hicieron que se desmoronara.

—Espero que entiendas que no es tan fácil ayudar a tu hermana desde aquí en la situación en la que se encuentra —razonó Picarzo, apoyando su mano sobre el hombro del chico—. No es algo que esté en nuestra mano.

—Por favor…, tienen que ayudarme —sollozó el chico.

—Escúchame —comenzó a decir Picarzo—. Oye, mírame —le ordenó con voz firme—. Te doy mi palabra de que haré todo lo que esté en mi mano para sacar a tu hermana de Rumanía.

Albino se quedó mirando a su compañero con cara de estupor. ¿Se estaría tirando un farol para lograr que el chico hablara? No era mala idea. Decidió dejarlo actuar para ver si lo conseguía.

—¿Lo dice de verdad? —dudó Andrei, suplicando con la mirada.

—Te lo juro —sentenció Picarzo—. Pero solo si encontramos al niño con vida. En caso contrario, no podré hacer nada por ti ni tampoco por ella.

Andrei le tendió la mano como signo de un acuerdo tácito entre los dos. Anselmo Picarzo se la estrechó.

—Habla, por favor —lo animó.

—Conduje por la carretera y paré el coche después de recorrer unos cuantos kilómetros.

—¿Cogiste la 201? ¿La que va desde La Alberca hacia El Cabaco?

—Sí, esa misma.

—Y después, ¿qué ocurrió?

—Llevé al niño en brazos, me adentré en el bosque un buen trecho. Me costaba mucho caminar con la pierna tan malherida, pero no quería dejarlo muy cerca de la carretera. Creo que se estaba haciendo el dormido porque, en un descuido, saltó de mis brazos y echó a correr. De repente escuché un grito y, después, nada. Alumbré con la luz del móvil, que apenas dejaba ver unos pocos metros entre los árboles, y entonces lo encontré. El niño había caído a una especie de agujero natural y estaba tirado en el fondo. Parecía muerto… Me asusté mucho y volví al coche como pude. Tuve que parar en la gasolinera poco después para taponar la herida. Me estaba desangrando.

—¿Sabrías decirnos exactamente en qué punto de la carretera detuviste el coche? —preguntó Picarzo al tiempo que Albino salía de la sala a toda prisa.

—No, lo siento. No me fijé muy bien, era de noche…

—Por favor. Tienes que intentar recordar. Con tu ayuda, podemos salvarlo.

Albino entró de nuevo con un mapa que extendió sobre la mesa.

—La gasolinera en la que paraste está aquí —explicó, marcando una cruz con un rotulador en un punto del mapa—. Eso quiere decir que detuviste el vehículo en algún lugar entre este punto y La Alberca. ¿Te fijaste si habías pasado el cruce con la 203?

—No lo sé.

Cristina buscó el mapa en el móvil y lo puso en modo satélite para mostrarle el cruce al que se refería.

—Es posible, sí. ¡Ahora me acuerdo! Fue poco después de haber pasado ese cruce. Vi que el bosque se espesaba más en esa zona y me decidí a parar allí.

—¿Estás seguro?

—Sí, lo estoy. Y acabo de acordarme que detuve el coche en un lugar en el que el arcén era muy amplio. Cabía perfectamente sin invadir la carretera.

Albino hizo un círculo en el mapa para señalar de manera aproximada el lugar al que se refería el chico.

—¿Hacia qué lado de la carretera caminaste? ¿Izquierda o derecha?

—Crucé la carretera con el niño en brazos, así que hacia mi izquierda…

—¡Vamos, Picarzo! —exclamó Albino, recogiendo el mapa de forma apresurada—. ¡No hay tiempo que perder!

AMANECÍA CUANDO PICARZO se sentó al volante del coche con su compañera de copiloto. El cielo estaba cubierto de espesas nubes de color plomizo y comenzaban a caer las primeras gotas. Los medios de comunicación llevaban varios días advirtiendo de que la zona estaba en alerta por fuertes lluvias, y que posiblemente fueran acompañadas de granizo.

—¡Arranca ya, Picarzo! —exclamó Cristina mirando al cielo—. Esto se va a poner feo. He solicitado el helicóptero y me han dicho que no va a poder salir con la tormenta que se avecina, así que no tendremos apoyo aéreo. En unos minutos saldrán dos unidades más y el grupo de rescate, pero vamos adelantándonos nosotros.

Picarzo obedeció y se pusieron en marcha. Justo en ese momento sonó el móvil de Albino.

—¡Mierda! —exclamó cuando miró la pantalla—. Es la madre del niño…

35

Una vida por otra

Día 3

Mañana del 14 de agosto de 2018

«El fracaso es a menudo esa hora de la madrugada oscura
que precede al amanecer del día del éxito.»
LEIGH MITCHELL HODGES

LAURA NO HABÍA dormido en toda la noche. Se levantó y se preparó un ColaCao bien caliente con trocitos de pan remojados en él, como le gustaba a Marcos. Se sentó en el sofá e intentó leer un rato, pero le era imposible concentrarse. No dejaba de pensar en su hijo. Se arropó con una manta y cerró los ojos, que sentía arenosos y pesados por la falta de descanso. Enseguida escuchó unos pasos fatigados que se acercaban. Era Toribio, que tampoco podía dormir. Su aspecto, con el pelo revuelto y desaliñado, le hizo sentir un arrebato de ternura.

—Anda, ven a sentarte un rato —le dijo, dando golpecitos con la mano sobre el sofá—. Tenemos que descansar.

—No sé qué me pasa, tengo la cabeza como ida. No puedo concentrarme en nada, ni dormir, ni pensar en otra cosa que no sea en él. En mi Lobo. En nuestro Lobito.

Toribio se sentó junto a Laura y ella lo tapó con la manta y se apoyó en su hombro.

—Es el cansancio y la falta de sueño. Es normal.

Se quedaron un rato en silencio hasta que el abuelo volvió a hablar.

—¿Qué estará haciendo ahora? ¿Estará dormido? ¿Tendrá frío o hambre?

—No lo sé. Pero cuando me he despertado he tenido una sensación muy extraña. Ha sido una especie de presentimiento que me decía que ya no queda mucho. He estado a punto de salir y subir a la loma para llamar por teléfono a los agentes de la Guardia Civil, pero después he pensado que será mejor esperar a que amanezca.

—En cuanto salga el sol, te acompaño y llamas a ver si tienen alguna novedad —se brindó Toribio justo en el momento en que un relámpago lejano iluminaba la habitación—. Esa maldita tormenta —añadió, apretando los labios—. ¿Tenía que ser precisamente ahora?

—No te preocupes, Toribio. Siempre alertan a la gente con esas cosas y luego nunca es para tanto. Será una tormenta de verano más, como otras veces.

—No sé yo…

—Venga, vamos a intentar descansar un poco hasta que se haga de día.

Toribio asintió con la cabeza y se acomodó en el sofá, pasando un brazo por el hombro de Laura. Le dio un beso en la cabeza y cerró los ojos. Enseguida escucharon el tímido repiqueteo de la lluvia sobre los cristales, cuyo cadencioso sonido no tardó en convertirse en el estruendo de una fuerte tormenta.

En cuanto Albino le comunicó a Laura lo que habían averiguado, Toribio cogió el coche y condujo hacia el lugar indicado, a la máxima velocidad que le permitía la lluvia. Por el camino recogieron a Gonzalo, que salió de casa a medio vestir con la ropa en una mano y en la otra un rollo de cuerda que podía hacerles falta. Ellos estaban mucho más cerca que los efectivos de la Guardia Civil y podían empezar la búsqueda cuanto antes.

Por primera vez desde que el niño había desaparecido, los tres se sentían eufóricos. Un cóctel con una mezcla de alegría, miedo y nerviosismo eliminó de un plumazo el cansancio de los últimos días. Empezaba a llover con mucha intensidad cuando aparcaron en el arcén de la carretera y bajaron del coche. Comenzaron a batir el bosque sin dejar de gritar el nombre del niño, pero sus voces apenas se escuchaban, engullidas por el clamor de la tormenta.

—¡Escuchad! —gritó Toribio para llamar la atención de los demás y hacerse oír—. Han dicho que estaba en una especie de pozo natural, en un barranco. Creo que sé a qué lugar se refieren. No está lejos. ¡Seguidme!

Se puso en marcha a paso rápido, y Gonzalo y Laura lo siguieron con el corazón desbocado. Cada vez llovía más. Incluso entre los árboles era difícil ver con claridad a pocos metros de distancia. Laura tropezó y cayó de bruces, magullándose las palmas de las manos. Gonzalo se volvió y la ayudó a levantarse. A partir de entonces siguieron agarrados de la mano para evitar más caídas.

—¡Está aquí! —gritó el abuelo, haciéndoles gestos con la mano para que se apresuraran—. ¡Gonzalo, la cuerda!

Laura se abalanzó hasta el lugar en el que el abuelo se encontraba arrodillado en el suelo. Entonces lo vio. Su hijo yacía en el fondo de un gran agujero. Estaba acurrucado como un pobre cachorrillo asustado y no se movía.

—¡Marcos! —gritó desgañitándose. El niño no respondía y Laura se temió lo peor—. ¡Mamá está aquí, cariño! ¡Hemos venido a buscarte! —Siguió gritando para hacerlo reaccionar—. ¡Hijo! ¡Marcos!

—¡No me gusta un pelo el sitio en el que está! —bramó el abuelo—. Es un barranco por el que pasa un arroyo, y el nivel del agua está empezando a subir. ¡Hay que sacarlo ya! ¡Dame la cuerda! —le ordenó a Gonzalo, que obedeció al instante con manos temblorosas.

Toribio empezó a bajar, agarrándose como podía a las paredes. La lluvia las había vuelto resbaladizas y los dedos perdían sujeción continuamente, quedándose a merced de la fuerza de Laura y Gonzalo, que lo sujetaban desde arriba. La cuerda, tensa, se movía de un lado a otro sobre las piedras, y Gonzalo temió que pudiera romperse por el roce.

—¡Ten mucho cuidado! —gritó Laura—. ¡Es peligroso!

Gonzalo se dio cuenta de que les iba a resultar muy difícil soportar el peso de los dos. El suelo se hundía bajo sus pies y les arrastraba poco a poco hasta el borde del precipicio. La cuerda no era lo bastante larga como para colocarla alrededor de un árbol que les sirviera de punto de apoyo, y tampoco había nada en el suelo que pudiera detener su avance.

—¡Nos arrastras, Toribio! —chilló cuando ambos estaban a pocos centímetros del borde—. ¡Voy a tener que soltarte!

—¡Ya casi estoy! ¡Aguantad!

Laura tiraba de Gonzalo con todas sus fuerzas, pero no conseguía el más mínimo efecto. Gonzalo estaba a punto de soltar la cuerda cuando la tensión se aflojó y él y Laura cayeron hacia atrás sobre el barro.

—¡Ya estoy abajo! —voceó Toribio.

Inmediatamente, Laura y Gonzalo se arrastraron hasta el borde para poder verlo. Toribio corrió hasta el niño y lo zarandeó con cuidado. Con el ruido de la lluvia no podían oír lo que decía, pero vieron que lo abrazaba y cómo le colocaba la cabeza sobre su pecho.

—¡Está vivo! —gritó al cielo, llorando de alegría.

—¡Ah! —secundó Laura, con otro grito más fuerte aún.

—¡Sííí! —celebró Gonzalo.

De repente, se oyó un estruendo lejano y todos se quedaron paralizados. Pero el sonido no cesó, sino que cada vez se escuchaba con más fuerza.

—¿Qué ha sido eso? —preguntó Laura, asustada—. ¿Un trueno?

—No. Creo que es una tromba de agua. ¡Vamos! ¡Tenéis que salir de ahí ya! —se desgañitó Gonzalo.

Toribio lo entendió enseguida. Desde el principio, el lugar en el que se encontraban le había dado mala espina, y sabía que tenía pocos segundos para salir de allí con el niño inconsciente en brazos antes de que el agua se los llevara a los dos por delante. Corrió hacia la cuerda y ató al niño, sujetándolo por las axilas. Le temblaban tanto las manos que le costó mucho asegurar un nudo que resistiera el peso del niño.

—¡Tirad! ¡Ya! —chilló, sujetando a su nieto en alto para facilitarles la tarea a los de arriba.

Gonzalo y Laura tiraron con fuerza, pero no les resultaba fácil, porque el cuerpo del niño se enganchaba en las rocas y se golpeaba con ellas. De repente escucharon unas voces que procedían de entre los árboles.

—¡Aquí! —gritaron al mismo tiempo Laura y Gonzalo, con un atisbo de esperanza. La Guardia Civil acababa de llegar y los estaban buscando, pero no podían detenerse a esperarlos, o no lo conseguirían.

El equipo de rescate apareció justo en el momento en que el niño alcanzó el borde del precipicio. Entre todos, tiraron de él y lograron sacarlo. Los médicos intervinieron al instante, haciendo verdaderos esfuerzos por apartar a Laura, que se había abrazado a su hijo y no lo soltaba.

—Por favor, necesitamos atender al niño lo antes posible —le decían, pero ella no escuchaba.

—¡Toribio está abajo! —gritó Gonzalo, consciente del poco tiempo con que contaban—. ¡Tienen que ayudarlo!

Los equipos de rescate lanzaron una cuerda a la que Toribio se aferró con brío. Solo unos segundos después, la fuerza del agua lo golpeó con una violencia descomunal, desplazándolo varios metros.

—¡Aguante! ¡Vamos a sacarlo!

Una hilera de hombres se esforzaba en tirar de la cuerda.

El agua y todos los residuos que arrastraba golpeaban con fuerza a Toribio, pero él resistía, agarrándose a su salvación con valentía. No iba a dejarse vencer por un poco de agua justo cuando había recuperado a su Lobo. Tenía que conseguirlo para volver a estar juntos. Estaba deseando volver a abrazar a su pequeño y disfrutar de nuevo de las graciosas conversaciones que solían tener cuando estaban a solas en el campo. Quería verlo crecer y convertirse en un hombre… Vio venir un tronco a toda velocidad. Trató de esquivarlo, pero, en el último momento, el agua lo empujó en una dirección inesperada. La madera lo golpeó en plena cara. Toribio escuchó un fuerte crujido y todo se volvió oscuro.

Los hombres cayeron hacia atrás al verse liberados del peso que sujetaban. Inmediatamente, todos se asomaron al barranco, pero ya nadie sujetaba el otro extremo de la cuerda. Toribio había desaparecido.

36

Lágrimas sanadoras

Día 3
Noche del 14 de agosto de 2018

«La sombra no existe; lo que tú llamas sombra es la luz que no ves.»
HENRI BARBUSSE

ANSELMO PICARZO ENTRÓ en su casa cuando ya casi había anochecido. No había dormido la noche anterior y estaba agotado, pero se sentía eufórico después de haber conseguido salvar al niño, aunque habían tenido que lamentar la pérdida de su abuelo y aquello empañó la alegría del momento. Las labores de rescate concluyeron poco antes de que él saliera de la comandancia, sin éxito alguno; el cuerpo del hombre aún no había aparecido. El niño fue trasladado de inmediato al hospital, donde, según el último parte, había sido intervenido quirúrgicamente de la pierna y estaba fuera de peligro.

Cerró la puerta y lanzó las llaves sobre el cenicero del mueble de la entrada. Se había comido un pincho de tortilla en el bar y no tenía hambre, así que pensaba darse una ducha y meterse en la cama. Cruzó el pasillo en dirección al baño y se detuvo delante del cuarto de Héctor. Se apoyó, como siempre hacía, en el marco de la puerta y se quedó mirando el interior de la habitación. Continuaba exactamente igual que hacía tres años: la cama revuelta, los apuntes desperdigados sobre la mesa, entre los libros, y el pijama tirado en el suelo. Una vez más, sacó el móvil y miró el último WhatsApp de su hijo: «Voy al gimnasio a primera hora y después a entrenar, el sábado tenemos partido. Luego hablamos». Debió de escribirlo al salir de casa, poco antes de morir.

El conductor no iba a más velocidad de la permitida, ni siquiera había dado positivo en el control de alcohol y drogas. Simplemente se despistó cambiando la emisora de radio, un gesto común e ingenuo que tendría terribles consecuencias. Héctor cruzaba el paso de cebra escuchando música por los auriculares cuando el vehículo se le echó encima y lo atropelló. El conocido tópico de que la vida te puede cambiar en un solo instante a él se le había quedado grabado a fuego, dejando lacerada su alma con una herida que le escocería durante el resto de sus días. Pero había llegado el momento de pasar página.

Lo supo cuando Marcos abrió los ojos, justo cuando los médicos introducían la camilla en la ambulancia que lo llevaría al hospital. Solo fueron unos segundos de consciencia, pero suficientes para mirarlos a todos y sonreír. Por algún motivo, esa sonrisa le hizo verlo todo de otra forma. Le hizo pensar que quizá fuera necesario caer para levantarse con más fuerza, para valorar que estás en pie.

Picarzo recogió el pijama del suelo y lo metió en una bolsa de basura, junto a todo lo que había sobre el escritorio. Arregló la cama y, a continuación, se metió en la ducha. Alzó la cabeza y el agua del grifo se volvió salada al mezclarse con las lágrimas que le recorrían el rostro. Pero, por primera vez desde hacía mucho tiempo, eran unas lágrimas sanadoras que iban aligerando su peso a medida que desaparecían por el desagüe.

37

Despedida

Alemania, agosto de 1939

HANNAH MIRABA A su padre con el corazón encogido. A solo unas horas de partir hacia Inglaterra, él le acababa de entregar el reloj de oro que había pertenecido a sus antepasados para que nunca olvidara cuáles eran sus orígenes, de dónde venía. Ella acarició el relieve de la inscripción y leyó en voz alta:

צל יש ביותר הקטנה לשערה אפילו

—No entiendo muy bien lo que significa, papá.

—Es algo que nunca debes olvidar, hija. Significa que hasta el ser más minúsculo e insignificante tiene su sombra, y debe ser respetado de la misma manera que los demás. No solo debes aprender a respetar a todos los seres vivos de este planeta, desde una diminuta hormiga a una planta, o incluso al depredador más feroz de la Tierra, sino que también debes hacerte respetar en la misma medida.

—No lo olvidaré.

—Y no quiero que estés triste, Hannah. Hay personas que construyen un muro a su alrededor para evitar que la tristeza entre y les duela, pero no se dan cuenta de que, al construir ese muro, tampoco dejarán paso a la felicidad.

—Eso no sé si podré conseguirlo, papá.

—Estoy seguro de que lo harás. Eres más fuerte de lo que crees y sé que lo vas a conseguir.

—Te esperaré, papá. Y rezaré cada día para que volvamos a vernos. No pares hasta encontrarme.

—Nada en este mundo podrá impedírmelo.

Padre e hija se fundieron en un abrazo duradero, de esos con los que uno siente que el alma del otro se entrelaza con la suya para siempre.

Después, todo pasó muy deprisa. Su padre abrió la puerta y unos soldados alemanes entraron gritando y revolviéndolo todo. Cuando el soldado nazi apuñaló a su padre, ella aún tenía el reloj en la mano. Al verlo, aquel monstruo esbozó una sonrisa rapaz.

—Parece que, después de todo, no nos vamos a ir de aquí de vacío —se regodeó, arrancándole a la niña el reloj de las manos.

38

Liberando demonios

16 de agosto de 2018

«Todos tenemos demonios en los rincones del alma,
pero si los sacamos a la luz, los demonios se achican,
se debilitan, se callan y al fin nos dejan en paz.»
ISABEL ALLENDE

HANNAH ABRIÓ LOS ojos de repente. No sabía muy bien dónde se encontraba, la habitación le resultaba extraña. Intentó incorporarse, pero no pudo; su cuerpo no le respondía. ¿Estaría soñando? Puede que estuviera sufriendo una pesadilla de esas en las que uno se queda paralizado y solo puede mover los ojos. Echó un vistazo rápido a su alrededor. A su lado estaba Renata, durmiendo en un sillón, con el cuello doblado en una postura incómoda. ¿Qué hacía Renata ahí? Levantó la mano para intentar tocarla y vio una vía intravenosa colocada en su mano. Entonces lo recordó todo. Estaba en el hospital.

—Renata —la llamó en voz alta, pero el sonido que producían sus cuerdas vocales era apenas un susurro. Carraspeó y se esforzó por alzar la voz de nuevo—. Renata, hija.

Renata se despertó y se llevó la mano al cuello con un gesto de dolor. Entonces levantó la vista hacia la cama en la que yacía su madre y la vio.

—¡Mamá! —exclamó con voz temblorosa, abalanzándose sobre la cama y cubriéndola de besos—. ¡Estás despierta!

—El niño… —dijo Hannah por toda respuesta—. Escucha, tenemos que encontrarlo.

—Tranquila, mamá. Marcos está bien. Le han tenido que operar de una pierna, pero ya está fuera de peligro. En unos días le darán el alta. Está ingresado en este mismo hospital.

—Pero… ¿dónde estaba? —preguntó, ya más tranquila.

—Eso ahora da igual, mamá. Todo ha salido bien —añadió, intentando disimular la pena que acababa de invadirla al pensar que no era del todo cierto. Esa misma mañana habían encontrado el cadáver de Toribio. Pero eso su madre no necesitaba saberlo. No todavía—. Ahora que has despertado, no quiero que te sobresaltes. Me tenías tan preocupada…

—Estoy bien, aunque no puedo moverme.

—Te has roto la cadera y has tenido un traumatismo craneal. Lo que no entiendo es cómo sigues viva.

—Ya sabes el dicho: hierba mala…

—Calla, mamá. Tú no eres mala, solo un poco testaruda. Bastante, mejor dicho. Voy a avisar al médico para decirle que has despertado —dijo, dirigiéndose a la salida—. Tú no te muevas de ahí.

—Tranquila, que no voy a salir corriendo.

Como habían hecho desde que Marcos ingresó en el hospital, Laura, Gonzalo y Renata desayunaron juntos en la cafetería. Se alegraron mucho de la recuperación de Hannah, y al terminar se acercaron a saludarla. Ella los abrazó, contenta de volver a verlos, sobre todo a Laura. Preguntó por Toribio, extrañada de que no hubiese ido a visitarla.

—Se ha ido a casa a descansar —improvisó Laura, tras unos segundos de incómodo silencio.

Hannah frunció el ceño, sospechaba que le ocultaban algo. Supuso que, seguramente, estaría muy enfadado con ella y no habría querido ir a visitarla. No podía reprochárselo.

—¿Ha recuperado ya el reloj? Renata me ha puesto al día de todo lo que ha ocurrido.

—Aún lo tiene la Guardia Civil, pero no tardarán en devolvérselo —explicó Gonzalo.

—Lo que no acabo de entender —comenzó a decir Laura. Llevaba días dándole vueltas al tema y estaba segura de que algo se le escapaba— es cómo supiste de la existencia de ese reloj. Después de tantos años, creo que yo solo lo había visto una vez, el día que Toribio se lo enseñó a Marcos.

—Fue el niño el que me lo enseñó.

—¿Cómo? —se extrañó Laura—. No me imagino a Marcos sacándolo de casa sin el permiso de su abuelo. Sabía perfectamente el valor que ese objeto tenía para él. Era el único recuerdo que tenía de sus padres.

—Un día me vio hojear un libro en hebreo y se quedó prendado por el tipo de escritura. Siempre ha sido un niño muy espabilado. Me dijo que su abuelo tenía un reloj de oro muy antiguo con una inscripción grabada con unas letras muy parecidas a las que yo estaba leyendo. Le pregunté qué ponía y me dijo que ni siquiera su abuelo lo sabía. Entonces le propuse que, si me lo enseñaba, yo podría traducir esa inscripción. Se puso muy contento, imaginando lo feliz que estaría Toribio si pudiera saber por fin qué era lo que ponía en su reloj.

—Así que lo cogió a escondidas y te lo enseñó —supuso Laura, esbozando una media sonrisa al imaginar lo emocionado que debía de estar su hijo para atreverse a desafiar así al abuelo.

—Me lo trajo a casa, muy asustado por si lo perdía. Le expliqué lo que ponía y enseguida volvió a llevárselo.

—Nunca nos contó lo que significaba. No se atrevería a hacerlo, porque eso lo habría delatado —supuso Laura.

—Y después cometiste el error de hablarle del reloj a uno de los chicos a los que cuidas —sentenció Renata con cierto tono de reproche—. Mira que te he dicho mil veces que tengas cuidado con ellos, mamá. Son chicos que han sufrido demasiado y no tienen nada que perder. No puedes fiarte tanto de ellos.

—No digas eso, Renata. Tú no los conoces. Son muy buenos chicos. Solo necesitan a alguien que confíe en ellos y les dé una oportunidad, que no los miren como si fueran bichos raros.

—No necesito conocerlos, mamá. Yo solo me remito a los hechos. Por un buen chico de los tuyos ha muerto un hombre y ha estado a punto de morir también un niño, y… —Renata tuvo que morderse la lengua para no decirle que, por su culpa, Toribio también estaba muerto—. Y todo por dinero. Se aprovechó de ti, ¿no te das cuenta? Le contaste la historia del reloj y él traicionó tu confianza con lo que hizo.

Hannah no paraba de negar con la cabeza mientras Renata hablaba.

—Estás muy equivocada, hija. Fui yo la que me aproveché de él.

—Pero ¿qué dices? ¿Aún lo defiendes?

—Yo fui la que le ordenó a Andrei que robara el reloj, Renata. Pero me aprecia tanto que nunca me delatará, aunque tenga que pagar él las consecuencias.

Todos los presentes la miraron confundidos y Laura dio un paso hacia atrás de forma involuntaria. Hannah se masajeó los ojos con semblante cansado. Respiró hondo y comenzó a hablar:

—Ese reloj pertenecía a mis antepasados. Me lo dio mi padre la noche que lo asesinaron. Al día siguiente íbamos a separarnos para siempre. Yo me marchaba en un tren que me llevaría fuera del país y él se quedaría en el horror de una pesadilla tan espeluznante que aún nadie se atrevía a creerla como cierta. Por mucho que insistía en que era algo temporal, que nos volveríamos a reunir pronto, yo sabía que no era verdad. Pero no nos dio tiempo a despedirnos porque, esa misma noche, unos soldados alemanes entraron en casa y lo asesinaron sin motivo alguno. El hombre que lo mató marcó mi rostro para siempre y me arrebató de las manos el reloj que mi padre me acababa de regalar.

Se hizo el silencio en la habitación. Todos escuchaban atónitos lo que Hannah les estaba contando.

—Muchos años después, cuando Renata y yo nos trasladamos a vivir a Bilbao, un día, por casualidad, vi en un periódico el rostro del asesino de mi padre. Era un soldado alemán sospechoso de haber pertenecido al régimen nazi durante la guerra. Tenía una empresa de explotación minera en Salamanca y lo estaban investigando.

—Por eso vinimos a Salamanca de forma tan precipitada —apuntó Renata.

—Sí. Y no fue difícil dar con él. En realidad, no sé qué era lo que pretendía hacer cuando lo encontrara. Solo sé que necesitaba plantarme delante de él y explicarle quién era, exigirle que me devolviera lo que era mío.

—Y ¿qué ocurrió? —preguntó Gonzalo, impactado por el relato que Hannah les estaba contando sobre su propia vida.

—Su mujer estaba encinta. Era un embarazo de riesgo y necesitaba a alguien para que la ayudara. Contacté con ella y, cuando supo que hablaba alemán, me contrató enseguida. Me gané su confianza. Hasta que me crucé con él y se dio cuenta de quién era. —Hannah esbozó una especie de mueca que pretendía ser una sonrisa—. Supongo que enseguida reconoció su firma en mi cara. Si no hubiera sido por su mujer, me habría matado allí mismo. La justicia le pisaba los talones y mi aparición acabó de espantarlo. No volví a saber nada de ellos. Huyeron ese mismo día.

—Pero ¿cómo llegó el reloj a Toribio? Lo llevaba encima cuando lo abandonaron en la puerta del orfanato —quiso saber Laura con los ojos llenos de lágrimas. De repente sentía la necesidad de alejarse de aquella mujer que los había engañado a todos con su apariencia tierna y su semblante bonachón.

—¡¿No me digas que él era el hijo del nazi?! —exclamó Renata.

—Tu misma lo has deducido. Las fechas coinciden. Ella debió de dar a luz en la huida precipitada y, al no poder cargar con un niño recién nacido, decidirían abandonarlo.

—Bibo siempre pensó que sus padres habían sido unos campesinos sin recursos —comentó Laura con la voz entrecortada por los sollozos—. Resulta que eran unos nazis ricachones a los que su bebé les estorbaba para escapar.

—Quizá sea mejor no contarle nada —insinuó Hannah, alzando los hombros—. No hay necesidad.

—No. Será mejor así... —añadió Gonzalo, consternado.

—Escuchad —continuó diciendo Hannah—. Sé que Toribio me odiará para el resto de sus días por lo que he hecho. Daría lo que me queda de vida por volver atrás y enmendar mi error. Pero no puedo. Laura, por favor, no me guardes rencor.

La anciana trató de alcanzar la mano de Laura, pero esta la retiró.

—Hannah, ahora mismo estoy muy confundida...

—Nunca imaginé que las cosas iban a ocurrir así; no quería hacer daño a nadie, y mucho menos al niño. Solo quería recuperar lo que era mío. Cuando Marcos me lo enseñó y descubrí que se trataba del mismo reloj que me había regalado mi padre, creí que iba a desmayarme. Era algo que, a mi pesar, había dado por perdido hacía mucho tiempo, y hasta me había resignado. Pero, cuando volví a verlo...

—¿Cómo pudiste hacer algo así, mamá? No te reconozco.

—Lo sé. De repente sentí una necesidad urgente de tenerlo conmigo y supe que tenía que volver a ser mío.

—¿Aunque fuera robándoselo al hombre que actualmente era su dueño? —le reprochó Laura, dolida—. ¿Por qué no le contaste todo lo que sabías? Es muy probable que él mismo te lo hubiese devuelto de buen grado. ¿Es que acaso no lo conocías?

De repente, Laura sintió que la invadía una tristeza abrumadora y buscó consuelo en el hombro de Gonzalo, que la rodeó con el brazo. Ser consciente de que el abuelo ya solo estaría con ellos en sus recuerdos, le dolía demasiado.

—No me atreví, Laura. Pensé que nunca me creería. Solo vi una salida. Andrei es muy buen chico, pero le hacía falta dinero para sacar de un apuro a su hermana y estaba dispuesto a hacer cualquier cosa. Me aproveché de sus circunstancias y le propuse robar el reloj a cambio de darle la cantidad de dinero que necesitaba. Le advertí que debía tener mucho cuidado y que, si algo salía mal, el trato se rompería. En ese momento estaba convencida de que iba a ser algo muy fácil. Supuse que incluso podríais tardar meses en percataros del robo. Pero, cuando al día siguiente me enteré de la desaparición de Marcos, supe que algo había salido terriblemente mal. Cogí el coche para encontrarme con Andrei y pedirle explicaciones. Necesitaba saber qué había ocurrido y dónde estaba el niño. Estaba muy nerviosa y creo que aceleré más de la cuenta. El resto ya lo sabéis.

—Mamá, prefiero que no sigas. Te estoy escuchando y me estás revolviendo las tripas. ¡Es que no te reconozco!

—Pues esa soy yo, hija. No puedo decirte que esté orgullosa, porque ahora mismo me odio a mí misma por lo que he hecho.

—¡Por no decir que, además, casi te matas tú también! —le recriminó Renata, que apenas lograba controlar su enfado—. ¡Esto me va a costar perdonártelo!

—Ahora necesito hablar con la policía para contárselo todo.

—Tal vez debas pensártelo antes, Hannah —opinó Gonzalo—. Eso ya no va a cambiar nada de lo ocurrido.

—No. No puedo dejar que Andrei cargue con toda la culpa. Ya está decidido.

—Descansa un poco —sugirió Laura con voz cortante—. Tenemos que irnos, no quiero dejar mucho tiempo solo a Marcos, está muy triste.

—¿Por qué está triste? ¿Por lo que le ha ocurrido? —se extrañó Hannah, preocupada—. Pero ya está bien, ¿no?

—Es por el perro —intervino Gonzalo, que estaba al quite, para no tener que explicarle que el niño no había vuelto a hablar desde que supo que Bibo había muerto al salvarle a él. Habían tenido que decírselo porque no entendía que su abuelo no fuera a visitarlo al hospital y lo estaba pasando fatal.

—Salgo con vosotros —dijo Renata, acompañándolos hasta la puerta—. Voy a echarme un cigarro, que estoy que me fumo viva con lo nerviosa que me ha puesto esta mujer —añadió, haciendo un gesto con la cabeza para señalar a su madre al tiempo que elevaba los ojos al cielo en señal de resignación.

Cuando Hannah se quedó sola en la habitación, cerró los ojos y pensó en su padre. ¿Qué hubiera pensado él acerca de su comportamiento? Unas lágrimas silenciosas comenzaron a recorrer su rostro. Nunca se había sentido tan miserable.

39

Cerrando capítulos

«Los hombres no sucumbimos a las grandes penas ni a las grandes alegrías, y es porque esas penas y esas alegrías vienen embozadas en una inmensa niebla de pequeños incidentes. Y la vida es esto, la niebla. La vida es una nebulosa.»

MIGUEL DE UNAMUNO

MARCOS ACUDIÓ AL entierro del abuelo por petición propia. Laura tuvo muchas dudas sobre si sería conveniente que fuera, pero ante la insistencia del niño, acabó por ceder. El tiempo acompañó la ceremonia con un día despejado y muy soleado. Atrás quedaron los nubarrones y las lluvias que en los últimos días habían mantenido en vilo a la mitad de la península. Marcos, sentado en una silla de ruedas que le permitía mantener la pierna recta, miró al cielo. Le daba rabia que hiciera tan buen tiempo. Era como si allí arriba quisieran celebrar lo que para él era uno de los peores días de su vida.

—¿Por qué tiene que hacer tan buen tiempo justo hoy? —se quejó.

—¿Y por qué no? —señaló Gonzalo, que empujaba la silla del niño.

—Pues porque vamos a despedirnos de Bibo para siempre. Todos estamos tristes, pero parece que al cielo eso le da igual.

—¿Y no se te ha ocurrido pensar que quizá el cielo esté celebrando la llegada de un alma buena como la de tu abuelo? —añadió Laura.

Marcos iba a replicar, pero no lo hizo. Inclinó la cabeza hacia un lado como hacía cuando meditaba y se quedó pensativo. Laura le echó una mirada preocupada a Gonzalo, pero él hizo un gesto negativo con la cabeza para restarle importancia al asunto y siguieron caminando por el cementerio, detrás del coche fúnebre en el que descansaban los restos de Toribio. Les seguía una pequeña comitiva silenciosa que había acudido a darle el último adiós.

Las manos de Laura, Gonzalo y Marcos estaban unidas cuando la lápida provisional de yeso tapó el nicho. Hacía poco que Marcos había estado en una situación parecida, en el entierro de su otro abuelo. Pero entonces no sintió más que curiosidad y pena por la tristeza de su madre. Nada que ver con lo que sentía en ese momento. No podía parar de llorar. Le dolía el pecho y le costaba respirar, como si una mano gigante se lo estuviera apretando todo el rato. Laura no se sentía mucho mejor, y Gonzalo trataba de mantener la entereza para intentar que las dos personas que más quería en el mundo no se derrumbaran por el dolor. Los arropó a ambos en un abrazo que también lo reconfortó a él.

CUANDO TODO ACABÓ, los presentes comenzaron a darles el pésame antes de despedirse. La primera fue Renata, que cubrió a Laura y al niño de abrazos y besos. Su madre aún se recuperaba de las fracturas en el hospital. Todavía no le había hablado de la muerte de Toribio, no encontraba la forma de hacerlo; durante el entierro decidió que ese mismo día lo intentaría. Gonzalo descubrió la silueta enjuta de Aurelio, que se acercaba caminando con dificultad. Lo impactó la degradación que había sufrido su cuerpo desde la última vez que lo había visto. Al llegar a su altura, después de ofrecer sus condolencias a Laura y al niño, le tendió la mano. Gonzalo dudó unos instantes y finalmente se la estrechó.

—Sé lo que sientes, Gonzalo. No voy a molestarte más. Tranquilo —le dijo en un susurro. Hablaba en un tono tan bajo que le costaba entenderlo—. Solo quería decirte que siento lo de Toribio. Era un buen hombre. Y también que espero que un día puedas perdonarme, aunque yo ya nunca lo sepa.

Gonzalo iba a responder, pero él se lo impidió alzando la mano.

—Estoy orgulloso de que seas como eres. Adiós, Gonzalo. —Se marchó sonriendo, sin añadir nada más.

Gonzalo se quedó mirándolo, desconcertado. Parecía que caminaba más erguido y ligero, como si al pronunciar esas palabras se hubiera liberado de un gran peso.

—¿Te encuentras bien? —preguntó Laura, cogiéndolo de la mano.

—Sí. Estoy bien. ¿Nos vamos a casa?

—Vamos.

En el coche, Marcos seguía sumido en un desconsolado mutismo. De vez en cuando parecía enfrentarse a algún recuerdo que lo desarmaba y las lágrimas volvían a bañarle el rostro.

—¿Estás bien, cariño? —le preguntó Laura con el ceño fruncido por la preocupación, mirando hacia atrás desde el asiento del copiloto.

—Sí, mamá. Sé que no tengo que estar triste, ya lo había hablado con él.

—¿Con quién? —se extrañó su madre.

—Pues con Bibo. Una vez me dijo que, cuando él se fuera, yo tenía que ser fuerte para cuidar de ti y de las abejas. —Marcos se sonó con un pañuelo y continuó hablando—. Anoche soñé con él, mamá. Me dijo que él estaría feliz si me veía sonreír, si nos veía sonreír a los tres. Aún me cuesta mucho, porque me acuerdo de cosas y se me escapan las lágrimas, pero sé que lo voy a conseguir.

Laura se llevó la mano a la boca y respiró profundamente para controlar las lágrimas. Gonzalo, al volante, sintió una presión en la garganta.

—Pues vamos a sonreír los tres —sugirió Laura.

Los tres sonrieron al mismo tiempo. Gonzalo alargó la mano y cogió la de Laura, se la llevó a los labios y la besó. Marcos, desde el asiento de atrás, sonrió un poco más al verlos.

LA NOTICIA SALIÓ en los principales periódicos:

CONOCIDO NOTARIO SALMANTINO Y SU PAREJA SENTIMENTAL,
CONDENADOS A CUATRO AÑOS DE PRISIÓN POR ESTAFA
Y FALSEDAD DE DOCUMENTO PÚBLICO

El notario A. O. y su actual pareja sentimental, E. S., hicieron que el esposo de la procesada, con demencia grave, cambiara el testamento a su favor

Los hechos se remontan al año 2011, momento en el cual la acusada acompañó a su marido hasta la oficina del notario para modificar el testamento inicial de este, otorgado en el año 2004. El notario, en pleno conocimiento del estado mental de su cliente, diagnosticado con grado avanzado de alzhéimer, modificó el testamento inicial, que establecía como heredera principal a su hija, a favor de la acusada.

El artículo 979 del Código Civil establece que, todo el que de algún modo ejerza coacción sobre el testador para que haga, altere o revoque su testamento, perderá todos los derechos que por el testamento o por ley le correspondan en los bienes de la herencia. Según este artículo, el juez ha decretado como heredera universal a la hija del fallecido.

Laura leyó el artículo mientras desayunaba en una cafetería junto a los juzgados. Aunque ya sabía cuál había sido la sentencia, se le revolvió el estómago al reconocer las iniciales del nombre de su madre en el periódico y ser consciente de lo que había sido capaz de hacer por pura avaricia. Finalmente, había tenido su merecido, pero eso no le hacía sentirse mejor. Aún no había asimilado que acababa de convertirse en una rica heredera. En realidad, ella era feliz en Aldeanegra junto a Gonzalo y su hijo; en el campo, con las abejas y con Renata y sus productos artesanales. No quería renunciar a nada de eso, por mucho que hubiera cambiado el estado de su cuenta corriente.

A través de la cristalera de la cafetería, vio cruzar por el paso de cebra a Renata, que empujaba la silla de ruedas de su madre. Ya habían terminado.

—¿Qué tal ha ido? —preguntó después de que las dos se acomodaran en la mesa y pidieran un café para cada una.

—Libertad bajo fianza de 1000 euros. El juez no ve indicios de que se pueda volver a cometer el delito o de que se dé a la fuga —anunció Renata risueña—. No parece que la consideren un peligro para la sociedad.

—Que no os engañe mi aspecto, pienso seguir dando guerra en cuanto pueda dejar esta maldita silla —objetó Hannah, señalándolas con el dedo índice mientras esbozaba una tierna sonrisa.

—Me alegro de que todo haya salido bien, Hannah —dijo Laura, feliz de ver sonreír de nuevo a sus amigas—. De verdad.

Hannah le cogió la mano y la miró a los ojos, suplicándole con la mirada un perdón que sabía que no se merecía. Laura se la apretó con fuerza entre las suyas. Comprendió que, en su interior, ya la había perdonado. Era una persona a la que no podría odiar nunca, pero iba a dejarla sufrir un poco más.

—Y yo me alegro de que se haya acabado ya —añadió Renata—. No he pasado más vergüenza en mi vida.

—Siento que las dos hayáis tenido que pasar por esto, siendo yo la culpable.

—A partir de ahora, tranquilita —dijo Renata, con cierto tono de autoridad—. Y lo de volver a visitar a tus chicos, ya veremos…

—Eso ni lo dudes. ¡No puedes prohibirme algo así!

—Mamá…

—¿Y si nos tomamos el café y tratamos de olvidarnos de todo esto durante un buen rato?

—No sé si seré capaz, Laura —confesó Hannah—. Toribio ya no está aquí por mi culpa y eso es algo que nunca me perdonaré. Es un peso que me llevaré a la tumba.

—No te culpes por lo que ocurrió, Hannah. No era tu intención hacer daño a nadie.

—Aun así, lo hice. Eso no me excusa.

Laura le dio un trago a su café y sacó una cajita del bolso.

—Es tuyo. Siempre lo ha sido —dijo, entregándosela a Hannah.

Hannah abrió la caja y descubrió el reloj que su padre le había regalado hacía ya una eternidad.

—Pero… No, no puedo aceptarlo, Laura —decidió, devolviéndole la caja.

—¿Cómo que no?

—Tengo ochenta y seis años, Laura. He pasado casi todos ellos añorando un objeto que solo estuvo unos instantes en mis manos. Lo que ha ocurrido me ha hecho ver que solo lo quería por orgullo, por un arrebato de justicia poética o simplemente por el afán de salirme con la mía. Lo cierto es que ahora me doy cuenta de que ese objeto ya no significa nada para mí. Por desgracia, lo he comprendido demasiado tarde…

—No me lo puedo creer —rezongó por lo bajo Renata, negando con la cabeza.

—Quiero que se lo des a Marcos —agregó Hannah, con gesto decidido—. Es un recuerdo de su abuelo. Al fin y al cabo, a él sí que lo acompañó durante toda su vida.

—No sé qué decir… —dudó Laura.

—Pues entonces, ya está todo dicho —sentenció.

—¡Ea! Haz caso, Laura. No sea que se le ocurra otra locura para que lo aceptes.

—Se acabaron las locuras —apuntó Hannah, removiendo su café con leche—. A partir de ahora, lo más arriesgado que pienso hacer será meter algún pastel en el horno.

—A ver cuánto le dura el papel de dulce abuelita repostera… —dijo Renata dirigiéndose a Laura y poniendo los ojos en blanco.

Laura rio y con ella sus dos amigas. La vida continuaba.

AURELIO REUNIÓ A sus dos hijos en el comedor. Quería explicarles que no le quedaba mucho tiempo y que había dispuesto su testamento para dejárselo todo a partes iguales. Había estado ciego al pensar en la posibilidad de dejarle algo a Gonzalo. El patrimonio debía mantenerse unido en la familia, como así había sido desde los tiempos de su bisabuelo. El chico se lo puso fácil al no querer saber nada de él, así que ya estaba todo decidido.

—Os he mandado venir para comunicaros algo muy importante —comenzó a decir con voz temblorosa. Le costaba pronunciar las palabras porque tenía la sensación de que, al hacerlo, ya no habría vuelta atrás. Era como confirmar su sentencia de muerte—. Me estoy muriendo.

—Habrás dejado el testamento bien arreglado —fue la primera frase que pronunció Luis. No hubo ni un gesto de inquietud por su parte.

Aurelio sintió una punzada en el estómago que lo hizo encogerse. Simón parecía algo más sorprendido por la noticia, pero tampoco se dignó decir nada.

—¿Es que solo os preocupa el dinero? Solo me quedan unos días, ¡maldita sea!

—¿Y qué quiere que hagamos, padre? —Luis hablaba sin levantar la mirada de su móvil. Deslizaba el dedo por la pantalla como si estuviera buscando algo con insistencia—. ¿Qué es lo que se supone que debemos hacer? ¿Romper a llorar como dos buenos hijos desconsolados? Para eso tiene que haber algo aquí dentro. —Señaló su pecho con el pulgar—. Algo que se te remueva con una noticia así.

—Yo… no os he criado para esto —señaló Aurelio, con los ojos llenos de lágrimas—. No me merezco un trato así. Simón, ¿tú también?

Simón se quedó mirando a su padre en silencio y se encogió de hombros con un gesto de indiferencia. No había que ser muy listo para intuir que su padre estaba enfermo. Su aspecto demacrado hablaba por sí solo. En realidad, no se había parado a pensar demasiado en ello. Ahora que la noticia se confirmaba, coincidía con su hermano en que le daba un poco igual. Su vida, con el viejo o sin él, no iba a cambiar demasiado. Solo tendría que estar un poco más atento a los movimientos de su hermano, porque no se fiaba ni un pelo de él. Nunca pudo demostrar que la ropa manchada de sangre que la Guardia Civil encontró en su maletero había sido cosa suya, pero desde entonces ninguno de los dos dormía tranquilo con el otro bajo el mismo techo.

Aurelio se encogió en el sillón, sollozando como un niño desvalido. Luis lo miró y alzó la mirada al techo con expresión de fastidio. No soportaba la forma que tenía su padre, tan patética y lastimera, de mendigar su atención.

—Ande, padre, súbase a la cama y acuéstese un rato —le sugirió, dándole unas palmadas en el hombro a Aurelio—. Yo ahora tengo que hacer un par de llamadas importantes.

Luis salió del comedor mientras consultaba el móvil y Simón se quedó con su padre. Le resultaba muy desagradable aquella situación y no le apetecía nada continuar allí. Antes de entrar,

350

había visto pasar a Toño en dirección a las cuadras y la lujuria hacía rato que le cosquilleaba en la entrepierna. Pero su padre le estaba arruinando las ganas, así que se levantó, colocó una manta sobre Aurelio y, sin decir nada más, se marchó hacia las caballerizas con la esperanza de conseguir un buen rato de sexo que le alegrara el día.

UNA MAÑANA, LAURA se sorprendió al ver a Cristina Albino ante su puerta. No estaba de servicio, solo se había acercado para interesarse por la recuperación del niño. Fue una breve visita en la que Laura le agradeció de corazón su entrega y esfuerzo en la investigación y en la búsqueda del niño. Fue entonces cuando esta le comunicó que hacía varios días que Curro había fallecido. No llegó a salir del hospital, la neumonía se lo llevó por delante antes.

Laura no supo cómo reaccionar al escuchar la noticia. No era algo de lo que alegrarse, pero tampoco sintió pena alguna. Dudó si contárselo al niño, pero decidió que no era el momento. Ya lo hablarían más adelante. Las dos mujeres se despidieron con un abrazo. De alguna manera, la tragedia las había unido.

Marcos llevaba unos días ilusionado con el nuevo proyecto que estaban pensando llevar a cabo para las abejas. Iban a sustituir todas las viejas colmenas por otras más modernas y cómodas para ellas, con las que se podía extraer la miel sin molestarlas. Se trataba de un nuevo sistema en el que se colocaban unos panales ya preparados para que ellas solo tuvieran que terminar de formarlos y producir la miel. Mediante un mecanismo de tubos, el preciado néctar dorado podía fluir hasta el exterior sin necesidad de estresar a los habitantes de la colmena.

El niño llevaba varios días valorando opciones con la ayuda de Gonzalo para construir el mejor apiario de la zona. No paraba de repetir, emocionado, que sus abejas iban a vivir todas como reinas y que, entre los dos, iban a conseguir que no se extinguieran.

Gonzalo llegó sujetando una gran caja de cartón. Entró en la casa y llamó a Laura y a Marcos para que se acercaran.

—¿Qué es eso? —preguntó Laura, muerta de curiosidad. Gonzalo le guiñó un ojo y se llevó el dedo a los labios para que guardara silencio.

—¡Marcos! ¡Ven! ¡Tengo algo para ti!

El niño acudió al encuentro de Gonzalo todo lo rápido que pudo, dado que aún tenía que apoyarse en una muleta.

—¿Qué me has traído, Lalo? —quiso saber, sin poder disimular su excitación—. ¿Es algo para la nueva colmena?

—Ábrelo, a ver que es —sugirió Laura, arrodillándose junto a Gonzalo y su hijo en el suelo.

Marcos levantó la solapa de la caja y dio un grito de alegría. Dentro había un pequeño cachorro de *husky* de ojos claros que lo miraba y gemía suplicando que lo cogiera. El niño lo sujetó entre los brazos y hundió la cara en el suave pelaje del animal. Después se acercó a Gonzalo y se colgó de su cuello con un abrazo impetuoso. Lágrimas de felicidad empañaban sus ojos.

—Voy a llamarlo *Lobo* —sentenció, rascando al perro detrás de las orejas.

Laura y Gonzalo cruzaron una mirada de preocupación.

—¿*Lobo*? —dudó Laura. ¿Estás seguro?

—¿Por qué no? Solo el abuelo me llamaba así. Es un nombre muy especial.

—Pues yo creo que tienes razón —señaló Gonzalo—. A mí me gusta.

—¡Ven, *Lobo*! —gritó Marcos al perro, haciéndole gestos y sonidos para intentar que lo siguiera.

Laura y Gonzalo permanecieron arrodillados en el suelo, uno junto al otro, disfrutando de la felicidad del niño.

—Gracias, Gonzalo —dijo Laura, mirándolo con ojos vidriosos—. No te has separado de mi lado ni un momento desde que ocurrió lo del niño. Hubo momentos en que, si no hubiera sido por ti…

—Shhh. —Gonzalo colocó un dedo sobre los labios de Laura para hacerla callar—. Era yo el que no podía soportar estar lejos de ti.

Los dos se miraron a los ojos y el poder mágico de la atracción hizo que sus rostros se fueran acercando poco a poco hasta unirse en un apasionado beso. Marcos, que seguía jugando con su nuevo amigo, se quedó mirándolos, un poco sorprendido al principio, con una enorme sonrisa después.

PICARZO SALIÓ DE la oficina de Western Union con la grata sensación de haber hecho lo correcto. Acababa de enviar a Rumanía el dinero que la hermana de Andrei Dobre necesitaba para salir del país. Gracias a la ayuda de Hannah y a la asociación con la que trabajaba, pudo apalabrar una plaza para Valentina en uno de los pisos destinados a alojar a jóvenes en situaciones parecidas. No sabía lo que la vida le depararía a la chica a partir de entonces, pero parecía que iba a tener otra oportunidad. Andrei, que ya había entrado en prisión, al menos en ese aspecto podría respirar tranquilo.

Entró en la cafetería de la Comandancia y se encontró allí con Albino, que desayunaba un café con tostadas en la barra.

—¿Qué hay? —saludó, sentándose a su lado en un taburete.

—Buenos días, Picarzo. Hoy te veo mejor que nunca, ¿te has cortado el pelo?

—¡Hombre! ¡Te has dado cuenta! —bromeó él, pasándose la mano por la nuca y arriesgándose a llevarse una mala contestación—. Me he pegado una buena rapada, que buena falta me hacía.

—La verdad es que, de un tiempo a esta parte, no pareces el mismo.

—No soy el mismo, Cristina. Algo ha cambiado aquí dentro —Picarzo señaló su cabeza con el dedo índice—, y me atrevería a decir que la pieza rota ha acabado por encajar. Los cambios físicos no son más que el reflejo de que mi cabeza vuelve a estar en su lugar.

—Me alegro de verte tan bien —Cristina sonrió y unas pequeñas arrugas marcaron la comisura de sus labios. Picarzo pensó que, cuando no estaba sometida a la tensión de una investigación, Albino hasta podía llegar a ser simpática.

—Tú también estás mejor cuando sonríes —añadió, manteniendo un ojo guiñado y retirándose un poco de forma teatral, como si esperara recibir un mandoble.

Cristina lo miró sorprendida y volvió a sonreír.

—¿No me estarás tirando los tejos, Picarzo?

—¡Nada más lejos de mi intención! —aseguró él, alzando las manos en son de paz—. Ponme lo mismo que a ella —le dijo al camarero, que se había acercado y los miraba con interés.

—Me estoy ablandando con los años —comentó Albino—. Parece que tenerte como compañero no va a ser tan duro como creía…

Anselmo se quedó mirándola, dudando de si contarle lo que últimamente le rondaba por la cabeza. No era más que una idea, pero cada vez cobraba más sentido.

—Estoy pensando en pedir el traslado a Valencia —soltó sin pensárselo más.

Albino asintió, pero no dijo nada.

—Allí fue donde ejercí mis primeros años como guardia civil y estaba muy a gusto. Me trasladé a Salamanca porque conocí a mi ex y me casé. Ahora ya no me ata nada aquí y me apetece cambiar de aires.

—¿Ya has tomado una decisión definitiva?

—Bueno, estoy valorándolo...

El móvil de Albino lo interrumpió al comenzar a sonar con una melodía estridente. Ella lo cogió y se apartó un par de metros para contestar mientras Picarzo se centraba en su desayuno.

Cuando Albino terminó de hablar, se acercó de nuevo.

—Tenemos que ponernos en marcha. Hay una llamada de emergencia desde la finca El Encinar.

—¿Otra vez los Galarza? ¿Qué ha ocurrido? —preguntó Picarzo, apurando su café y poniendo un billete sobre la barra para pagar los desayunos.

—Simón Galarza está muerto. Parece que le han clavado en el pecho una horca de esas que sirven para aventar la paja...

—¿Habrá sido su hermano?

—No. Todo indica que ha sido un tal Toño, uno de los chicos que trabajan para ellos.

—Vaya casualidad, ¿no?

—Venga. Vamos para allá. Tú conduces —dijo Albino, lanzándole las llaves del coche a su compañero—. Ya conoces el camino.

Agradecimientos

No quiero que el lector dé por terminada la lectura sin expresar mi más sincero agradecimiento a todos los que han puesto su granito de arena para conseguir que esta novela se hiciera realidad. De alguna manera formáis parte de ella. Gracias.

A Patricia Baylach, por su ayuda para sacarme de los atolladeros en los que me había metido al tratar de lidiar con cuestiones de herencias y abogados, sobre las que no puedo más que reconocer mi profunda ignorancia.

Al guardia civil que no desea dar a conocer su nombre, pero que me ha despejado más de una duda sobre el encomiable trabajo que lleva a cabo la Benemérita en nuestro país.

A María José Costa, por introducirme en el impresionante mundo de las abejas y despertar mi interés con sus interesantes comentarios como experta veterinaria.

A Eladio Hernández Polo, por ponerse «el mono de trabajo y las manos a la obra», según sus propias palabras, en cuanto supo que estaba buscando algún verso sobre el lagarto de Santiago. Gracias por escribirlo en tan poco tiempo y regalármelo para embellecer esta historia.

A Eran Levin, por su ayuda con las traducciones del hebreo.

A mis chicos: mi marido y mis hijos, por su paciencia infinita. Os pido perdón por el tiempo que os he robado para dedicarme a escribir, tiempo que os pertenece por derecho. Tendré que encontrar la manera de compensároslo.

A todos los que, con vuestro apoyo, me habéis animado a seguir escribiendo y habéis logrado que me crea que puedo hacerlo.

A mis editores y todos los que se han esforzado y trabajado conmigo para que esta historia llegue a sus lectores con la mayor calidad posible: Maite y Eva Cuadros, Mathilde Sommeregger y Leticia García, que ha trabajado duro para pulir el texto de este manuscrito y sacarle el brillo que merece. Y, en especial, a Núria Ostáriz, que me llevó al Bilbao de los cincuenta, ilustrándome con sus comentarios sobre su niñez y la vida de su familia en esta ciudad. Ha sido un verdadero placer poder trabajar con vosotros de nuevo.

A Salamanca, la ciudad que me vio nacer y a mi pueblo, Santiago de la Puebla, el lugar que acogió los años de mi infancia y juventud, donde solía pasar los días explorando y buscando aventuras en el campo, siempre acompañada de mi perro: *Rudy*. A Pepe, el del pan, y a Urbano, dos personajes entrañables que todo el mundo recuerda con cariño por allí. Al lagarto de la iglesia, orgullo del pueblo, que lleva casi quinientos años viendo morir y nacer a varias generaciones de santiagueses.

Y, de una manera muy especial, a Navarro, ese hombre risueño y apacible que en la novela invitaba a Gonzalo a tomar una Fanta y unas patatas fritas cuando su abuelo iba a visitarlo. Ese hombre que, además de ser una magnífica persona, era mi padre.

Índice

Un asesino que se inspira en antiguos rituales actúa en Valencia

Una mujer asesinada en extrañas circunstancias
Un hombre enigmático de origen ruso
Una policía atraída por el principal sospechoso

La ciudad de Valencia se despierta con la noticia
del extraño asesinato de una mujer.
La disposición del cuerpo y las particularidades de la escena
hacen que la policía se plantee que esa muerte no es más
que el comienzo de un juego de pistas ideadas por el
asesino que debe conducirlos a la verdad.